D1936381

DELIUS KLASING

Hannes Gebhard

17 Landratten auf der Suche nach dem Seglerglück

Delius Klasing Verlag

Die Deutsche Bibliothek – CIP-Einheitsaufnahme

Gebhart, Hannes:
17 Landratten auf der Suche nach dem Seglerglück / Hannes Gebhart. – 1. Aufl. – Bielefeld : Delius Klasing, 1998
ISBN 3-7688-1072-0

1. Auflage
ISBN 3-7688-1072-0

© 1998 Delius, Klasing & Co.,
Siekerwall 21, 33602 Bielefeld

Illustrationen: Peter Orgon
Schutzumschlaggestaltung: Ekkehard Schonart
Gesamtherstellung: Clausen & Bosse, Leck
Printed in Germany 1998

Alle Rechte vorbehalten. Ohne ausdrückliche Erlaubnis des Verlages darf das Werk, auch nicht Teile daraus, weder reproduziert, übertragen noch kopiert werden, wie z.B. manuell oder mit Hilfe elektronischer oder mechanischer Systeme inklusive Fotokopieren, Bandaufzeichnung und Datenspeicherung.

Inhalt

Vorwort

Warum setzt sich einer hin und schreibt einen Roman? Es ist doch viel einfacher, sich einen zu kaufen! – Ist es nicht, zumindest nicht immer. Seit langem ist kein einziges Buch erschienen, das für mich die richtige Mischung aus Abenteuer, Romantik und Slapstick hatte. Wenn ich einen Seglerroman lese, dann will ich mitleben können, mitlachen, mitleiden. Will mich mit dem Autor über die kleinen Widrigkeiten ärgern und ihm zu den Momenten tiefsten Glücks folgen, die das Segeln bietet. Und weil es da derzeit nichts gibt, was mir all dies bieten könnte, habe ich mir gedacht, warum setze ich mich nicht hin und mache es selbst? Immerhin habe ich mich lange Jahre an Bord der verschiedensten Boote überfressen, verliebt, geärgert, gefreut und gefürchtet, aber auch die magischen Momente erlebt, wo sich die ganze Welt in meinem Inneren konzentrierte. Nein, ich meine keine Blähungen. Aber, zur Sache und als erstes ein Geständnis: Ich kann gar keinen Roman schreiben. Ich meine, ich kann mir nicht einfach eine Handlung aus den Fingern saugen. So leid es mir tut, ich könnte nie den „Namen der Rose" verfassen. Weil ich halt kein mittelalterlicher Mönch bin und auch nicht der kundige Historiker. Ich kann nur über Sachen schreiben, die ich erlebt habe. In diesem Sinn ist das ein Buch mit wahrer Handlung. (Fast) alle Dinge sind so passiert, wie ich sie hier beschreibe. Freilich nicht auf nur einem Törn. Und weil ich schon eine Weile segel, spielt der Roman zu einer Zeit, als es Jugoslawien noch als Staat gab.

Eigentlich sollte es ein durchweg heiteres Buch werden. Nur ist Segeln nicht nur heiter, wie alle wirklich wichtigen Dinge im Leben hat es auch ernste Seiten. Verzeihen Sie mir also bitte meine Exkurse in die Nachdenklichkeit.

Natürlich kommt jetzt das große ABER. Die handelnden Personen sind Konglomerate aus meinem Seglerleben. So, wie ein Teig aus Mehl, Eiern, Fett, Salz, Hefe, Zucker und Gewürzen besteht, so bestehen auch Iglo, der Commodore, der Zwinkerer und wie sie alle heißen, aus vielen Komponenten, die ein neues Ganzes bilden. Zu dieser Äußerung sehe ich mich schon aus dem Grund veranlaßt, weil ich nicht neugierig darauf bin, mein ohnehin bescheidenes Autorenhonorar für Prozesse auszugeben, nur weil irgendeine(r) sich beleidigt fühlt und Rache schnaubt. Es gibt sie also nicht so, wie sie hier zwischen den Seiten leben, sondern sie sind zusammengesetzt aus den Typen, die ich im Laufe der Zeit auf Booten kennengelernt habe. Das trifft im besonderen Maße auf die zu, die ich nie beim Namen nenne. Aber auch bei den anderen sind nicht nur die Namen, sondern auch Teile der Vita so verfremdet, daß ich hoffen darf, mit heiler Haut davonzukommen. Bei Ernstl, Fritz und dem Krügerl, denen ich hier für viele schöne Tage auf See danken möchte, trifft das nicht zu.

Ich hoffe, das Buch gefällt Ihnen und macht Sie neugierig auf das nächste, das schon in Arbeit ist. Jedenfalls lege ich hiermit mein erstes literarisches Kind in Ihre Hand. Behandeln Sie es gut.

Der stolze Vater: Hannes Gebhart

Was ist Segeln?

Von Wien nach Grado – Ein sonniger Nachmittag und eine überraschende Wurzelbehandlung – Nackte Tatsachen gleich am Anfang – Brehm's Tierleben auf donauinsulanisch – Die engsten Mitstreiter – Ein finsterer Verdacht – Der Sturm im Wasserglas – Der Rest der Gefährten – Ein Selbstmordversuch – Die Wogen glätten sich – Aufbruch und Ankunft

Segeln. Das bedeutet doch den genußreichen Transport von Personen und Sachen zwischen salbeiduftenden Inseln im glitzernden Licht des freundlichen Mittelmeers unter einem seidigblauen Himmel, versonnenes Starren in den bunten Regenbogen erfrischender Wassertröpfchen über einer lustig plätschernden Bugwelle und gemächliches Bräunen der sonnenschutzglänzenden Haut zwischen zwei erlesenen Mahlzeiten der levantinischen Küche, im Mund den angenehmen Nachgeschmack mediterraner Gewürze und des superben Weines, wie ihn nur der sonnendurchglühte Boden der Inseln hervorzubringen vermag. Segeln ... Das ist der Duft von Salz und Sonne auf weicher,

goldener Frauenhaut, träge Freundlichkeit in zärtlichen Blicken voller Nachmittagsruhe, verheißungsvolle Versprechen für die samtige Zeit der blauen Stunde, wenn der Aufruhr der Farben eines prächtigen Sonnenunterganges der sternenbestickten Nachtdecke des Himmelsgewölbes Platz gemacht hat, tiefschürfende Gespräche voller Eintracht am flackernden Treibholzfeuerchen in einer malerischen Bucht, das Feuer und der Mavrodavne lassen die Gesichter glühen, und man fühlt sich eins mit den anderen und dem Universum. – Ich weiß ganz gut, was Segeln ist. ALSO, WAS ZUR HÖLLE IST DANN DAS?

Es ist irgendwann nach Mitternacht, es ist saukalt, ich habe mir zum fünften Mal den gleichen Finger gequetscht, einmal an einer Winsch und seitdem pausenlos, wo immer man einen Finger überhaupt quetschen kann – überall, wo ich hingreife, ist der verdammte Finger eine Zehntelsekunde vor mir. Eben hat das Besteckladel danach geschnappt, weil es aus der Führung fallen wollte, aber beim Anblick des appetitlich geschwollenen Blunzentrumms ist es bereitwilligst wieder zugefallen, mit einem höhnischen „Plopp", gedämpft durch den verfluchten Finger, gefolgt von einem überaus unmännlichen, dazu noch ausgesprochen ordinären Aufschrei meinerseits. Doch der Schaden durch das unerhörte Wort ist begrenzt, denn der Navigator hat andere Sorgen, er kämpft verbissen mit seinen widerspenstigen Dreiecken, um anhand der letzten Peilung unseren WO festzustellen. Er ist schon ganz grün im Gesicht, aber einer muß es ja machen. Und was sich sonst noch im Salon aufhält, hat ja auch nicht zugehört. Da ist nur Georg. Gestern nachmittag hat er noch gesungen, „wir lagen vor Madagaskar", jetzt schaut er aus, als hätte er die Pest. Das einzige, worauf er achtet, ist, daß er den Kübel ja nicht ausläßt. Ich nehme den wehen Finger wieder aus dem Mund und frage, ob irgendwo westlich von uns Untiefen drohen, der Skipper kann den nordwestlichen Kurs nicht mehr halten.

„Also, wenn Westen auch nicht mehr geht, dann muß ich aufstehen, weil ich sitze auf den Seenotraketen. Paßt ja auf, und vergeßt nicht, wir haben gewaltige Abdrift. Ihr müßt wirklich um jeden Meter nördlich raufen, ich hab' jetzt die Position, es hat uns ganz schön nach Süden versetzt. Und die nächsten drei Meilen sind wir noch auf Legerwall! Dann können wir meinetwegen vor Topp und Takel ablaufen."

Ich stolpere wieder nach oben, wo der Skipper mit dem Rad rauft und mir fragend entgegenschaut. Ich picke meine Sorgleine am Rudergehäuse an und erkläre ihm unsere genaue Position. Seine Antwort entspricht exakt dem, was ich eben gebrüllt habe. Sturm scheint auch die unteren Laden des Wortschatzes zu öffnen. Mann, hier wird aber auch was geboten!

Das Geräusch des Windes im nackten Rigg ist ein schrilles, gebrochenes Kreischen, von dem Vorstag reißt es hie und da noch ein Fetzerl Genua, viel ist nicht mehr da. Ursprünglich hatten wir die Genua bis auf ein kleines Stück weggerollt und auch noch ein Zipfel Groß gefahren, weil wir mit der Maschine nicht besonders glücklich waren, sie stotterte und lief unrund, sicher war der Dieselfilter ziemlich verrotzt, und so schlug ich vor, ihn zu putzen, was mir ein mitleidiges Lächeln und ein bedauerndes Kopfschütteln eintrug: „Unmöglich bei dem Wetter!“ Na gut, ich hatte keine Ahnung, hatte ich doch eben erst von der Existenz eines derartigen Filters erfahren. Schleierhaft war mir, warum man ihn bei derartigem Wetter nicht putzen können sollte, ich meine, bei Schönwetter wird er sich ja kaum zusetzen. Aber ich hielt den Mund und machte mir nur meine Gedanken.

Kurz darauf riß dann das Schothorn der Genua, und als wir versuchten, das Segel wegzurollen, gab das ein böses blaues Auge für Bull, und dann war es sowieso zu spät. Der Sturm holte sich erst das Achterliek, jenen famosen Sonnenschutzstreifen, und dann eben immer wieder ein Häppchen, obwohl ich mit dem einäugigen Bull die Resteln mit Tape eingerollt hatte wie nur je ein Brite seinen Regenschirm. Scheiß Rollgenuas! Es muß einmal gesagt werden: Als wir noch mit Segelsäcken im Bugraum spazierenfuhren, da war das Segeln um einiges mühsamer, aber ganz bestimmt sicherer. Was so eine richtige, schwere Sturmfock war, die hielt schon was aus, das war kein bequemes Schönwettersegel, das aber dafür beim ersten scharfen Zug davonflog. Jedenfalls mußten wir auch das Groß bergen beziehungsweise das Bisserl davon, das wir noch fuhren, denn das Boot war nun derartig luvgierig, daß man den Kurs nicht halten konnte.

Und da hocken wir also jetzt, der Skipper kämpft mit dem Ruder, der Motor kotzt, stottert und kommt wieder, der mächtige Schrägaufzug der Dünung führt uns vor Augen, wie lächerlich fünfzehn Meter Boot sind, mögen sie im Hafen auch groß wirken, hier sind sie nichts.

Jeweils am Kamm, wo uns der volle Winddruck erwischt, legen wir derartig über, daß die Leereling gänzlich im kochenden Wasser verschwindet, ein paar Tonnen grünes Wasser steigen ein und zerren mit unheimlicher Kraft an unseren Beinen, bis sie dann doch gurgelnd durch die Lenzrohre des Cockpits entweichen. Dann taumeln wir wieder einen solchen Abhang hinunter, und der Bug schlägt krachend ein im Wellental, dabei schleudert er viele Meter lange Gischtfontänen zu den Seiten, wobei die Luvfontäne allerdings sofort wieder, zerrissen vom Wind, wie Schrapnell über das Boot fährt. Die Tropfen schmerzen im Gesicht und auf den Händen wie Hagelschlossen. Das Boot ächzt in allen Verbänden, wieder und wieder beginnt die steile Himmelfahrt, dann der schwindelerregende Abstieg und der markerschütternde Aufschlag unserer acht Tonnen. Ich beobachte, wie die Lichter an Land langsam nach hinten auswandern, aber ich höre auch, wie im Salon alle Schapps aufspringen, und kann durch den Niedergang verfolgen, wie alles, was nicht niet- und nagelfest ist, in Kaskaden herausstürzt und einen grotesken Trümmertanz mit akrobatischen Einlagen aufführt.

Dann werde ich Augenzeuge unerhörter Geschicklichkeit: Georg fängt seinen eigenen Fotoapparat mit dem leider bereits halbvollen Kübel, als der von oben kommt: Bingo. Jetzt starrt er ungläubig auf das Resultat. Ich sehe am Lot, wie wir die Zehnmeterlinie endgültig unterschreiten und einfach immer näher hingeschwemmt werden an die Zähne des Riffs, das auch jetzt, in totaler Finsternis, durch den geradezu fluoreszierenden Schein der weißen Gewalt, die es schäumend umtobt, unübersehbar ist, unüberhörbar auch, es donnert dort wie tausend Züge in voller Fahrt, viel zu nahe schon. Legerwall!

Legerwall ist eine wunderschöne Gegend voller freundlicher Leute, die jetzt alle im Bett liegen und vielleicht ein wenig lesen, weil der Sturm gar so schreit im Krüppelholz, und der Zigarettenrauch im Zimmer zittert, wenn das ganze Haus bebt unter der Gewalt der Böen: Gott gnade denen, die jetzt draußen sind! Draußen sind schwere Fischerboote mit mächtigen Turbodieseln, Radar und derzeit dichtverschalkten Luken, die der entfesselten Natur mit hunderten von Wellen-PS begegnen können, die sich unter dem Ansturm der entfesselten Elemente schütteln wie Hunde im Regen und deren Kapitäne jetzt sehnsüchtig ans Bett denken und seufzen: „Stavros hat's wieder gero-

chen. Liegt jetzt zu Hause mit seiner Maria und lacht über uns Trottel. Ist mit dem Teufel im Bunde. Weiß immer, wie das Wetter wird. Leider kann man sich auf ihn nicht verlassen, weil er auch zu Haus' bleibt, wenn er keine Lust hat, der faule Sack! Efcharisto, Gott sei Dank habe ich mir den neuen Scheibenwischer gekauft!"

Und sie spähen durch die Rotationsscheibe in die dicken Gischtschwaden und geben den fetten Maschinen noch hundert zusätzliche Umdrehungen. Wird ein langer Tag, keine Rede von Heimfahren, die Einfahrt ist nicht zu packen. Lieber draußen abwettern. Oder nach Likomenaos ablaufen? Vielleicht gibt es dort noch die kleine Anna? He? Andererseits ist es jetzt drei in der Früh. Wahrscheinlich ist sie nicht mehr auf, auch nicht in einer Nacht wie dieser. Und selbst wenn: Zwanzig Trottel. Eine Anna.

Zwanzig Trottel? Fünfundzwanzig. Die fünf sind wir. Fünfzehn Meter, acht Tonnen, fünfzig PS. Fast auf Legerwall. Und ich sehe, wie wir unaufhaltsam darauf zugetrieben werden. Und wissen nicht einmal von Anna. Aber dann sehe ich, wie wir gerade noch so vorbeischrammen an der Huk und tiefes Wasser gewinnen, länger hätte die Insel für uns nicht sein dürfen.

Plötzlich leuchten die Lichter an Land freundlicher, was eben noch tödliche Gefahr war, ist jetzt wieder ein netter Gruß, die mühelose theatralische Gewalt, mit der das Meer an der Steilküste nagt, wirkt wieder pittoresk. Alles eine Frage des Punktes an einer dünnen Bleistiftlinie in der Seekarte, an dem sich unser Boot befindet. Jetzt merke ich erst, wie trocken mir der Mund ist, wie verspannt meine Muskeln. Mir ist kalt, aber das ist nicht der einzige Grund, warum ich zittere. Der Skipper ist wachsweiß im Gesicht. Was ihm die Wangen herunterrinnt, ist wahrscheinlich nur Meerwasser, aber wer will das schon genau wissen, salzig ist es auf jeden Fall.

Wir sind noch einmal davongekommen. Pfeif auf Anna! Pfeif auf Likomenaos. Wahrscheinlich habe ich mir das Ganze sowieso nur ausgedacht.

Ich gehe hinunter, Glas knirscht unter meinen Stiefeln, schiebe das Besteck, das sich doch noch zu einem Fluchtversuch entschlossen hat, einfach mit den Füßen zur Seite, klaube den Wasserkessel aus den Scherben der Teller und Gläser, Tassen und Flaschen und freue mich, daß die Wasserpumpe noch tuckert. Eingespannt im Gestänge des halbkardanisch aufgehängten Herdes summt der Kessel bald vielversprechend, und dann gibt es heißen, stark riechenden Tee aus Zahnputzbechern. Selbst der Skipper lächelt dazu, denn inzwischen dümpeln wir im ruhigen Wasser eines freundlichen Fischerhafens. Viel reden mag keiner, es gibt so viel zu tun. Unsere Augen sind rot geschwollen, Haut, Bart und Haare salzfleckig, wir riechen wie die Indianerhäuptlinge nach einem strengen Winter, aber wir sind zufrieden, weil wir es halbwegs heil überstanden haben. Was soll man auch schon groß dazu sagen: Wir haben erlebt, wie der Urmensch in uns erwachte, die Meerschweinchenhülle der Zivilisation sprengte und sich mit gesträubtem Nackenfell und voller Furcht, aber frei von jeder Angst, seinem Schicksal stellte.

Es ist nicht die schlechteste meiner Erinnerungen. Nur beim Entsorgen der Säcke mit den Scherben habe ich mir wieder den Finger gequetscht.

Nach diesem Törn wollte ich aber doch mehr über das Segeln lernen. Bisher hatte ich den Herrgott beziehungsweise den Skipper einen guten Mann sein lassen und zwar zugegriffen, wo es notwendig war, auch Rudergehen und Kurshalten stand in meinem Programm, ich bekochte meine Mitsegler gerne, und ich konnte auch anlegen, bei schönem Wetter und unter Maschine jedenfalls; was ich vom Segeln allerdings wirklich wußte, hatte mir dieses eine Erlebnis eindrucksvoll bewiesen: nämlich genau nichts. Was nutzte mir meine Jollenerfahrung bei schwerem Wetter in einem fremden Revier? Bestenfalls konnte ich mit gut getrimmten Segeln in den Untergang reiten. Ich erinnerte mich lebhaft des Gefühls der absoluten Hilflosigkeit und meiner Zweifel betreffend des Dieselfilters und seiner angeblichen Unzugänglichkeit angesichts des schlechten Wetters. Ich begann mich also nach Skippern umzusehen, die die Prüferlizenz hatten, und schickte mich an, in die Geheimnisse des faszinierenden Sports einzudringen. Eins führte zum anderen, und plötzlich fand ich mich im B-Schein-Kurs wieder, verwandelte Kurse, büffelte die Lichterführung, sagte „hallo" zur Seestraßenordnung und fragte mich wiederholt, welcher Leuteschinder Faden und Kabellängen erfunden haben mochte. Nautische Meilen schreckten mich nicht, sie und die Kursverwandlungen sowie die tiefen Geheimnisse der Meteorologie kannte ich ja längst vom Fliegen her.

War mir im Kurs fad, brauchte ich dem etwas aufgeblasenen Vortragenden, der oft und hauptsächlich den hübschesten Mädchen des Lehrganges hochgestochene Fragen stellte, lediglich um den trockenadiabatischen Temperaturgradienten oder die Qualitäten der Hydrometeore zu fragen, die in der Seefahrt Bedeutung hätten, und – zack! – war der gute Mann wieder am Boden. Ich tat das allerdings wirklich nur diese beiden Male, nicht aus Mitleid, sondern weil ich bemerkte, daß da ein Schlaumeier im Kurs saß, der daheim intelligente Fragen entwarf, um positiv aufzufallen, und obwohl ich ganz sicher war, daß *meine* Fragen dem Hypertrophen *nicht* gefielen, da er darauf selbstverständlich keine Antwort wußte, wollte ich mich keineswegs mit dem Streber auf eine Stufe stellen. Sein Name war Konansky, aber seit den einschlägigen Filmen hatte er den Spitznamen Conan weg, obwohl er eher einer Birne ähnelte als dem sagenhaften Barbaren.

Barbarisch waren an ihm nur sein Lachen und sein fettiger Humor, eventuell noch sein Arschkriechen, aber das ist ja heutzutage eine weitverbreitete Qualität. Conan kenne ich schon länger, er ist mittelgroß, hat trotz seiner Jugend bereits ein Bäuchlein und bewegt sich mit der Eleganz eines Mehlsackes. An Bord ist er der Ein-Mann-Wartungstrupp, er repariert alles, was irgendwie mit Elektrizität zu tun hat. In Abwesenheit passender Landstromstecker entwirft er Provisorien, die absolut betriebssicher sind, ganz im Gegensatz zu den üblichen, lebensgefährlichen Basteleien. Außerhalb seines Fachgebietes ist er jedoch furchtbar ungeschickt, wir in Wien nennen das patschert. Darüber hinaus ist er stets vom monomanen Wunsch beseelt, dem jeweiligen Skipper zu gefallen. Das wirkt meist peinlich, manchmal ist es aber auch von unfreiwilliger Komik. Dazu fallen mir zwei typische Episoden ein.

Einmal waren wir mit einem Riesenkatamaran unterwegs, die Steuerbordwache hatte Dienst zwischen vier und acht Uhr früh gehabt. Es war eine ruhige Nacht gewesen, und wir hatten viel getratscht und noch mehr geraucht. Damals kam der Skipper verschlafen an Deck, um sich einerseits umzusehen, andererseits auch, um seine Blase zu erleichtern. Es ist schwer erklärlich, aber Tatsache, daß viele Hobbyseeleute das lieber an Deck als in den, in diesem Fall ausnahmsweise wirklich geräumigen und komfortablen, Toiletten tun. Vielleicht ist der wahre Grund der, daß in diesen speziellen Räumen auf den meisten Schiffen quälende Enge herrscht und man außerdem wie ein Wilder pumpen muß, um die Kleinigkeit halbwegs hygienisch zu entsorgen. Da stand er jedenfalls und ließ es plätschern, wobei sich seine Züge merklich entspannten. Als er sich endlich ausreichend von seinem kleinen Freund verabschiedet hatte, sah er fast zufrieden aus. Dann allerdings fiel ihm die Bescherung im Cockpit auf, und ein Teil des Morgengrauens schlich wieder in sein Gesicht.

„Da schaut's ja aus, als wäre ein Vulkan ausgebrochen!" grummelte er entrüstet. „Nehmt's euch ein paar Pützen Seewasser und spült's die Sauerei wieder weg."

Dabei wies er aufgebracht auf die Aschewürmchen unserer Zigaretten, die unschuldig am Cockpitboden lagen, und verschwand im Salon. Wir gossen einen oder zwei Zahnputzbecher Wasser über den Boden, und die Stäubchen des Anstoßes verkrochen sich angstvoll durch die Lenzrohre. Jetzt aber erschien Conan, der Papagei. Er hatte das Gespräch mitbekommen, aber nicht, daß alles wieder im Lot war, die Welt in Ordnung und Gott in seinem Himmel. Er wollte beileibe nicht sein Geschäftchen erledigen, nie, nie hätte er das vor anderen getan, nein, er war nur wild entschlossen, seinen Senf dazuzugeben und vor seinem Skipper gut dazustehen. Da stand er also mit seinem geblümten Pyjama, das Bärli hatte er offensichtlich im Bett vergessen, und laberte:

„Da schaut's ja aus, als wäre der Vesuv ausgebrochen!"

Man offerierte ihm ein Gutenmorgenbussi, für den Fall, daß er ein guter Junge sei und sich die Zähne putzen ginge, und weg war er. Soviel zu „peinlich".

„Lustig" war davon nicht weit entfernt, aber doch um etliches besser. Gegen Ende der gleichen Fahrt standen wir vor dem Problem, daß uns die Zeit davonlief. Was war im Rahmen vernünftiger Sicherheitsgrenzen noch möglich, worauf mußten wir verzichten? Die Wellen gingen hoch, und es drohte ein Streit auszubrechen. Da sprang Conan auf und schrie wie Wicki bei den starken Männern:

„Ich hab's!"

Wir starrten ihn trübe an, aber immerhin hatte er für den Moment die Situation entschärft, und so ließen wir ihn reden. Er legte uns seinen genialen Plan vor. Während seines Vortrages hob sich manches Auge flehend gen Himmel, einer begann, leise zu prusten, endlich war er fertig.

„Was hältst du davon?" fragte er eifrig den Chef. „Ist doch super, oder?"

„Des is a Schas" (wienerisch für: Das ist der größte Unsinn, den ich seit langem gehört habe), entgegnete müde der Skipper.

„Das hab' ich mir gleich gedacht", seufzte Conan. Aber, wie gesagt, die Stimmung an Bord war gerettet.

Um wieder auf den Kurs zurückzukommen, ich wollte jedenfalls nicht mit diesem Menschen in einen Topf geworfen werden. Dabei bin ich sicher, daß er einmal einen großartigen Skipper abgeben wird, wenn ihm eine gute Fee hilft, eigene Persönlichkeit zu entwickeln.

Schließlich bestanden wir alle die theoretische Prüfung und sammelten über den Sommer die noch fehlenden Seemeilen. Jetzt galt es nur noch, bei einer praktischen Prüfung auf einem Schiff die Theorie in die Praxis umzusetzen, also in der Realität zu beweisen, daß wir auch verdaut hatten, was wir im Lehrsaal erstreberten. Dazu vereinbarten viele Kursteilnehmer einen Termin zwischen dem österreichischen Staatsfeiertag und der anschließenden Woche, da hier die Feiertage günstig fielen und nur wenig Urlaubstage verbraucht wurden. Weil aber einige von uns die notwendigen Seemeilen noch nicht vollständig hatten und sechs möglichen Prüfungsteilnehmern auch noch eine Nachtfahrt fehlte, drängte der Vorsitzende unserer Prüfungskommission auf volle zwei Törnwochen. Wir waren einverstanden und nach einigen Schwierigkeiten bekamen alle genug Urlaub.

Da wir zwölf Kandidaten waren und zwei Prüfer das Minimum, gab es mit zwei Schiffen ein Problem, weil beide Prüfer ihre Frauen mitnehmen wollten. Zwar kann man ohne weiteres acht Leute auf ein Schiff pferchen, aber wohl fühlen wird sich dabei niemand. Nimmt man aber drei Schiffe, wird der Pro-Kopf-Preis zu hoch, und so suchten wir dringend noch Mitfahrer. Wir fanden sie in Form eines älteren Hofratsehepaares, gute Bekannte des dritten Skippers und Prüfers, und einer jungen medizinisch-technischen Assistentin. Hofrats waren noch nie auf einem Schiff gewesen, schwärmten aber seit langem daheim bei Freddy-Platten von so einem Erlebnis, die MTA allerdings besaß den B-Schein, Fahrtenbereich 3. Drei Schiffe waren bald aufgetrieben, darunter eine wunderschöne Fünfundvierziger mit dem eigenartigen Namen BÄRLI, sie war der Schwan des Geschwaders. Die beiden anderen Boote der Flotte waren Zweiundvierziger, und zwar ein sehr gepflegtes Eignerboot namens ODYSSEUS und, als häßliches Entlein, ein Joghurtbecher übelster Ausstattung mit Namen MIRANDA. Sie war das typische Charterschiff, ein Touristencontainer. – Wie vergammelt sie in Wirklichkeit war, wußten wir zum Glück damals noch nicht. Es sollte sich nämlich herausstellen, daß das einzig Bewundernswerte an ihr war, daß sie überhaupt noch schwamm.

Wir Prüflinge losten mit Streichhölzern aus, wer wo an Bord gehen sollte. Mit dem sprichwörtlichen Glück meiner Familie zog ich nicht nur die MIRANDA, nein, dazu bekam ich auch noch die Mitkandidaten Conan und Capt'n Iglo, Gott sei Dank aber auch Ernstl, einen herzensguten Segelkameraden, den ich schon lange kannte.

Ging an Bord etwas kaputt, Ernstl konnte es mit Geschick und Geduld bisher stets reparieren. Ich sehe ihn immer noch, und das auf einem seiner ersten Törns, auf dem Salonboden sitzen und aus einer alten Seekarte (andere gab es an Bord nicht) mit seiner Nagelschere eine Dichtung für die Impellerpumpe basteln, und die paßte dann perfekt. Besonders die Geheimnisse der oft widerstrebenden Bordelektrik waren für ihn, den gelernten Elektroingenieur, kein Problem. Außerdem ist er der höflichste Mensch, den ich je an Bord eines Schiffes erlebt habe, mit der möglichen Ausnahme von Günther. Ebenfalls auf einem seiner frühen Ausflüge aufs Meer kam er einmal an Deck und fragte mich, der ich gerade am Ruder stand, beiläufig, was man tun müsse, wenn einem übel wurde. Dabei musterte er aufmerksam einen Bordkameraden, der sich auf der Cockpitbank zum Sterben niedergelegt hatte. Ich hatte im Moment Wichtigeres zu tun, da ich zu ergründen versuchte, ob ich das Dickschiff an Steuerbord noch passieren lassen konnte oder lieber den Kurs ändern sollte, um nicht zu knapp an seinem Heck vorbeizugehen.

„Kotzen", antwortete ich ihm daher lakonisch.

„Wohin?" fragte er.

Ich hatte mich zu einer leichten Kurskorrektur entschlossen und drehte sacht am Rad.

„Nach Lee", sagte ich abwesend. Endlich war alles zu meiner Zufriedenheit.

„Und wo, bitte, ist Lee?"

Ich deutete mit dem Daumen hinter mich, da es windstill war und wir nur Fahrtwind hatten. Ernstl tastete sich an die Heckreling.

„Da?"

„Ja, klar."

„Pröhörpsarröhhhh!"

Nachher bestand er noch darauf, die ganze Bescherung vom Heck zu spülen, bevor er sich auf der anderen Cockpitbank aufbahrte, um seinem Schöpfer zu begegnen.

Dritter Prüfer und Skipper der MIRANDA wurde Fritz, den ich schon von zwei früheren Törns in guter Erinnerung hatte. Die Hofrätlichen wollten unbedingt mit ihm fahren, er war er ja der einzige, den sie kannten, und damit war das Schiff voll. Nach einigen Streitereien zwischen den Frauen der anderen beiden Prüfer bekamen wir aber auch noch Birgit und Walter, den der Prüfungsvorsitzende unbedingt dabeihaben wollte, wenn auch nicht auf dem eigenen Schiff. Wir wunderten uns zwar ein wenig, in der Euphorie der Aufbruchsstimmung war es uns aber egal. Damit war unser Schiff praktisch ein Sträflingslager. Wir waren neun Leute auf einem Boot, bleiben für die anderen je sechs. Der Commodore meinte, er würde sowieso während der Fahrt die Prüflinge von Boot zu Boot schicken, damit jeder Prüfer sich sein Bild machen könne. Fritz sagte dazu gar nichts.

Die Mirandasträflinge wollten sich heute treffen, um schiffsinterne Dinge, wie Proviant, Ausrüstung und ganz allgemein Probleme der Platzaufteilung zu besprechen. Bis zur Abreise war es noch eine Woche. Das Wetter war vielversprechend, geradezu spätsommerlich, die Vorfreude groß.

Und so kam es, daß ich mit dem Auto bis zum „Ronesch", einem bekannten Fischrestaurant, fuhr, mich von der Fähre auf die Donauinsel übersetzen ließ und dort vom schwankenden Anlegesteg über eine steile Treppe zum sandigen Treidelweg über dem mächtigen Geröllwurf stapfte, wo früher die Schlepppferde der Flußkähne keuchten und jetzt die Jogger. Da gab es, Ende des zwanzigsten Jahrhunderts, noch einen Rest ursprünglichen Auwaldes, mitten in der Großstadt. Ein Paradies, zur Uferseite hin bewacht von mannshohen Brennesseldickichten, die artig am Waldrand aufhörten, weil sie dort nicht genug Licht bekamen, und einer gewaltigen Streitmacht blutrünstiger Gelsen. Zwischen den locker stehenden Bäumen standen auf ihren grünbemoosten Stelzen Fischerhütten mit geteerten Fronten und grün gestrichenen Fensterläden. Dazwischen sah man träge, tiefbraune, halbnackte Donauinsulaner, denen die Gelsen nichts taten, weil sie sich nie rasch genug bewegten, um in Schweiß zu geraten. Ich folgte dem Weg stromabwärts und stieg dabei vorsichtig über die rostigen Verankerungsseile der kleinen Hausboote der Daubenfischer.

Im schrägen Licht des Nachmittags blitzte der trübe Strom wie Silber, die Buhnen streckten ihre tiefschwarzen Steinfinger, an denen die wirbelnden, kraftvollen Zöpfe des Niedrigwassers gierig sogen, in Richtung Flußmitte. Nach ein paar hundert Metern wandte ich mich zum Inselinneren und tauchte ein in das schattengrünweiß flirrende Licht des Auwaldes. Vor mir erschien eine niedrige Hütte, tief gegen den Boden geduckt, das Holz der Wände durch Sonne und Alter aschfahl gedörrt, zum Boden hin moosgrün und dunkel vor Feuchtigkeit. Trat man in das schwarze Maul der engen Türe, mußte man einige Zeit warten, um sich an das Dunkel zu gewöhnen. Dann jedoch fand man sich in einem winzigen Raum, der mit Sperrmüllmöbeln als Gaststube eingerichtet war. Durch eine weitere Türöffnung gelangte man in einen ebenso kleinen, aber unheimlich vollgestopften zweiten Raum. Er war gerammelt voll mit zwei alten Kühltruhen, gasbetrieben, Geschirrspüle mit zwei Einsätzen, das Wasser mußte vom Brunnen geholt werden, einer winzigen Arbeitsfläche mit einem zweiflammigen Propangasbrenner, auf dem der Wurstkessel dampfte, daneben ein Glasgefäß mit dünnem Kaffee. Von der Decke hingen schwarzgeräucherte

Speckseiten, unter einem Glassturz schwitzte gelber Käse. In einem Berg Bröseln stand eine Brotschneidemaschine mit Handkurbel. Gespülte Gläser trockneten in Gitterkisten aus Plastik, wie Bäcker sie verwenden. Wo noch Platz war, standen Getränkekisten. Hier waltete Rudi, der Wirt der „Rad- und Wanderschänke".

Klein und knorrig wie eine Bergkiefer, den mächtigen, martialisch gezwirbelten Schnurrbart überschattet von einer knolligen Bergbauernnase, stand er da. Seine blaßblauen Augen blinzelten mir aus tief eingegrabenen Faltenfächern entgegen, wie sie alte Bergbewohner und Seebären haben, die ihr halbes Leben mit fast zugekniffenen Augen in sonnenhelle Weiten spähen. Harmlose Großstädter halten das für Lachfältchen und den Träger für einen fröhlichen Burschen, doch da ist höchste Vorsicht am Platz. Heute blinzelte Rudi eindeutig freundlich.

„Geh her, Viechbader, trink an Enzian, Enzian is ara Blume." (Für die norddeutschen Leser: Komm her, Tierarzt, trinke einen Enzian [in den Alpen gebrannter Schnaps, in dem der Wurzelstock der erwähnten Pflanze eingelegt wird], Enzian ist auch eine Blume.)

Er packte eine Flasche, in der dunkelbraune Wurzeln in gelblichem Alkohol schwammen. Rudi ist schon lange in Wien, und ich wollte gar nicht wissen, welcher Stoff in seiner häufig strapazierten Flasche, die nie leer wird, damals die eingekerkerten Wurzeln umspülte. Jedenfalls war es ebenso unmöglich, seine Einladung abzulehnen, wie die eines Beduinenscheichs, der einem eine Handvoll fettigen Pilaws reicht, in dem als besonderes Zeichen der Gastfreundschaft ein gekochtes Hammelauge glänzt. Beides käme einer tödlichen Beleidigung gleich. Ich schüttete also eine mächtige Dosis des fragwürdigen Getränks in mich hinein und bemühte mich, mein Schaudern zu unterdrücken. Gerade noch rechtzeitig bekam ich wieder Luft, um einen zweiten Anschlag auf meine Leber zu verhindern.

„Bitt' schön, keinen zweiten, ich treff' mich heut' bei dir mit ein paar Leuten zu einer Besprechung, da brauch' ich noch einen klaren Kopf."

„Was für Leut' denn?"

„Segler. Die sind genauso narrisch wie ich."

Denn Rudi erklärte jeden, der freiwillig weiß Gott wo hinfährt oder -fliegt, nur um dort womöglich zu ersaufen, taxfrei für verrückt.

„Na, schaug, daß d' die richtigen Narrischen findtst, weil Narren rennen da genug herum."

Und damit wies er mit weitausholender Handbewegung über die Wiese hinter seiner Hütte, wo sicherlich fünfzig Leute an den Heurigentischen saßen, die dort aufgestellt waren, und eifrig Zeche machten. Daß er von ihnen lebte, hieß nicht unbedingt, daß er sie liebte. Dazu hatte er schon zu oft gesehen, was Sonne, Durst und Alkohol gemeinsam zustande bringen. Ich schaute in die Runde; meine Narrischen waren noch nicht dabei. Also ließ ich mir von ihm eine Flasche Limonade geben, irgendeine, denn er hat es nicht so gern, wenn Leute auf einem bestimmten Produkt bestehen. Bei ihm richtet sich nicht das Angebot nach der Nachfrage, sondern jeder trinkt, was da ist, oder läßt es eben bleiben. Die meisten lassen sich das auch ohne weiteres gefallen, denn seine Wirtschaft ist einerseits ziemlich abgelegen, und Trotz bedeutet eine lange, heiße Durststrecke, und andererseits ist er ein Original, dem man nicht so leicht böse sein kann. Überdies habe ich einige Male das Vergnügen gehabt, mitzuerleben, wie er Leute abfertigt, die meinen, auf ihrem guten Recht bestehen zu müssen. Alle haben sich dabei gewunden, die Zuschauer vor Lachen, die Betroffenen vor Wut. Zu Ausschreitungen kam es nie, auch wenn die Erzürnten stark, betrunken und primitive Lackeln waren, denn da ist manchmal etwas in seinen Augen, das wirklich ausnahmslos jeden sehr vorsichtig und sofort wieder nüchtern macht. Deswegen gab es bei ihm auch nie Raufereien. Wohl aber wilde Szenen zwischen Pärchen und Betrunkene in allen Stadien zwischen Kriechen und Kotzen. Nein, er fürchtete sie nicht, aber er verachtete manche seiner lieben Gäste. Andere wieder mochte er, ich war eben einer davon.

Ich nahm also mein Getränk, suchte mir einen freien Tisch, davon gab es in der Sonne genug, denn saufen tun sie lieber im Schatten, und wartete. Zwischen den Tischen trieb sich ein fußballgroßer, völlig verfilzter Köter herum, und als er mich bemerkte, begann er sofort, heftig zu knurren und keifte das hündische Äquivalent für Sperrstunde. Das Tier gehörte Rudi, ich hatte es vor einem Jahr wegen einer Gebärmuttereiterung operieren müssen, und das hatte es nicht vergessen. Wir waren überhaupt keine Freunde. Da kam aber schon der stolze Besitzer und bat seinen Hund mit wohlgesetzten Worten, sich zurückzuziehen.

„Schaug, daß di schleichst, Rabenviech!"

Unnötig zu sagen, daß er ihn abgöttisch liebte. Die, die das nicht wissen, schreien allerdings leicht nach dem Tierschutzverein. Kaum saß er neben mir, seine Lebensgefährtin, das vertrickerte Apferl, hatte übernommen, stahl mir eine zahme Krähe mit einem verkrüppelten Fuß die frisch angerauchte Zigarette aus der Hand. Das Apferl hatte sie und zwei ihrer Geschwister halbverhungert in einem heruntergefallenen Nest gefunden und, als sich die Eltern nicht wieder zeigten, die Jungvögel, die immer schwächer wurden, adoptiert und aufgezogen. Die zwei Gesunden waren ausgeflogen, das Krüpperl geblieben, um die zweifelhaften Errungenschaften der Zivilisation – hauptsächlich Zigarettentabak und Alkoholreste aus Gläsern – zu genießen, und hatte dabei beträchtliche Frechheit und Perfektion entwickelt. Es flog mit meiner Zigarette zu seinem Hauptquartier am Dach, wo es Ruhe vor Nachstellungen und einen guten Überblick hatte. Dort schlitzte es sie mit einem gekonnten Schnabelhieb auf und begann, Tabak zu kauen. Der Vogel kaute den Tabak wie ein alter Routinier, nach einer Weile spuckte er ihn auch mit einem Strahl Speichel wieder aus. Nie habe ich ihn Tabak schlucken sehen.

Da die Wirtschaft im Bereich der FKK-Zone lag, war gut die Hälfte der Besucher nackt, und davon wieder gut die Hälfte ausgefressen, quasi sonnenrote Michelinmännchen. Manche saßen auf Handtüchern, aber die meisten davon wetzten den blanken Hintern auf den Heurigenbänken, wo sie beim Aufstehen riesige, feuchte, bauchige W's hinterließen. Mir graust vor dieser Unsitte, normalerweise blieb ich daher auf der anderen Hüttenseite, aber heute erwartete ich noch mehrere Leute, die hoffentlich alle einen guten Magen hatten. Heute war nämlich ein besonderer Tag, ein großartiger sogar: der Tag des Crewtreffens.

Als ich da saß und mit Rudi tratschte, haute mir plötzlich von hinten jemand auf die Schulter, daß ich fast von meinem Glas abgebissen hätte. Es war Walter. Er war der verläßlichste Vasall des Prüfungsvorsitzenden, den wir Commodore nannten. Sie hatten in der Vergangenheit eine Menge nautischer Erlebnisse und wohl auch einige Räusche geteilt. Er schrie: „Servus, Alter!“, obwohl er mich nur von einem kurzen Törn kannte und wir damals nicht restlos glücklich miteinander geworden waren. Er war sichtlich angeheitert. Rudi erhob sich, zwinkerte mir zu, sagte:

„Da sind mir meine Narrischen noch lieber“, und entschwand ohne weiteren Kommentar. Walter ließ sich neben mir auf die Bank plumpsen, und ich sah ihn mir genauer an. Da saß ein mächtiger, fetter Schädel auf fast keinem Hals, die Gestalt war die eines Metzgers. Am Gesicht fielen als erstes die Schweißperlen und der gepflegte Oberlippenbart auf, erst nachher bemerkte man die geschwollenen Äuglein. Die ganze Zumutung war in eine Duftwolke von Pino silvestre und Cognac gehüllt. Er trug ein weißes, verschwitztes T-Shirt mit der Aufschrift „Rettet die Wale“ über einer zu engen, blauen Leinenhose. Freundlich grinsend und dezent rülpsend blickte er umher.

„Gibt es hier etwas Gepflegtes zu trinken?“ nuschelte er mich an.

Begeistert rief ich nach Bedienung. Nach einiger Zeit kam Rudi persönlich daher. Er war weiß Gott nicht daran gewöhnt, als Herr Ober tituliert zu werden, hatte aber meine Stimme erkannt, und der Schelm stand ihm in den Augen. Walter musterte ihn aus der Froschperspektive des Sitzens und orderte mit leicht lallender Stimme ein Pils vom Faß. Damit kam er gut an.

„Wollen der Herr auch ein gekühltes Glas?“

„Natürlich!“ verlangte Walter mit dicker Stimme.

„Dann mußt'd schauen, wos das herkriegst!“ replizierte ein völlig gelassener Rudi.

Daraufhin geschah etwas Seltsames. Walter sah Rudi noch einmal, diesmal allerdings genau, an und fragte dann in gänzlich normalem Ton, was es zu trinken gäbe? Rudi erwiderte genauso normal „Schwechater“, und die zwei waren sich einig. Bald war das Bier da und ich etwas enttäuscht, denn ich hatte mir einigen Spaß versprochen. Aber so ist es nun einmal, zwei Hunderln erkennen sich am Geruch, und wer war ich, mich da einzumischen.

Aber um Walter gerecht zu werden, er ist nicht immer voll. Wenn zurechnungsfähig, ist er ein kompetenter Schiffskamerad, der ziemlich alles über die christliche Seefahrt weiß und es auch bereitwillig und geduldig an Anfänger weitergibt. Nur, wann ist er zurechnungsfähig? Ob besoffen oder nüchtern, normalerweise hängt er hinter dem Rudergänger im Heckkorb, auf dem Kopf einen schiffigen Strickstrumpf mit einem grünen Windfaden über dem rechten Ohr und einem roten über dem linken. Dazu zeigt er die aufgeweckte Miene eines glücklichen Kieselsteines. Unterschiede gibt es nur dann zu bemerken, wenn ihn die Blase drückt. Dann dreht er sich um und erledigt, wenn nüchtern, souverän sein Geschäftchen, wenn er aber besoffen ist, fällt er genauso selbstverständlich in den Bach. Bei Nachtfahrten kann einen das ganz schön nerven. Ich habe mich anläßlich unserer gemeinsamen Fahrt geweigert, irgendeine Wachfunktion auszuüben, während er im Heckkorb hing. Dieser Insubordination wurde nach kurzer Diskussion auch stattgegeben. Und jetzt „Alter“? Es war mir schleierhaft, wieso ich sein „Alter“ sein sollte. Nachtragend war er offensichtlich nicht.

Mittlerweile stand da ein weiterer Bekannter und sah sich suchend um. Es war Fritz, ein sportlicher Endvierziger mit militärischem Kurzhaarschnitt, angetan in Forstgrün, eben ein begeisterter Jäger. Er ist Diplomingenieur und leitender Angestellter bei einem großen Elektrokonzern.

Gott, da kam Conan. Er stolperte heran, ein grenzdebiles Grinsen im Gesicht, die einstudierte Begrüßung staute sich sichtlich und bedrohlich hinter seinen Lippen. Walter brachte ihn etwas aus dem Tritt, denn er rülpste jetzt kräftiger. Conan sprang einen Schritt zurück, er hatte ähnliches bereits früher erlebt, alles über sein Hemd. Man durfte ihm daher nicht böse sein, daß er jetzt vorsichtig war. Sein Lächeln kräuselte sich, und er sprach das geflügelte Wort: „Mahlzeit!“ Die unappetitlichen Nackten aus unserer Umgebung verzogen sich fluchtartig, dabei die unvermeidlichen Flecken hinterlassend, und es roch eine Zeitlang furchtbar nach verschwitzten Körpern. Dann nahten das Hofratspaar und Ernstl, der die beiden im Auto mitgenommen hatte. Fritz machte uns bekannt, wobei er sichtlich erfreut war, den am schlechtesten Angezogenen der Runde als Doktor vorstellen zu dürfen. Ich verbeugte mich säuerlich, verzweifelnd bemüht, meine Herrgottsschlapfen unter dem Tisch zu verstecken und wenigstens ein, zwei Hemdknöpfe hastig zu schließen, erntete ein erfreulich frisches Lächeln der Hofrätin, die aussah wie eine Sparversion von Frau Holle und ihren Hofrat, der sich mittlerweile nach Trinkbarem erkundigte, offensichtlich fest im Griff hatte. Er wirkte etwas verunsichert und bestellte zaghaft, mit einem Seitenblick auf seine Frau, zwei Cola. Rudi aber, der Beschützer der Rechtlosen, kredenzte ihm sofort eine doppelte Portion seiner verdächtigen Wurzel als Willkommenstrunk. Die Gattin lehnte bemüht freundlich ab. Als wir den Hofrat wiederbelebt hatten, war er, zumindest vorübergehend, Antialkoholiker.

Als nächstes tauchte Birgit auf. Eine Westentaschenvenus. Traum einsamer Seemannsnächte, allerdings auf stämmigen Beinen. Was aber an einer anderen unproportioniert ausgesehen hätte, bewirkte hier lediglich den Eindruck extremer Sportlichkeit. Sie bewegte sich wie eine Katze. Ihrem apartem, aber zur Vorsicht gemahnenden Fuchsgesicht sah man an, daß sie es faustdick hinter den Ohren hatte. Ihre Rundungen waren einfach perfekt. Mir verschlug es den Atem. Bevor ich allerdings anfangen konnte, richtig zu sabbern, stellte Fritz sie vor.

„Das ist Birgit, eine erfahrene Seglerin. Sie ist wirklich gut, sie hat zum Beispiel geholfen, ein Boot von England nach Ibiza zu überstellen, und sie sollte euch Bande ein Vorbild sein. Aber das wird sie euch schon noch selbst erzählen."

Was? Daß sie ein Vorbild war? Oder die Geschichte mit der Bootslieferung durch die Biskaya? Na, man würde sehen ... Ich fand an dieser Frau nichts, aber auch wirklich gar nichts auszusetzen. Zumindest nicht optisch. Sie sprach mich auf einer ganz tiefen Ebene unheimlich an, am liebsten hätte ich geheult wie ein Wolf. Auf der anderen Seite war da so ein Ausdruck in ihrem Gesicht und in ihren Augen, der mich vorsichtig machte. Ganz bestimmt hatte die in der Schule falsch eingesagt, ein Verbrechen, das nur einer ausreichend zu verabscheuen weiß, der wie ich, ständig unvorbereitet die Mittelschule verschlafend, zum Opfer eines solchen Luders geworden war.

Jetzt fehlte uns nur noch Capt'n Iglo. Er ist Lehrer an einer höheren Schule und stolzer Träger des akademischen Titels Diplomingenieur. Fritz ist das auch, aber man bemerkt es kaum. Anders bei unserem Oberlehrer. Er strotzt vor Wissen bis zum Rand, und dauernd rinnt es über. Klein von Wuchs ist er mehr als nur rundlich, kultiviert eine mächtige Seemannskrause und bemüht sich um eine betont nautische Sprache, seit er zum ersten Mal in ein Segelboot gekotzt hat, also eigentlich noch gar nicht so lange. Was ihm aber an Kenntnissen und Erfahrung fehlt, macht er durch sein Auftreten mühelos wett, zumindest, solange er an Land ist. – Sollte jetzt der Eindruck entstanden sein, daß ich ihn nicht mag, dann ist der falsch. Iglo ist, wie viele Lehrer, ein blendender Unterhalter und schafft es sogar, sein Fachgebiet, die Physik, spannend wie einen Kriminalroman darzustellen. Seine Schüler vergöttern ihn, und alle, die ihn kennen, mich eingeschlossen, schätzen seine Unterhaltung und seinen Humor sowie seine begnadete Kochkunst. Kaum ist er aber auf See, verflüchtigen sich seine ohnehin spärlichen Kenntnisse am nautischen Sektor vollständig, und kurz nach dem Segelsetzen fällt er überhaupt in Agonie. Erst das Erreichen des nächsten Hafens belebt ihn wieder, und er beginnt, die Gegend nach wildwachsenden Gewürzen abzugrasen und dann so herrlich zu kochen, daß alle viel zuviel essen. – Er ist am Wasser und wir im Hafen krank. – Nach reichlicher Ausschöpfung mehrerer akademischer Viertel tauchte er doch noch auf. Wir hatten inzwischen eine umfangreiche Einkaufsliste erstellt, und der gutmütige Ernstl versprach, alles im Großhandel zu besorgen.

Das Einkaufen der Schiffsvorräte gehört zu den wichtigsten Dingen vor einem Törn, wobei man zunächst in Erfahrung bringen muß, was die einzelnen Mitsegler gern essen und trinken, was zum Frühstück serviert wird und welche Getränke mitgenommen werden sollen. Was macht man mit einer Palette Bier auf einem Schiff voller Weintrinker? Was tut man mit dem Orangennektar, wenn sich alle vor den Fruchtfleischflankerln grausen? Was tun mit drei Kilo Reis, wenn alle Nudeln wollen? Alle Wünsche wurden notiert, dann gründeten wir eine Bordkasse für die ersten Auslagen. Birgit sollte unsere Zahlmeisterin werden. Wir organisierten noch die Anreise und besprachen die Frage des Reisegepäcks. Jeder maximal einen Seesack, keine Koffer, keine festen Taschen, nur Sachen zum Zusammenlegen, keiner mehr, als in den Schapps seiner Koje unterzubringen war. Nur einen Satz Navigationsbesteck für alle, ebenfalls aus Platzgründen. Fotoausrüstung nur so viel, wie jeder an seinem Platz stauen konnte, maximal eine Videokamera für das ganze Schiff.

Das Navigationsbesteck inklusive Zeichenutensilien würde ich mitnehmen, Iglo wollte aber unbedingt auch sein Parallellineal dabeihaben.

„Wieso denn das, brauchst du's zum Teigrühren?" fragte Walter scheinheilig, und Iglo war beleidigt. Wenn Iglo an Bord beleidigt ist, sperrt er sich auf dem Klo ein. Bei Rudi ging das nicht, er hätte sich maximal an einen Baum ketten können, also schwieg er bloß. Nach einer Weile erbot er sich aber, den Videopart zu übernehmen. Wir hatten aber schon einen Film von ihm aus Griechenland, der aussah wie die Kochschule im Fernsehen. Außer den diversen Schlemmereien in Lokalen und an Bord war nichts Wesentliches drauf, beim Segeln war ihm ja immer schlecht gewesen. So blieb auch die Filmerei an Ernstl hängen.

Beim darauffolgenden gemütlichen Teil ging es bald hoch her. Ich weiß nur noch, daß ein aufgeregter Conan von seinen zahlreichen seemännischen Abenteuern schwadronierte, die alle gemeinsam hatten, daß er überlegen die jeweilige Situation gemeistert hatte, und ein geduldiger Ernstl hörte ihm zu. Birgit erzählte ihr Ibizaabenteuer, sie war als Navigatorin auf einem Überstellungstörn gefahren. Fritz berichtete von einem Riesenauftrag, den seine Firma irgendwo in Rußland hatte und der ihm außer Auslandsdiäten auch noch Jagdmöglichkeiten verschaffte, Walter war in der Sonne eingeschlafen und schwankte bedrohlich auf der Bank. Ich kämpfte inzwischen mit den Folgen meiner akuten Wurzelvergiftung und stellte im Halbschlaf verblüfft fest, daß sich die Erde wirklich dreht. Das machte mich sofort wieder munter, verschreckte aber andererseits die Welt so, daß sie ihre Drehung wieder verheimlichte. Ich bestellte mir einen großen Kaffee, hätte aber genausogut heißes Wasser trinken können; das einzige Resultat war ein Schweißausbruch. Wir verabredeten uns für den folgenden Donnerstag zur Geschwaderbesprechung in einem Gartenlokal in der Nähe, dort wollte der Commodore noch letzte Einzelheiten, unwesentliche Kleinigkeiten wie etwa den geplanten Törnverlauf, besprechen. Dann zerbröckelte die Gesellschaft langsam. Conan zog, heftig auf sie einquatschend, mit Birgit ab. Als ich dann auch noch feststellte, daß Walter zu erwachen drohte, war der Nachmittag für mich gelaufen, ich verabschiedete mich und entging beim Zahlen knapp einer weiteren Dosis des Hausgiftes mit dem Hinweis, noch Auto fahren zu müssen. Ich wollte in aller Ruhe zur Fähre schlendern, doch da ich mittlerweile ausreichend geschwitzt hatte, zog ich jede Gelse in weitem Umkreis an. Also sah ich zu, daß ich Land gewann. Als ich, leicht außer Atem, ankam, legte das Boot gerade ab. Doch unten beim Wasser wehte ein leises Lüftchen, das die lästigen Viecher vertrieb und mich wieder trocknete. Außerdem blies es die letzten Alkoholschwaden aus meinem Schädel. So gelangte schließlich ein recht zufriedener Tierarzt auf die andere Flußseite und in der Folge nach Hause.

Diese Birgit ging mir nicht aus dem Kopf, aber noch mehr beschäftigte mich ein Gedanke, der mir plötzlich gekommen war: Ich wollte unbedingt dafür sorgen, daß die Bootskosten gerecht aufgeteilt und nicht einfach durch die Anzahl der Beteiligten dividiert würden. Daß die Kandidaten die Kosten für die Prüfung trugen, anteilig auch für Anreise und Verpflegung der Kommission, das war klar, aber die Bootskosten mußten auf die Bootsinsassen aufgeteilt werden, und zwar pro Boot. Dann würden wir vom Sklavenschiff wenigstens wesentlich billiger fahren als die Benutzer der halbleeren Luxuskreuzer. Wir waren insgesamt einundzwanzig Personen, drei Prüfer, zwei davon mit Gattin, zwölf Kandidaten, und vier Leute, nämlich die Hofrätlichen, Birgit und Walter, die mitfuhren, um den Pro-Kopf-Preis für die Prüflinge zu vermindern. Die vier hatten wir jetzt alle auf unserem Schiff. Wir mußten uns mit dem Gepäck beschränken, brauchten wesentlich mehr Vorräte, hatten insgesamt kaum Platz und reisten um einiges unbequemer als die anderen. Bisher war immer nur von gleichmäßiger Aufteilung der Kosten die Rede gewesen. Wieso sollten alle von unserem Sardinendasein profitieren? Das war mir schon den ganzen Nachmittag im Hinterkopf herumgegangen, ich hatte aber nicht den Finger drauflegen können. Auf der Heimfahrt war es mir dann – zu spät – eingefallen. Nun, man würde ja sehen.

Zunächst stellte ich also einen Zettel mit den Fakten zusammen. Wir hatten drei Boote. Auf zweien würden je fünf zahlende Gäste fahren, auf einem acht. Insgesamt gab es achtzehn Zahler, da die Kosten für die Prüfer natürlich von uns allen getragen wurden. Weil die Prüfer auch die Skipper waren, mußten sich an deren Kosten auch die reinen Gäste beteiligen. Setzte ich, stark vereinfachend, die Kosten pro Schiff mit 25 000 Schilling fest (in Wahrheit kosteten die Boote verschieden viel, die Unterschiede waren aber nicht so prägnant), dann entfielen bei gleichmäßiger Aufteilung auf jeden 4167 Schilling. Zahlte aber jeder seinen Anteil pro Boot, dann waren die Benutzer des Sklavenschiffes bereits mit 3125 Schilling pro Nase dabei, die anderen aber mußten pro Person 5000 Schilling bezahlen. Nun wäre das kein Problem gewesen, doch da waren ja auch die Frauen der Prüfer, die beide auf den teuren Booten fuhren. Was wir für eine Koje zahlten, war den Skippern natürlich egal, die Kosten für ihre Gattinnen mußten sie aber tragen, und da bestand nach Adam Riese eben die erhebliche Differenz von fast 2000 Schillingen. Das roch nach Stunk, aber alles, was recht ist, so war es eben.

Am Donnerstag ging ich mit gemischten Gefühlen zum Treffen. Ich war in der Ordination aufgehalten worden, deshalb waren fast alle schon da. Man hatte im Extrazimmer die Tische zusammengeschoben, am Kopfende der Tafel thronten die Prüfer, der Commodore und seine rechte Hand, der Zwinkerer, mit Gattinnen, Fritz saß allein.

Der Commodore ist ein mittelgroßer, mittelalter Ingenieur, dessen seemännische Qualitäten unbestritten sind. Wie alle Menschen hat aber auch er seine Fehler. Er neigt zu Jähzorn, und sein Führungsstil ist zumindest gewöhnungsbedürftig. An und für sich ein guter Kerl, pickt er sich an Bord jeweils ein Opfer heraus, auf dem er dann herumhackt, solange es sich der Betreffende gefallen läßt. Stellt sich der aber auf die Füße, macht der Commodore einen Rückzieher und sucht sich einen neuen Sündenbock. Selbst sieht er sich als ganzen Kerl, der Stacheldraht frißt und Rasierklingen kackt; er sammelt alte Waffen und Nautika. Viele Stücke seiner Sammlung sind liebevoll und kenntnisreich von ihm selbst gebastelt. Sein Haus sieht aus wie ein Marinemuseum. Außerdem sammelt er Messer. Von gelegentlichen, hitzigen Zusammenstößen abgesehen, ist unser Verhältnis gut. Er hat mich zur Seefahrt gebracht und war mir ein guter Lehrer. Mit seinen Eigenheiten kann ich leben.

Heute trug er eine Fotografenweste mit ungefähr dreißig Taschen, selbstverständlich in Olivgrün, zu einer sandfarbenen Drillichhose, ebenfalls mit aufgesteppten Säcken mit Klapplaschen. Seine Frau, die eigentlich das Kommando hat, saß still neben ihm, verkleidet als Indianerin. Sie hat's mit Ethnolook zwischen indisch und indianisch, ist ebenfalls ganz nett, kann aber stur werden wie ein Bock. Ich begegne ihr mit Sympathie, aber auch mit Vorsicht.

Zur rechten Hand Gottes saß der Zwinkerer, ein Typ, den ich schon deswegen nicht mag, weil er einem beim Reden nicht in die Augen schauen kann. Sein Blick irrt umher wie eine Ratte in einem Labyrinth, und dazu zwinkert er ununterbrochen. Zwar hat er ein geradezu grotesk massiges Kinn, aber er sähe gar nicht schlecht aus, wenn er nicht dauernd verächtlich den Mund verzöge und diesen Tick mit den Augen abstellen könnte. Offensichtlich lassen seine diversen Macken das aber nicht zu. Auf See hat er die irritierende Angewohnheit, ständig am Funk zu hängen und die anderen Boote anzurufen, oft drei-, viermal unmittelbar hintereinander. Was habe ich auf diesem Törn mein Funkzeugnis verflucht, denn kaum hörten wir wieder einmal seine liebe Stimme, waren Birgit und Fritz plötzlich futsch. Die anderen durften das Funkgerät nicht bedienen, vermutlich nahmen sie sich vor, vorsichtshalber nie eine derartig hinterlistige Berechtigung zu erwerben.

Des Zwinkerers Frau saß neben ihm und war unauffällig wie eine Maus, hatte aber offensichtlich verborgene Qualitäten, denn kurz nach unserem Törn hat sie sich scheiden lassen, das spricht für ihren Scharfsinn.

Zur linken Hand Gottes saß Fritz, er hatte einen abwesenden Ausdruck in den Augen und spielte mit einem Kugelschreiber. Neben ihm waren Pat und Patachon, zwei lustige und immer gutaufgelegte Lehrer, Pat klein und kugelrund, er unterrichtet Religion, Patachon groß und schlank, er ist der Nachdenklichere der beiden. Jedenfalls sind sie unzertrennlich. Was Patachon unterrichtet, weiß ich nicht mehr. Außer ihren sonstigen Gemeinsamkeiten einte sie auch die Freude, nun bald für zwei Wochen der Schule und dem Ehejoch zu entgehen.

Pat hatte die theoretische Prüfung gerade noch mit Ach und Krach bestanden, nahm das allerdings nicht schwer, sondern freute sich nur, den leidigen Problemen wie Kursverwandlungen, Lichterführung und Peilungen entronnen zu sein. In der Praxis würde sowieso nichts so heiß gegessen, wie es gekocht würde, meinte er vergnügt.

Als nächster war da Michael, ein zwanzigjähriger Student mit trockenem Humor, verwöhnt und störrisch zwar, aber in Krisensituationen stets verläßlich. Ihn kannte ich schon von den Kanaren. Wir nannten ihn Mike, weil er das gewohnt war und auf Michael ohnehin nicht reagierte. Er redete nie viel, wenn er aber einmal den Mund aufmachte, kam eine Bosheit an der Kostbarkeitsgrenze heraus. Einmal, der Commodore hatte gekocht, war das Essen so scharf geraten, daß alle keuchten. Als die ersten verdrossen die Gabeln weglegten, hörte man Mike: „Wer das Tabascoflascherl findet, darf es ausspucken!", und die Stimmung stieg wieder, weil alle lachen mußten.

Neben dem Zwinkerer saßen seine Prüflinge: ein Ehepaar namens Linda und Peter, Eigner einer Ketch von zwanzig Meter Länge, sechsundfünfzig Tonnen Verdrängung und einer Segelfläche am Wind von hundertsiebzig Quadratmetern. Sie machten damit Urlaubertörns in der südlichen Adria, mit Peter als Skipper und Linda als Mädchen für alles. Jetzt wollten sie den B-Schein machen, um später einmal vom ÖSV als Segellehrer anerkannt zu werden. Zwar sah auch Peter gut aus, er ist ein großer, schlanker Bursche mit blauschwarzem Haar und blauen Augen, stets tiefbraun und Bewegungen von der Eleganz einer Großkatze, Linda aber war eine Sensation. Sie ist ein zierliches Persönchen mit der Figur eines Models, in ihrem Gesicht dominieren ein Schmollmund und die riesigen, dunklen Augen. Das ganze wird durch schulterlange, dunkelblonde Korkenzieherlöckchen gekrönt und getragen von schier endlosen Beinen. Beide waren sie fröhliche, ungezwungene Menschen mit einer gehörigen Portion Mutterwitz. Ich hatte meinen Schnuppertörn auf ihrem Boot verbracht, zusammen mit dem Commodore, und jedesmal, wenn Linda nackt an Deck kam – es war da ziemlich zwanglos –, mußte ich an mich halten, um nicht zu pfeifen wie ein Teekessel.

Dann war da noch ein Wiener Polizist namens Alexander, der nicht so sehr wegen seines Berufes, sondern wegen seiner Statur Bull gerufen wurde. Er trägt als Frisur eine wild wuchernde, schwarze, gelockte Pudelkrone. Braune Augen schauen arglos aus kleinen Schlitzen, und außerdem hat er wulstige Lippen. Ein Bild der Harmlosigkeit.

Neben ihm saß, klein und unscheinbar, unser zweiter Peter, dessen Nachname übersetzt etwa „kleiner Krug" heißt, zur Unterscheidung vom anderen Peter nannten wir ihn das Krügerl. Neben ihm hockte geschlossen die Mannschaft des Sklavenschiffes.

Als letzte auf der anderen Seite saß Birgit, und zwischen ihr und Mike waren noch zwei Sessel leer. Den neben Birgit steuerte ich an, begrüßte alle, entschuldigte mich für die Verspätung und nahm Platz. Also war ich doch nicht der Letzte. Kaum hatte mein Hintern die Sitzfläche berührt, gab ich auch schon meinen brisanten Zettel Birgit und erklärte ihr das Problem. Bald kreiste der Wisch zwischen den Mitgliedern unserer Crew und alle acht spielten wir mit der Neuigkeit „Stille Post". Das fiel weiter nicht auf, da wir ja noch auf einen Mitsegler warteten und der Raum von Gesprächen schwirrte. Jedenfalls waren bald alle informiert und einig, daß diese Ungerechtigkeit so nicht hingenommen werden könne. Walter war der einzige, der sich dazu nicht äußerte, er beschäftigte sich angelegentlich mit seinem Bier.

Da öffnete sich die Tür, und Günther schritt herein. Wenn Günther erscheint, wird es immer still. Er ist stets untadelig gekleidet, und er geht nicht, er schreitet. In klingendem Schönbrunner Deutsch, dem unverwechselbaren Idiom des österreichischen Adels, entschuldigte er sich für sein Zuspätkommen, verbeugte sich elegant vor den Damen und begrüßte uns alle mit einem huldvollen Winken und Lächeln. Als er Platz nehmen wollte, schob ihm doch tatsächlich der Kellner den Stuhl zurecht, eben der Kellner, der uns andere, wenn überhaupt, nur widerwillig zur Kenntnis nahm. Ich hätte fast applaudiert. Mir hatte der Kerl auf meine Frage, was er empfehlen könne, schlicht gesagt, ein anderes Lokal, und mir die Karte hingeknallt, jetzt las er sie Günther unter Bücklingen und mit vertraulichem Raunen vor. Dann entfernte er sich devot und im Rückwärtsgang. Ich kannte Günther nur vom Kurs, wo nach einer kurzen Schnupperphase alle Mädchen um ihn herumschwirrten wie Motten um das Licht. Er war das sichtlich gewöhnt, es war ihm angenehm, aber selbstverständlich. Günther ist ein sportlicher Sechziger, Diplomkaufmann und selbständig. Im Kurs erwies er sich als hochintelligenter, kameradschaftlicher Mensch, den alle mochten, sogar der aufgeblasene Vortragende, obwohl ihm Günther eindeutig die Show stahl.

Jetzt waren wir komplett, der Commodore klopfte an sein Glas und läutete damit den offiziellen Teil des Abends ein. Es wurde nach und nach still. Wir weckten Walter, da sein Schnarchen störte. Der Commodore räusperte sich:

„Jetzt, da alle da sind, begrüße ich euch herzlich zur letzten Besprechung vor unserem Prüfungstörn und stelle euch erst einmal die Kommission vor. Mich kennen ja schon einige."

Es wurde pflichtschuldigst etwas gelacht, denn alle kannten ihn ja entweder vom Kurs oder von früheren Törns, mit Ausnahme der Hofrätlichen, die allerdings nicht überwältigt wirkten. Der Zwinkerer und Fritz wurden vorgestellt, dann ging es zur Törnplanung. Wir würden, wenn das Wetter das erlaubte, von Porto Buso entlang der istrischen Küste nach Süden laufen, den Kvarner queren, wo wir irgendwo eine Bekannte von ihm treffen wollten. Dann sollte es um die Insel Lošinj herumgehen, zwischen den Inseln östlich Cres wieder nach Norden, vom Südzipfel Istriens eine Überfahrt nach Venedig und abschließend, je nach restlicher Zeit, entweder direkt zurück nach Porto Buso oder noch einmal nach Istrien, etwa nach Rovinj, und von dort aus zurück. Das hörte sich gut an. Der Commodore fuhr fort:

„Die Großwetterlage ist günstig. Wenn das Wetter hält, was die Meteorologen versprechen, werden wir zwei schöne Wochen haben. Ich halte zwar nichts von diesen langfristigen Prognosen, aber ein stabiles Azorenhoch kann doch ziemlich lange unser Wetter beeinflussen."

Man konnte ihm nur von Herzen zustimmen und die Daumen drücken. Die Wetterlage war für die Jahreszeit atypisch, aber durchaus vielversprechend, und wir hatten den schönsten Altweibersommer seit langem. Das nächste Thema war die Crewkasse, eine für alle Boote oder je eine pro Boot. Da machte Fritz zum ersten Mal den Mund auf und sagte bestimmt:

„Eine pro Boot!“

„Warum?“ fragte der Commodore und runzelte erstaunt die Stirn, „wir haben doch alle das gleiche vor und auch die gleiche Freizeit und damit auch die gleichen Ausgaben.“

„Ja, und dann wollen die einen an Bord bleiben und kochen, die zweiten ins Lokal am Hafen und die dritten in die Stadt fahren, und der schönste Pallawatsch ist fertig, und keiner kennt sich mehr aus. Am Törnende heißt es dann: ‚Wenn Linda dem Conan dreihundert Schilling gibt, ist Ernstl dem Hannes nichts mehr schuldig.‘“

Fritz' Ausführungen klangen einleuchtend, und so wurde einstimmig beschlossen, drei getrennte Kassen zu führen.

Als letzten Punkt der Tagesordnung besprachen wir die Anreise. Wie viele Autos waren notwendig, wer würde mit wem fahren, und wann sollten wir uns treffen? Wir hatten da ein Problem, weil nicht die ganze Crew mit Ernstl fahren konnte, nicht einmal wegen Platznot, sondern aufgrund der gesetzlichen Bestimmungen. Es wurde beschlossen, daß Walter in Mikes Auto mitfahren sollte. Um zehn Uhr vormittags sollten wir im Hafen sein. Die oberen Zehntausend, eigentlich vier, nämlich der Boß und der Zwinkerer samt Gattinnen, wollten mit dem Flugzeug anreisen. Der Zwinkerer ist Pilot und würde sie mitnehmen. Da aber in einer kleinen Maschine kein Platz für ihr Gepäck war und auch das zulässige Höchstgewicht bei vollen Tanks weit überschritten worden wäre, baten sie die Mitsegler, doch ihr Zeug im Auto mitzunehmen. Als auch dieses Problem gelöst war, versicherte man uns leutselig, daß wir für die Mehrkosten der Anreise nicht aufkommen müßten. Nun ist die Kostenfrage in der Prüfungsordnung sowieso geregelt, das war also kein Thema. Wenn aber ein Hendel ein Ei legt, dann gackert es eben, und irgendwie mußten sie ja ihrem Stolz über die exotische Reiseart Luft machen, sonst wären sie geplatzt.

Der Commodore ging, sorgfältig, wie er nun einmal ist, noch einmal die notwendige Bekleidung und Ausrüstung durch, dann fragte er, ob es noch Probleme gäbe. Während nun Hofrats als einzige komplette Landratten noch eine Frage zum Ölzeug hatten, stieß mich Birgit an:

„Ich sag's ihm jetzt."

„Nein, das mach' ich."

„Warum?"

„Weil es Dinge gibt, die ein Mann allein tun muß", erwiderte ich großspurig.

„Wieso, mußt du aufs Klo?" zischte sie.

Dann stieß sie ihren Sessel zurück und brachte auch schon unser Anliegen vor. Plötzlich redeten alle durcheinander. Der Commodore spuckte förmlich vor Aufregung, und der Zwinkerer versuchte, sich mit den eigenen Wimpern zu erschlagen. Rosanne, die Frau des Commodore, genannt Rosi, wisperte giftig auf ihren Mann ein, wobei sie Birgit mit tödlichen Blicken aufspießte. Aber die allgemeine Meinung war für uns. Zwar versuchte der Zwinkerer, das Ruder im letzten Moment noch herumzureißen, indem er drohte, unter diesen Umständen von seiner Funktion zurückzutreten, doch da erkundigte sich Günther in tragendem Bariton, wie er das vor dem ÖSV begründen wolle und ob ihm seine Prüferlizenz wirklich so wenig wert sei? Er selbst, so meinte er zuckersüß, sei von diesem Problem doppelt betroffen, da ja der Preis nicht nur für ihn, sondern auch für den Prüfer an Bord steige, und den zahle er ja schließlich mit. Und der Zwinkerer könne ja seine Frau zu Hause lassen, dann entstünden ihm überhaupt keine Kosten. Ob er meine, daß wir, außer für die Prüfer, womöglich auch noch für ihre ganze Familie zahlen sollten? Er hätte ja sicher auch noch Eltern, womöglich Geschwister? Ob die nicht auch mitwollten? Platz hätten wir ja schließlich genug, aber zahlen sollte er sich das gefälligst selbst. – So hatte noch niemand von uns den zurückhaltenden Mann reden gehört. Der konnte ganz schön vom Leder ziehen, wenn er die Samthandschuhe einmal auszog! Der Commodore hätte sichtlich auch noch einiges zu sagen gehabt, wußte aber, wann er verloren hatte. Er machte noch einen halbherzigen Versuch, die Bootszuteilung zu ändern, aber jetzt waren es Birgit und Walter, die zuvor kein anderes Boot haben wollte, die sich weigerten, umzusteigen. Die Hofrätlichen wiederum wollten sowieso nur mit Fritz fahren, und Conan, Iglo und ich verweigerten mit der Begründung, wir hätten letzten Sonntag bereits eine

Crewkasse gegründet, inzwischen sei nach dem ursprünglichen Plan eingekauft worden. Das stimmte zwar nur zum Teil, einkaufen wollte ich mit Ernstl erst am nächsten Tag, aber, wer konnte das wissen? Es ist übrigens bezeichnend, daß in dem ganzen Durcheinander niemand an Ernstl auch nur dachte. Er hat die Fähigkeit, bei Streitereien förmlich in der Tapete zu verschwinden. Das heißt weiß Gott nicht, daß er sich alles gefallen läßt, aber wenn er nicht will, dann ist er einfach nicht da. Fritz saß die ganze Zeit da und grinste faunisch. Langsam glätteten sich die Wogen, nur Rosi und der Zwinkerer hatten noch nicht zu ihrer normalen Gesichtsfarbe zurückgefunden. Jedesmal, wenn der Zwinkerer Birgit oder Günther ansah, steigerte sich seine Lidschlagfrequenz wieder besorgniserregend, aber auch er fand mit der Zeit wieder zu seinem normalen Rhythmus „aufgeregter Zitronenfalter“ zurück.

Nun, nach der Schlacht, änderte sich die Sitzordnung, und es bildeten sich eifrig diskutierende Grüppchen. Fritz kam zu uns und gratulierte Birgit zu ihrem Einfall und zu ihrer Zivilcourage.

„Es war Hannes' Idee“, sagte sie, und Fritz fragte mich, warum ich sie nicht selbst vorgebracht hätte.

Ich erklärte es ihm, und er wandte sich erstaunt noch einmal an Birgit, die inzwischen mit Iglo sprach.

„Weil der Depp eine Prüfung zu bestehen hat und ich nicht“, meinte sie trocken über die Schulter und widmete sich wieder ihrem Gesprächspartner.

Fritz hob die Augenbrauen, sagte aber wie üblich nichts. Ich machte mir rosigste Hoffnungen, es ist ja nicht alltäglich, daß sich eine Fremde für einen einsetzt wie eine Löwin für ihr Junges. Bei nächster Gelegenheit dankte ich ihr überschwenglich und wollte eben beginnen, von ihrer selbstlosen Art zu schwärmen, da unterbrach sie mich.

„Weißt du, ich war einmal mit ... befreundet (sie sagte natürlich nicht ‚Zwinkerer‘), und er hatte noch was gut bei mir.“

Meine schönen Hoffnungen platzten wie ein angestochener Luftballon.

„Eifersüchtig?“ erkundigte ich mich mit einer Kinnbewegung hin zur Frau des Schmetterlingsimitators.

„Aber, wo denn! Ich habe ihm den Laufpaß gegeben!" lachte sie und ließ mich stehen.

Also war sie auch nachtragend, konnte, weiß ich wie lang, auf ihre Gelegenheit warten und genoß ihre Rache kalt. Ich nahm mir vor, weitere Annäherungsversuche zu unterlassen. Ich verabschiedete mich von allen, naja, fast allen, denn Walter schlief schon wieder, und schaute, daß ich heimkam.

Der Freitag verging wie im Flug. Ich wies meinen Vertreter in die laufenden Fälle ein und fuhr zu dem Großmarkt, wo ich Ernstl treffen wollte. Wir besorgten alles gemäß unserer Einkaufsliste, zuletzt sah unser Wagerl aus wie das eines größeren Wirtshauses, dann stellten wir uns bei einer Kasse an. Wir mußten ziemlich lange warten, und da kam Ernstl auf die Idee, noch eine Flasche Schnaps für den Manöverschluck zu besorgen. Er verschwand, ich bewachte unser Wagerl und schob mich langsam mit der Schlange der Wartenden in Richtung Kasse. Dabei hatte ich eine Art Tagtraum.

Plötzlich war der ganze Markt nicht mehr voller Menschen, sondern voller Meerschweinchen, die eifrig hin und her schossen, sich alles mögliche in die Backentaschen schoben, dabei nervös schnuppernd und quiekend. Versponnen in ihre Meerschweinchengedanken huschten sie herum und erfüllten sich ihre kleinen Meerschweinchenwünsche. Große dicke gab es, die zornig mit den Zähnen ratterten, wenn ihnen ein anderes Tier zu nahe kam, und kleine dünne, die hastig danach trachteten, auch etwas zu ergattern. Alle aber konnten sie nicht genug kriegen und wuselten auf ihrer sinnlosen Jagd wild durcheinander.

Ernstl kam mit einer Flasche Himbeergeist zurück, und ich schrak auf aus meiner Meerschweinchenvision. Ich habe diesen Tagtraum häufig und bin zutiefst davon überzeugt, daß der moderne Mensch durch Werbung und die Regeln unserer Konsumgesellschaft immer weiter zum Meerschweinchen mutiert. Da werden künstlich Bedürfnisse geweckt, und schon rennen alle im Galopp, um sie zu befriedigen. Gleichgeschaltet wie Automaten, folgen sie nicht ihren Ideen und Wünschen, sondern sklavisch der Stimme des Großen Bruders, der allerdings keine politischen, sondern marktwirtschaftliche Dimensionen hat. Oder gibt es da vielleicht gar keinen Unterschied mehr? Jedenfalls ist auch das ein Grund für mich, segeln zu gehen: ausbrechen aus der flachen, kleinen Welt der Konsumzwänge und ihrer meerschweinchenhirnigen Bewohner.

Wir bezahlten die stattliche Rechnung und luden dann eine halbe Stunde Speck, Eier, Wurst, Schinken, Käse, Geschirrspülmittel, Nudeln, Reis, Tee und Dosenkaffee, Kondensmilchtuben, Wein, Bier, Handtuchrollen, Fruchtsäfte, Mineralwasser, Konserven, Packerlsuppen, Müllsäcke, Gewürze, Zwiebeln und Knoblauch, Erdäpfel und Packerlbrot, und last, not least auch noch Toilettenpapier in Ernstls Bus, wobei wir uns bemühten, alles so zu verstauen, daß auch noch für das Gepäck Platz blieb. Verhungern würden wir nicht so schnell, das stand fest.

Ich fuhr dann heim, um meinen Seesack, der in Wahrheit ein alter Troßsack ist, zu packen, richtete das Navigationsbesteck her und eine wasserfeste Kamera, suchte eine halbe Stunde meinen Paß und meine Schecks und besorgte mir noch ein dickes Buch. Dann legte ich mich eine halbe Stunde in die Badewanne und schließlich ins Bett. Da ich nicht einschlafen konnte, las ich im „Donat“, einer Art Seglerbrevier. Irgendwann muß ich dann doch eingeschlafen sein, denn als Ernstl läutete, schrak ich hoch, das Büchlein auf der Brust. Ich ließ ihn herein und zog mich blitzschnell an.

„Ich schau’ und schau’, und wie ich so schau’, sehe ich, daß ich schlaf’“, spottete er, ich nahm mein Zeug, und wir gingen.

Im Auto saßen bereits die Hofrätlichen, Conan, Fritz und Birgit, alle trotz der ungewöhnlichen Tageszeit, es war ein Uhr früh, putzmunter und aufgekratzt. Ich hockte mich auf den Beifahrersitz, weil ich mich mit Ernstl beim Fahren abwechseln würde, und ab ging’s über die Tangente nach Baden zu Capt’n Iglo. Der stand bereits, neben zwei Mordstaschen, bei der Gartentüre. Fritz erinnerte ihn sofort an die allgemeine Beschränkung des Gepäcks auf einen Seesack, aber der verfressene Iglo bestand darauf, in der zweiten Tasche „nur etwas Reiseproviant“ zu haben. Nach einiger Umschichterei waren Iglo, Gepäck und Fressalien ebenfalls verstaut, und endlich ging die Reise richtig los.

Ruhig spulte der Bus Kilometer um Kilometer des langen Betonbandes der Südautobahn ab, und Iglo versorgte uns mit Sandwiches, Tee, Kaffee und Obst. Was die Verpflegung betraf, reisten wir erster Klasse, allerdings war es etwas eng. Da sich dieser Zustand voraussichtlich auf unserem Sklavenschiff nicht ändern würde, war die Bustour sozusagen das perfekte Training. Aber wir waren eine ziemlich gemischte und vielseitige Crew, und jeder trug zur Unterhaltung bei, indem er Geschichtchen aus seinem Leben erzählte.

Da war der Hofrat, zuständig für Spezialbaugenehmigungen, der uns erzählte, wie kompliziert und verantwortungsvoll sein Beruf war und wie ihn jedes neue Projekt wieder vor nie zuvor gekannte Probleme stellte, da praktisch alles, was seine Abteilung behandelte, technisches Neuland war, und wie schwer sie sich manchmal damit taten, die Dinge genau auf mögliche Gefahren abzuklopfen. Von der Warte des leitenden Beamten sah die Geschichte von verschleppten Bauverhandlungen und ewig langen Behördenwegen ganz anders aus als aus der Sicht der Printmedien, die immer allzu bereit sind, hinter allem Behördenwillkür zu wittern.

„Was glaubt ihr, wie sich die erst das Maul zerreißen, wenn wirklich etwas passiert?“ schloß er etwas bitter.

Birgit erzählte von ihrer Arbeit in einem Kinderspital, die sicher

alles, nur nicht leicht war, von der Freude, wenn schwere Fälle gut ausgingen, und von den langen, leidvollen Wegen, auf denen sie manche der Zwergerln begleitete. Sie mußte wirklich eine beinharte Frau sein, um so einen Beruf auszuhalten, ich wäre dabei umgekommen. Sie erzählte allerdings auch von ihrem neuen Hobby, der Fliegerei, und wie glücklich sie damit war, ihre Freizeit ganz alleine in der Luft zu verbringen. – Da gab es schon wieder ein gemeinsames Interesse, das uns verband, und wir unterhielten die anderen eine Zeitlang mit Pilotengeschichten.

Dann war ich dran, von mir zu erzählen, und ich bemühte mich redlich, ein korrektes Bild meines Berufes zu zeichnen, der sich in Wahrheit ja ziemlich vom Klischee „Der Doktor und das liebe Vieh" unterscheidet und durchaus auch unangenehme Seiten hat. Es ist, nur zum Beispiel, immer wieder bitter, wenn man hilflos dem Erlöschen einer Kreatur zusehen muß, um sie dann „von ihren Leiden zu erlösen", besonders, wenn man dadurch einen alten, einsamen Menschen um den letzten Weggefährten bringt. Sicher, man hat auch schöne und spektakuläre Erfolge, etwa in der Geburtshilfe oder in der Knochenchirurgie, wenn man eine zertrümmerte Extremität liebevoll wieder aufbaut, man könnte fast schon sagen „restauriert", oder wenn ein Tier, das, sichtlich dem Tode nah, in die Ordination gebracht wird, auf Injektionen und Infusionen gut anspricht und bald wieder gesund herumtollt –, aber am Ende jedes Lebens steht nun einmal der Tod, und von dem kriegt man bei der relativ kurzen Lebenserwartung unserer Patienten als Tierarzt eben auch genug mit, um nie vergessen zu können, was einen selber erwartet.

Sicher lebt man dadurch bewußter als die meisten anderen Menschen, die das Thema aus ihrem Leben fast vollständig verdrängen, aber eben auch nicht so bequem. Das ist allen Heilberufen gemeinsam. Mit meinem Beruf kann ich leben, ob ich das mit Birgits könnte, bezweifle ich.

Im Bus war eine recht nachdenkliche Stimmung entstanden, und wir waren alle froh, daß jetzt Iglo begann, mit seiner seidigen, geschulten Stimme im wahrsten Sinne des Wortes aus der Schule zu plaudern. Nach ein paar heiteren Anekdoten erzählte er uns von seinem Lieblingsfach, der Physik, und weil alle im Auto wenigstens eine Ahnung davon hatten, waren wir bald in eine interessante Diskussion über Teilchenphysik versunken. Dann hielt er ein Privatissimum über das Elektron und versuchte, Conan, der da an seine Grenzen stieß, die Heisenbergsche Unschärferelation zu erklären.

„Stell dir vor, du hättest ein Mikroskop, das so stark vergrößert, daß du damit ein Elektron sehen könntest", begann er seine Lektion. „Natürlich ist es in diesem Mikroskop finster. Also mußt du Licht machen. Das Licht besteht aus Photonen. Jetzt ist aber ein Elektron so klein, daß ein einziges Photon es aus der Bahn wirft, wenn es mit ihm zusammenstößt. Dann kann man es zwar sehen, aber am falschen Platz, denn es wurde ja weggekickt. Kurz und gut, man kann entweder, wie etwa auf einer Fotografie, sagen, wo es ist, ohne irgend etwas über seine Bewegung zu wissen, oder wir können seine Geschwindigkeit messen, sind aber dann nicht in der Lage, zu sagen, wo es sich in irgendeinem bestimmten Augenblick befindet."

Einen Moment war es ruhig im Auto, dann hörte man Fritz:

„Und das gilt nur für subatomare Teilchen?"

„Sicher!"

„Und da im Auto nicht?"

„Was soll die Frage, willst du mich häkeln?"

„Nein, aber ich weiß genau, wie schnell der Kaffee ist, zumindest, wenn ich auf den Tacho schaue, kann aber nicht sagen, wo."

Unter allgemeinem Gelächter wurde die Position des Getränks bestimmt und Fritz bedient.

„Siehst du, das ist der Unterschied. Jetzt weißt du, wo er ist und wie schnell er ist", lachte Iglo.

„Das ist gut. Jetzt habe ich es auch verstanden!" meinte Conan.

Wir antworteten ihm mit brüllendem Gelächter. Über dem Lacher schwebte ein gellender Quietscher. Birgit gestand, daß sie bei besonders lustigen Sachen immer quietschen müsse. Ab da war sie unser „Quietscherl".

Durch die laufende Unterhaltung hatte keiner bemerkt, wie die Zeit vergangen war, und erst als Ernstl gähnend auf einen Rastplatz einbog, stellten wir verblüfft fest, daß wir schon in Kärnten waren. Wir stiegen aus, um uns die Beine zu vertreten, man rauchte, kleine Geschäftchen wurden mehr oder weniger diskret erledigt, dann trieb uns die empfindliche Kälte zurück in den Bus. Jetzt fuhr ich.

Bis ich mich an die Lenkung, Kupplung und Schaltung gewöhnt hatte, fuhren wir, zunächst etwas langsam und holprig, weiter nach Süden. Die ganze Truppe beschloß noch, in Arnoldstein zu frühstücken, dann wurde die Unterhaltung einsilbig, und sie schliefen der Reihe nach ein.

Ich suchte mir eine Kassette aus und fuhr zu den Liedern von Vaya con Dios in die Nacht. Die Autobahn endete, weiter ging es über verlassene Landstraßen, mitten durch das schlafende Klagenfurt, was untertags nicht ratsam ist, dann wieder auf die Autobahn. Im grauenden Morgen erreichten wir die letzte Autobahnraststätte vor der Grenze, eben Arnoldstein. Die machten soeben auf, ich erwischte einen Parkplatz genau vor der Türe und stellte den Motor ab.

Langsam erwachten die Schläfer und wankten, noch ziemlich wortkarg, in die Gaststätte. Beim Anblick des Frühstücksbüffets belebten sie sich aber recht rasch und luden sich entschlossen die Tablette voll. Kaum saßen wir, trabte Mike mit seiner Ladung Passagiere an. Walter hatte auf seinem Hemd einen riesigen braunen Fleck. Ich deutete mit dem Kinn darauf und fragte Mike:

„Kaffee, Tee, Cola?"

„Guinness!" knurrte er, „das ganze Auto stinkt nach Bier!"

Wenn einer eine Reise tut … Linda sah trotz der frühen Stunde zum Anbeißen aus, der Rest der Bande war zerrauft und hatte rote, übernächtige Augen. Die Hofrätin und Birgit waren in Richtung Waschräume entschwebt. Während des Frühstücks verschwanden nach und nach alle für ein Weilchen, um sichtlich erleichtert und wesentlich frischer wieder aufzutauchen. Walter hatte sich ein opulentes Katerfrühstück geleistet, ein Fiakergulyas, ein großes Bier und einige saure Fische. All das verschwand gemächlich, aber mit unerbittlicher Konsequenz. Dann trug er seinen umfangreichen Kulturbeutel in Richtung Waschräume und erschien nach geraumer Zeit rosig, frisch geduscht und wieder in eine Wolke Pino silvestre gehüllt. Sogar ein frisches Hemd hatte er an. Zufrieden holte er sich noch ein Bier und einen Wurstsalat. Danach ging er sich noch einmal die Zähne putzen und beschloß die Morgenpflege seines Luxuskörpers mit einem großen Magenbitter.

Alle anderen waren auch schon fertig, und wir gingen wieder zu den Autos, wobei Walter hie und da einen gewagten Sidestep einlegte. Der nun folgende Teil der Strecke, das Kanaltal, war hinreißend schön in der Morgensonne. Die Gipfel der Karnischen Hochalpen zur Rechten und der Julischen Alpen zur Linken glänzten festlich im gläsernen Licht des Morgens, um die Bergspitzen schwebten rosige Wölkchen vor dem klaren Blau des Himmels. Dort, wo bei Pontebba die Straße wieder nach Süden abbiegt, kamen im Tal noch tiefe Schatten dazu, die das häßliche Geröllbett des Fella und des Tagliamento mit seinen toten Industriezonen gnädig verhüllten. Unter einem strahlenden Himmel rollten wir nach Udine, kamen in den obligaten Stau, obwohl es Samstag war, und erreichten Porto Nogaro um neun Uhr dreißig. Wenn das kein Timing war!

Unsere oberen Zehntausend saßen bereits auf der Terrasse des Marinarestaurants, und als wir kamen, erzählte der Commodore gerade einem Deutschen im besonderen und der ganzen Terrasse im allgemeinen von ihrem Flug und daß sie Segelprüfer seien. Der Deutsche sah aus, als wäre er mit Salzwasser getauft worden, die Geschichte mit dem Segelprüfer beeindruckte ihn nur mäßig. Er schien an den einäugigen König der Blinden zu denken, man sah ihm das an, aber der Commodore war nicht zu bremsen.

„Irgendein Unterschied muß ja sein zwischen den Kapitänen und dem Fußvolk!“ witzelte er.

„Ja, das Fußvolk hat Pilotenscheine“, antwortete Birgit trocken in das momentane Schweigen nach der großspurigen Rede.

Die ganze Terrasse lachte, sie hatten wirklich alle zugehört, nur der Chef wirkte plötzlich gealtert. Er wechselte mit rotem Kopf das Thema und bat Fritz an den Tisch. Wir anderen setzten uns an einen freien Tisch ein Stück weiter und bestellten Kaffee. Der Deutsche beugte sich in Richtung Birgit und sagte ziemlich laut:

„Dem haben Sie ja ordentlich was gegeben, Fräulein!“

„Das braucht er manchmal“, lachte sie, „aber meist ist er ganz nett.“

„Standesgemäße Anreise, na so wat!“ Der Mann sprach kein „sch“, sondern ein spitzes „st“, er war also wirklich von der Waterkant. Da hatte sich der Commodore genau den Richtigen ausgesucht für seine Prahlereien. Außerdem war auch er mit dem Flugzeug angereist, allerdings mit seinem Firmenjet, der am Flugplatz stand, vielleicht sogar neben der mickrigen Cessna 172, mit der unsere Helden gekommen waren. Er hätte uns für den Spaß, den er gehabt hatte, am liebsten zu einem Rundflug eingeladen, uns alle, aber speziell wohl Birgit. Das war aus Zeitgründen unmöglich, also sagte sie in unser aller Namen mit echtem Bedauern ab. Doch als Mike mit seinen Getreuen eintraf und und der Norddeutsche einen Blick von Linda ergatterte, die mit engen, abgewetzten Jeans und einem halboffenen Buschhemd auf die Terrasse hüpfte, waren wir für den leutseligen Geldmenschen sowieso gestorben. Das war aber auch ein Anblick, der noch einen senilen Eunuchen zu einem Wolfsgeheul animiert hätte. Walter hatte einen braunen Fleck am Hemd, und Mike sah geschafft aus.

„Guinness!" sagte ich kategorisch und:

„Nein, Kaffee mit Rum", seufzte Mike.

„Das ganze Auto stinkt nach Rum", sagten wir im Chor.

Sie setzten sich zu uns an den Tisch. Wenn Linda sich vorbeugte, wurde sogar Walter vorübergehend munter. Na, sagen wir, munterer. Erst eine Flasche Bier brachte ihn schließlich wieder ganz zur Welt. Der Deutsche am Nebentisch schaffte es inzwischen, die Begriffe Yacht, Jet, Landgut im Tessin, Swimmingpool, Porsche, Hotelkette und Haus auf Barbados in *einem* Satz unterzubringen und zwischen den Wörtern noch leise zu jodeln. Er begann eben, uns damit auf die Nerven zu gehen, als Linda strahlend sagte:

„Was wird sich Ihre Gattin freuen, daß Sie ihr so ein Leben bieten können!" Und das, zusammen mit einem leisen Grollen aus Peters Richtung, stellte den Guten nachhaltig ab.

Am Cheftisch war mittlerweile ein Angehöriger der Charterfirma eingetroffen, der auch die Eigner der Privatschiffe vertrat. Er wollte uns die Flotte vorstellen, aber hauptsächlich war er erschienen, um die Kaution zu kassieren. Bei sich hatte er noch zwei Subalterne, die die privaten Yachten übergeben sollten. Er war nicht so gut dran, mußte er doch Fritz die MIRANDA, das eigentliche Kind seiner Firma, vorstellen. Die zwei anderen entwichen fröhlich pfeifend mit dem Commodore und dem Zwinkerer, er schlich eher zögernd mit unserem Skipper von dannen. Wenn man bedenkt, was bei einer

Schiffsübergabe alles überprüft werden muß, waren erstere erstaunlich schnell wieder da, strahlend, zufrieden und jetzt nicht nur Schiffskommandanten, sondern Kommandanten mit Schiff. Nur von Fritz sah man lange Zeit nichts, bis er endlich, heftig mit dem gebrochenen Angestellten diskutierend, auftauchte.

„Das ist kein Schiff, das ist ein Wrack!" schimpfte er aufgebracht, als er den Kommandantentisch erreichte. „Eine Batterie ist fast leer, die zweite ausgebaut, im Bugklosett steht das Wasser, das Großfall klemmt, die Genua ist eingerissen, die Bordelektrik spinnt, und im ganzen Schiff riecht es, als lägen dort Leichen!"

Hinter ihm stand kreidebleich der schlotternde Charteragent, dem das Ganze sichtlich peinlich war und der mit Händen und Füßen erklärte, das ließe sich alles pronto, wenn nicht sogar subito, reparieren, und wir könnten in spätestens einer Stunde auslaufen. Darauf faßten der Commodore und der Zwinkerer den Entschluß, uns im Stich zu lassen und auszulaufen. Sie wollten nur einen kurzen Schlag nach Umag segeln, da es da ein Restaurant mit echtem Bärenschinken aus den Karpaten gäbe, dann würde man eine Nachtfahrt nach Susak anschließen und dort auf uns warten.

Gesagt, getan, man ging an Bord. Walter fiel ins Wasser, da er unbedingt Linda das Gepäck tragen wollte, aber offensichtlich auf das falsche der beiden Bretter stieg, die er sah. Im Gegensatz zu Walter schwamm Lindas Seesack nicht, wir mußten ihn mit einem Bootshaken bergen. Bald flatterten alle ihre Sachen, in Süßwasser gespült, an der Reling der ODYSSEUS. Gott sei Dank hatte sie als erfahrene Seefahrerin ohnehin nur Kleidung mit, die man problemlos mit der Hand waschen kann. Trotzdem war beim Abschied nicht zu übersehen, daß sie Walter mit neuer Zurückhaltung behandelte. Als BÄRLI und ODYSSEUS ausliefen, blies Ernstl am Kamm „Muß i denn, muß i denn zum Städtele hinaus", und Iglo und Conan sangen dazu. Das beschleunigte den Aufbruch ungemein.

Wir anderen räumten unterdessen den Schimmel und andere fragwürdige Reste aus der Kühlbox der MIRANDA und rissen sämtliche Luken auf. Zwei keuchende Marinaarbeiter erschienen mit einer Batterie, die halbwegs voll war, und bauten sie ein. Den Rest würde die Lichtmaschine erledigen, hoffentlich. Ihren Zustand zu überprüfen lag außerhalb der Möglichkeiten der samstäglichen Marina. Eine neue Genua wurde eingeschoren, keine Kleinigkeit bei dem engen Rollprofil, und ein unglücklicher Italiener wurde mit dem Bootsmannsstuhl in den Mast gehißt, um dort die Rolle für das Großfall zu überprüfen. Es war aber nicht die Rolle, es war das Fall. Also trieben sie wirklich am Samstag ein neues Drahtseil auf, die Firma gehörte dem Onkel eines der Angestellten, und der Onkel selbst kam mit, um ein Auge in das Seil zu schießen. So etwas wird heute nicht mehr gespleißt, sondern gequetscht und zudem noch mit Stahlstiften durchschossen, um die Verbindung zu sichern. Uns war das, offen gestanden, völlig egal, Hauptsache, es tat sich irgendwas, womöglich in Richtung Abfahrt.

Wir hatten unsere Sachen an Bord gebracht und verstaut, obwohl es noch etwas stank, die Kühltruhe mit schwersten Kalibern dreimal geputzt, einmal sogar mit Bilgenreiniger, und sie dann, weil wir ja am Landstrom hingen und sie schon weniger warm war, eifrig und übersichtlich beladen, in Verbrauchsschichten sozusagen und nicht so, daß die Biertrinker erst durch Käsestapel und Wurst von ihrer Labung getrennt waren, andererseits aber so, daß der Smutje seine Vorräte nicht aus einer Lawine von „Gösser" ausgraben mußte. Zuletzt hatten wir ein Schiff, das halbwegs dem ortsüblichen Standard entsprach, das Klosett vorne nahm kein Wasser mehr, das Seeventil war getauscht worden, und sah man einmal davon ab, daß der Hafen laut Anzeige des Echolots ungefähr vierhundert Meter tief war, paßte so ziemlich alles. Das war, laut Fritz, lediglich ein Einstellungsfehler, und da es schon finster wurde, liefen wir aus.

In der Dalbenstraße gab es einen Wettlauf mit dem sinkenden Licht, den wir knapp gewannen. Endlich erreichten wir das offene Meer. Gerade als wir uns am liebsten endlich entspannt zurückgelehnt hätten, mußten die Kojen verteilt werden. Die Hofrätliche sollte mit Birgit in der Backbordkabine wohnen, Fritz mit Walter in der traditionell an Steuerbord sich befindlichen Kapitänskabine, ich würde mir die Bugkabine mit Ernstl teilen, und der Rest, also Conan, der Hofrat und Iglo, teilte sich den Salon. Stauraum gab es genug, und der Salon war mit wenigen Handgriffen in ein Massenquartier umzuwandeln. Sah man einmal davon ab, daß überall Leute herumlagen wie in einem Matratzenlager auf einer Schutzhütte, war es nicht einmal unbequem. Allein sein konnte man aber allenfalls auf den Toiletten, eventuell auch noch vor dem Mast.

Wir stauten unsere persönlichen Dinge, Fritz verteilte die Lifebelts und zeigte jedem, wo die Rettungswesten zu finden waren, daran schloß er eine kurze Demonstration des Anlegens der Westen und Gurtzeuge an, ließ sich dann von jedem vorführen, daß es auch klappte, wobei die Hofrätlichen Conan um Minuten schlugen, was diesem sehr peinlich war. Conan und Iglo bildeten die erste Wache, Walter hatten wir in seiner Koje gestaut, er war ein zweites Mal ins Wasser gefallen, diesmal ohne jeden belebenden Effekt. Wir hofften auf seine Auferstehung, denn ein Bordkamerad, auf den man aufpassen muß wie auf ein kleines Kind, ist nur eine Belastung. Ich sah zu, wie sie die MIRANDA auf Kurs brachten, bat Birgit, die mit mir die nächste Wache gehen sollte, mich zu wecken, und dann, hundemüde von der Fahrerei, ging ich aus wie ein Kerzerl. Als ich erwachte, war es Tag. Irgend etwas war da gründlich schiefgegangen.

Meuterei in der Ägäis

Von Italien nach Lošinj – Verschollen auf See – Das Schaummonster schlägt zu – Ein sexy Anlegemanöver – Wale in der nördlichen Adria? – Die Inselexpedition – Stromlos – Der Commodore und das Zangenamperemeter – Im Päckchen nach Lošinj – Lauter Elektrofachleute und wieder kein Saft – Das Restaurant „Zum fettigen Löffel“ – Happy End und Zauber der Nacht

Da ich normalerweise nackt schlafe, erregte ich einiges Gelächter, als ich in diesem Zustand an Deck kam. Es war bitterkalt, und am Rad stand ein rotäugiger Iglo. Conan döste auf der Steuerbordbank, beide hatten ihr Ölzeug an. Es war vollkommen windstill, der Motor lief beruhigend rund und gleichmäßig, es war hell, aber die Sonne noch nicht aufgegangen. Alles schien soweit in Ordnung, sah man einmal davon ab, daß rundherum nirgends auch nur der kleinste Zipfel Land zu sehen war.

Nachdem das Schiff noch schwamm, offenbar keine akute Gefahr bestand und ich plötzlich von einem unwiderstehlichen Drang gepackt wurde, stieg ich, wie ich war, über die Heckreling und erleichterte dort meine Blase, mich dabei fest am Backstag anklammernd. Gleichzeitig erlaubte ich mir die Frage, wo wir, zum Teufel, eigentlich seien. Conan antwortete etwas ausweichend, etwa am halben Weg. Da es wirklich sehr kalt war und ich außerdem dringend den Koppelkurs in der Karte sehen wollte, verschwand ich wortlos nach unten, zog mich rasch und warm an und setzte mich dann in die Navigationsecke. Nach dem säuberlichen Bleistiftstrich waren wir etwa auf der Höhe von Rovinj, außerdem eine halbe Meile vom Land entfernt. Daß das Unsinn war, lag klar auf der Hand. Den letzten wahren Ort hatten sie um Mitternacht eingezeichnet, und zwar Kap Savudrija, drei Blitze im Abstand von fünfzehn Sekunden, dann hatten sie sich bitter beschwert, weil die anderen Leuchtfeuer offensichtlich defekt waren, und beschlossen, sicherheitshalber den Abstand zum Festland etwas zu erhöhen und ab da einen Kurs von hundertachtzig Grad gelaufen, um nur ja kein Hindernis im Weg zu haben. Sie hatten unter Zugrundelegung einer Fahrt über Grund von vier Knoten brav mitgekoppelt, denn das zeigte das Log an. Ab und zu hatten sie Lichter gesehen, aber nicht auszählen können, da sie zeitweilig hinter der Kimm verschwanden.

Nun glaubte ich erstens nicht an die vier Knoten, da ich beim Auslaufen etwa sechs bis sieben Knoten geschätzt hatte, außerdem bezweifelte ich den letzten wahren Ort, da sie keine Stoppuhr benutzt hatten, sondern so lange gezählt hatten, bis dabei etwas herauskam, was ihnen glaubhaft erschien. Sie hatten den wahren Ort nicht objektiv ermittelt, sondern ausdiskutiert. Das geschieht sehr leicht, wenn Beobachtungen nicht mit den Erwartungen übereinstimmen und eine objektive Zeitmessung unterlassen wird. Unter Annahme einer Geschwindigkeit von sechs bis sieben Meilen pro Stunde überschlug ich, daß wir bereits querab von Susak sein müßten, und zwar zwanzig bis dreißig Seemeilen westlich davon. Klarerweise war ich mir dessen nicht sicher, aber eines lag auf der Hand: Gewißheit gab es nur im Osten. Wo immer wir waren, wir würden es nur erfahren, wenn wir anhand von Landmarken unsere Position bestimmen konnten. Einen Sextanten hatten wir nicht, er hätte uns momentan auch nicht geholfen, und Navigationshilfen wie Loran

C gab es auf diesem abgehausten Charterveteranen natürlich nicht. GPS ruhte noch im Schoß der Zukunft. Ich hatte leicht kombinieren, ausgeschlafen wie ich war, die beiden Helden aber waren übernächtigt und hundemüde. Sie waren in der Aufregung der ersten Stunden scheinbar putzmunter gewesen und hatten beschlossen, einfach weiterzumachen, um uns Ruhe zu gönnen. Edle Motive, aber falsch gedacht. Und so war eine Kette von Irrtümern entstanden, als deren Folge wir jetzt halbwegs zwischen Italien und Jugoslawien waren und schätzungsweise vier, fünf Stunden Fahrzeit westlich unseres Ziels. Also stieg ich wieder an Deck und verlangte einen neuen Kurs von neunzig Grad. Conan wollte mit mir diskutieren und schlug hundertdreißig Grad vor, er konnte nicht glauben, daß wir schon so weit südlich waren. Aber ich blieb hart und setzte mich mit dem Argument durch, daß alles, was wir im Osten treffen konnten, jedenfalls Jugoslawien wäre und wir den endgültigen Kurs festsetzen könnten, sobald wir einmal wüßten, wo wir waren. Capt'n Iglo war schon alles egal, er ließ sich von mir am Ruder ablösen und ging schlafen. Wir dieselten eine Weile nach Osten, dann ging in einem unglaublichen Spektakel von Orange, Blau, Grün und Gelb eine riesengroße, unglaubwürdig orange und zudem noch elliptische Sonne vor uns auf und setzte das Meer in einen flirrenden Brand sämtlicher Farben.

Gott sei Dank wurde es jetzt rasch wärmer, die Sonne hatte selbst kurz nach dem Aufgehen eine Kraft wie bei uns daheim im Mai, dabei befanden wir uns nur drei Grad südlich von zu Hause. Außerdem war es Ende Oktober. Bei uns lag morgens schon Reif auf den Wiesen, auch wenn es untertags noch recht warm wurde. Hier aber zog ich mir rasch den Pullover aus, erstaunt und glücklich. Jetzt erschien Birgit im Cockpit, sie wirkte genauso hektisch wie ich vor einer Viertelstunde, nur war sie leider nicht nackt. Als Conan ihr erzählte, was offensichtlich war, beruhigte sie sich rasch und sagte, sie hätte schon lange nicht mehr so gut geschlafen, wäre aber neugierig, was wohl Fritz zu dem Thema zu sagen haben würde. Dann verschwand sie wieder in den dunklen, ruhigen Tiefen des Rumpfes. Conan wurde allerdings immer nervöser, er tat mir jetzt fast leid. Daher gestand ich ihm, daß ich, in der gleichen Gegend, auch in der ersten Nacht eines Törns, schon ein ähnliches Meisterstück geliefert hatte. Da wir damals aber in Porec an Bord gegangen waren, waren die Folgen halb so schlimm gewesen, weil wir in Pula übernachten wollten. Trotzdem hatte ich es fertiggebracht, vier Meilen vom Land entfernt zu sein, als ich die Feuer von Pula querab hatte, und so motorte ich fast eine dreiviertel Stunde bis zur Hafeneinfahrt, im

Ohr die hämischen Bemerkungen meiner Bordkameraden und meines Skippers – zufällig auch Fritz. Ich hatte damals gelernt, daß diese nächtliche Landangst ein völlig normales Produkt aus Müdigkeit und Unerfahrenheit war, und so hütete ich mich, Conan zu verspotten.

Als Fritz jetzt erschien, meinte er auch nur, daß er eben besser hätte aufpassen müssen und daß sich Conan und Iglo in Zukunft an die Wacheinteilung halten sollten. Er malte uns aus, wie wir bei Schlechtwetter jetzt dazu verurteilt gewesen wären, stundenlang gegenanzuknüppeln und, bei richtig schwerem Wetter, eventuell sogar dazu, nach Italien abzulaufen. Hätte aber, wie er kategorisch feststellte, um zweiundzwanzig Uhr die erfahrene Birgit ihre Wache angetreten, wie es ja ausgemacht gewesen war, wären wir jetzt nicht mitten in der Adria, sondern dort, wo wir eigentlich hätten sein sollen, nämlich in der Gegend von Susak. Dann wurde es ein bißchen ungemütlich, denn Fritz ließ keinen Zweifel daran, daß er zwar bereit war, den Willen hier noch einmal fürs Werk zu nehmen, daß aber bei der nächsten Mißachtung seiner Anordnungen als Skipper die Prüfung für die beiden beendet wäre. Letztendlich sei das Ganze aber seine eigene Schuld, fügte er resignierend hinzu, denn Verantwortung sei nun einmal unteilbar, und ein Skipper müsse auch mit dem Übereifer seiner Schützlinge rechnen. Diese notwendige Kontrolle hätte er versäumt. Iglo verschlief das alles, und Conan bekam den ausdrücklichen Befehl, es ihm bei nächster Gelegenheit mitzuteilen. Von einer Eintragung im Logbuch sah der Käpt'n allerdings ab, und so begriff ich, daß der Schuß vor den Bug eine ernste Warnung war, wenn auch gleichsam mit einem Augenzwinkern.

Daß das Log falsch anzeigte, erschütterte Fritz überhaupt nicht. Er begann, an den Knöpfchen herumzuspielen, damit erreichte er allerdings gar nichts, und polterte dann den Niedergang hinunter, um den Geber zu kontrollieren. Der befand sich in der Bugkabine, zu Füßen des selig schnarchenden Ernstls. Solange ich das relativ enge Schlafgemach mit ihm gemeinsam benutzt hatte, lagen wir mit den Füßen zum Bug, aber offensichtlich hatte er in der Zwischenzeit heftig geträumt, denn außer der Drehung um immerhin hundertachtzig Grad umklammerte er auch noch meinen Schlafsack mit Händen und Füßen und murmelte, als wir seinen Schlaf störten, „Irma". Eigentlich beneidenswert. Fritz drückte mir ein umfangreiches Wischtuch in die Hand, das ich, wenn er den Geber herauszog, fest gegen das Loch pressen sollte. Dann schraubte er eine Weile herum, und plötzlich stand eine Fontäne Adria in der Kabine und wusch dem immer noch schlafenden Ernstl die Füße. Der erwachte abrupt, setzte sich auf und schlug sich den Schädel an. Jeder andere hätte geflucht, er aber rieb sich den Kopf und fragte, wie spät es sei. Der Mann ist fast ein Heiliger.

Mir war es inzwischen gelungen, den Geysir einzudämmen, es zischte nur mehr leise zwischen meinen Fingern. Fritz kontrollierte den Geber, jedoch ohne Resultat. Beim Einbauen wurden wir alle noch einmal naß. Beim Festziehen der Dichtung schrie Conan von oben, daß wir jetzt plötzlich fünf Knoten machten. Weiteres Drehen am Geber brachte uns auf sechseinhalb Meilen pro Stunde, dann war Schluß. Man kann diese Geber normalerweise nur in der richtigen Stellung einbauen, hier aber waren die Führungsnase und die Rille, in der sie gleiten sollte, völlig abgenutzt, so daß man den Geber in jeder Lage zum Rumpf einschieben konnte. Irgendwie hatte er sich eben etwas gedreht, wurde schräg angeströmt und lieferte entsprechend falsche Werte. Wir zogen die Befestigung vorsichtig an, trotzdem zeigte das Instrument im Cockpit sofort wieder weniger an. Der Geber hatte sich wieder mitgedreht. Das war ein Fall für Ernstl. Geduldig versetzte er die Geberachse so, daß sie beim Festziehen in die richtige Richtung schauen sollte. Nach einer Viertelstunde hatte er das Gerät überlistet, war allerdings völlig steif von der unnatürlichen Körperhaltung, in der er seine Experimente durchführen mußte, und klatschnaß – weniger vom eindringenden Meerwasser als vom Schweiß der ungewohnten Anstrengung. Er ging duschen und zog sich an. Seinen Frotteepyjama wusch er mit Süßwasser aus, und da weit und breit kein anderes Schiff zu sehen war, pfiffen wir auf nautische Etikette und hängten ihn an die Reling.

Inzwischen rumorten auch die Hofrätlichen bereits herum, und selbst aus der Kapitänskajüte hörte man gelegentliches Grunzen von Walter. Iglo beschwerte sich über den Lärm, er könne nicht schlafen.

„Hättest du in der Nacht geschlafen", fertigte ihn Fritz kurz ab und teilte dann den Hofrat und mich ein, das Frühstück vorzubereiten.

Nun ist das Frühstück auf unseren Törns meist eine sehr umfangreiche und opulente Mahlzeit, die nach strengem Ritus zelebriert wird. Dem Hofrat gingen die Augen über, als er sah, was ich alles anschleppte. Allerdings schnitt er brav Wurst, Käse, Speck, Schinken und das Bauernbrot aus Österreich, das wir mithatten, während ich Zwiebel und Knoblauch schälte und hackte, Tomaten, Paprika und Pfefferoni aufschnitt, Eier kochte und Wasser für Tee und Kaffee aufsetzte. Indessen wir alles auf Tellern arrangierten und ich zu erraten versuchte, wann die Eier weich wären, das ist auf Meereshöhe genauso ein Lotteriespiel wie im Gebirge und hängt mit der druckbedingten Siedetemperatur des Wassers zusammen, kochte auch das Wasser im Teekessel, und ich brühte meinen Lieblingstee auf, eine Mischung aus Darjeeling, second flush, und Marillenstückchen, ohne künstliches Aroma. Ein unwiderstehlicher Geruch nach gekochten Marillen zog durch das Boot. Den Rest des Wassers schüttete ich in eine riesige Thermoskanne, und der verwirrte Hofrat erkundigte sich, ob ich nicht den Kaffee vergessen hätte. Für Erklärungen war keine Zeit, und so schlug ich mit einem Schöpfer gegen eine Pfanne, waren doch die Eier schon abgeschreckt und harrten des Verzehrs, bevor sie durch die Restwärme hart wurden. Die Seekundigen enterten die Salonbänke mit affenartiger Geschwindigkeit und zogen die Hofrätlichen mit sich. Vom Ruder hörte man Conan, den Unermüdlichen, brüllen, wir sollten ihm was aufheben. Die Teetrinker schenkten sich ein, und die Kaffeefreunde begannen ihr Morgenritual. Schiffskaffee hat bei uns nichts mit Zivilisation zu tun, er besteht aus Löskaffee und gezuckerter Kondensmilch aus der Tube. Ich weiß, das klingt barbarisch, ist aber jedesmal wieder ein Höhepunkt des Frühstücks. Und so schlürften bald auch die Hofrätlichen zufrieden das dicke, sämige Gebräu. Die Eier waren hart, was mir einige spitze Bemerkungen eintrug, aber insgesamt waren alle zufrieden, auch Walter, der seinen Tee mit Rum abkühlte, weil er, wie er sagte, sich nicht das Maul verbrennen wollte. Ich beeilte mich mit dem Frühstück und löste dann Conan am Rad ab.

Natürlich war noch immer kein Land zu sehen, also dampfte ich weiter in Richtung Osten und ließ mir die Morgensonne auf den Bauch scheinen. Ich mußte nicht ununterbrochen auf den Kompaß starren, sondern merkte mir einfach den Winkel zwischen Wanten und Sonne. Nun zieht die Sonne zwar ihre scheinbare Bahn am Himmel, ist dabei aber langsam. Hätte ich den Sonnenwinkelkurs den ganzen Tag gehalten, wäre ich eine konstante Riesenkurve nach Westen gefahren, aber für eine Viertelstunde ging das in Ordnung, solange ich nicht einschlief und irgendein Schiff rammte. Also genoß ich schläfrig die Ruhe und schenkte der Umgebung nur die nötigste Aufmerksamkeit. Friedlich plätscherte die MIRANDA durch das leicht gekräuselte Wasser. Das gab mir einen Ruck. Leicht gekräuselt? Das bedeutete ein Lüftchen. Ein Blick in den Masttopp bestätigte mir, daß wir eine Brise aus Norden hatten. Ich rief hinunter, ob mir nicht jemand beim Setzen der Segel helfen könnte, Fritz steckte die Nase aus dem Niedergang und verschwand, nur um sofort mit Ernstl und Birgit wieder zu erscheinen. Sie rollten die Genua aus und setzten das Groß. Ich stellte den Fahrthebel auf Leerlauf, abstellen konnte ich die Maschine immer noch, das Log sank langsam auf fünf Knoten und blieb dann konstant. Jetzt stellte ich den Motor endgültig ab, und nach einigem Schotenzupfen glitten wir mit fünfeinhalb Knoten ruhig dahin. Birgit legte sich auf die Backbordbank und blinzelte zufrieden in den Himmel, die anderen gingen wieder unter Deck.

Nach einer Weile kam Walter nach oben, er süffelte nach altenglischer Alkoholikertradition an seinem Morgenbierchen, genannt Eyeopener. Seiner Gewohnheit entsprechend, setzte er sich hinter mich auf die Bank des Rudergängers. Ich war nur kurz aufgestanden, um in meinen Jeans nach einem Taschentuch zu kramen, und prompt hatte ich einen Stehplatz. Aber warum eigentlich?

„Wenn du schon auf meinem Platz sitzt, kannst du eigentlich auch meine Arbeit tun“, sagte ich und ging zum Niedergang.

Walter grunzte, griff aber brav nach dem Steuerrad. Er ist, wie ja schon erwähnt, ein erfahrener Segler und, wenn einigermaßen nüchtern, ein wertvoller Crewkamerad. Doch genau in diesem „einigermaßen“ liegt das Problem. Man weiß nie, wann er noch funktioniert und ab wann nicht mehr. Da er nicht viel redet, kann man auch nur schwer die Lallprobe mit ihm machen, denn nicken oder den Kopf schütteln kann er immer. Der Trick besteht bei ihm darin, ihn zum Aufstehen zu bringen. Schwankt er dann, ist er unbrauchbar, sogar gefährlich, wenn auch hauptsächlich für sich selbst. Er wird nämlich nie aggressiv oder auch nur laut, er fällt einfach nur über Bord. Wie gesagt, das kann einen bei Nachtfahrten ganz schön nerven, wenn er bei der Hecklaterne auf die Uhr schauen möchte oder versucht, über den Spiegel ins Wasser zu pinkeln. Wir haben ihn bei solchen Gelegenheiten mehr als einmal am Hosenboden wieder in das Boot gezogen.

Denn fällt jemand in der Nacht und bei auch nur mäßigem Seegang über Bord, ist er so gut wie tot, wenn er nicht eine Schwimmweste trägt, eine Taschenlampe bei sich hat und damit auch sinnvoll umgehen kann. Ist dieser Jemand aber voll wie eine Strandhaubitze und geht im Schock womöglich auch noch unter wie ein Stein, dann gibt es für die an Bord Hinterbliebenen, speziell den verantwortlichen Skipper, unangenehme Fragen, wie etwa, ob der Zustand des Betreffenden nicht erkennbar gewesen wäre und ob nicht bei Einhaltung der notwendigen Sorgfalt das Unglück zu verhindern gewesen wäre. Mancher Crewchef ist schon verurteilt worden, weil er im Umgang mit Alkoholkranken zu lax war und aus falsch verstandener Kameradschaft ein Menschenleben auf dem Gewissen hatte. Da hört der Spaß für mich sofort auf, und ich betrachte Menschen wie Walter einfach als Sicherheitsrisiko. Zuviel Alkohol und Meer, das paßt nicht zusammen. Was einer im Hafen tut, ist allenfalls peinlich, tut er es aber auf See, wird es sofort gefährlich. Die Verantwortung trägt der Skipper, ist er zu „großzügig", riskiert er neben massiven Selbstvorwürfen auch noch seine bürgerliche Existenz.

Nun ist niemand so schlecht, daß er nicht wenigstens als negatives Beispiel dienen könnte, und so habe ich auch von Walter viel und Wichtiges gelernt. Außerdem, und das sage ich mit aller Deutlichkeit noch einmal, weil es mir so wichtig erscheint, er ist nicht schlecht, er ist krank. Vor allem aber habe ich begriffen, daß mir, wenn ich die Verantwortung tragen muß, so jemand nicht an Bord kommt. Ich bin nicht dafür ausgebildet und vor allem nicht bereit, die Folgen im Schadensfall zu tragen. Sollte sich aber jemals erst auf See herausstellen, daß sich ein Crewmitglied selbst gefährdet, dann muß man das im eigenen Interesse eben ins Logbuch eintragen, den Betreffenden unter Deck halten und notfalls im nächsten Hafen ausbooten oder, wenn es gar nicht anders geht, sogar den Behörden übergeben.

Diese trüben und gottlob theoretischen Gedanken vergingen mir unter Deck sofort, denn ich sah, wie der Hofrat, der nicht rechtzeitig geflüchtet war, sich eben anschickte, das Frühstücksgeschirr zu waschen. Er hatte es bereits in der Pantry geschichtet und die linke Seite des Minidoppelwaschbeckens mit Wasser gefüllt, sogar mit warmem, da er listig die Reste des Kaffeewassers aus dem großen Topf dazugetan hatte. Ein Hausmann wie aus dem Bilderbuch. Eben wollte er Geschirrspülmittel zufügen, und die Plastikflasche stand schon Kopf, als ich „Halt!“ schrie, weil mir eben noch rechtzeitig eingefallen war, daß er ja zum ersten Mal auf einem Schiff war. Er hielt verschreckt inne und schaute verdattert zu mir.

„Du darfst nur ganz wenig Spülmittel nehmen, sonst gehen wir in dem Schaumbad glatt unter. Das Wasser in den Mittelmeerländern ist extrem weich, es ist ja praktisch Regenwasser. Wenn du normale Mengen Spülmittel zusetzt, wie du es von zu Hause gewöhnt bist, dann gibt's eine mittlere Katastrophe. Der Schaumberg ist nicht wegzubringen, außer mit Meerwasser. Das Waschbecken hat zwar einen Meerwasserhahn mit Fußpumpe, aber wir wollen auf dieses Experiment zur Vorsicht verzichten.“

Schweigend reichte er mir die Spülmittelflasche, und ich tat einen winzigen Spritzer in das Becken. Dann rührte ich mit der Hand um und wies auf das Ergebnis:

„Siehst du, das genügt“, drehte ich mich um und bemerkte, daß ich Selbstgespräche führte. Er war so still verschwunden, daß ich es noch nicht einmal mitgekriegt hatte. Alle anderen bis auf Fritz waren auch weg. Der aber grinste wie ein Faun:

„Das hast' jetzt von deiner Wichtigmacherei, jetzt kannst du abwaschen.“ Und er fuhr fort, das Logbuch nachzuschreiben, das hatte die Dauerwache ja auch versäumt.

Ich seufzte und fügte mich meinem Schicksal. Das gereinigte, schaumige Geschirr stapelte ich im zweiten Becken, ließ dann die Lauge ab und spülte mit Süßwasser nach. Das ist das Herrliche an diesem nördlichen Revier, man braucht mit dem Wasser nicht zu sparen, Wasser gibt's hier überall. Was das für ein Luxus ist, kann nur ermessen, wer schon in Gegenden gesegelt ist, wo Wasser Mangelware ist und Trinkwasser gar in Flaschen und Kanistern gekauft werden muß. Aber hier konnten wir aus dem vollen schöpfen. Wir konnten unter dem fließenden Strahl duschen und abwaschen und uns damit die Zähne putzen, ohne Montezumas Rache fürchten zu müssen. Es war einfach immer genug da, und es war Trinkwasser, wenn es auch für den hochquellenverwöhnten Gaumen eines Wieners nicht gut schmeckte und zum Trinken eben deshalb nie verwendet wurde. Ich war mit dem Waschen fertig, trocknete das Geschirr ab und verstaute es wieder.

„Ich lasse diese kleinen Erfahrungen jeden selbst machen", meinte Fritz, „dann merkt er sich's sein Leben lang. Wer einmal mit dem Schaummonster gekämpft hat, einmal die Klosettpumpe gereinigt, einmal ins Ölzeug gepinkelt, weil er bei Schwerwetter zu spät hinuntergegangen und dann solange wie eine Flipperkugel im Kabäuschen herumgekugelt ist, bis es zu spät war, die Latzhose auf Halbmast, die Stiefel voll mit du weißt schon was, der vergißt das nie wieder. Natürlich hat dieses Lernen durch Versuch und Irrtum seine Grenzen, man kann nicht zuschauen, wenn einer die Mannschaft mit dem Großbaum dezimieren will oder versucht, bei hohem Seegang über die Reling zu pinkeln, da muß man schon eingreifen. Aber die Kleinigkeiten soll sich jeder selber beibringen. Der Hofrat ist jetzt womöglich beleidigt, weil du einem gestandenen Akademiker und hohen Beamten das Abwaschen beibringen wolltest."

„Der Hofrat ist keineswegs beleidigt, ich hab das wirklich nicht gewußt, aber die Gelegenheit war so günstig, da konnte ich einfach nicht widerstehen. Das Abwaschen ist nämlich kein Hobby von mir, aber nach dem Frühstück waren auf einmal alle weg, eigentlich seltsam, wie sie auf einem derart kleinen Boot alle verschwinden können, und da hab' ich mir gedacht, mir fällt ja kein Stein aus der Krone, aber dann kam Hannes, und mir der Gedanke, daß ich noch nicht rasiert bin. Der Waschraum war frei und das einzige, was mir leid tut, ist, daß ich sein blödes Gesicht nicht sehen konnte."

Die beiden lachten schallend, und um nicht noch mehr Spott zu ernten, lachte ich mit. Dann aber sah ich plötzlich auch die Komik des Ganzen und brüllte richtig los. Sie schauten mich fast erschrokken an, wie einen Irren, aber ich konnte nicht reden, und während mir die Tränen über die Backen liefen, kroch der Schaumberg weiter aus dem achterlichen Sanitärraum. Der Hofrat hatte sich, wie gewohnt, naß rasiert, aber weil er vergessen hatte, Rasierschaum mitzunehmen, mit Duschgel, denn er wollte nicht an mir vorbei, um ihn zu holen, es hätte seinen wunderbaren Gag zerstört. Weil er den Stöpsel durch Unachtsamkeit in das Waschbecken gestoßen hatte, hatte es sich gefüllt. Mit dem Rasieren fertig, war er vor Bosheit fast geplatzt, als er Fritzens Ansprache mitgehört hatte, und hatte vergessen, den Wasserhahn abzudrehen, weil er unbedingt seinen Senf dazugeben mußte. Und so kam es, wie es kommen mußte. Was ich in der Pantry vermieden hatte, fand nun im Klo statt. Inzwischen hatte es Fritz auch bemerkt, und der Hofrat starrte uns entgeistert an, wie wir im Chor wieherten und uns auf die Schenkel schlugen. Dann schüttelte er den Kopf, drehte sich um und erstarrte. Mit einem Aufschrei verschwand er in dem mittlerweile wadentiefen Schaum und drehte das Wasser ab. Wir beruhigten uns langsam, erlitten aber einen weiteren Anfall, als er begann, die Schweinerei mit beiden Händen in die Klosettmuschel zu schaufeln. Da wurde er grantig.

„Was gibt's jetzt wieder zu lachen?“ wollte er aufgebracht wissen. „Ich hab' die Sauerei veranstaltet, und jetzt mache ich halt wieder sauber!“

Und er fuhr fort, Schaum in die Muschel zu häufen, bis sie ein hohes Häubchen hatte. Dann pumpte er an der Spülung, und als sich das Schaumkrönchen munter zu drehen begann, zog ich ihn weg, denn ich fürchtete um die Gesundheit unseres Chefs, der inzwischen ungesund blaurot angelaufen war und nur noch japste. Als er sich beruhigt und auch ich mir die Lachtränen abgewischt hatte, zog ich die Dusche aus ihrem Steckbehälter und spritzte den Schaum durch die Bodengrätings weg. Wie auf fast allen Schiffen waren auch hier Toilette und Dusche in einem Raum untergebracht, und bald war die Naßzelle wieder sauber. Das einzige, was mich dabei wunderte, war, daß die Bilgenpumpe funktionierte und nicht mit Haaren und Papierfutzerln verstopft war. Den ausgetretenen Schaum wischte der Hofrat in die Toilette zurück und entsorgte ihn in bewährter Manier mit der Brause. Dann rubbelte er brav alles trocken, und das Klo war so sauber wie schon lange nicht mehr. Natürlich war das Gejohle den anderen nicht entgangen, und sie hatten alle einen Blick riskiert, fanden die Sache aber halb so lustig, da sie ja die Vorgeschichte nicht miterlebt hatten. Nur Conan, der sich in Walters Koje zurückgezogen hatte, und Iglo, der versuchte, auf der Salonbank zu schlafen, beschwerten sich über den Krach.

Ich stieg wieder an Deck, da es im Schiff inzwischen mehr als nur angenehm warm wurde. Walter stand am Ruder und blinzelte zufrieden in die Fahrtrichtung, er hielt, wie alle erfahrenen Bootsgasten, das Rad fast ruhig, die Hofrätin lag mit geschlossenen Augen auf der Steuerbordbank, Birgit saß vor dem Mast, die Arme um die angezogenen Beine geschlungen, Ernstl döste auf der Backbordbank, den Rücken an den Kajütaufbau gelehnt. Also setzte ich mich ans achtere Ende zu seinen Füßen neben Walter und starrte zufrieden auf die bleigraue, geriffelte Wasserfläche um uns. Hat sich was mit blauem Meer. Blau ist es, vom Boot aus gesehen, nur selten, zu Mittag etwa, an einem ruhigen Sonnentag. Grün, grau, schwarz, mit feuerroten Lichtern dazwischen, zebrastreifiges Weiß im Ockerbrand der späten Sonne, ja, aber blau selten. Azurblau fast nur von höheren Punkten her gesehen, also von Land aus. Glasklar in seichten Buchten, zeigt es die Farben des Grundes, von Dunkelgrün über Sandgelb bis Schotterhell über dem Geschiebe der ewigen Gezeiten an steinigen Gestaden. Darüber hinaus produziert es im ersten und letzten Licht des Tages sämtliche Neonfarben, die späte Dämmerung beschert ihm Lila, Dunkelrot und Violett, in der Nacht kann es sich in das gespenstische Grün von Mikroorganismen kleiden, wo sein gleichförmiger Atem durch Turbulenzen gestört wird, etwa im Kielwasser. Im Finstern wirbeln sogar gleißende Funken kalten Lichtes im Strudel des Toilettenspülwassers. Aber blau ist es selten.

„Was gibt's zu Mittag?" wollte Walter wissen und riß mich aus meinen Betrachtungen.

„Bier!" war meine lakonische Antwort.

„Klar, aber was zu essen?" hakte er nach und bewies mir, daß meine Bosheit verschwendet war.

„Na, was es auf jedem Törn am ersten Tag gibt, Pasta asciutta."

Nun ist dieser Terminus an und für sich falsch, heißt er doch übersetzt „trockene Teigwaren", er wird aber in Wien hartnäckig für jene Speise verwendet, die eigentlich Spaghetti bolognese oder con sugo di carne tritata mista heißt. Also meterlange Nudeln mit einer Sauce aus Faschiertem, Zwiebel, Knoblauch, Karotten und Paradeisern mit Basilikum, Salbei und anderen mediterranen Gewürzen, die wir schon in Wien fertigstellen, einfrieren und steinhart mit aufs Boot schleppen. Erstens brauchen wir dann nur noch die Nudeln zu kochen und haben rasch was zu essen, ein nicht zu unterschätzender Vorteil, wenn das Marinarestaurant, wie im Spätherbst häufig, geschlossen ist, und außerdem kühlt uns dieser Eisblock die empfindlicheren Lebensmittel während der Fahrt. Das System hat sich bewährt, und wenn wir das Sugo brauchen, ist es bereits fast oder ganz aufgetaut, jedenfalls aber hat es während des Transportes die Kühlkette der restlichen Lebensmittel aufrechterhalten und wir uns die Mitnahme platzraubender Kühlaggregate erspart, die ja auch nichts anderes sind als Eisbehälter, mit dem eklatanten Nachteil, ungenießbar zu sein.

„Schön, dann gibt's aber kein Bier, sondern Rotwein!" bekräftigte Walter sein Hauptinteresse mit einer scharfsinnigen Analyse.

„Und ich hab' vergessen, Parmesan einzukaufen", murmelte Ernstl und erhob sich ächzend. „Ich geh' jetzt hinunter, Gouda reiben, ist mir sowieso lieber als das trockene, geschmacklose Böselzeug, das man bei uns in den Sackerln verkauft." Damit verschwand er in den Tiefen des Rumpfes.

Inzwischen hatte der Wind etwas aufgefrischt. Erste Schaumkrönchen zierten das dunkle Wasser. Das Boot legte etwas nach Lee über, und die Hofrätin mußte sich aufsetzen, um auf ihrer Bank nicht ins Rutschen zu kommen. Birgit kam zurück von ihrem einsamen Plätzchen vor dem Mast und setzte sich zu mir auf die Leebank. Sie strahlte richtig vor Freude über den schönen Tag. Im Boot begann jetzt die Schraubenwelle zu jammern, da der steigende Wasserwiderstand den Propeller mitdrehte. Ich griff zum Gashebel, stellte ihn in den Rückwärtsgang und kuppelte das Getriebe des stehenden Motors ein. Damit brachte ich die Schraube wieder zur Ruhe, denn erstens ist das Geräusch widerlich, und zweitens hat der passiv bewegte Propeller mehr Widerstand als der stehende. Das wußte ich aus der Fliegerei, wo man einen Gleitflug mit stehendem Motor wesentlich strecken kann, wenn man den Quirl durch Überziehen zum Stillstand bringt. Manche Motorsegler haben zu diesem Zweck sogar Propellerbremsen, bei Flugzeugen mit Verstellschrauben kann man oft die Blätter in die sogenannte Segelstellung bringen, so daß sie senkrecht angeströmt werden, was den Widerstand weiter verringert. Sowohl bei Flugzeugen als auch bei Booten gibt es unter Umständen Faltpropeller, aber auf einer Charteryacht natürlich nichts dergleichen.

Der Wind hatte etwas gedreht, Birgit und ich hantierten eifrig an den Winschen, und schon machten wir deutlich mehr Fahrt, etwa sechseinhalb Knoten. Das Schiff begann ganz leise zu vibrieren, man hätte glauben können, daß es zufrieden schnurrte. Persönlich bin ich ja davon überzeugt, daß Segelboote eine Seele haben und eine Persönlichkeit, es gibt alle nur denkbaren Charaktere. Heißblütige Rennpferde, die schon im Hafen ungeduldig an ihren Festmachern zerren, behäbige Meereshandwerker, die es langsamer angehen, aber ihre Crew zuverlässig durch dick und dünn bringen, phlegmatisch und verläßlich, exaltierte Selbstdarsteller, die ihre Winschen angeberisch ratschen lassen und gerne prahlerisch mit den Segeln knallen, schon bei recht wenig Wind theatralisch überlegen, besonders, wenn halbnackte Damen, vom Menschen Jollen genannt, zusehen, säuerliche Gouvernantentypen, die die Mannschaft bevormunden, indem sie bei jeder Bö altjungferlich anluven, bis sie, wenn man sie läßt, zufrieden ganz in den Wind drehen, boshafte Ausgeburten, die jede Kooperation verweigern und im jeweils ungeeignetsten Moment höhnisch die notwendigsten Funktionen einstellen, ach, man könnte diese Liste unbegrenzt fortsetzen. Auch Motorboote haben eine kleine Seele, aber mehr wie die von Hunden. Sie haben sicher schon gesehen, wie kleine, verzogene Kläffer dieses Typs hysterisch kreischend über das Wasser hüpfen, aggressiv und stets bereit, nach anderen Bootswadeln zu schnappen, oder asthmatisch schnaufende Fischer-Bulldoggen, die vor lauter

Kraft kaum gehen können und sich unbeirrbar mit krummbeinigem Watscheln ihren Weg bahnen, sicher auch bedrohlich tief in der Kehle knurrende Schnauzer aller Größen, die plötzlich heulend losstürmen, irgendeinem eingebildeten Hundeabenteuer entgegen.

Unsere MIRANDA war ein abgearbeiteter Tagelöhner schlichten Gemütes, gezeichnet von einem schweren Leben im Charterdienst, es zwickte sie da und dort, sie war halt schon alt, und die GFK-Arthritis setzte ihr arg zu, aber tief in ihrem stolpernden Herzen blühte noch die blaue Blume der Romantik. So nahm sie eben alle ihre verbliebenen Kräfte zusammen und hinkte ächzend, senil brabbelnd und zutiefst zufrieden in diesen wunderschönen Tag. Sie fühlte offenbar, wie die Last der Jahre von ihr abzufallen schien und gebärdete sich, als sei sie wieder jung, ja, sie wagte gar ein holpriges Tänzchen.

Inzwischen war Fritz heraufgekommen und starrte angestrengt nach Osten. Er hatte Funkkontakt mit dem Commodore aufgenommen und ihm von unserem Schlamassel berichtet. Der war gar nicht überrascht gewesen, hatte er doch in der Nacht auch noch den Zwinkerer mit der ODYSSEUS verloren, obwohl sie im Verband gefahren waren. Jetzt irrten sie im Kvarner umher und konnten sich nicht finden, trotz pausenloser Positionsvergleiche. Aber auch das ließ den Commodore kalt, denn er wartete ja auf seine Bekannte, sie vertrieben sich die Zeit derweil mit Mann-über-Bord-Manövern.

„Ich würde das nicht über Funk breittreten, es ist ja schließlich kein Ruhmesblatt für die zwei, daß sie sich einfach verlieren", schloß Fritz seinen Bericht. „Aber der Zwinkerer hängt ununterbrochen am Funkgerät, und mittlerweile weiß die ganze nördliche Adria Bescheid."

Inzwischen waren alle außer Conan und Iglo an Deck, und wir saßen im Cockpit wie die Schwalben auf einer Telegrafenleitung. Auf jeder Seite drei auf den Bänken, nur war jetzt Ernstl am Ruder, er hatte Walter abgelöst. Der geriebene Käse stand in einer Schüssel und mit einem Tuch wegen der Fliegen zugedeckt im Abwaschbecken, trotzdem behauptete der Hofrat, er könne ihn riechen, und das mache ihm Hunger. Auch die anderen taten plötzlich so, als hätten sie weiß Gott wie lange schon nichts mehr zu essen bekommen. Es heißt ja bekanntlich, daß Seeluft hungrig macht, aber ich glaube, es ist eher die ungewohnte Untätigkeit, die am Meer für ausufernde Freßorgien verantwortlich ist. Menschen, die es gewohnt sind, von einem Termin zum anderen zu hetzen, haben plötzlich nichts zu tun. Das verursacht ihnen unbewußt Schuldgefühle, und sie suchen krampfhaft eine Beschäftigung. Ist aber an Bord nichts zu tun, dann werden sie unruhig. Was liegt also näher, als sich mit Angenehmem zu befassen? Und da die meisten Nahrungsaufnahme als Belohnung empfinden, wird ununterbrochen gegessen.

Also stieg ich wieder einmal hinab in den Styx und kramte den großen Topf, den wir immer mithaben, aus seinem Versteck unter der Salonbank. Das Bordgeschirr hat oft Puppenhausdimensionen, und es ist ganz unmöglich, darin Nudeln vernünftig zu kochen, schon gar nicht für neun Leute. Also bringen wir unser eigenes Reindl mit. Um jedoch überhaupt zu dem Gefäß zu gelangen, mußte ich Iglo aufwecken. Dem wurde aber, kaum, daß er bemerkte, daß das Boot krängte, schlecht, und er sauste mit einem gemurmelten Fluch nach oben. Ich setzte das Nudelwasser auf den Herd, löste die halbkardanische Aufhängung und klemmte den Topf mit den Haltespangen fest. Dann entzündete ich den Brenner mit einem langen Gasanzünder, den ich ebenfalls immer mithabe, nachdem ich mir wiederholt die Finger verbrannt hatte und einmal sogar meinen Bart hatte stutzen müssen, nachdem ich versucht hatte, mit einem Streichholz ein Backrohr zur Funktion zu erwecken. Gleich darauf hatte ich am rechten Unterarm nur mehr stinkende Haarstummel und ein Loch im Bart gehabt. Zwar war der Schreck größer gewesen als der Schmerz, aber ich kaufte damals im nächsten Hafen die Gaslanze, die ich seitdem immer dabeihabe. Ist sie einmal leer, schiebt man einfach ein neues Einwegfeuerzeug in den Griff. Diese Dinger bekommt man auf der ganzen Welt. Das Patent hätte ich gern, der Erfinder muß sich blödverdient haben. Nach dieser Großtat salzte ich das Wasser und ging wieder hinauf, da es unten trotz offenen Skylights unangenehm warm war. Ich kam gerade recht, um Capt'n Iglo beim Fischefüttern zu sehen. Als er sich ausgekotzt hatte, wankte er wieder hinunter, taub für die Ratschläge der anderen, daß ihm heroben gleich besser sein würde.

Als ich wieder nach unten kam, weil das Wasser kochte, lag er auf der Salonbank, fühlte sich den Puls und stöhnte. Sein Atem roch nach einer Rumkomposition. Ich steckte die Nudeln in den Topf, rührte um und setzte nun auch das Sugo auf den Herd. Als sich der appetitliche Geruch im Boot verbreitete, überkam auch mich entsetzlicher Hunger, Iglo aber stürzte wieder nach oben. Ich hörte erschreckte Rufe und dann wieder das charakteristische Geräusch einer armen Seele, die Sankt Ulrich anruft. Nach einer kleinen Weile vernahm ich, wie mehrere Pützen Seewasser in das Cockpit geschüttet wurden, dann kam Ernstl herunter und half mir, das Essen auf Teller anzurichten. Ich seihte die Spaghetti ab, sie waren wunderbar al dente, drehte sie im Topf auf eine Gabel und ließ die Nudelballen auf acht Teller fallen. Ernstl schöpfte das Sugo darüber, steckte in jeden Haufen eine Gabel und reichte die Teller und den geriebenen Käse nach oben. Ich entkorkte noch eine Flasche Rotwein und nahm Mineralwasser aus der Kühlbox, Ernstl trug die Becher, und wir stiegen aus dem Dampfbad an die frische Luft. Dann mußte ich noch einmal hinunter, Conan aufwecken, den der Essengeruch sofort belebte und der mir noch ganz verschlafen einfach nachtappte.

Jetzt war es wirklich eng, wir hatten kaum Ellbogenfreiheit, aber alle wickelten, schlangen und tranken, als wären sie am Verhungern. Fritz steuerte während des Essens mit dem rechten Fuß. Nur der arme Iglo lag unter der geblähten Genua an der Reling und büßte seine Sünden ab. Niemand sprach, was ich als Kompliment für die Qualität des Gebotenen nahm, alle bemühten sich mit mehr oder weniger Erfolg um die störrischen Nudeln, die weniger Geübten bissen einfach in die Zöpfe, die sie produziert hatten, und ließen die abgebissenen Nudeln wieder in den Teller fallen. Den Hofrätlichen troff der Saft vom Kinn, es störte sie nicht. Nur weiter vorne verursachten die Eßgeräusche verzweifelte Jammerlaute. Und, sie fraßen alles auf. Ich hatte geglaubt, viel zuviele Nudeln gekocht zu haben, aber sie waren im Handumdrehen weg. Walter putzte mit einem Stück Brot den Sugotopf blank, und ich ließ mir alles wieder nach unten reichen. Diesmal wusch ich mit Ernstl ab, wir waren im Nu fertig, auch wenn wir dazwischen zweimal Rotwein nachreichen mußten und einmal Mineralwasser. Am Ende der Aktion waren wir waschelnaß geschwitzt und froh, wieder nach oben zu kommen.

Allerdings mußte Ernstl noch einmal hinunter, weil es schon wieder nichts zu trinken gab.

Dann entdeckte Conan Land. Tatsächlich begannen in der Ferne niedrige Konturen aus dem Dunst zu steigen, Conan sauste um den Peilkompaß und identifizierte nach einer Weile tatsächlich Susak direkt vor dem Bug. Durch das Einzeichnen der Standlinien in die Karte ermittelte er einen langgestreckten, dreieckigen Bereich, in dem wir sein mußten. Demnach waren es bis Susak noch vier bis fünf Meilen. Jetzt verstand ich auch, warum sich am Vormittag die anderen nicht gefunden hatten, es war trotz des Windes etwas dunstig, man sah nicht sehr weit. Inzwischen waren sie aber fröhlich vereint und vertrieben sich die Zeit des Wartens gemeinsam, die Wortdurchfälle des Zwinkerers hatten nachgelassen. Tatsächlich hatten wir die meiste Zeit nur die Anrufe gehört, da wir nicht gerufen wurden, und den Kanalwechsel nicht mitgemacht. Damit war es jetzt vorbei. „MIRANDA, MIRANDA, MIRANDA. Delta Echo ODYSSEUS, ODYSSEUS, ODYSSEUS."

„Hannes, geh du. Ich mag nicht", sagte Fritz, und damit war ich wieder unten.

„ODYSSEUS, ODYSSEUS, ODYSSEUS, this is MIRANDA, MIRANDA, MIRANDA. Switch to channel 72. Over." Ohne auf eine Bestätigung zu warten, schaltete ich zu Kanal 72 durch.

„MIRANDA, Delta Echo ODYSSEUS. Wo sazz?" (Wo seid ihr?)

Ich überlegte kurz, ob ich überhaupt antworten sollte, denn was ging den Zwinkerer unsere Position an, hätte der Commodore gefragt, wäre alles klar gewesen, aber in der Hitze zu sitzen, nur weil dem fad war, das empfand ich als Zumutung. Dann aber siegte die Disziplin, und ich nannte unsere ungefähre Position. „Danke, over and out", antwortete der Gute.

Als ich wieder auf Kanal 16 schaltete, hörte ich schon wieder seine lästige Stimme: „MIRANDA ..." Diesmal wollte er wissen, wie lange wir noch bis zum Hafen Susaks brauchen würden. Zehn Sekunden später war er wieder da und nannte mir die Koordinaten nördlich von Susak, wo wir zum „Geschwader" stoßen sollten. Ich trug sie in die Karte ein, um den ungefähren Kurs zu bestimmen, und während ich nach oben ging, um den neuen Kurs anzusagen, hörte ich hinter mir „MIRANDA ...".

Fritz hatte alles mitgehört, übergab mir das Rad und bat den Zwinkerer um etwas Funkdisziplin. Damit war vorderhand Ruhe. Bald danach erspähte ich im Dunst zwei Segel auf unserem Kurs, nach den planlos wirkenden Schlägen zu schließen, waren es unsere Mitstreiter und übten noch immer Mann-über-Bord-Manöver. So war es auch tatsächlich, und ich ging vorsichtig auf Parallelkurs zum Commodore, der mit killenden Segeln auf uns wartete. Wenigstens war er nicht auch vom Funkvirus befallen, er forderte uns brüllend auf, bei ihm anzulegen.

Wir brachten daher alle Fender an Backbord aus und belegten zwei Festmacher an Bug- und Heckklampe, da wir sahen, daß sie an ihrer Steuerbordseite das gleiche taten. Fritz teilte seine Mannen ein, Birgit am Bug, Conan neben mir am Heck, Walter an der Fockschot, er selbst am Groß. Dann killten beim Commodore wieder die Segel, und Bärli drehte in den Wind. Gleichzeitig kam die Wäsche von oben. Ich kreuzte das Kielwasser der eleganten Yacht, Fritz ließ Walter die Genua fieren und gab Lose in die Großschot. Der Fahrtunterschied verringerte sich mit dem Abstand, und als wir überlappten, ging ich vorsichtig immer näher, aber so, daß sich die Fender noch nicht verhakten. Birgit und Conan übergaben seelenruhig Bug- und Heckleine und übernahmen die bereits gekreuzten Springen. Gleichzeitig bargen Walter und Fritz die Segel. Nach dem Einrollen der Genua halfen Birgit und Walter beim Auftuchen des Großsegels. Während aber drüben alle durcheinanderwurlten und aufgeregt schrien, fiel bei uns an Bord kaum ein Wort. Ich zerplatzte fast vor Stolz.

Der einzige, der drüben Ruhe und Würde wahrte, war Günther, der den vornehmsten Jogginganzug trug, den ich jemals gesehen hatte. Dazu noch ein Seidentuch um den Hals, das sich lässig im Halsausschnitt bauschte. Das fand ich nun doch etwas übertrieben. Außerdem hatte er blendendweiße Bordschuhe an, selbstverständlich aus feinstem Leder. Der Commodore trug eine Art Karateanzug, mit schwarzem Stoffgürtel, aber nicht den klassischen Obi, sondern eher Marke Bademantel. Er röhrte wie ein Hirsch wegen irgendeiner Sache, die Patachon offensichtlich verhauen hatte. Seine Frau lag im Badeanzug auf der Backbordbank, ein indianisches Kopftuch schmückte ihre Haare als Stirnband. Pat schoß eine Leine auf, und

Mike zupfte die überflüssigen Fender aus dem Spalt zwischen den Booten, um sie an der Backbordseite wieder auszubringen, da dort nun ODYSSEUS anlegen sollte. Pat und Patachon zelebrierten umständlich je einen Palstek in zwei Festmacher, nach der Methode „Krokodil kriecht aus dem See, um den Baum und wieder in den See". Daraufhin erlitt der Commodore den nächsten Anfall. Fritz schüttelte den Kopf und ging unter Deck.

Endlich war alles vorbereitet, dann schäumte ODYSSEUS heran, meiner Meinung nach viel zu schnell. Das Groß flatterte auf das Deck herunter, desgleichen kam der Baum herunter, da die Dirk völlig lose war, die Genua wurde langsam und eher ruckweise kleiner, weil Bull die Winschkurbel abwechselnd in beide Richtungen drehte, aber das fiel fast niemandem auf, da Linda in einem winzigen, weißen Bikini am Bug stand, den Bunsch der Leine lässig in der Rechten, die andere Hand am Vorstag. Jetzt konnten alle sehen, daß sie von der Saison noch bronzebraun war, sogar Günther pfiff leise und gedehnt durch die Zähne. Trotzdem, das Boot war zu schnell. Aber da quoll eine mächtige blaue Wolke unter dem Heck hervor, der Diesel röhrte auf, und das Schiff verzögerte rapid. Alle schwankten nach vorne, nur Linda war schon ganz vorn, allerdings auch eine routinierte Seglerin. Daher stieg sie nicht kopfüber aus, sondern wurde nur herumgewirbelt, ging aber mit einem kleinen Tanzschritt mit und zeigte uns daher jetzt ihre Rückenansicht mit gekreuzten Beinen. Mein Gott, diese Grübchen. Ich hatte das alles und mehr schon gesehen, aber es war immer wieder wirklich atemberaubend. Dann drehte sie sich elegant zurück, und mit einem freundlichen Aufblitzen blendendweißer Zähne übergab sie dem stark schwitzenden Pat die Bugleine. Der krächzte „Danke schön", und sie wedelte mit der Hand, um die Spring zu übernehmen. Doch das war für Pat zuviel. Er ließ beide Leinen sausen und schüttelte Linda mit einem unsäglich blöden, begeisterten Grinsen die Hand. Ich wälzte mich auf der Cockpitbank, und auch die anderen brüllten vor Lachen, während ODYSSEUS' Bug langsam abtrieb und Pat, der noch immer schüttelte, Lindas Hand loslassen mußte, wollte er nicht baden gehen. Das brachte ihn zurück in die Realität, und er grabschte sich doch noch die Bugleine und schloß den klaffenden Spalt zwischen den Booten wieder.

Endlich lagen die drei Yachten im Päckchen, eine gute Meile nordöstlich von Susak. Fritz und der Zwinkerer verschwanden mit dem Commodore in den geräumigen Tiefen von BÄRLI, und sofort begann eine rege Kletterei zwischen den Booten. Es war jetzt schon fast fünf Uhr, der Wind ließ langsam wieder nach. Capt'n Iglo hatte sich sofort etwas erholt, als wir keine Lage mehr machten, und war recht wackelig, aber entschlossen, wieder hinuntergegangen. Jetzt lag er auf der Salonbank. Ich plauderte mit Günther, das heißt, eigentlich fragte ich ihn aus, weil ich neugierig war, was sie gestern getrieben hatten. Das Krügerl gesellte sich zu uns, und sie erzählten abwechselnd, sich gegenseitig ergänzend.

Nach dem Auslaufen hatten sie Kurs auf Umag gesetzt, wegen des legendären Bärenschinkens. An Bord der BÄRLI gab es als Entree eine Bloody Mary mit viel Wodka und viel zuviel Tabasco. Mike, der inzwischen auch bei uns stand, lachte hämisch. Auch mir fiel das Tabascoflascherl wieder ein. Jedenfalls hatten Mike und Günther das Zeug nur gekostet und dann unauffällig entsorgt. Pat hatte sein Glas durstig auf einen Zug geleert, und als er wieder sprechen konnte, konnte er es nicht mehr so recht. Eine schlaflose Nacht und dann ein dreifacher Wodka auf nüchternen Magen ist eben nicht jedermanns Sache. Also ging Pat schlafen, ohne seinen Seesack auszuräumen, und konnte auch in Umag nur schwer wieder zum Leben erweckt werden. Patachon hatte nur gekostet und dann vorsichtig abgewartet; als er die Folgen bei Pat sah, hatte er sein Glas abgestellt und in der Folge so alle halben Stunden einen kleinen Schluck genommen. Es war seine erste Bloody Mary, das Zeug schmeckte ihm, auch die Schärfe fand er o.k., er aß gern thailändisch. Allerdings lehnte er eine Sturznarkose ab. Der Commodore und seine bessere Hälfte hatten je zwei Gläser getrunken, offensichtlich standen sie im Training, denn sie zeigten keine wie immer geartete Wirkung. Rosi ging dann auspacken, die anderen blieben vorerst an Deck, und man motorte friedlich Richtung Umag. Günther stand am Ruder, als der Commodore, der ein kleines Bierchen gegen den scharfen Drink gekippt hatte, die Dose über Bord warf und dazu rief: „Mann über Bord!" Günther drehte ungerührt ein Ringerl und stoppte BÄRLI mit einem Gasschub im Rückwärtsgang der Maschine genau neben der Dose, wobei er sogar die Versetzung des Hecks richtig einkalkuliert hatte. Dann stieg er seelenruhig über den Spiegel in die Badeplattform, fischte die Dose mit der Hand aus dem Wasser und stellte sie neben den etwas überraschten Commodore auf die Cockpitbank, kehrte zum Ruder zurück, gab Gas und ging, immer noch schweigend, wieder auf Kurs. Das Ganze hatte keine zwei Minuten gedauert und war das Ende des Exerzierens für diesen Tag. Der Commodore bohrte mit einem Marlspieker zwei Löcher in die Dose und versenkte sie.

Auf der ODYSSEUS ging es indessen förmlicher zu, wie der Krügerl-Peter berichtete. Gleich nach Verlassen der Dalbenstraße vergatterte der Zwinkerer seine Leute und gab Schwimmwesten und Lifebelts aus. Dann besprachen sie ausführlich Maßnahmen für den Fall, daß einer über Bord ging, und wurden darauf eingeschworen, keine Q-Wende oder sonstige Segelmanöver zu versuchen, sondern dem Opfer den Rettungskragen, bei Nacht auch die Leuchtboje zuzuwerfen, womöglich nicht an den Kopf, die Segel blitzartig zu bergen und unter Motor zum Schwimmenden zurückzukehren. Der Zwinkerer vergaß auch nicht, darauf hinzuweisen, daß man den Motor startet, *bevor* man die Segel birgt, denn ein Segelmanöver ist allemal besser als gar keines, wenn die Maschine beschließt, nicht mitzumachen, kaum daß die Segel unten sind. Er ließ sich von allen die Taschenlampen zeigen und ordnete an, daß jeder, der bei Nacht an Deck ging, seine Lampe bei sich tragen müsse. Bull, der als einziger keine wasserdichte Lampe hatte, sondern einen tragbaren Scheinwerfer, trug er auf, sich im nächsten Hafen so etwas im Duty-free-Shop zu besorgen. Dann setzten sie – bei völliger Windstille – die Segel, und jede der beiden Wachen mußte das Manöver einmal vorführen. Erst dann wurde die Freiwache entlassen und die Übung ins Logbuch eingetragen.

Ich mag den Zwinkerer nicht, aber dieser Bericht imponierte mir schon. Bei uns war jeder informiert worden, wo Schwimmwesten und Lifebelts gestaut waren, und das Manöver wurde besprochen, während wir hastig durch die Dalbenstraße dieselten. Die Übung war für heute angesagt worden, hatte aber bisher nicht stattgefunden. Natürlich standen wir unter Zeitdruck, aber immerhin hatten wir zwei absolute Laien an Bord, die ganz sicher nicht wußten, wie man sich im Notfall verhält. Beim Commodore schließlich war das Ganze zur Alibihandlung verkommen, allerdings hatten sie heute den halben Tag alle nur möglichen Varianten vielfach geübt.

Jedenfalls waren die beiden Schiffe in Kiellinie Richtung Umag gedieselt, unter einem wahren Gewitter von Funksprüchen, wie etwa „Bitte wartet auf uns, wir machen eine Übung." „Unser Log zeigt sieben Knoten, was zeigt eures?" „Glaubt ihr, wir können heute noch einklarieren?" „MIRANDA ..." „Die MIRANDA meldet sich nicht." „Funkkontakt mit der MIRANDA erst für morgen früh vereinbart", etc., etc. Dann hatten sie, noch bei Licht, Umag erreicht, die Untiefen nördlich der Hafeneinfahrt kühn umschifft und in der Marina angelegt. Einklarieren fiel aufgrund der Abwesenheit der zuständigen Behörde aus, und so marschierten sie geschlossen ins Restaurant, um den legendären Bärenschinken zu verkosten. Der kam auf einer Riesenplatte, hauchdünn geschnitten, angeblich vom Onkel des Lokalbetreibers selbst geschossen und geräuchert, schmeckte haargenau wie Rinderschinken, der etwas zu lang auf Eis gelegen hat, und kostete pro Nase zweihundert Schilling. Insgesamt machten sie eine ordentliche Rechnung in den zwei Stunden, die sie dort waren, und alle bis auf den Commodore waren etwas enttäuscht. Was sie noch nicht wissen konnten: Das war erst der Anfang des kulinarischen Rundumschlages, den der Commodore plante. Aber ich greife vor. Noch waren sie dabei, das Essen und die Tatsache zu verdauen, daß es pro Frau/Mann fast sechshundert Schilling gekostet hatte. Peter murrte, daß er auf den Inseln bei Split um dieses Geld eine Woche lang essen gehen könne, und zwar besser. Linda bestätigte das.

Jedenfalls verließen sie im Schutze der Dunkelheit Umag, ohne einklariert oder Marinagebühren bezahlt zu haben. Wie sich zwei beleuchtete Schiffe in der Nacht verlieren konnten, war Günther auch nicht klar, und laut Peter, dem Krügerl, verweigerte Bull, der zum fraglichen Zeitpunkt am Ruder der nachfahrenden ODYSSEUS gestanden war, dazu jede Aussage. Sie seien eben plötzlich allein gewesen. Vom Zwinkerer peinlich befragt, hatte er einen Rechtsanwalt verlangt. Jedenfalls hatte sofort wieder hektischer Funkverkehr begonnen, Positionsmeldungen ohne Zahl schwirrten durch den Äther, aber sie konnten sich nicht mehr finden, auch wenn sie theoretisch am selben Ort waren und laut Mike eigentlich schon nicht mehr nebeneinander, sondern im Sandwich hätten fahren müssen. Endlich war die dauernde Funkerei dem Commodore lästig geworden, und er hatte die Suche bis zum Tageslicht aufgeschoben.

In dem Moment bemerkten wir eine Yacht, die sich dem Päckchen, das langsam in Richtung Susak trieb, näherte. Der Commodore gesellte sich zu uns, er hielt Birgit an der Hand.

„Schaut's alle", begann er in breitem Wienerisch, „das ist die Hilde mit ihrer Damenmannschaft. Auf die is halt immer Verlaß. Letzt's Jahr haben wir uns auch da getroffen. Wir waren auch auf einem Prüfungstörn, a Woch'n waren wir schon unterwegs, alle war'n gut vorbereitet, und am nächsten Tag wolln ma mit der Prüfung anfangen, aber uns fehlt noch a Schiff mit vier Kandidaten. Das woll'n ma genau da treffen, wo wir jetzt aa san. Skippern tut den Kasten die Hilde, eine von den wenigen Frauen, die net nur mitsegeln, sondern wirklich guat san, obwohl, jetzt werden's ja immer mehr. Jedenfalls eine erstklassige Seglerin, so wie unser Quietscherl da, nur, die Hilde sauft. Sie ist so klein wie die Birgit, damit ist die Ähnlichkeit aber schon wieder aus, weil, sie ist genauso breit wie hoch. Also, wir segeln so dahin, auf einmal seh'n wir ein Boot am gleichen Kurs, das langsam immer näher zu uns herüberrückt. Und wirklich, es ist die Hilde. Sie schreit schon aus der Weiten, sie ist durstig, wir soll'n was herrichten, aber net wieder so was Wassriges, und dann sind sie auch schon da. Die Wäsch' runter, wir gehen längsseits, Fender sind schon draußen, Leinen über, dann noch verspringt, wir liegen im Packerl.

Die Hilde schreit schon wieder, sie hat Durst, und hängt am Heck einen Stampfer über die Reling. Sie schreit ‚Entern!' und schwingt den anderen Haxen nach. Mir bleibt das ‚Bist verruckt?' im Hals stecken, weil, sie geht schon mit einem Mordsplatscher unter. Es spritzt fürchterlich, wir stehen alle unter der Dusch', unangenehm, weil es ist ja erst Ostern und das Wasser saukalt. Die Muppets (so nennt er seine Kandidaten) rennen hin und her, und wie sie auftaucht, schmeißt ihr einer den Rettungskragen von der Heckreling samt der Blinkleuchte genau an den Kopf, und sie geht wieder unter. ‚Jetzt ist sie hin', denk ich mir und will ins Wasser springen, aber sie taucht schon wieder auf und spritzt einen Schwall Wasser von sich, wie ein Wal. Vor Erleichterung, und weil's wirklich ausgeschaut hat wie ein Wal, schrei ich, wie Käpt'n Ahab, ‚Er bläst'. Sie schreit zurück, es muß wenigstens heißen ‚Sie', aber das hätt' sich komisch angehört.

Alle lachen, sogar der Pechvogel mit dem Rettungskragen, den er jetzt an der Leine wieder einholt. Er ist noch ein bisserl blaß um die Nase, aber immerhin war er der einzige, der überhaupt was Sinnvolles probiert hat, auch wenn er damit die Hilde fast endgültig versenkt hätte. Inzwischen haben wir die Sicherungsseile am Heckkorb aufgemacht und die Badeleiter abgeklappt, und unser Wal hievt sich schnaufend und spuckend ins Boot, die Blinkleuchte hat sie auch mit. Das Wasser rinnt ihr aus dem Gewand, und bevor sie wieder auf ihr Boot steigt, dermalen aber in der Mitte, bei den Wanten, wo sie nicht hineinfallen kann, nimmt sie noch einen mächtigen Schluck aus der Rumflasche, die ihr einer hinhält. Dann erst schwingt sie sich hinüber, beide Boote kommen heftig ins Schaukeln, und geht sich umziehen. Net einmal einen Schnupfen hat sie gekriegt, so b'soffen war sie."

Während dieser Erzählung war das Boot bei uns angekommen und hatte perfekt angelegt. Die Damencrew harmonierte ausgezeichnet, es fiel während des Manövers kein lautes Wort, und nun konnte ich die legendäre Hilde betrachten. Sie hatte einen verbeulten, sackförmigen Trainingsanzug von undefinierbarer Farbe an, so zwischen Blau und Grau, aber stellenweise grünstichig. Das Oberteil hing rechts wesentlich tiefer herab als an der anderen Seite, offenbar hatte sie dort etwas Schweres, vielleicht ein Flascherl Medizin, im Sack, und ging durchschnittlich bis zum halben Oberschenkel. Die Hose saß oben prall an ihren mächtigen Schenkeln, hatte unterhalb der Knie riesige Beulen, die bei jedem Schritt mitwackelten, und endete in halber Wadenhöhe genauso weit, wie sie oben war, das heißt, sie flatterte um säulenförmige, rote Waden. Überhaupt war alles, was man von ihr sehen konnte, rot, die prallen Hände mit den Wurstfingern und das mächtige Gesicht mit den großen Tränensäk-

ken und der fleischigen Nase unter den glatten, fettigen Haaren, in deren Strohfarbe sich erstes Grau mischte. Eine Schönheit war sie nicht, aber sie wußte Schönheit zu würdigen, denn bei Lindas Anblick wären ihr fast die Augen aus dem Kopf gefallen. Linda, die sonst derartiges gar nicht zur Kenntnis nimmt, ging sich darauf sofort anziehen.

Hilde stieg x-beinig auf unser Boot über, watschelte schnaufend zum Cockpit, plumpste wie ein Mehlsack auf die Bank und schlug dann am Boden auf wie eine Bombe. Von den Bewegungen her erinnerte sie mich an Conan. Als sie den Commodore begrüßte, vernahmen es alle ehrfürchtig: Sie hatte eine Stimme wie ein Nebelhorn, von der Lage her ein rostiger Bariton. Korporativ sagte sie uns allen guten Tag, nur Birgit tätschelte sie freundschaftlich den Arm, worauf die sofort flüchtete. Rosi wurde auf die Wange geküßt.

Der Commodore reichte ihr zeremoniell seinen Flachmann mit zwölfjährigem Whisky, und sie soff ihn in einem Zug leer. Dieser Glenfiddich ist sein Heiligtum und ganz besonderen Anlässen vorbehalten, wird in winzigen Schlucken konsumiert und lange auf der Zunge gerollt. Eine Einladung zu einem Schluck kommt einem Orden gleich und wird feierlich mit einem symbolischen Schlückchen zelebriert. Diesmal verzog er aber keine Miene, als er dem Frevel zusah, er hatte wohl auch gar nichts anderes erwartet.

Ich wunderte mich. Irgend etwas mußte an dieser Frau, die auftrat wie ein alter Seebär in einer Stummfilmklamotte, dran sein. Nun wischte sie sich zufrieden die Lippen und wandte sich ab, um damenhaft aufzustoßen, hinter vornehm vorgehaltener Hand. Dann besichtigte sie unsere drei Schiffe, äußerte sich lobend über die Art, wie die Festmacherenden ordentlich zu Schnecken eingerollt dalagen, außer auf MIRANDA, das trug Fritz einen strengen Blick ein, den er kühl erwiderte.

Nachdem inzwischen alle überall herumkrochen, beschlossen Bull und ich, Hildes Schiff zu inspizieren. Wir baten, an Bord kommen zu dürfen, und unsere Bitte wurde uns von der Amazone, die im Cockpit regelrecht Wache schob, freundlich gewährt. Wir schauten uns an Deck um, es war alles peinlich sauber und ordentlich wie auf einem Kriegsschiff. Auf einen kurzen Wink der Wachhabenden erschien ein anderes Mädchen und zeigte uns den Salon. Auch unten war alles bestens in Schuß, nichts lag herum, es roch geradezu antiseptisch. Wir durften sogar das Logbuch einsehen, es war in gestochener Schrift geführt, ausführlich mit allen Wettererscheinungen, jeder Kursänderung, auch beim Kreuzen, da war jede Wende mit gegißtem Ort und Zeit eingetragen und dazwischen immer wieder wahre Orte in kurzen Zeitabständen. Hier wurde nicht herumgealbert, das sah man, hier wurde exerziert. Das paßte so gar nicht zu dem Bild, das ich mir in der kurzen Zeit gemacht hatte, und ich wunderte mich wieder. Die Mädels von Hildes Schiff waren alle nett und natürlich, folgten aber ihrer Skipperin auf jeden Wink wie Marinepersonal. Das sollte sich auch am nächsten Tag erneut bestätigen. Aber ich greife schon wieder vor. Ziemlich beeindruckt dankten wir für die Führung und stiegen wieder um.

Auf unserem Schiff erklärte Fritz Pat und Patachon gerade die

Bergsteigerart, einen Palstek zu machen. Dabei mißt man ein freies Ende beliebiger Länge von einer Leine, je nach der gewünschten Größe der Schlinge des fertigen Knotens. Zwischen Schlingenteil und Rest der Leine dreht man ein Auge, durch das man von der Seite der Restleine her eine Bucht so steckt, daß sie von dem Auge bekniffen wird. Dann steckt man ein kleines Stück des Schlingenendes durch diese Bucht, schüttelt das ganze Gebilde unter leichtem Zug von oben, die Bucht zieht das freie Ende durch das Auge, festziehen, fertig. So kompliziert das klingt, so einfach ist es. Damit konnten die beiden sich einen weiteren Rüffel des Commodore ersparen. Verdient hatten sie ihn allerdings, denn wer zur B-Scheinprüfung antritt, sollte über die Krokodilvariante hinweg sein.

Plötzlich wurden sie im Üben jedoch jäh unterbrochen, offensichtlich war auf höchster Ebene ein Konsens entstanden. Alle wurden aufs eigene Schiff gerufen, nacheinander legten die Yachten voneinander ab, und als sich BÄRLI behäbig von uns löste, setzten auch wir wieder Segel, ließen uns von der backgesetzten Genua über das Heck aus dem Wind treiben, holten sie dann über, als wir den Wind etwa aus backbord dwars hatten, und nahmen Fahrt auf. Damit war es mit der Gemütlichkeit erst einmal vorbei, denn jetzt waren wir dran mit Exerzieren von Notfällen, und es war schon fast finster, als wir im Hafen von Susak an der BÄRLI im Packerl anlegten. Dahinter lag die ODYSSEUS. Hilde war nach Lošinj weitergesegelt, wir sollten sie am nächsten Tag dort treffen. Die anderen waren schon ungeduldig, denn sie hatten im Hafenrestaurant eine opulente Fischmahlzeit bestellt.

Soweit notwendig, zogen wir uns schnell um. Als Birgit wieder in den Salon trat, bekam ich akute Atemprobleme. Fritz pfiff anerkennend, und Conan bekam eine rote Birne, lediglich Walter nuckelte unbeteiligt an einem Bier. Sie trug einen engen, schwarzen Rock, der über den Knien endete, eine weiße Bluse mit Rüschen am Kragen und an den Ärmeln, weiße Strümpfe mit Arabesken und schwarze, flache Slipper. Eigentlich hätte das schulmädchenhaft wirken müssen, bei ihr war es aber mehr wie eine Aufforderung zur Unzucht. Sie war nicht geschminkt, aber das war sie ja nie.

Nachdem wir uns einigermaßen beruhigt hatten, drehten wir den Stromhauptschalter ab, versperrten das Schiff und stiegen auf BÄRLI über. Dann gingen alle an Land, wo die Odysseuscrew schon wartete. Linda trug ein dottergelbes Schlauchkleid, das sich wie ein Handschuh zärtlich an ihre schwellenden Rundungen schmiegte und extrem kurz war. Dazu transparente Strumpfhosen mit Naht und hochhackige schwarze Schuhe. Extrem blaßgeschminkte Lippen kontrastierten zu ihrer tiefen Sonnenbräune, ebenso die offengetragenen, wilden Löckchen. Na, das konnte ja heiter werden, vierzehn Tage zwei solche Appetithappen vor Augen und keine Chance auf Erlösung.

Zeit meines Lebens, besser gesagt, seit mir die Unterschiede klar wurden, bin ich ein großer Bewunderer weiblicher Reize. Anfangs traute ich mich nicht, mit Mädchen zu reden, da sie mir irgendwie wie höhere Wesen vorkamen, überlegen und unerreichbar. Das waren sie damals auch, als wir den Kopf noch voll Fußball und Jerry Cotton hatten, sie aber schon an der Pforte zum Erwachsensein klopften, freilich noch unbeholfen, aber das war das Letzte, was ich zu der Zeit bemerkt hätte. Für mich waren sie Wesen, die sich über unbegreifliche Dinge wie Mode und Schminke unterhielten, gänzlich uninteressante Themen, sie waren zickig und blasiert, und trotzdem ging von ihnen eine Lockung aus, die ich nicht verstehen, aber noch weniger ignorieren konnte. Das hat sich dann irgendwann von einem Augenblick zum anderen geändert, natürlich war ein Mädchen dafür verantwortlich, jedenfalls war ich meine Scheu los. Seit diesem denkwürdigen Moment habe ich die Gegenwart von Frauen stets genossen und komme mit ihnen im allgemeinen viel besser zurecht als mit Männern. Ich schätze die entspannte Art, in der sie sich so viel natürlicher geben als die meisten Vertreter meines Geschlechtes, und bin nach wie vor fasziniert von echter, ungekünstelter Weiblichkeit.

Man könnte fast sagen, ich bin hilflos dagegen. Nun ist das normalerweise kein Problem, denn zu Hause bin ich in der Lage, Abstand zu wahren, ich kann mich zurückziehen, wenn mir der Kragen zu eng wird. Nun, das war hier auf der MIRANDA nicht der Fall. Dazu kam noch, daß ich damals niemanden hatte, an den ich sehnsüchtig denken konnte, und es gab auch kein Wiedersehen, auf das ich mich freuen konnte, da ich vor einiger Zeit eine langjährige Beziehung aufgeben mußte, die nur mehr ich als erstrebenswert empfand. Also litt ich an ausgeprägter Einsamkeit, war über die Maßen anfällig und hatte in der Ghettosituation des Bordlebens keine Möglichkeit, der Reizsituation auszuweichen oder Abhilfe zu schaffen. Die einzige Möglichkeit wäre gewesen, Birgit vor aller Augen Avancen zu machen, aber dazu kannte ich sie erstens noch viel zu wenig, zweitens gab es einiges an ihr, das mich vorsichtig stimmte, und drittens wollte ich natürlich auch nicht vor den anderen den balzenden Gockel spielen, das hätte zu einem unerträglichen Bordklima geführt. So litt ich also die Qualen des Tantalus, dem die Trauben bis fast zum Mund hängen, ohne daß er sie erreichen kann, und das Wasser bis zum Hals steht, ohne die geringste Möglichkeit zu trinken.

Das Restaurant war nur ein paar Schritte entfernt, das Gastzimmer ein langgestreckter Raum, links der Länge nach eine Theke, davor waren quer zur Längsrichtung einfache Holztische und pro Tisch zwei Bänke aufgestellt, eine Massenausspeisung wie aus dem bekannten Fremdenverkehrswerk „Gib mir dein Geld, und du wirst überleben“, mit dem Untertitel „Kommt zahlreich, wir brauchen es“. Zwar war die Bedienung etwas schleppend, aber dafür gab es kalte Getränke in überraschend großer Auswahl, wenn auch die meisten dem schweren Susakwein zusprachen. Der Fisch war frisch und wurde appetitlich garniert serviert, und die Beilagen wie auch die Salate waren ausgezeichnet. Ausnahmsweise hatte der Commodore nicht übertrieben, es war ein wirklich empfehlenswerter Ort.

Es wurde ein ziemlich langer Abend, an dem alle eine Menge von ihren Erlebnissen auf den Übungstörns, den Erfahrungen der letzten vierundzwanzig Stunden und ganz allgemein von der Liebe zum Meer erzählten.

Seltsamerweise war es ausgerechnet Iglo, der in geradezu verklärtem Ton von seinen bisherigen Erlebnissen schwärmte. Nach seinen Worten hatte er sich unsterblich in die Ägäis verliebt und hielt sie für *das* Traumrevier. Die Ägäis ist wunderschön und wirklich die unbequeme Anfahrt wert, wenn man Zeit hat und mit dem Auto kommt. Sie ist auch die Anreise mit dem Flugzeug wert, auch wenn man dann aus Gewichtsgründen nur das Notwendigste mitnehmen kann. Aber daß ausgerechnet Iglo, dem schon auf einer Schaukel schlecht wird, in der Ägäis sein Glück gefunden haben sollte, fand ich schon etwas seltsam. Zwar war er nach eigener Aussage im Hochsommer dort gewesen, in der friedlichsten Zeit, trotzdem konnte ich mir nicht vorstellen, daß er die Spezialitäten dieses Teils des Mittelmeeres ganz versäumt haben sollte. Und die vertragen sich mit seinem Magen nur schlecht.

Walter unterhielt sich blendend, bloß verstand ihn keiner mehr. Ich hatte mich schändlich überfressen und wollte nur mehr ins Bett. Endlich brachen wir auf. Für den nächsten Morgen war eine Inselexpedition geplant, kein ehrgeiziges Unternehmen auf Susak. Dann wollten wir nach Mali Lošinj auslaufen. Vorerst schwankten wir aber zurück auf die Boote, ich stieg vorsichtig an Bord von BÄRLI und von dort ebenso sorgfältig auf die MIRANDA über. Die anderen folgten ebenso langsam und überlegt. Als letzter kam Walter, zwar wußte er, daß wir drei Boote hatten, hatte aber vergessen, daß sie nicht im Päckchen lagen. Als er nun auf das dritte umsteigen wollte, lag er wieder einmal im Wasser. Wir bargen ihn über die Badeleiter, und er mußte sich an Deck entkleiden und abfrottieren, da wir im Salon keine Schweinerei wollten. Erst dann durfte er unter Deck, um sich umzuziehen.

Inzwischen hatte Iglo das heulende Elend bekommen und erzählte uns von seinem wirklichen Ägäistörn. Es war eine einzige Katastrophe.

„Eigentlich hat alles schon Pfingsten vorher begonnen", schnupfte er. „Ich hab' mich über die paar Tage zu einem Ausbildungstörn bei der Segelschule Hofbauer breitschlagen lassen, und zwar von unserem Ernstl da, weil, der läßt ja bekanntlich keinen Törn aus, wenn er irgendwie auf ein Boot kommen kann. Irgendwer war abgesprungen, und ich sollte der Lückenbüßer sein."

„Ja, was wir zu dem Moment aber nicht gewußt haben, war, daß der, der abgesprungen war, der Skipper war, er hat ein besseres Angebot bekommen als unseren lächerlichen Viertageschnuppertörn", mischte sich Ernstl ein.

„Laß mich erzählen, ich hab' angefangen!" Iglo schneuzte sich.

„Jedenfalls standen wir ohne Skipper da, und die Möglichkeit, einen zu finden, war verschwindend gering, weil keiner von den Ausbildern der Segelschule an den paar Tagen Interesse hatte. Irgendwer kannte über drei Ecken wen, der hatte zwar auch erst den Schein gemacht, aber immerhin konnte er das Schiff übernehmen, und außerdem war er der einzige, den wir so rasch kriegen konnten. Würden wir halt ein paar Tage an der Küste herumschippern, ein bißchen Übung würde uns guttun." Iglo fing schon wieder an zu heulen.

„Und das war der Anfang vom Ende, denn bei diesem Arschloch sah alles so einfach aus. Ich meine, der hatte doch auch gerade seinen Schein gemacht, na, und wir standen kurz davor. Geschliffen hat er uns beim Segeln, als wären wir bei einer Marine, da durfte der Kurs keine fünf Grad daneben sein, und wenn ein Manöver nicht geklappt hat, dann haben wir es so lange geübt, bis er zufrieden war. Und dann hat er an Bord keinen Alkohol geduldet, sogar ein Bier zu Mittag war ihm schon zuviel! Ich mein', das ist ja kein Urlaub! Ich bin sicher, der hatte auch nicht mehr Ahnung als ich, aber er ist mit uns nicht an der Küste geblieben, sondern geradewegs über den Kvarneritsch gefahren, nach Lošinj, dann durch den Kanal auf Lošinj, die ganzen Inserln im Kvarner haben wir mitgenommen, und keinen Moment zu früh oder zu spät waren wir wieder zurück."

„Ja, aber hast du dir sein Seefahrtbuch angeschaut?" warf Ernstl dazwischen.

„Nein, wozu, er war ganz frischgefangen!"

„Ja, er hatte noch nicht lange den Schein, das stimmt. Aber du fährst nicht auf der halben Welt spazieren, ohne daß etwas hängenbleibt. Du als Lehrer solltest wissen, daß gerade die Dinge, die ganz mühelos wirken, oft erst nach erheblicher Vorarbeit so klappen. Denk doch an deine Schulexperimente. Denen sieht auch keiner an, was für Mühe und Vorbereitung dahintersteckt, und welch jahrelange Mühe notwendig war, um alles so leicht und elegant vorzuführen. Und, was den Alkohol betrifft, läßt du deinen Sohn mit deinem Porsche fahren, wenn er ein Bier intus hat?"

„Das ist was ganz anderes!" versuchte Iglo den Einwand abzuwenden.

„Na, eben nicht, das hast du doch dann selber herausgefunden!"

Und ob er das hatte. Nach diesem Törn schien ihm sonnenklar, daß an der ganzen Seglerei nicht viel dran war, und so nahm das Schicksal seinen Lauf. Denn Iglo wollte die Meilen für die Prüfung im Sinne des Wortes selbst erfahren. Nach den Tagen mit diesem Leuteschinder fühlte er sich allen Ozeanen gleichzeitig gewachsen. Als Crew hatte er seinen achtzehnjährigen Sohn, seine halbwüchsige Tochter und eine ihrer Freundinnen und, last, not least seine Frau geplant, dazu kam noch der Hund des Hauses, ein mittelgroßer Mischlingsrüde. Man bestellte also eine Yacht und reiste heiteren Sinnes nach Griechenland, komfortabel im selbsteingerichteten Wohnbus, liebevoll ausgestattet mit allem, was das Herz begehrt, und erreichte nach kurzen drei Tagen voller Staub und Sonne den Charterhafen.

Das Wetter war prächtig, ein lauer Wind streichelte die verschwitzten Gesichter, und rasch wurden noch die paar Sachen, die man nicht mithatte, eingekauft. Lebensnotwendige Dinge wie erlesene Getränke, die frischesten Gewürze sowie Reis, Nudeln, Weingartenknoblauch in schwellenden Knollen und selbstgezogene Zwiebeln, alles vom Feinsten, hatte der Capt'n natürlich von zu Hause mit, man konnte ja nie wissen. So wurde nur um zartes Lamm und frische Gemüse, herben Retsina und pralle Oliven gefeilscht. Dann übernahm Iglo das Schiff, bunkerte Vorräte und Gepäck, Crew und Hund wurden eingeschifft, und los ging's! Der Capt'n teilte seine Mannen ein wie ein alter Fahrensmann, dann startete er feierlich die Maschine, ließ die Leinen loswerfen, und das Schiff löste sich majestätisch vom Kai. Sachte plätscherte die Bugwelle durch das geradezu kitschige Blau der Bucht (wie gesagt, selten!), und man nahm ein Schlücklein zum guten Beginn. Als Chef erklärte Iglo seiner mittlerweilen begeisterten Crew das Manöver des Segelsetzens, stellte, ganz der verantwortliche Skipper, jeden an seinen Platz und kommandierte jeden Griff mit allgemeinverständlichen Worten. Aber, ach, das Fockfall war nicht einen Millimeter zu bewegen, obwohl das Segel vom Skipper persönlich und richtig angeschlagen worden war und man auch sonst keinen Fehler finden konnte. So tuckerte man wieder zurück an den Kai, wo größere Katastrophen infolge einer breiten, freien

Lücke nicht zu erwarten waren, und legte ohne wesentliche Schwierigkeiten an, obwohl danach zwei Fender im Hafenwasser dümpelten, da sie unsachgemäß angebracht worden waren. Wie auf einem Schulschiff wurde das Manöver besprochen, und während der Capt'n zum Containerbüro der Charterfirma stapfte, übte die Crew Knoten.

Das Büro war offen, allerdings auch völlig verwaist. Also ging Iglo auf Suche.

Nach zwei Stunden kam er ausgelaugt wieder an Bord, wo sich alle nach Kräften langweilten. Nur die Freundin der Tochter hatte sich in einen Bikini gezwängt und am Vorschiff malerisch ausgebreitet. Die anderen hockten im Cockpit und bliesen Trübsal. Da kam zufällig einer der zuständigen Herren vorbei und blieb stehen, um sich harmlos am Anblick des Rehleins in seinem sparsamen Stoffrähmchen zu ergötzen, wurde aber erkannt und gnadenlos an Bord geschleppt. Das entrüstete den Ästheten, er brach in einen Schwall raschen Griechisch aus, worauf er sich zügigen Schrittes wieder entfernte. Er ward nie wieder gesehen.

Nach weiteren zwei Stunden stellte der Capt'n den Vercharterer persönlich in einem kleinen Kafenaion und zerrte den Widerstrebenden zum Schiff. Der Anblick der mittlerweile leicht geröteten Bikinischönheit beruhigte den ob der rüden Störung seines Arbeitstages Erbosten schlagartig, zumal sie ihm ein geistesabwesendes, träges Lächeln schenkte, und er versprach rasche Hilfe. Ein kurzes, lautes Stakkato in lupenreinen, hellenischen Urlauten, an niemanden im besonderen gerichtet, förderte in kürzester Zeit zwei abenteuerliche Gestalten zutage, zerlumpte, adleräugige, hakennasige Seeräubertypen, verdächtig, aber immerhin mit Bootsmannsstuhl und Werkzeug bewaffnet. Der eine Adler hievte den anderen mit dem Großfall in den Mast. Dort wurde der Schaden begutachtet, der Adler landete wieder, nur um gleich wieder emporzuschweben, diesmal mit einer Spraydose. „Pffffft!" und Schluß. Aber das Fockfall war wieder beweglich. Die beiden wurden mit einem fürstlichen Trinkgeld belohnt, worauf sie synchron in breites Grinsen ausbrachen und dabei gemeinsam sechs braune Zahnstummel entblößten. Dann entfernte sich die Truppe samt ölig lächelnden Chefs, der noch einmal einen klebrigen Blick auf die

Hinterbäckchen des Rehleins warf, als er einen schönen Urlaub wünschte.

An ein Auslaufen war nun nicht mehr zu denken, und Iglo wollte zum Trost ein großartiges Nachtmahl zaubern. Allein, niemand wollte essen. Die Kinder wollten die örtliche Szene erkunden und Frau Iglo die lauschigen Touristenfallen am Hafen kennenlernen. Sie schleppte den sich Sträubenden vom Schiff und fand nach kurzer Zeit ein Lokal mit „Folklore", das ihrem Geschmack entsprach. Sie wurde dort von glutäugigen Musikern heftig angesungen und -gespielt und schäkerte ein bißchen mit den Musikanten, die daraufhin vom Tisch nicht mehr wegzukriegen waren. Dann tanzte sie auch noch Sirtaki mit den Kerlen, während Iglo sauer zuschauen mußte, da ihn vor lauter Eifersucht und Fett sowieso schon im Sitzen fast der Schlag traf. Schließlich schleppte ihn sein Eheweib aber doch noch auf die Tanzfläche, wo er gezwungen wurde, seine beachtlichen Massen halbwegs im Takt schwabbeln und schwanken zu lassen. Er konnte sich des unseligen Gefühles nicht erwehren, eine eher komische Figur abzugeben, und Lachstürme aus dem Publikum gaben ihm recht. Vor lauter Frust und Erniedrigung hätte er fast geweint. Endlich durfte er wieder auf das Schiff zurück, wo er sich entschlossen mit dem mitgebrachten Cognak ansoff, so daß er längst schlief, als die Jugend, enttäuscht von der lokalen Disco, zurückkehrte, allerdings noch keineswegs bereit, schlafen zu gehen. Er wurde wiederholt durch das Gelächter und Poltern im Cockpit aus seiner Betäubung gerissen, fand aber nicht die Kraft, dagegen einzuschreiten, auch nicht, als er dumpf wahrnahm, daß seine Frau die Geschichte von ihrem Abend erzählte und sich alle vor Lachen kringelten.

Als er am nächsten Tag das Licht der Welt erblickte, war dieses sonderbar grell, in seinem Kopf tanzten griechische Zwerge mit genagelten Schuhen Sirtaki, und im Mund hatte er einen alten Wollsocken. Er taumelte zum Kühlschrank und trank eine Flasche lauwarmes Mineralwasser, sie hatten nämlich keinen Landstrom. Die nächtlichen Randalierer schliefen noch, die Mädchen in der Bugkabine, der Herr Sohn in der Backbordkabine und seine Frau auf der Salonbank, sie trug selbst im Schlaf bereits mißbilligende Züge zur Schau. Er stieg an Deck, alles war voller Solettibrösel und

Zigarettenasche, schob angewidert eine halbvolle Coladose weg und setzte sich in einen Plastikbecher, der auch noch Reste des braunen, klebrigen Gesöffs enthielt. Angeekelt sprang er wieder auf, schlug sich den Kopf am Großbaum an, und während er sich den Schädel rieb, reifte in ihm ein teuflischer Entschluß.

Er taumelte hierhin und dorthin, Leinen auf Slip legend, Fender neu ausbringend, zog dann die Bug- und Heckleine ein, dampfte in die Vorspring ein und zog das Boot über das Heck aus seiner Lücke. Als er genug freien Raum hatte, schaltete er das Getriebe um und dieselte langsam durch die Bucht, Leinen aufschießend und Fender stauend, er bündelte sie ordentlich am Heckkorb, leider außenbords, wo sich einer alsbald verabschiedete und unbemerkt im Kielwasser verschwand. Leichter, erfrischender Fahrtwind kühlte seinen armen Kopf, langsam ging es ihm besser. Er fuhr aus der Bucht und motorte mit sechs Knoten pro Stunde die Küste entlang. Nach einem weiteren Liter nun schon recht kühlen Mineralwassers ging es ihm fast wieder gut. – Bis seine Frau aus dem Niedergang schaute und bei seinem Anblick das Gesicht verzog, als hätte sie etwas besonders Unappetitliches gesehen. Da ging es ihm wieder schlecht.

Doch bald wehte der Duft frischen Kaffees zu ihm herauf, und er dachte mit Befriedigung daran, daß das jetzt sein Schiff war und er nicht jedesmal die verdammte Propangasflasche im Heckkasten abdrehen mußte, wie es der Pfingstskipper jedesmal nach Gebrauch des Herdes verlangt hatte. Nach einer Weile brachte ihm seine Tochter einen Becher des fast noch kochenden Getränks, das er in winzigen Schlucken schlürfte.

Dann erschien sein Sohn, er wies ihn am Ruder ein und ließ ihn steuern. Er blieb aber an Deck, zum einen wollte er den Neuling nicht alleine lassen, zum anderen traute er sich nicht unter die strafenden Blicke seiner Frau. Als Frau und Tochter im Cockpit auftauchten, fragte er, um ein Gespräch zu beginnen, nach Hund und Freundin der Tochter, die beide noch fehlten. Er erfuhr mit knappen Worten, quasi im Telegrammstil, daß die Freundin mit einem Mordssonnenbrand darniederlag und der Hund noch schlief. Obwohl ihn der Sonnenbrand mehr interessiert hätte, schaute er nach dem Hund und fand ihn im Salon, bereits unruhig hin und her rennend. Er schleppte den widerspenstigen Köter an Deck, wo er fortfuhr, winselnd ein Problem zu signalisieren. Was tun mit einem mittelgroßen Rüden, der mal muß? Er hob das auch weiterhin nicht sehr kooperative Vieh in den Heckspoiler, freilich bei ausgekuppelter Maschine. Der Hund starrte eine Zeitlang gedankenvoll in den sachten Heckstrudel des ausschießenden Schiffes, hockte sich aber plötzlich nieder und erleichterte seine Blase, endlos, wie es Iglo erschien. Die schlimmste Gefahr war gebannt. Während der Capt'n auf den Hund aufpaßte, pumpte der Herr Sohn das Schlauchboot auf, sie hängten die Löffel in die Gummiduchten, hoben den Hund, der wieder wild strampelte, in den Radierer, und Sohnemann brachte ihn an Land, wo er alsbald auch sein großes Geschäftchen verrichtete. In der Folge erwies es sich als notwendig, alle paar Stunden Halt zu machen, um das Tier in den Spoiler zu heben, richtig lustig wurde es allerdings erst, als der Hund begann, Meerwasser zu schlabbern, und darauf schrecklichen Durchfall bekam.

Endlich erreichten sie den Zielhafen, Iglo war die meiste Zeit am Rad gestanden, da der Sohn bald genug gehabt hatte und Frau und Tochter schlicht verweigerten, es auch nur zu versuchen. Die Freundin der Tochter tauchte erst bei Sonnenuntergang wieder auf, sie hatte wirklich einen scheußlichen Sonnenbrand. Dann mußte er auch noch entdecken, daß das Lammfleisch vom Vortag schon stank. Damit war der Tag für ihn gelaufen, und er verweigerte den Landgang. Endlich waren alle, samt Hund, weg.

Er entlud sein übervolles Herz mit lauten und tiefempfundenen Flüchen, worauf sich die sonnenverbrannte Freundin von ihrem Schmerzenslager erhob, um ihm in seiner Not beizustehen. Er hatte das Mädchen ganz vergessen und automatisch angenommen, sie sei mit den anderen mitgegangen. Jedenfalls beruhigte er sich schlagartig und schämte sich seines Ausbruches. Als die Kleine wieder im Bett war, knackte er ein Fläschchen seines Lieblingsrotweines und später noch eines. Dabei kehrte seine innere Ruhe wieder, und als die Ausflügler am späten Abend wieder an Bord kamen, satt und halbwegs zufrieden, da empfing sie ein zwar keineswegs satter, dafür jedoch recht gemütlicher Iglo, und der Tag endete in Frieden und Eintracht.

Die nächsten Tage verliefen ruhig und relativ problemlos, auch die Freundin war wieder wohlauf, man besichtigte einige historische Stätten, alle hatten schon eine recht gute Farbe, nur die Freundin schälte sich am Rücken und auf der Nase, da holte das Schicksal zum nächsten Schlag aus. Die paar Tage waren sie nur unter Motor gelaufen, es hatte so gut wie keinen Wind gegeben. Auf schwache Brisen reagierte das Schiff, ein griechischer Eigenbau, überhaupt nicht. Aber jetzt, nach einer knappen Woche, war es vorbei mit der Ruhe.

Der Meltemi ist ein Starkwind, der in der nördlichen Ägäis als kühler, trockener Nordost den ganzen Sommer lang auftritt, besonders aber in den Monaten Juli und August, also just zu dem Zeitpunkt, als sie dort waren. Er erreicht durchaus Windstärke 8, also Windgeschwindigkeiten bis zu siebzig Stundenkilometern. Und ebendieser Meltemi hatte beschlossen, sich etwas in der Gegend umzusehen, wo auch unsere Argonauten gerade waren. Vor dem Hafen entstanden ziemlich rasch imposante Wellenberge, von deren Kämmen lange Gischtfahnen wehten und die von den verängstigten Betrachtern als haushoch beschrieben wurden. Im Hafen orgelten die Riggs der vertäuten Boote, die Fallen und Schäkel schlugen tönend gegen die Aluprofile der Masten, sie schliefen in der Nacht schlecht, und am nächsten Tag war es nicht besser. An ein Auslaufen war nicht zu denken. Seiner Familie war wieder einmal fad, obwohl die See nun bereits mit dicken Gischtfingern über den Wellenbrecher langte.

Am nächsten Tag hatte sich der Sturm beruhigt, aber es rollte noch eine lange Dünung aus Nordosten. Iglo war mulmig zumute, da er wußte, es würde ihm übel werden, trotzdem mußten sie auslaufen, wenn sie rechtzeitig zurück sein wollten. Also ging die Schaukelei los, und prompt wurde Iglo als erstem schlecht. Er durfte sich aber nichts anmerken lassen, da ihn alle beobachteten, war er doch der einzige, der überhaupt etwas von der Materie verstand. Als nächsten erwischte es den Hund, der sich auch noch den letzten Brocken verzweifelt aus dem Hals kotzte, mitten ins Cockpit.

„Und dann haben sie alle gespieen, wie die Reiher. Sie sind mit grünen Gesichtern an der Reling gehangen und haben auch noch gewürgt, wie schon lange nix mehr gekommen ist. Ich bin am Ruder gestanden, und wie ich die ganze Sauerei gesehen habe, habe ich über den Kompaß gekotzt. Die einzige, die mir geholfen hat, war die Freundin. Sie hat sich ans Rad gestellt, und ich hab' die ärgste Schweinerei aus dem Cockpit gespült. Wir sind dann im nächsten Hafen eingelaufen, und dort ist das Unglaublichste passiert, was ich je erlebt hab': Meine ganze Familie, samt dem Hund, ist von Bord gegangen, sie sind mit dem Bus zum Wohnmobil zurückgefahren und haben mich im Stich gelassen. Nur die Freundin der Tochter hat gesagt, das können sie doch nicht machen, und ist bei mir geblieben. Da sind sie ohne sie gefahren."

Iglo weinte jetzt ganz ungeniert. Wir sahen uns betroffen an, und er fuhr fort: „Ich hab' mich dann nicht mehr aus dem Hafen getraut, schon gar nicht mit dem Mädel, hab' aber einen französischen Aussteiger getroffen, der das Boot zurückbrachte, um ein Schweinegeld. Umgerechnet dreitausend Schilling hat der Kerl verlangt, aber was hätte ich machen sollen?"

Angekommen, blieb Iglo an Bord, die anderen samt Freundin schliefen den restlichen Urlaub lang im Wohnmobil. Die Heimreise verlief in frostiger Atmosphäre, und auch jetzt noch, im Spätherbst, bekam er die Geschichte immer wieder zu hören, die seelischen Verletzungen saßen einfach zu tief. Leichtsinn und Pech hatten zu einer argen Zerrüttung der Familie geführt.

Langes Schweigen folgte der Erzählung, um den Tisch im Salon gab es nur nachdenkliche Gesichter. Schließlich war es wieder Iglo, der das Schweigen brach:

„Ich hätte das nie machen dürfen. Ich hab' keine Ahnung gehabt, auf was ich mich da einlaß'. Das Ganze hat immer so watscheneinfach ausgeschaut. Nie hab' ich geglaubt, daß so was passieren kann, noch dazu so schnell. Und dann waren sie alle weg, auch meine Frau, nach fünfundzwanzig Jahren! Einfach weg!" Und er barg wieder schluchzend sein Gesicht in den Händen.

Mir wäre dazu viel eingefallen, angefangen von dem Leichtsinn mit den Gasflaschen bis zum Auslaufen mit einer völlig unerfahrenen Mannschaft bei starkem Seegang und unter einem Skipper, der wußte, daß ihm schlechtwerden würde. Was wäre gewesen, wenn er einen Kreislaufzusammenbruch erlitten hätte? Was ich dann allerdings sagte, um das lastende Schweigen zu brechen, war: „Sie hätten dich nie alleine lassen dürfen."

Ernstl aber meinte, er hätte sich ihnen anschließen sollen, hätte eben die Charterbasis das Schiff zurückgeholt, viel teurer als der Franzose wären die auch nicht gewesen. So konnte das Ende eines Törns also auch ausschauen: Ehe so gut wie kaputt, die Achtung der Kinder verloren, dabei mit Glück kein Personenschaden und auch keiner am Schiff. Besser wäre er auf einem Schiff mit Crew gefahren, als Gast, der mitmachen durfte, wenn er mitmachen wollte, sich aber immer auf die Profis verlassen konnte. Dann hätten sie alle beruhigt aussteigen können, das Schiff wäre auch ohne sie sicher angekommen, ohne Mehrkosten, und es wäre nie zum Eklat gekommen.

Einige Zeit später stand ich mit Fritz an Deck, bei einer letzten Zigarette, und bemerkte abschließend, daß ich schon Mitleid mit Iglo hätte, aber ... Fritz unterbrach mich grob:

„Nix Mitleid, nur aber. Der Trottel hätte seine ganze Familie ausrotten können, samt einem fremden Kind. Wäre das passiert und wäre es zufällig dein Kind, das du ihm anvertraut hattest, täte er dir dann auch noch leid?“ Dazu gab es nichts mehr zu sagen, und nachdenklich gingen auch wir schlafen.

Am nächsten Morgen sah die Welt wieder anders aus. Das Wetter war prächtig, und obwohl ich ziemlich spät aufgewacht war, war ich der erste auf den Beinen. Auch auf den anderen Schiffen rührte sich noch nichts. Ich setzte Wasser auf und begann das Ritual der Frühstückszubereitung. Alsbald erschien eine wortkarge Birgit und begann ohne Umstände, mir zu helfen. Nach und nach kamen die anderen zu sich, und das Boot füllte sich mit den typischen Geräuschen des Morgens wie heftigem Pumpen, dem Tuckern der Wasserförderung, ausführlichem Gurgeln und herzzerreißendem Gähnen. Erst beim Frühstück begannen Unterhaltungen. Iglo konnte keinem in die Augen schauen, seine Geständnisse waren ihm jetzt sichtlich peinlich. Alle mieden das Thema sorgfältig, aber es hing in der Luft und schuf eine unbehagliche Atmosphäre. Fritz als Skipper sprach daher ein Machtwort.

„Wir haben gestern eine ungewöhnlich offene und ehrliche Beichte erlebt. Ich glaube, daß ihr alle eine Menge daraus gelernt habt. Ich glaube außerdem, daß Iglo nie wieder einen derartigen

Leichtsinn begehen wird. Gestraft ist er genug, daher Schwamm drüber. Das Gestern ist vorbei, was zählt, ist das Heute. Allerdings bin ich nicht der Meinung, daß der Segelverband diese Meilen anerkennen wird, und außerdem kann dem Capt'n etwas Übung offensichtlich nicht schaden. Wir werden auf diesen Törn ohnehin noch viel fahren, und du, mein Lieber, solltest halt freiwillig ein bißchen mehr als nur das Notwendigste dazu beitragen", wandte er sich jetzt direkt an den armen Sünder, der stumm nickte.

„Und jetzt werden wir einmal schauen, was die anderen treiben." Damit erhob er sich und ging nach oben.

Es ist schon bemerkenswert, wie schnell sich alle in Luft auflösen, wenn es um das leidige Abwaschen geht. Nur Iglo war noch etwas angeschlagen und gesellte sich zu mir. Er hatte noch immer Angst, daß seine Enthüllungen Fritz negativ beeinflußt haben könnten, und obwohl ich innerlich geneigt war, ihm recht zu geben, beruhigte ich ihn in Erinnerung an das „Schwamm drüber" und meinte, alles weitere werde von ihm selbst abhängen, dann wechselte ich das Thema.

Als wir fertig waren, formierte sich gerade das Expeditionskorps, alle bis auf Walter und Rosi waren angetreten und abmarschbereit. Schon nach ein paar hundert Metern hatten wir allerdings ernste Ausfälle durch unerwartete Angriffe der Eingeborenen und zwar in Gestalt alter, schwarzgekleideter Frauen, die unter zahnlückigem Grinsen Teile der Truppe in kleine Kellergewölbe verschleppten, um sie dort mit der heimischen Wein- und Schnapsproduktion bekanntzumachen. Zum Schluß war unser Häufchen stark geschrumpft, übrig waren Birgit, Linda, Peter, Ernstl, Iglo, Bull, Fritz, das Krügerl und ich. Alle anderen befanden sich in der Hand der Inselbevölkerung.

Unser versprengter Haufen erreichte die Kirche, die versperrt war, und stieg dann, an einem drei Meter hohen Schilfdickicht vorbei, hügelan. Weiter oben war der Weg von winzigen Weingärten gesäumt, die größeren in Schrebergartenformat, normalerweise aber eher von Wohnzimmerausmaßen. Es war schon ziemlich warm, und um mein Schwitzen unter Kontrolle zu bringen, stieß ich zur Spitze vor, zu Fritz und Ernstl, dort ersparte ich mir wenigstens den Anblick der hüpfenden Hinterbacken von Linda und Birgit, die beide abgeschnittene Jeans trugen, ausgefranst und viel zu kurz. Tatsächlich half diese Maßnahme, aber gerade dadurch wurde mir wieder klar, daß ich da wohl ein Problem hatte. Ich sollte es einmal mit viel Bewegung und kalten Duschen probieren. Bewegung bekam ich momentan schon mal genug.

Nach einiger Zeit erreichten wir den Friedhof und bestaunten die im Fremdenführer besonders erwähnten alten Grabsteine. Ich habe keine besondere Vorliebe für Friedhöfe und fand auch diesen nicht besonders attraktiv, es keimte in mir der Verdacht, daß der Autor des Fremdenführers in Abwesenheit anderer Attraktionen eben diese etwas aufgebauscht hatte. Wir gingen noch ein Stück weiter, wobei Iglo wie eine Kuh graste. Er hatte bereits Salbei, Oregano und Thymian gefunden, jetzt rupfte er unter leisen Lauten des Entzückens gerade an einem Liebstöckelbusch.

Wieder an Bord, wollte ich meine Therapie mit einer kalten Dusche fortführen, aber es kam kein Tropfen Wasser. Irgendwer mußte sich da gegen mich verschworen haben. Die Tanks konnten noch nicht leer sein, und der Hauptschalter war auch aufgedreht. Ich knipste das Licht in der Navigationsecke an und entlockte dem Lämpchen ein schwaches Glimmen. Ein Blick auf das Voltmeter bestätigte meine Befürchtungen: Die Batterie war leer. Nachdem ich Fritz von meinen Entdeckungen berichtet hatte, zog der unter heftigen, mir bis dahin unbekannten Flüchen zum Commodore, um ihm von unserem Status als hundertprozentigem Segelboot zu unterrichten. Der kam sofort zu uns an Bord, machte sich etwas wichtig und bestätigte dann unsere Diagnose.

„Hast du nicht einmal ein Zangenamperemeter mit?“ fragte er überheblich, bevor er wieder entschwand.

Ich fragte Fritz, was das mit dem Zangenamperemeter auf sich hätte, und er antwortete schulterzuckend, ich sollte den Commodore fragen, er sei nur Elektrotechniker und wüßte auch nicht, was man in diesem Fall damit anstellen könnte. Denn wo kein Strom fließt, kann man auch keinen messen.

Als wir nur etwas später unser Schiff mit der Hand aus dem Hafen an die nördliche Außenmole verholten, um von dort unter Segeln nach Lošinj abzulegen, gab es Aufruhr auf BÄRLI. Alle drei

Batterien waren leer! Das klingt konstruiert und unglaublich, hat sich aber, Hand aufs Herz, genau so zugetragen. Ich empfahl dem Commodore hämisch und respektlos, auf dem Zangenamperemeter nach Lošinj zu reiten, aber Fritz scheuchte mich an meinen Platz, wenn auch mit einem belustigten Augenzwinkern.

Bei leichtem Wind legten wir ab, und langsam wurde die Silhouette von Susak hinter dem Heck kleiner. Das war das ideale Segelwetter für Iglo, und so war er vom Ruder nicht wegzukriegen. Bald überholte uns mit laut dröhnendem Motor der Zwinkerer, und, nach reichlich über einer Stunde, kam auch die BÄRLI in Sicht, ebenfalls unter der eisernen Genua. Nachdem wir die Segel geborgen hatten, nahmen sie uns, Seite an Seite, in Schlepp und brachten uns triumphierend nach Mali Lošinj, zur Marina neben der Schwenkbrücke. Sie verlangten aber sofort einen angemessenen Manöverschluck, und Fritz beauftragte mich mit dessen Herstellung. Angemessen, mal sehen. Ich nahm den großen Nudeltopf und füllte nacheinander einen Liter Orangensaft, zwei Liter Weißwein und einen mächtigen Schluck Himbeergeist ein. Zu meiner Überraschung war die Mischung recht wohlschmeckend. Ich steckte einen Schöpfer in den Topf und hievte ihn nach oben, um die mir entgegengehaltenen Becher zu füllen, wobei ich immer wieder Walter verscheuchen mußte, wie Miraculix Obelix beim Verteilen des Zaubertrankes an die Gallier.

In der Marina angekommen, vertäuten wir unser Boot am Steg, Fritz ging zur Werkstatt, um einen Elektriker zu holen, und wir schlossen MIRANDA an den Landstrom an. Dann stiegen wir Prüfungskandidaten beim Commodore ein, um Anlegemanöver zu üben. Alsbald liefen wir immer wieder über das Heck zum leeren Pier der Berufsschiffahrt, wo riesige ausrangierte Reifen von irgendwelchen saurierhaften Arbeitsgeräten eine halbwegs sanfte Ankunft garantierten. Dort trafen wir auch ODYSSEUS, ebenfalls heftig anlegend. Der Zwinkerer stand am Heck, hatte wie weiland Napoleon eine Hand zwischen den Knöpfen seiner marineblauen Jacke und kommentierte hämisch jeden Schnitzer, den Bull machte. Bei den anderen hatte er keine Chance für seinen Sarkasmus, doch auch unser Polizist konnte bald mit geschlossenen Augen anlegen. Der Commodore plagte sich noch eine Weile mit Iglo, der immer wieder versuchte, sich mit Blickrichtung Heck ans Rad zu stellen. Das war ihm nur schwer abzugewöhnen, und er versuchte stets aufs neue, die Vorteile dieser Methode mit dem Chef zu diskutieren, doch der war unerbittlich und quälte ihn so lange, bis er es auch aus der normalen Position hinter dem Rad konnte. Endlich waren auch wir fertig, und ich bat, aussteigen zu dürfen, um zu Fritz zurückzugehen. Ernstl schloß sich mir an. Auf unserer betagten Dame wurde gerade ein neuer Regler eingebaut. Nachdem wir die Crew eingesammelt und das Stromkabel gekappt hatten, kam der spannende Moment, Fritz drehte den Zündschlüssel. Doch trotz stundenlanger Ladung der Batterie sprang die Maschine wieder nicht an. Das Elektrogremium, bestehend aus Fritz, Ernstl und Conan, begann hektisch zu tagen, und Conan wollte bereits das ganze Schiff zerlegen, als Ernstl, der nach kurzer, fruchtloser Diskussion begonnen hatte, in diversen Schapps herumzustöbern, das Ladegerät fand und feststellte, daß es zwei Ladestufen hatte und ferner, daß der Schalter in der Position „Erhaltungsladung“ stand. Das beendete die Diskussion blitzartig.

Endlich konnten wir in Jugoslawien einklarieren, wobei wir die vorhergegangenen Stationen schamhaft verschwiegen, und die Skipper verschwanden mit den Schiffspapieren, Crewlisten und Pässen. Als sie wiederkamen, hatte der Commodore im „Superlokal“ gleich am Hafen bereits Tische für alle bestellt, Fritzens Miene dazu sprach Bände, doch er sagte nichts.

Wir machten uns landfein und warteten wieder einmal auf Conan, der erst sein Schulterholster umlegen mußte. In diesem unter der Achsel klebenden Täschchen schleppte er immer seine Papiere mit. Er muß den verschwitztesten Paß Mitteleuropas besitzen. Nach und nach wurden auch die anderen fertig und das Trüppchen an Land größer.

Die meisten waren recht zwanglos bekleidet, auch Birgit und Linda, an denen die Jeans allerdings mit hingebungsvollem Eifer geradezu klebten, was einen atemberaubenden Kontrast zu unseren Beinkleidern bildete, dabei waren das doch auch die praktischen Hosen aus Amerika. Wirkten wir wie ein Arbeitertrupp auf dem Heimweg, verbreiteten sie einen Hauch von frivoler Eleganz. Günther trug natürlich Blazer (marineblau) und Hosen mit messerscharfen Bügelfalten (hellgrau), dazu schwarze, auf Hochglanz polierte Halbschuhe, ein cremefarbenes Hemd und eine weiße, seidene Schalkrawatte. Der Commodore sah aus wie ein Statist in einem Söldnerfilm, olivfarbener Overall mit Textilgurt, komplett mit halbhohen Schaftstiefeln, ebenfalls Textil, ebenfalls ralgrün. Seine Frau wallte im pinkfarbenen Sari. Pat und Patachon wirkten in schwarzen Rollkragenpullovern und schwarzen Hosen wie die Allegorie der Zahl Zehn (10), wenn sie nebeneinanderstanden. Jetzt nahte auch die Crew von Hilde, angeführt von der schnaufenden Skipperin, die ein zeltartiges Herrenhemd lose über schwarzen Leggins trug. Sie watschelte X-beinig näher und knurrte eine freundliche Begrüßung. Das einzig verwunderliche war für mich, daß ihre Crew nicht in Zweierreihe und im Gleichschritt marschierte. Aber vielleicht hatten sie sich durch gute Leistung Marscherleichterung verdient.

Der Commodore übernahm den Befehl über die Gesamttruppe und vergatterte uns in das Restaurant, das damit komplett voll war. Getränkebestellungen wurden von einem mürrischen Kellner aufgenommen, Speisekarte gab es keine, wir hatten allerdings die Auswahl zwischen „Fis oder Fleis“, Beilage einheitlich Pommes frites und gemischter Salat. Die Getränke kamen, desgleichen der Salat. Doch Krautsalat und Fisolen (grüne Bohnen) aus der Dose, darüber ein welkes Salatblatt, ölglänzend, sowie eine Scheibe Tomate waren nicht gerade das, was wir von einem „Superlokal“ erwartet hatten. Ich starrte das Salatblatt an, weil ich den Eindruck hatte, daß sich gerade, als ich hinschaute, etwas dahinter versteckt hatte, aber ich mußte mich geirrt haben, in dieser Essigwüste konnte kein Leben existieren. Allerdings war das Salatblatt durch mein Starren überfordert und fiel unter meinem forschenden Blick vollkommen zusammen. Ich hatte „Fis“ bestellt, und als ich just die Hoffnung aufgab, außer warmem Bier und ungenießbarem Salat noch etwas zu bekommen, wurde ein Teller mit einem Stück fischförmiger Tierkohle und fettigen, kartoffelfarbenen, kalten Gummistäbchen vor mich hingeknallt. Der an und für sich großzügig dimensionierte Barsch war nahezu zur Unkenntlichkeit verbrannt, und zwar soweit, daß sich das Filet nicht mehr von den Gräten lösen ließ. Mein vorübergehendes Bedauern, kein „Fleis“ bestellt zu haben, schwand, als ich zusah, wie die Fleischesser verzweifelt versuchten, mit ihren stumpfen Messern mundgerechte Stückchen von dem Sohlenleder zu trennen, wobei atemberaubende Stunts darin gipfelten, daß Walter mit der Gabel abrutschte und sein Fleisch quer über den Tisch Conan in den Schoß schleuderte. Das hatte ausnahmsweise nichts mit seinen Trinkgewohnheiten zu tun, es hätte jedem passieren können. Nach diesem Unfall hörten alle zu essen auf, der Kellner wurde gerufen, und wir gaben unsere Portionen zurück.

Der Commodore wollte die Getränke bezahlen, doch der Kellner bestand auf Begleichung sämtlicher Speisekosten und rief nach kurzer Streiterei die Polizei. Die erschien in Gestalt eines unwahrscheinlich dicken Uniformierten, der etwas Deutsch sprach und sich vorerst auf den Standpunkt stellte, was wir bestellt hätten, müßten wir auch bezahlen. Vom Commodore dringend aufgefordert, doch einmal zu kosten, wurde er bedeutend leiser und begann zu schwitzen. Er unterhielt sich eine Zeitlang mit dem Kellner, der anfangs völlig unzugänglich wirkte und einmal sogar begann, den Uniformierten anzuschreien. Das hätte er besser nicht getan, denn der trat einen Schritt näher zu ihm und schaute ihn schweigend an. Jetzt schwitzte der Kellner. Der Polizist drehte sich zum Commodore und sagte:

„Josip nix haben gutt Tag heite, wenn schreit weiter, morgen auch nix gutt Tag. Sie jetzt gehen wieder auf Schiff und nix bezahlen, waren Gast von Josip. Wenn in Nacht was kaputt auf Schiff, kommen zu mir morgen und sagen. Josip besser paßt auf auf Schiff ganze Nacht, daß sicher nix passieren, sonst ihm morgen tut leid."

Damit schritt der Polizist ruhig aus dem Lokal, und der Kellner forderte uns mit unwirschen Gebärden auf, ebenfalls zu gehen. Kurz darauf waren wir wieder am Schiff, und da es noch zu früh war, schlafen zu gehen, beschlossen Birgit, Walter, Fritz, Conan, Ernstl, Iglo und ich, noch einmal unser Glück zu versuchen und etwas spazierenzugehen, vielleicht würden wir dabei ja zufällig ein Lokal finden. Die Hofrats wollten an Bord bleiben und sich dort etwas Kaltes zurechtmachen, was uns nur recht sein konnte, wir wollten das Schiff nach den offensichtlichen Drohungen des Kellners nicht alleine lassen.

Also machten wir uns auf den Weg, stiegen durch ärmliche, malerische Gäßchen durch die Ortschaft auf den Kamm des Hügels, folgten ihm ein Stück Richtung Norden und fanden tatsächlich beim Abstieg in der Gegend des Fischerhafens ein Lokal mit allen Schikanen, wo wir vorzüglich bedient wurden und erst gegen elf Uhr pfropfenvoll und zufrieden aufbrachen. Walter mußte nur ganz leicht gestützt werden und heiterte den Heimweg durch einige gewagte Einlagen bühnenreifer Parterreakrobatik beträchtlich auf, so daß wir Birgit ein- oder zweimal ermahnen mußten, nicht so laut zu quietschen.

Auf dem Schiff saßen die Hofrätlichen warm angezogen einträchtig im Cockpit und hielten Händchen, während sie am samtig schwarzen Himmel Sternbilder suchten. Ich spürte angesichts dieser trauten Zweisamkeit einen schmerzhaften Stich reinen Neides und wollte eben beginnen, mir selbst leid zu tun, als Walter, der sofort hinuntergegangen war, wieder im Luk auftauchte und triumphierend eine bereits geöffnete Rotweinflasche schwenkte. Wir holten uns Pullover und Gläser und rückten ganz nahe zusammen, nicht wegen der Kälte, sondern weil es für neun Leute im Cockpit einfach recht eng war. Walter, der hinter dem Rad saß, spielte Mundschenk, zum einen, weil er am meisten Platz hatte, zum anderen, weil er die Flasche sowieso am häufigsten brauchte. Ich saß eingezwängt zwischen Ernstl und Birgit, Fritz saß auf ihrer anderen Seite. Iglo hielt einen geschliffenen Vortrag über Astronomie und war gerade bei schwarzen Löchern und einem Ding namens Einstein-Rosenbrücke angekommen, da beschwerte sich Fritz lautstark, daß Birgit sich von ihm fortdränge, als sei er giftig, und ihm daher einseitig kalt sei, weil sie fast auf mir säße. Es stimmte, sie klebte geradezu an meiner Seite, und ich wurde mir plötzlich des sanften Druckes ihres Schenkels, der Hüfte und auch ihres Busens bewußt. Sie rührte sich keinen Millimeter und meinte nur:

„Was hätte es für einen Sinn, mich an dich zu lehnen, du bist ja verheiratet."

„Recht so, man soll solche Lustgreise nicht auch noch ermuntern", sagte ich, legte einen Arm um sie und zog sie noch näher zu mir.

Sie kuschelte sich in meinen Arm und streckte Fritz die Zunge raus. Als die Flasche leer war, war auch Iglo mit seinen Ausführungen fertig. Fritz sah auf die Uhr, murmelte etwas in seine mittlerweile stattlichen Bartstoppel, dann sagte er laut:

„Wir sollten jetzt eine Einstein-Rosenbrücke über die schwarzen Löcher bauen und darüber ins Bett gehen, sonst wird der Rest des heutigen Tages mühsam."

Heutiger Tag? Um Gottes willen, es war halb drei! Birgit strampelte sich frei, und wir sagten uns gute Nacht, dabei gab ich ihr ein winziges Bussi auf die Stirn, sie boxte mich sachte vor die Brust, murmelte „Frechdachs", stellte sich auf die Zehenspitzen, küßte mich flüchtig auf den Mund, drehte sich um und verschwand. Ich führte gemeinsam mit Ernstl noch einen Schlangentanz in der Bugkabine auf, und als wir uns dort in drängender Enge zur Ruhe legten, ersuchte er mich, nicht von Birgit zu träumen, da er sonst der Leidtragende sein könnte. Wir drehten das Licht ab, und es wurde ruhig.

Das war der einzige Jammer auf diesem Schiff: Das ganze Leben spielte sich quasi in der Öffentlichkeit ab, jeder wußte alles von jedem, bis hin zu den Zahnputzgewohnheiten und Verdauungsproblemen. Walter profitierte zum Beispiel von der Hartleibigkeit der Hofrätin, er hatte sich angewöhnt, eine ihrer Dörrpflaumen in seinen Slibowitz zu tun. Ihr war das egal, sie hatte genug davon mitgenommen. Auch hatte es erst heute morgen kurz Probleme gegeben, als Conan seine Socken suchte, in denen Iglo im Cockpit herumstolzierte. Nein, Intimitäten blieben hier nicht unbemerkt, obwohl oder gerade weil unser gesamtes Zusammenleben eine einzige Intimität war.

Draußen hatte Iglo zu schnarchen begonnen, Ernstl pfiff dazu leise Obertöne, durch die Polyesterhaut des Bootes hörte ich das gedämpfte Gluckern und Plätschern des Wassers, ein Schäkel klingelte sanft am Mast. Meine Gedanken wurden leise und unzusammenhängend, ich fühlte mich so geborgen wie ein Kind an der Mutterbrust und trat ein in das bunte Land der Träume.

Zwischenspiel im Himmel

Von Lošinj nach Rab – Die Abendordination – Endlich ein gelungenes Abendessen – Arzt, heile dich selbst – Nebenwirkungen einer gelungenen Therapie – Zadar, wir kommen – Der Commodore wird rausgeworfen – Die Seemannskneipe von Ilovik – Sommergoldhähnchen und Lemminge – Wieder in Rab

Am Morgen ging es ziemlich hektisch zu. Wir wollten an der Tankstelle nicht allzulange warten, also legten wir ab, während die Hofrätlichen ein nicht nur für den Gaumen, sondern auch für die Augen vergnügliches Frühstück vorbereiteten. Doch während wir aßen, polterten schwere Schritte an Bord, und der Tankwart fragte eher mürrisch nach unseren Wünschen. Ich hatte gerade festgestellt, daß mein weiches Ei nicht nur klassisch weich, sondern auch noch herrlich heiß war, da mußte ich mit Fritz hinauf. Wir bunkerten Wasser und Diesel, Fritz bezahlte aus der von Birgit heraufgereichten Crewkasse, und nichts wie weg!

Inzwischen drehten aber bereits einige Yachten gierig enge Ringerln vor der Tankstelle, und wir hatten nach vorne keinen Raum. Fritz wies mich rasch ein, löste dann die Achterspring, Bug- und Heckleine, ich startete inzwischen die Maschine, er stand mit einem Fender am Bug, ich kuppelte ein und gab vorsichtig Schub nach vorne, Ruder steuerbord. Sofort lehnte sich der Bug gegen den bereitgehaltenen Fender, während sich das Heck zügig vom Pier löste. Als der Winkel zirka dreißig Grad betrug, nahm ich das Gas weg und kuppelte um, während ich das Ruder neutral legte. Dann ging ich langsam auf „Fahrt zurück". Und wirklich, der Bug löste sich sachte vom Fender. Fritz warf das freie Ende der auf Slip gelegten Vorspring los und zog sie hastig an Bord. Der Winkel zum Pier hatte sich, wie geplant, etwas verringert, und ich zog das Schiff über das Heck aus der Wuling der Tanklustigen. Das also war das berühmte „Eindampfen in die Vorspring"! In aller Ruhe legten wir wieder am alten Liegeplatz an. Die anderen frühstückten immer noch. Mein Ei war inzwischen natürlich kalt geworden, hatte dadurch aber einen delikaten Nußgeschmack angenommen, so daß ich es trotzdem aufaß.

Als ich fertig war, waren alle anderen wie üblich weg, und ich wusch diesmal mit Fritz ab. Nachdem auch das erledigt war, gingen wir von Bord, bezahlten eine lächerliche Summe für den Strom und kauften zum Dank reichlich von den herrlichen jugoslawischen Fruchtsäften ein, dazu noch Ajvar, eine Spezialität, die aus gedünstetem Paprika besteht und ähnlich wie Ketchup als Würzsauce verwendet wird, aber wesentlich besser schmeckt. Wir warfen unseren Einkauf in das Cockpit, wo ihn Ernstl übernahm, und gingen weiter zum Fischmarkt, wo die Fischer, Planwirtschaft hin und her, ihren täglichen Fang zu Marktpreisen verkauften. Fritz zerrte mich rasch durch die stinkende Halle und erstand, nachdem er sich einen Überblick über Angebot und Preise verschafft hatte, drei Kilo prächtiger Shrimps für einen lächerlichen Preis. Wir verließen die duftende Örtlichkeit fluchtartig, und ich mußte an Bord sofort in unserem größten Topf einen Sud aus Salzwasser, Essig, Lorbeerlaub und etwas Zucker aufsetzen. Als das kochte, nahm Fritz vorsichtig ein Tröpfchen vom Kochlöffel und setzte noch eine Prise Salz und ein paar Pfefferkörner zu. Dann warf er die grünen Krebse in den wallenden Sud, nur um sie nach ganz kurzer Zeit wieder vom Feuer zu nehmen und abzuseihen. Ein wenig der Brühe hob er auf. Die Shrimps hatten in der Zwischenzeit eine lachsrote Farbe angenommen und rochen unwiderstehlich. Unser Skipper schulte Freiwillige zum Schälen, die zum Lohn die Scheren knacken und auslutschen durften, angeblich das beste Fleisch, freilich in eher homöopathischen Dosen. Bald knackten und zutzelten Birgit, Ernstl und Walter, mißtrauisch beäugt vom Rest der Mannschaft, die auslief und Ringerln vor der Schwenkbrücke fuhr. Endlich drehte sich die Brücke, und wir liefen durch einen engen Betonkanal in den Kvarner.

Der Wind kam nach wie vor aus Norden, wir setzten Segel und liefen auf das Nordende von Pag zu. Es war ein herrlicher, konstanter Wind, und wir genossen die rauschende Fahrt, nur Iglo wurde wieder einmal schlecht. Solange er an Deck blieb, ging es halbwegs, aber unten konnte er sich nur kurz aufhalten. Allerdings machte uns die Windrichtung etwas Kummer, denn wir wollten wieder einmal dahin, wo er gerade herkam. Manchmal denke ich, es ist das unabwendbare Schicksal von Seglern, immer gegenan kreuzen zu müssen – ähnlich wie die Radfahrer, die ja bekanntlich auch ständig unter Gegenwind zu leiden haben. Fritz bat Birgit, anhand der Windrichtung und des Zieles einen Zeitplan zu erstellen und Vorschläge für den weiteren Kurs sowie die notwendigen Schläge zu machen, aber sie gestand ihm errötend, daß sie bei derartiger Lage unten auch nicht arbeiten könne.

„Ich halte es bei jedem Wetter heroben aus, das macht mir gar nichts. Unten kann ich nur liegen, das geht. Aber wenn ich versuche, zu lesen oder in der Karte zu arbeiten, dann wird mir unweigerlich schlecht."

„Wie hast du dann bei deiner berühmten Überstellung Navigator sein können?"

„Ach, ich habe die Kurse schon im Hafen bestimmt. Gesegelt sind wir sowieso nur, wenn der Wind gepaßt hat. Schließlich mußten wir einen Termin einhalten. Da war nichts mit Aufkreuzen und so, gegenan fuhren wir nur unter Motor."

Brrr. Auch nicht gerade das, was man sich unter einem schönen Törn vorstellt! Ich erinnerte mich an eine Woche, wo wir nur unter Maschine gefahren waren, weil die Genua beschlossen hatte, zu streiken – sehr zur Erleichterung des damaligen Skippers. Natürlich hatten wir die ganze Zeit den schönsten Wind gehabt, aber bei uns dröhnte ununterbrochen der Diesel. Das Thema Segelreparatur war tabu. Wir waren das langsamste Motorboot in der ganzen Gegend.

Auch das war einer der Gründe, warum ich jetzt endlich den B-Schein haben wollte: Endlich selber chartern, nicht ewig den Genuapuristen („Du wirst sehen, das Groß bringt uns gar nichts!“) und den Dieselexperten („Warum plagen wir uns so, mit der Maschine sind wir bequem zu Mittag dort.“) ausgeliefert zu sein.

Plötzlich spürte ich Fritz' Blick in meinem Nacken dräuen. Um Himmels willen, nur nicht bewegen. Es war so schön, da, wo ich war. Ich schaute gleich noch viel hingerissener auf die Myriaden kleiner Spiegelchen, die die Sonne dem Wasser aufsetzte, und lauschte noch verzückter dem Plätschern der Bugwelle. Nur nicht hinschauen, dorthin, von wo der Blick kam, der mir mittlerweile die Wirbelsäule kribbeln machte. Seltsam, wie man so etwas spürt. Wie stark der Urinstinkt doch noch ist im Homo cavia porcelliformis, dem zahmen Meerschweinchenmenschen unserer Tage. Wenn ich hinschaue, dann schickt er mich hinunter. Und wenn ich hinuntergehe, ist es sofort geschehen um meinen Platz an der Sonne. Der Iglo webst schon die ganze Zeit auf einer Hinterbacke herum und sagt, daß ihm kalt ist im Segelschatten. Außerdem, wie hieß es doch noch einmal beim Heer? Wer sich freiwillig meldet, hat die Frage nicht richtig verstanden. Gerade überlege ich, ob ich meine Abwesenheit vielleicht durch ein kleines Pfeifkonzert unterstreichen soll, als mir einfällt, daß man an Bord nicht pfeift. Und dann kommt's auch schon:

„Hannes!“

Wer? Doch nicht ich? Ich will nicht arbeiten! Sicher habe ich mich sowieso nur verhört. Wo ich doch gerade ...

„HERR HANNES!“

Na schön, vielleicht will er mir ja nur was zu trinken anbieten.

„Nein, danke, ich bin noch ganz voll vom Frühstück!“

„Das sind wir alle. Du sollst auch nicht schon wieder was in dich hineinmampfen, sondern einen Segelkurs nach Rab absetzen.“

„Na, da segeln wir einmal da rüber und dann wieder zurück, dann sehen wir, was wir an Höhe gewonnen haben, und dann segeln wir wieder zurück und ...“

„LOS, GEH ENDLICH!“

His Master's Voice. Hinter mir ließ sich zufrieden aufseufzend Iglo mit seinem fetten A ... auf mein Sonnenplatzerl fallen und ich mich den Niedergang hinunter. Dort war es finster und kalt wie in einem Eisbärenhintern nach den Freuden des warmen Sonnenglastes. Seufzend drehte ich das Navlicht an und bastelte so schlecht und recht ein paar Schläge zusammen, die uns nach Rab bringen sollten. Dabei stellte sich heraus, daß es ein recht langer Tag werden konnte. Aber Wind macht man nicht, den hat man. Oder auch nicht. Ich zeichnete etwas, was aussah wie ein Schuhband in einem Goiserer, schrieb die Kurse zu den einzelnen Zacken und die Koordinaten zu den Wendepunkten und erinnerte mich gerade noch rechtzeitig daran, daß man Karten nicht nach oben trägt. Das machte mich gleich fröhlicher. Zufrieden tauchte ich wieder oben auf und säuselte Ernstl den neuen Kurs ins Öhrchen. Den Zettel mit den Peilungen der Wendepunkte bekam Conan, der peilt doch so gern. Und Fritz wäre nicht Fritz, wenn er nicht kontrollieren ginge. Im Endeffekt ist er mit meinem Elaborat einverstanden, weil es außer der eisernen Genua keine Alternative gab, und die kam nicht in Frage. Weniger glücklich war er damit, daß jetzt ich auf seinem sonnigen Platz saß, gleich hinter Iglo, die Beine auf der Bank und mit meinem diensteifrigsten Gesicht.

„Alles okay?"

„Das wird uns Iglo sagen!"

Oh, du Schlawiner! Im Endeffekt hatte ich jetzt mit Fritz den Platz getauscht, und Iglo saß wieder im Schatten, leise brummelnd, aber ganz zufrieden, weil er rechtzeitig wieder heroben war, bevor ihm unten schlecht werden konnte – was Wunder, er war höchstens zehn Sekunden weg. Keineswegs lang genug für eine ausführliche Würdigung meiner navigatorischen Höchstleistung, aber doch lange genug für ein Dasein im Schatten des Segels. Er unternahm einen halbherzigen Versuch, seine Lage zu verbessern und Conan von seinem Platz an der Sonne zu vertreiben.

„Na ja, nicht schlecht, nur bin ich sicher, Conan hätte das noch besser hingebracht."

Aber der rollte nur die Oberlippe von den Zähnen und meinte, daß es bei dem Wetter keine Spezialisten brauche. Dann meckerte er zufrieden.

Und so liefen wir in einem langen Schlag Richtung Pag möglichst nach Norden und dann, nach einer Wende kurz vor der Insel, wieder nach Westen, so hoch wie möglich am Wind. Die anderen sahen wir längst nicht mehr, die hartnäckigen Anrufe des Zwinkerers wurden genauso hartnäckig ignoriert, der Commodore schwieg dazu. Während wir wieder Cres anlagen, krimpte auch noch der Wind, um jetzt fast aus Westen zu kommen, so daß wir einen reinen Nordkurs laufen konnten. Zudem legte er auch noch etwas zu, das Schandeck war zeitweise unter Wasser. Trotzdem blies er so konstant, daß auch ein Anfänger am Ruder nicht in Verlegenheit kommen konnte. Der Anfänger am Ruder war ich, und ich genoß die rasante Fahrt, immer bemüht, auf Kosten kleiner Kursänderungen die Rumpfgeschwindigkeit zu überlisten und ins Surfen zu kommen, was mir allerdings mißlang. Da! Delphine! Alle sausten unter Deck, um Fotoapparate und die Videokamera zu holen, nur Fritz blieb bei mir, im Gesicht ein Lachen tiefster Zufriedenheit.

„Da rennen sie um ihre Bildermaschinen, und wie schön es jetzt ist, werden sie erst zu Hause sehen“, sagte er etwas wehmütig. Wirklich begann jetzt eine wahre Sucherjagd. Die meisten Bilder wurden geschossen, als die eleganten Meeressäuger gerade tauchen, nur Ernstl hielt mit der Videokamera ungerührt drauf und bekam ein paar gute Sequenzen. Das einzige brauchbare Foto von Delphinen im Sprung gelang Walter, als er wütend schrie, „jetzt sch ... ich drauf!“ und ins Leere abdrückte, um seine Kamera zu entspannen. An Deck war der Teufel los, alle rannten hin und her, aufgeregte Schreie: „Geh mir aus dem Licht, du stehst genau vor mir!“, „Ja, Kruzifix, da war doch gerade einer!“ schwirrten durch die Luft.

Jedenfalls verging die Zeit wie im Flug, und nur zu bald liefen wir vor dem Wind den Hafen von Rab an, wobei wir wegen der Geschwindigkeitsbeschränkung auf drei Knoten die Segel bergen mußten. Unter Maschine erreichten wir die Marina Rab und legten am zweiten Pier an, wo auch noch genug Platz für die anderen war. Dann versperrten wir das Schiff und fuhren mit einem Fährschiffchen vom dritten Pier aus zum Städtchen im Westen des Hafens hinüber.

Am Weg über den dritten Pier fiel mir eine Coronet 24 auf, nicht, weil das so eine tolle Motoryacht ist, sie nahm sich zwischen den durchwegs größeren Segelbooten eher mickrig aus, sondern weil sich im Cockpit eine sensationelle Frau räkelte. Sie hatte eine atemberaubende Figur, lag fotogen hingegossen auf der Backbordbank im Cockpit, über die linke Schulter fiel ein Wasserfall pechschwarzen Haars auf alabasterweiße Haut. Sie lag im Schatten der geriggten Sonnenpersenning, trug einen roten Einteiler, der mehr zeigte als verhüllte, und las in einem Taschenbuch. Als wir dahertrampelten, sah sie gelangweilt aus grünen Katzenaugen auf, leckte sich mit rosiger Zunge träge die Lippen und las weiter. Fritz grüßte nahezu andächtig, auch wir murmelten einen Gruß, sie schenkte uns ein strahlendes Lächeln und wünschte uns mit einem entzükkenden Schnurren in der Stimme einen guten Tag. Ich wäre fast ins Wasser gefallen und wußte, daß es jetzt allerhöchste Zeit für kalte Duschen war.

Als ich wieder normal atmen konnte, war auch schon die kleine Motorbarkasse da, und wir setzten über. Am westlichen Kai befinden sich die üblichen Touristenfallen, aber wir widerstanden und arbeiteten uns durch die malerische Altstadt gegen Norden vor, bis wir auf einem Riesenplatz standen, südlich und westlich von einer altertümlichen Mauer begrenzt, die von wildem Wein überrankt war, und hinauf auf die bewaldeten Hügel stiegen, wo wir auf das Meer im Westen hinuntersehen konnten. Diesmal leuchtete es uns in tiefstem Blau entgegen. Wir folgten einem Weg nach links und erreichten eine Art Burgruine, von der aus man das Meer im Westen und den Hafen im Südosten sehen konnte. Es war atemberaubend schön. Auf unserem weiteren Weg stießen wir auf die Ausgrabungen der Grundmauern einer alten Basilika zu Füßen eines Turmes, den wir unverzüglich über leitersteile Treppen erstiegen, und wieder klickten die Verschlüsse der Fotoapparate zu bewundernden Ausrufen. Weiter führte der Weg durch malerische Altstadtteile zu einer wunderschönen Kirche, deren Inneres wir aber nur durch ein Gitter bewundern konnten. Ein Blitzlichtgewitter setzte ein, dann stiegen wir durch steile Gäßchen wieder zum Hafen hinunter, und weil es so toll war, sich wieder einmal die Beine zu vertreten, gingen wir rund um den ganzen Hafen wieder zurück zur Marina.

Das aber war ein ganz schöner Hatscher, wie der Wiener sagt. Abgesehen von einer modernen Skulptur auf dem Platz, die wir schon gesehen hatten, ein sitzender Tropfmetallneptun vor einem Tropfmetallbaum, gab es keine besonderen Attraktionen. Diese allerdings wurde mit wechselndem fotografischem Geschick aus allen Richtungen aufgenommen. Wie sich nämlich später zu Hause herausstellte, hatten alle bis auf Birgit einen Gott auf dem Bild, dem unmotiviert ein Baum aus dem Kopf wächst. Birgits Bilder waren überhaupt die besten, es gab nicht allzuviele davon, aber die waren fast alle ausstellungswürdig. Sie hat ein gutes Gespür für Motive und fotografiert mit Sachkenntnis und Liebe. Dazu verwendet sie allerdings auch eine überdimensionierte Ausrüstung, die sie in einer riesigen Fototasche ständig herumschleppt, und ist ununterbrochen am Objektivwechseln. Alles wird sorgfältig mit der Hand eingestellt, automatische Kameras entlocken ihr ein verächtliches Lächeln.

Apropos Liebe. Ich hatte den ganzen Tag versucht, unsere kleine Bordromanze wiederzubeleben, aber sie hatte darauf keine wie auch immer geartete Reaktion gezeigt, sah man einmal davon ab, daß sie ganz deutlich versuchte, mir aus dem Weg zu gehen. Ich mußte das natürlich akzeptieren und schlug mir meine romantischen Ideen seufzend aus dem Kopf.

Der restliche Weg war mehr lang als schön, machte uns aber mit den Einrichtungen der Marina vertraut. Als wir am Boot ankamen, waren die anderen auch schon da, außerdem neigte sich der Tag zum Abend. Commodore und Co. wollten wieder einmal im Restaurant speisen – man gönnt sich ja sonst nichts –, aber Fritz erinnerte uns an die Shrimps, die bereits ausgelöst in der Kühlbox lagen, und so gingen sie ohne uns. Unser Skipper kochte ein Sößchen aus Zwiebel, einem Hauch Knoblauch, Petersilie, gelöscht mit Weißwein, goß mit dem Kochsud auf, tat die Shrimps dazu und servierte das Ganze mit frischem Weißbrot, das er auf dem Weg gekauft hatte. Dazu gab es eiskalten, herben Weißwein von zu Hause. Das Essen wurde in andächtigem Schweigen verzehrt, die Andächtigsten und daher Langsamsten waren Ernstl und ich, und so wuschen wir auch wieder einmal ab. Bis auf Walter waren wir dann allein an Bord, der süffelte noch den Rest der dritten Flasche im Cockpit aus. Alle anderen waren duschen, Ansichtskarten kaufen oder einfach auf einem Verdauungsspaziergang. Da das Boot durch die massive Körperlichkeit Walters ausreichend bewacht war, nahmen wir frische Wäsche und unsere Waschbeutel. Walter versicherte, am Boot zu bleiben, was absolut glaubhaft klang, da die Flasche noch fast voll war. Wir gingen duschen und uns umziehen, wobei ich Ernstl aus den Augen verlor, weil ich lange und hingebungsvoll kalt duschte, wie ich es mir vorgenommen hatte.

Wieder an Bord, wartete die Abendvisite. Nachdem ich als Tierarzt das war, was einem Arzt am nächsten kam, hatte es sich in den letzten beiden Tagen eingebürgert, daß alle mit ihren Wehwehchen am Abend zu mir kamen. Da verband ich Schnitte von muschelüberkrusteten Muringleinen, Brandwunden von ausrauschenden Schoten, Rißquetschwunden von boshaften Winschen und blaue, blutige Zehen von allem, was an Bord in Bodennähe hervorstand. Jetzt standen Linda und Peter da, sie hatten auf mich gewartet und wollten so rasch wie möglich zu den anderen ins Restaurant. Die Patientin war Linda, sie hatte ein kleines Hautproblem. Sie war schon zum Weggehen angezogen, und zwar, wegen der begrenzten Schiffsgarderobe, mit ihrem Schlauchkleid, das ich schon von Susak kannte. Sie zog es rasch über die Hüften hoch, drehte sich um und entblößte dabei ihren sehenswerten Hintern in einem seidigen Nichts von Tanga und Strapsen, übergehend in jene endlosen Beine in den auch schon erwähnten Strümpfen mit Nähten. Ich spürte, wie mir die Augen aus dem Kopf quollen, sah Peters spöttisches Lächeln, riß mich mit letzter Kraft zusammen und sog mit der Luft auch ein bißchen Lindaduft ein. Oh, Mist, die ganze Dusche für nichts! Da war ein kleiner, roter Fleck an der rechten Backe, den rieb ich mit Reparilgel ein und fühlte dabei die samtweiche, straffe Haut. Peter grinste inzwischen wie die Ceshirekatze in „Alice in Wonderland", er wußte, wie mir zumute war, und hatte leicht grinsen. Gedankenlos wischte ich mir die Hand am Hemd ab, das war immer noch schlauer, als sie abzulecken, und wünschte den beiden einen schönen Abend.

Ich stolperte von Bord und dachte an einen Lauf rund um den Hafen. Irgendwie geriet ich aber auf den Fährenpier und beschloß spontan, überzusetzen zu den Touristenfallen, um mich dort zu besaufen. Dabei kam ich auch wieder an der Coronet vorbei, und da lag die Langhaarige in einem aufregenden, schwarzen Kleid und immer noch allein, offenbar ebenfalls fertig zum Ausgehen, bei einem letzten Drink. Ich bekam Atemnot, weil sie mich anlächelte und mir guten Abend wünschte, und hörte jemanden mit atemloser Stimme auch „Guten Abend“ krächzen und wußte, das war ich.

Sie fragte mich, ob ich ihr bei ihrem Drink Gesellschaft leisten wollte, und ich hörte wieder die krächzende Stimme.

„Sie sollten einsame Seemänner nicht in Versuchung führen.“

Sie lachte hellauf und versicherte, sie könne sich wohl wehren. Wie der Blitz war ich an Bord. Dort bekam ich ein eiskaltes, volles Glas in die Hand gedrückt, dessen Inhalt hauptsächlich aus weißem Rum bestand, und sie bot mir dazu Käsehäppchen an.

„Ich darf nach acht keinen Käse mehr essen“, hörte ich wieder die seltsame Stimme.

Warum, wollte sie wissen, und, „weil Käse macht geil“, gurgelte es zurück. Darauf zog sie mich an der freien Hand in die winzige Kajüte und ließ mich nur kurz los, um sich das Kleid über den Kopf zu ziehen. Mir fiel das Glas aus der Hand.

Als ich gegen zwei in der Frühe mit weichen Knien wieder zur Miranda stakste, ging es mir wesentlich besser. Allerdings saßen dort noch Fritz und Walter, die mich wie aus einem Mund „Wie war's?“ fragten, wobei man allerdings Walters Worte nur erraten konnte.

Verdammt, die beiden wußten genau, wo ich herkam.

„Sensationell“, erwiderte ich mit schiefem Grinsen verlegen und fuhr fort, hastig in Richtung meiner Koje zu kriechen. Dort rollte ich mich neben Ernstl zusammen und war sofort weg. In der Frühe erwachte ich von Ernstls Blick, der mir Löcher in den Hinterkopf brannte. So was weckt mich zuverlässig so schnell wie ein Wecker.

„Wie war's?“ fragte auch er neugierig. Also wußten es alle.

„Anstrengend!“ seufzte ich und ging zur Toilette, die ich erst nach ausgiebiger Dusche und Zähneputzen wieder verließ, gehüllt in frische Wäsche und ein verwaschenes Hemd. Obwohl ich noch ziemlich verschlafen war, verkniff ich mir nur mit Mühe ein fröhliches Pfeifen. Ich kam gerade recht zum Frühstück, wo ich kräftig zulangte. Nach dem Frühstück waren wieder alle weg, nur Birgit war noch da.

„Wie war's?" fragte sie sarkastisch, und „War was?" machte ich auf harmlos. Sie schnaubte verächtlich und ging nach oben. Soll sich einer auskennen mit den Frauen. Gestern war ich für sie Luft gewesen, und jetzt war sie sauer. Muß ich noch erwähnen, wer ganz alleine abwusch? Oben begann ein emsiges Treiben, und als ich das Geschirr wegräumte, liefen wir eben aus. Ich lehnte mich auf die Backbordbank und starrte gedankenverloren ins Nichts, während mein Kopf langsam zur Seite sackte ...

Über dem Wasser schwebten zwei kleine Inselgötter. Dereinst gleichzeitig mit den Landmassen entstanden, aber beileibe nicht als Götter, bildeten sie gemeinsam mit Millionen anderen Partikeln regionaler Zugehörigkeit das Bewußtsein der Erde. Sie waren in ihrer Gesamtheit verantwortlich für die Entwicklung des Planeten im Atem der Äonen, einzeln allerdings gebunden an den Ort ihrer Entstehung. Ihr Wirken galt der Gestaltung, angefangen von tektonischen Ereignissen bis zum lokalen Wetter, das in gemeinsamem Spiel mit den Nachbarn nach dem Dominoprinzip entstand. Im Laufe der Zeit entstand eine neue Kraft, die außerhalb ihrer Sphäre wirkte und von ihnen nur teilweise und unvollkommen wahrgenommen werden konnte: Das Leben hielt Einzug. Es entwickelte sich zu gigantischer Masse, und so unendlich klein die Wirkung des Einzelwesens auch sein mochte, die schiere Vielfalt modelte die Erde gänzlich um.

Es war eine eher ziellose Entwicklung, mit der Erfindung des Blattgrüns zum Beispiel kam die Sauerstoffatmosphäre, die die erste Generation des Lebens nahezu auslöschte, war doch das neue, aggressive Gas für sie ein tödliches Gift. Die Pflanzen veränderten das Gesicht des Planeten vollkommen, und noch im Absterben bildete die Gesamtheit der Neuentwicklung Strukturen, die die Erde zwar sorgsam zudeckte und verschlang, aber nicht verdauen konnte: Kohlenflöze und Erdöl entstanden. Die Bewußtseinssplitter der Welt wurden dadurch zwar nicht direkt betroffen, aber die Änderung war da, und sie blieb. Einmal schien es, als ob doch noch der alte Zustand wiederkehren sollte, ein riesiger Meteor traf den Planeten, der sich nur leicht schüttelte, doch durch die Änderung des Klimas starben die Saurier aus, und die Schachtelhalmwälder verschwanden. Die Echsen wurden allerdings sofort von hektischen, kleinen, überaus fruchtbaren Wesen ersetzt, die zuvor nur ein Schattendasein zwischen den Giganten geführt hatten, sich jetzt aber rasend schnell in verschiedene Richtungen entwickelten, deren eine schließlich drollige Viecher hervorbrachte, die sich für die Krone der Schöpfung hielten und in ihrer Präpotenz glaubten, die Welt vernünftelnd ergründen zu können. Was zuerst ein Riesenspaß schien, entwickelte sich rasch zur ernsten Bedrohung für die ursprünglichen Entitäten, da sich diese Geschöpfe anmaßten, in ihre eigentliche Aufgabe, die Gestaltung der Welt, einzugreifen. Doch von Haus aus gutartig und sogar verspielt, ließen sie sich von den Emporkömmlingen Namen geben und wurden dadurch Götter.

Zwar ließen sie sich nicht in ihren Aufgaben stören – wo es notwendig war, beutelten sie ein paar der Lästlinge eben ab –, es strömten aber sofort wieder welche nach, als wäre nichts geschehen. Mit der Zeit entstand so eine Art Koexistenz. Die Parasiten, die sehr wohl begriffen, daß sie nicht allein waren und einer Sache gegenüberstanden, die all ihr Streben mit einer verächtlichen Geste wegwischen konnte, überschlugen sich förmlich in ihren Bestrebungen, die Götter gnädig zu stimmen, und die, selbst auch nur Geschöpfe, wenn auch auf einer ganz anderen Ebene, spielten das Spiel teilweise sogar mit und wurden ihrerseits beeinflußt, so wie unsereiner etwa von seinem Hund beeinflußt wird, wenn der Gassi gehen will.

Die seltsamen Viecher kamen und gingen, sie änderten ihre Lebensweise und glaubten nicht mehr an die alten Götter und Göttchen. Die freilich waren nach wie vor da, und hie und da vertrieben sie sich auch noch die Zeit mit den Sterblichen. Zwei dieser numinosen Geschöpfe waren gerade in der Gegend, von der Realitätsebene dieser Welt nur durch ein Zwinkern getrennt. Namen im menschlichen Sinne hatten sie natürlich nicht, sie unterschieden sich nach ihrer Zuständigkeit. Es handelte sich um die Wesenheiten der Inseln Cres und Lošinj, die nicht nur ein geografisches Nahverhältnis verband. Cres sagte gerade:

„Mühle auf!“, als er von Lošinj unterbrochen wurde.

„Jui, schick! Ich seh' was, was du nicht siehst, und das ist weiß.“

„Lenk nicht immer ab, wenn ich am Gewinnen bin“, murrte Cres.

„Nein, im Ernst, schau, eine Flottile. Wollen wir mit denen spielen?“ Lošinj wies auf drei Boote, die mit geschwellten Segeln in Kiellinie Richtung Süden zogen.

„Mühle zu“, erwiderte Cres lapidar und nahm Lošinj einen Spielstein weg.

„Mühle können wir auch im Winter spielen, aber wer weiß, ob sich noch einmal so eine Gelegenheit ergibt!" drängelte Lošinj.

„Na, meinetwegen, aber das Brett bleibt stehen", gab Cres nach.

Dann machten sie sich an die Arbeit. Sie borgten feuchte, warme Luft bei den Kollegen vom Festland und ließen das Paket wie einen Ballon aufsteigen, bis es in der Kälte der Höhe kondensierte und eine Wolke bildete, die sich zügig ausbreitete, weil sie sich an einer Sperrschicht staute. Die beiden mußten immer mehr warme Luft sammeln, um die Inversion zu überwinden, aber plötzlich war es geschafft, und ein riesiger Pilz schoß tausende Meter hoch bis in die Stratosphäre, bis die oberen Teile des Gebildes in den unwirtlichen Bereich der ewigen Kälte kamen. Der Höhenwind zerrte eine Eisfahne von der Wolke weg, deren Kopf daraufhin wie der Amboß des Weltenschmiedes wirkte. Die arme Wolke: Obenrum war ihr kalt, außerdem hatte sie sich an der vielen, feuchtwarmen Luft überfressen, und nun rumpelte es auch noch in ihrem Bauch, wilde Blähungen purer Energie tobten dort auf und ab, es hagelte darin, obwohl man ihr das von außen nicht ansah, denn der Hagel wurde in rasendem Schluckauf wieder in die Höhe gerissen, nur um, diesmal schon mit größeren Schloßen, neuerlich hinunterzufallen. Durch die heftigen Bewegungen lud sich das Gebilde auf wie ein gigantischer Kondensator, und furchtbare Entladungen zuckten durch die Wolke und zum Boden, dabei die Luft ionisierend und Kanäle bildend, durch die mehrere Blitze kurz hintereinander zuckten. Die Wolke schwor sich, nie wieder so viel zu essen, schluckte noch einmal heftig, mußte sich dann aber doch übergeben. Daher begann es auf der Erde in dichten Strömen zu schütten. Der Lichtschein und das Krachen der Entladungen versetzten die Menschlein auf den Schiffen, die schon seit geraumer Zeit das Wachsen der Wolke besorgt verfolgt hatten, in rasende Aktivität, sie bargen hastig die Segel und verschwanden nacheinander, um bunter und unförmiger als bisher wieder zu erscheinen.

„Schau, wie sie rennen!" jubelte Lošinj. „Ich weiß, das war nicht richtig nett, aber es ist immer wieder lustig, wie sie durcheinanderwurlen!"

„Schon wahr, aber nachdem du jetzt deinen Spaß gehabt hast, lassen wir sie wieder in Ruhe und spielen weiter. Das Wetter lassen wir vorbeigehen, sie haben sich genug geschreckt. Mühle auf."

Cres wandte sich wieder dem Spielbrett zu.

Etwas zupfte mich energisch am großen Zeh, und ich schrak von der Salonbank auf, wo ich nach dem Abwaschen eingeschlafen war.

„Rasch, zieh dich an, es kommt ein Mordsgewitter", rief Conan und hastete zu seinem Schapp, wo er nach dem Ölzeug und den Stiefeln kramte.

„Wieso, es geht doch hinter uns durch", erwiderte ich schlaftrunken, kroch aber dann schnell in die Bugkabine und zog mich ebenfalls an.

Draußen sah es gar nicht gut aus. Im Osten war es pechschwarz, und pausenlos zuckten Blitze aufs Land, teilweise auch schon ins Wasser nieder. Wir zerrten das Groß herunter und bändselten es an den Baum, der wurde aufgedirkt und an das Steuerbordbackstag gezurrt. Die Genua war schon weggerollt, und wir bargen alles, was nicht niet- und nagelfest war, aus dem Cockpit, die Hofrätlichen und Iglo waren schon unten und kämpften mit den Schwimmwesten. Sagenhaft sinnlos. Ich wußte ja, daß alles nur ein Spiel war. Während wir ebenfalls Westen und Lifebelts anlegten, meckerte Conan:

„Und Hannes sagt, das zieht vorbei!"

Danach sah es allerdings wirklich nicht aus, aber ich stand immer noch teilweise unter dem Einfluß meines Traumes und hörte mich zu meiner Überraschung sagen:

„Na klar, das sieht doch jedes Kind!"

Man war geschlossen gegenteiliger Meinung. Ich setzte alles auf eine Karte und bot, gegen die ersten kalten Windstöße des Böenkragens anschreiend, Conan eine Wette an, daß das Unwetter uns verschonen würde. Der Verlierer sollte bis zum Ende des Törns täglich für alle den Müll entsorgen, eine unangenehme Sache, da wir einerseits viel davon produzierten, andererseits die in den Marinas dafür vorgesehenen Behälter oft randvoll waren und nicht selten auch noch ziemlich weit vom Liegeplatz entfernt. Er nahm die Wette hohnlachend an, die anderen musterten mich mitleidig, wie man eben Irre bedauert, die sich freiwillig so etwas antun. Aber das Wetter zog tatsächlich knapp hinter uns durch, und jetzt lachte ich. Wäre ja noch schöner, wenn nicht einmal mehr auf die Götter Verlaß wäre. Bis zum Abend lauerte im Norden hinter uns tintige Schwärze, und selbst als es langsam dunkel wurde, sahen wir noch vereinzeltes Wetterleuchten. Als wir die Lichter von Zadar querab hatten, war es stockdunkel, und wir motorten in die ziemlich volle Marina.

Nach dem Anlegen kam der Commodore an Bord, um uns mitzuteilen, daß sie ins Marinarestaurant gingen, wer wolle, könne mitkommen. Birgit schrieb das Logbuch, und um ein Gespräch zu beginnen, fragte ich sie, was sie täte und meinte damit, was sie für den Abend vorhätte, aber sie war wild entschlossen, mich mißzuverstehen, und bezog meine Frage auf ihre Arbeit.

„Wie schaut's denn aus?" fauchte sie und schrieb weiter.

Na, da hatte ich mir etwas Schönes eingebrockt.

„Entschuldigung. Ich wollte nur wissen, was du vorhast."

„Bleibst du da?"

„Ich glaube schon."

„Gut, dann geh' ich essen."

Damit schlug sie das Logbuch zu und verschwand nach oben. Ich ärgerte mich, über sie und über mich. Sie hatte mir auf Rab den ganzen Tag die kalte Schulter gezeigt, mich nicht einmal ignoriert, und als die Gelegenheit kam, hatte ich sie eben am Schopf gepackt.

Ich hatte wirklich nicht an ein Abenteuer gedacht, ich wollte nur ein bißchen Dampf ablassen und das auch nur verbal, und wenn ich auch im Nachhinein zugeben mußte, daß es eine von den angenehmeren Überrumplungen in meinem Leben war, hatte ich doch faktisch zumindest anfangs nur den passiven Part gehabt und außerdem sowieso nichts zu verlieren. Allerdings hätte ich darauf verzichtet, wenn ich gewußt hätte, was dabei herauskommen würde.

„Sei nicht so sauer!" rief ich ihr nach, und sie steckte noch einmal den Kopf in den Niedergang.

„Ich bin nicht sauer, ich bin stinksauer! Am besten wird sein, du redest mich gar nicht mehr an!" Damit verschwanden der Kopf und meine letzten Hoffnungen. Selber schuld. Am liebsten hätte ich mich in den Hintern gebissen.

Birgit, Walter und Conan waren mit dem Commodore gegangen, ich saß mit Fritz im Cockpit und grübelte, bis er mich anstieß.

„Es ist schon über schlimmere Dinge Gras gewachsen", meinte er. „Laß dir Zeit, und laß mich machen!"

„Was machen?" fragte ich.

„Wirst schon sehen. Aber mach nicht wieder so einen Blödsinn!"

Das wollte ich ja gerne zusagen, allerdings war ich mir ziemlich sicher, daß ich Birgit schwer gekränkt hatte, unabsichtlich zwar, weil sie sich ja offensichtlich sowieso nichts aus mir machte, aber eben unwiderruflich. Trotzdem war ich nach Fritzens Worten wieder ein bißchen optimistischer. Vielleicht hing das aber auch mit dem köstlichen Duft zusammen, der mir plötzlich auffiel und der aus dem Boot aufstieg. Iglo hatte auf Rab eingekauft, und jetzt war er in seinem Element. Was ich gerochen hatte, war bereits das Endstadium seiner Bemühungen, er überbuk gerade die bereits angebratenen und mit frischem Salbei belegten Kalbsschnitzel im Rohr mit Käse, während auf dem Herd die Spaghetti brodelten und daneben ein rotes Sößchen köchelte: Saltimbocca alla romana. Das war seine große Stunde.

Als er rief, waren wir wie die Blitze unten, auf den Tellern dampfte das herrliche Essen, in den Gläsern funkelte der Rotwein. Plötzlich wurde uns klar, daß wir seit dem Frühstück nichts mehr gegessen hatten, und unter andächtigem Schweigen putzten wir die Teller blank. Der herbe, leichte Wein paßte vorzüglich dazu, und außerdem hatten wir ausnahmsweise einmal genug Platz zum Sitzen. Der Hofrat keuchte wie eine alte Dampflok, er hatte viel zuviel gegessen. Ich hatte mich etwas zurückgehalten, denn ich kannte Iglo, und auf eine zweite Portion verzichtet. Und wirklich, kaum waren die Teller abgeräumt, erschien Iglo mit einer Käseplatte, die keinen Wunsch offenließ. Weiß der Kuckuck, wo er diese Sachen immer hernimmt, jedenfalls treibt er selbst noch an Orten Delikatessen auf, wo alle anderen nach einem angewiderten Blick auf das lokale Angebot bereits resignierend Konserven aufwärmen. Er hatte die Platte wunderhübsch angerichtet, mit Apfelscheiben, Nüssen und Weintrauben, allerdings war mir nicht klar, wo er die Riesenplatte herhatte, bis ich schaudernd den vorderen Bilgendeckel zu erkennen meinte, was ein kurzer Blick unter den Tisch bestätigte. Immerhin hatte er ihn mit weißem Plastik überklebt, das wie ein aufgeschnittener Müllsack aussah. Fritz hatte das auch bemerkt, und als ich Ernstl scharf ansah, wirkte er so penetrant unbeteiligt, daß mir auf einmal klar wurde, von wem diese Idee stammte. Trotzdem oder gerade deshalb war die großzügig angerichtete Platte ein voller Erfolg, wenn auch Ernstl so sitzen mußte, daß er das Loch im Boden abdeckte, damit sich niemand darin weh tun konnte. Zum Käse gab es Stangenbrot, frisch aufgebacken, und zur allgemeinen Überraschung war die Platte auf einmal leer, und alle lebten noch. Da ich nicht mehr sitzen konnte, übernahm ich den Abwasch, assistiert vom Hofrat, der ähnliche Probleme hatte und viel zu überfressen war, um wieder davonzurennen.

Inzwischen war es draußen saukalt geworden, also blieben wir im Salon, und Fritz kramte die unvermeidlichen Spielkarten zum ersten Mal auf diesem Törn hervor. Persönlich graut mir vor sämtlichen Kartenspielen, ich gebe nur in Notfällen widerwillig den Vierten ab, aber das war heute ja nicht notwendig, da genug Spieler da waren. Also verschwand ich unauffällig, um zu duschen. Nach meiner Rückkehr legte ich mich mit einem Buch auf meine Koje, konnte mich aber nicht aufs Lesen konzentrieren. Dauernd mußte ich an Birgit denken. Dann fiel draußen ein Lichtmast um und stürzte genau aufs Boot. Alle drängten erschrocken zum Niedergang, um den Schaden zu begutachten, es war aber nur wieder einmal Conan gewesen, der mit seiner üblichen Eleganz an Bord eingeschlagen war wie ein nasser Zementsack. Weiteres, heftiges Schaukeln kündigte Walter an, von Birgit keine Spur.

„Na, wie war's im Restaurant?" fragte Fritz leutselig und voll der guten Speisen von Iglo, und Conan erzählte uns mit leuchtenden Augen, wie großartig es gewesen war. Walter hätte dazu sichtlich einiges zu sagen gehabt, er setzte auch ein- oder zweimal zum Sprechen an, aber sein Schluckauf war stärker, und so winkte er resigniert ab und verschwand mit einem letzten, markerschütternden Schnackerl in der Skipperkabine. Conan versicherte uns noch einmal, was wir alles versäumt hätten, und wollte sich Richtung Koje verdrücken, doch Fritz hielt ihm schweigend die Mistsäcke hin, und er entschwand seufzend. Dann endlich, ohne daß sich das Boot auch nur leicht bewegt hätte, erschien wie auf Katzenpfoten Birgit, und sie erzählte eine ganz andere Geschichte.

Die Belegschaft der anderen beiden Boote war geschlossen und verstärkt durch drei von uns in das Restaurant gekommen, wo nach einigem Palaver drei Tische zusammengeschoben worden waren. Diejenigen, die, wenn es auf Crewkasse geht, die Speisekarte immer von rechts lesen, um nur ja nicht zu kurz zu kommen, hatten als Vorspeise beef tatar bestellt, aber das gab es nicht. Das Nächstteuerste war Shrimpscocktail, also nahmen sie den. Als alle ihre Vorspeise hatten, wurde zur Empörung des Zwinkerers und des Commodore am Nebentisch beef tatar serviert. Man rief den Kellner, um sich zu beschweren, erhielt aber den kühlen Bescheid, es gäbe diese Speise nur auf Vorbestellung. Als dann der Hauptgang kam, waren alle wieder versöhnt, nur der Zwinkerer und Rosi saßen unglücklich vor einer Riesenplatte mit einer einsamen, winzigen Languste, was von den Übrigen reichlich hämisch kommentiert wurde. Am Tisch begann es eng zu werden, da die Vorspeisenteller nicht abgeräumt worden waren. Als dann die Nachspeise kam, türmten sich auf den Tischen bereits die abgegessenen Teller mit den Fischgerippen, immer noch das Vorspeisengeschirr sowie Mineralwasser- und Weinflaschen zuhauf, und niemand hatte mehr Platz zum Essen. Eine herbeigerufene Kellnerin sagte irgend etwas Spitzes auf Kroatisch und verschwand wieder, ohne auch nur einen Teller mitgenommen zu haben. Darauf platzte Birgit der Kragen, und sie begann, das Altgeschirr neben sich am Boden zu stapeln. Die anderen griffen die Idee auf, und bald war der Tisch leer, aber da erschien so eine Art Manager und sagte ihnen in fehlerfreiem Deutsch, wenn sie sich nicht benehmen könnten, sollten sie zahlen und das Lokal verlassen. Proteste blieben erfolglos, sie wurden nicht mehr bedient. So blieb ihnen nichts anderes übrig, als zu zahlen und zu gehen. Beim Zahlen entstand in ihnen auch noch der Eindruck, sie hätten das Lokal gekauft, und sie mußten mit Schillingen bezahlen, weil sie zu wenig Dinar hatten, und das zu einem Wechselkurs, der mehr der schlechten Laune des Managers als der Realität entsprach. Als sie dann endlich draußen waren, blies ein eisiger Wind und es nieselte. Also ging man nach kurzem Abschied so rasch wie möglich auf die Boote. Birgit war noch kurz auf die BÄRLI mitgegangen, da sie denen Geld aus der Crewkasse geborgt hatte. Dann hatte sie springgiftig „Fitzifutzi!“ in den schneidenden Wind geschrien und war auch heimgegangen.

Ich machte mich auf meiner Koje ganz klein und war froh, weit vom Schuß zu sein. Fritz zog Birgit auf seinen Schoß und atzte sie mit kleinen Schlucken Rotwein, was sie zuerst ärgerlich abwehrte, aber dann, als er mit rauhem Baß begann, „schlaf, Kindlein, schlaf“ zu brummen, mußte sie schon wieder lachen und gab uns eine Pantomime vom Commodore beim Anblick des beef tatar am Nebentisch und vom Zwinkerer, als er seine Diätlanguste bekam, entfesselte damit bei uns Lachstürme und steigerte sich schließlich so hinein, daß sie selber am lautesten quietschte. Als sie mich schließlich bemerkte, weil ich laut mitlachte, meinte sie:

„Was, der ist auch einmal zu Haus?“, worauf Fritz antwortete:

„Ja, der Tiger ist im Tank geblieben“ und sie spitz erwiderte, der räudige Kater spüre bei so einem Wetter wohl entweder sein Rheuma oder sei vom Vortag noch kaputt, wozu nur Conan, der inzwischen ziemlich naß, aber ohne den Mist wieder aufgetaucht war, dämlich meckerte.

Nach und nach begannen nun alle, sich zum Schlafengehen bereit zu machen, und es wurde langsam ruhiger. Birgit und die Hofrätin zogen sich zurück, Conan erschien im geblümten Pyjama aus dem Waschraum, Iglo trug bereits seinen rasanten Nachtjogger,

Fritz gähnte und ging Walter Gesellschaft leisten, Ernstl kroch in seine Koje, und der Hofrat drehte das Licht ab. Der räudige Kater überlegte sich, daß, wenn Birgit jetzt noch zornig war, er ihr offensichtlich doch nicht ganz egal war, beschloß, innere Einkehr zu halten und die Dinge, die da kommen sollten, abzuwarten, lauschte noch eine Weile der eiligen Symphonie der Fallen an den Masten, dem Wispern der Böen in den Riggs und dem Wellenschlag an der Bordwand, und als die Holzfäller die ersten Sägen durch die Bäume zogen, schlief auch er ein.

Ein seltsames Geräusch zog mich wieder in die Realität zurück, weg von einer friedlichen Sommerwiese, wo ich eben Birgit sanft am Bauch gekitzelt hatte, und ich setzte mich verwirrt auf. Ernstl schlief noch, er umklammerte heftig sein Polster und wirkte sehr zufrieden. Da war es wieder, das eigenartige Geräusch. TOCK! Pause. TOCK! Wieder Pause. Was in aller Welt war das? TOCK! Es klang, als schlüge ein Kind mit einem Holzhämmerchen auf Bausteine. TOCK! Nun machen mich auf einem Schiff alle Geräusche, die ich nicht zuordnen kann, sofort munter. TOCK! Wenn der Wind noch so heult, ich schlafe wie ein Stein, solange ich mich auf die anderen verlassen kann und ich gerade keine Wache habe. TOCK! Da mir diesmal rechtzeitig einfiel, daß wir Damen an Bord hatten, schlüpfte ich in meine Jeans und torkelte in den Salon.

Dort saß Conan, heulte Rotz und Wasser und schnitt Zwiebeln, offensichtlich zum ersten Mal in seinem Leben. TOCK! Daneben stand mit bemüht ausdruckslosem Gesicht Iglo und schälte Knoblauch. TOCK! In mir stieg ein unwiderstehlicher Lachdrang hoch, und ich stürzte geradezu in den vorderen Naßraum, wo ich mich prustend aus meiner Hose schälte, die nach der Fresserei der letzten Tage merklich strammer saß, und mir die Nacht von der Haut und die Spinnweben aus dem Kopf duschte. Ein paar Minuten später erschien ich wieder im Salon, diesmal munter und vollständig bekleidet. Hinter mir rumorte bereits Ernstl. Der unglückliche Conan war inzwischen in Tränen gebadet, zerstückelte aber nach wie vor wild entschlossen eine Zwiebel nach der anderen. Vor ihm türmte sich ein unordentliches Häufchen verstümmelter Knollen, die er mit wilden Messerhieben traktierte, worauf sie auseinanderstoben, kaum zerkleinert, aber feucht-widerspenstig zum Kampf bereit. Dann schob er sein Häuflein wieder zusammen und schlug abermals verbissen darauf ein. TOCK! Ich schaute Iglo strafend an, der grinste zurück und nahm Conan das Messer weg. Er ergriff es lokker mit zwei Fingern an der Spitze, und mit rasend schnellen Bewegungen der anderen Hand am Messergriff hackte er blitzartig die Hälfte des Haufens klein.

„Siehst du, so wird das gemacht", belehrte er Conan freundlich und gab ihm das Messer zurück.

„Aha", schniefte der und versuchte, es nachzumachen. Aber ach, die Zwiebeln wollten nicht so wie er. Heftig mit dem Messer stampfend, schob er den Haufen vor sich her und vom Brett auf den Tisch. Dann schaufelte er die Bescherung wieder auf das Brett und fing von vorne an. Hartnäckig war er ja. Langsam kam System in die Sache. Mit der Zeit wurde er immer geschickter und die Zwiebel tatsächlich kleiner. Schließlich waren er und die Zwiebel etwa gleichzeitig fertig. Er schoß an Deck, und wir hörten, wie er sich ausführlich die Nase putzte. Ich hatte inzwischen Wurst und Käse geschnitten, Iglo Tomaten und Paprika, das Wasser auf dem Herd summte, Fritz kam mit frischem Weißbrot, ein normaler Bordtag begann. Das Wetter war wieder schön, aber wesentlich kälter als an den Tagen zuvor. Die Damen erschienen, nur Walter mußte geweckt werden und kam daher zu spät, was unmittelbar zur Folge hatte, daß er länger zum Frühstücken brauchte als die anderen und mit mir abwusch.

Während wir noch abspülten, begannen die anderen mit dem Ablegemanöver. Wir bekamen unten nur mit, daß die Maschine ansprang. Das nächste, was wir hörten, war, daß sie eingekuppelt wurde, dann ein markerschütternder Brüller von Fritz und daß sie wieder abstarb. Ich sauste in Erwartung des schrecklichen Anblicks Schwerverletzter hinauf, aber alle waren da, Birgit und der Hofrat standen an den Bordseiten, Fender in der Hand, Ernstl stand am Bug und schaute ergeben in den Himmel, die Hofrätin hatte die letzte Heckleine auf Slip, am Ruder stand Iglo, daneben Fritz, der ihn mit Blicken aufspießte. Conan hatte das Ganze versäumt, er saß in der Navigationsecke und setzte den Kurs nach Ilovik ab.

Als Ernstl beim Ablegen die Muringleine loswarf und fallen ließ, hatte Iglo gegen Fritz' ausdrücklichen Anweisungen viel zu rasch eingekuppelt und prompt die Halteleine der Muring, die noch nicht untergegangen war, um die Schraubenwelle gewickelt. Dadurch hingen wir jetzt mit der Schraube fest und begannen, mit dem Bug querzutreiben. Birgit fenderte uns gegen das Nachbarboot ab, der Hofrat eilte ihr zu Hilfe. Die Heckleine wurde wieder befestigt, und so lagen wir ziemlich stabil, aber gefesselt da. Ernstl war im Schiff verschwunden und tauchte jetzt mit der Badehose und Iglos heiligem Fleischmesser wieder auf. Auf dem Kopf hatte er eine Taucherbrille.

Während die anderen noch diskutierten, kletterte er kommentarlos in den Heckkorb, von dort aus klappte er die Badeleiter ab und stieg, nach Luft schnappend, aber zielstrebig, Sprosse um Sprosse in das eisige, dreckige Wasser. Auf der untersten Sprosse schauderte er, krümmte sich zusammen und tauchte bis zum Hals unter. Dann kletterte er noch einmal einige Stufen hinauf, setzte die Maske auf, nahm das Messer in die Rechte und verschwand wieder im Wasser. Inzwischen hatte Iglo sein Messer erkannt und protestierte gegen die geplante Entweihung.

„Wenn du willst, brauchst du es nicht herzuborgen, dann mach's halt selber. Meinetwegen nimm dir die Eisensäge mit." Das war Fritz, hörbar stinksauer.

Ernstl schwamm um das Heck und tauchte. Ich ging hinunter, suchte ein Badetuch, warf es an Deck und bereitete Ernstls Schlafsack im Salon vor. Von oben her drangen Rufe herunter:

„Da ist er wieder!"

„Meine Güte, jetzt ist er aber wieder lange unten!"

„Mein Gott, hoffentlich geschieht ihm nichts!"

„Mein Messer!"

„Weißt du, wo du dir dein Messer hinstecken kannst?"

Schlechte Akustik. Ich setzte Wasser auf den Herd, nahm die Rumflasche und ging wieder hinauf. Ernstl tauchte soeben zum x-ten Mal wieder auf, hatte aber diesmal die Muringleine mit: Das Schiff war wieder frei. Er kletterte an Bord, steif und mit blauen Lippen. Dabei hatte die ganze Aktion nicht einmal fünf Minuten gedauert, aber was heißt das schon, wenn die Zeit nicht vergeht? Er

wollte etwas sagen, konnte aber nicht, denn sowie er versuchte, den Mund aufzumachen, klapperte er unkontrolliert mit den Zähnen. Es schüttelte ihn am ganzen Körper. Ich begann, ihn abzufrottieren, und drängte ihn nach unten. Die vorderhand noch unbenutzte Rumflasche nahm ich mit, obwohl Walter, der inzwischen auch oben war, sie ohne weiteres bewacht hätte. Ich massierte wieder Farbe in Ernstls leicht bläuliche Haut, zog ihm die Badehose vom

Körper und die Taucherbrille vom Kopf. Dann wickelte ich ihn in seinen Schlafsack. Auch jetzt zitterte er noch am ganzen Körper. Birgit hatte sich am Fender ablösen lassen und brühte Tee auf. Ich flößte Ernstl einen Schluck Rum ein, zwecks Kreislaufbelebung, Birgit goß ihm Tee in ein großes Häferl, zuckerte ihn stark und kühlte ihn aus der Rumflasche. Sie massierte ihm mit dem Badetuch die Füße, ich suchte dicke Socken aus seinem Schapp, und gemeinsam zogen wir sie ihm an, während er seinen Tee schlürfte. Dann zeppelte der in seinen Schlafsack Gehüllte zu seiner Koje, wo ich ihn auch noch mit meinem Schlafsack zudeckte. Ich drehte mich zu Birgit um, nahm sie in die Arme, küßte sie wieder einmal auf die Stirn und murmelte „Danke“.

Sie lehnte sich kurz an mich, sagte „Schuft“, schob mich dann sachte weg und ging nach oben. Jetzt brauchte ich einen Schluck Rum, ebenfalls für den Kreislauf.

Ernstl hatte inzwischen aufgehört zu zittern, und erst jetzt fiel mir auf, daß er das vollkommen vertörnte Stück Muringleine, das er abgeschnitten und von der Schraubenwelle gewickelt hatte, noch in der Hand hielt. Ich wollte es ihm wegnehmen, um es zu entsorgen, aber er sträubte sich. Erst Monate später, als er mir einen brandbemalten Holzteller als Törnerinnerung schenkte, auf dem eine frei nachempfundene Miranda auf einem wellenförmig gekrümmtem Stück Muringleine ritt, sollte ich draufkommen, wozu er es behalten wollte. Momentan schrieb ich es dem Rum zu, denn er stank wie eine Schnapsbrennerei und sprach auch etwas undeutlich. Ich räumte den Salon auf, wischte das Wasser vom Boden und verstaute den Teekessel. Als ich wieder nach unserem Retter sah, schlief er.

Oben hatten sie inzwischen die Muringleine geflickt und abgelegt. Fritz stand am Ruder und hielt einen Vortrag über Muringleinen. Als ich auftauchte, beschwor er gerade das Bild einer Leine aus Plastikmaterial, die durch die Reibung untrennbar mit der Schraubenwelle verschmolz. Iglo, der sich schwertut, einen Fehler zuzugeben, entwickelte eine Ausrede, nach der Ernstl ihm ein mißverständliches Signal gegeben hätte, so daß er glauben mußte, die Leine sei bereits abgesunken, das wäre auch der Grund gewesen, warum er dann getaucht hätte: Schuldbewußtsein. Damit kam er bei den anderen nicht gut an. Fritz fuhr ihm ziemlich scharf über den Mund und verbat es sich, daß er die Hilfsbereitschaft und Gutmütigkeit Ernstls dazu benutzte, den Sachverhalt so umzudrehen. Darauf mußte Iglo sofort auf die Toilette. Herrgott, jedesmal, wenn er sich, aus welchen Gründen auch immer, beleidigt fühlt, sperrt er sich auf dem Klo ein. Wir hatten Glück, daß wir zwei davon hatten.

Bei der Hafenausfahrt wehte uns ein ruppiger, kalter West kurze, steile Wellen entgegen, über die unsere betagte Bootsmatrone in einem schwerfälligen, aber vergnügten Tänzchen fröhlich zu hüpfen begann. Wir setzten Segel und freuten uns auf einen rasanten Schlag nach Ilovik. Bei Iglo ging allerdings das Schmollen nahtlos in Seekrankheit über, und er stürzte hastig aus dem Klosett, um sich im Salon zum Sterben niederzulegen. Dort bot er das schon gewohnte Vollbild, komplett mit kaltem Schweiß auf der Stirn und Finger am Puls. Mir wird ewig unklar sein, warum er sich das überhaupt antut, und ich machte eine dementsprechende Bemerkung, die eine lange Diskussion über das Segeln überhaupt auslöste. Nur schade, daß unser wortgewaltiger Hafensmutje daran nicht teilnehmen konnte. Birgit jedenfalls meinte, ihre Törns seien ein notwendiges Gegengewicht zu ihrer beruflichen Anspannung, eine Möglichkeit, den zeitweise unerträglichen Streß zu kompensieren und einmal vollkommen abzuschalten. Mit dem Abschalten waren wir uns alle einig, wenn auch die Ursachen des Alltagsunbehagens vollkommen verschieden waren.

Ich zum Beispiel empfinde Segeln als Flucht aus der Banalität. Ich liebe meinen Beruf und habe mit meinen Patienten keine Probleme, höchstens mit deren Besitzern, die mir manchmal damit auf die Nerven gehen, daß sie mich bewußt anlügen, was Krankheitsdauer und Vorbehandlung betrifft, weil sie aus mir unerfindlichen Gründen nicht zugeben wollen, vorher bei einem anderen Tierarzt gewesen zu sein oder, verständlicher, aber keineswegs sympathischer, nicht bereit sind, ihre Schuld am Zustand ihres Tieres durch tage- bis wochenlanges untätiges Abwarten einzugestehen. Damit muß aber jeder Tierarzt leben, das ist auch nicht der Grund meines zeitweiligen Überdrusses. Der ist noch banaler.

Ich kann mich nur schwer damit abfinden, daß wir alle ständig belogen werden, von den Politikern und von der Werbung, von den Medien mit ihrer tendenziellen Darstellung von Sachverhalten, von der ständigen Verdrehung der Realität und von der Entmündigung, die davon ausgeht. Ich verstehe nicht, warum alle widerspruchslos hinnehmen, daß wir ununterbrochen um die Früchte unserer Arbeit betrogen werden, um Versäumnisse der Vergangenheit zu tilgen, an denen niemand schuld ist, obwohl uns das genau die Leute versichern, die auch damals schon das Sagen hatten. Das Rezept funktioniert aber anscheinend, und so gibt es keinen Grund für Änderungen. Hie und da platzt ein Skandal, Schmutzwäsche wird gewaschen, die Öffentlichkeit erfährt von der unglaublichen Art, wie sich einzelne auf ihre Kosten unberechtigt Vorteile verschaffen, aber am nächsten Tag ist alles wieder vergessen, man lullt die Massen wieder mit Musikantenstadel und Fußball oder Skifahren ein, und alle diskutieren wieder Tabellenstände und Abfahrtsergebnisse, ganz so, als hätten wir keine echten Probleme.

Außerdem hasse ich den Neusprech der Politik. Da sagt niemand mehr: „Burschen, wir müssen etwas tun, sonst ist es zu spät!", nein, man ortet Handlungsbedarf, ein Thema steht im Raum, und es werden Maßnahmenpakete geschnürt, wieder aufgeschnürt und schließlich unter den Teppich gekehrt, und alles geht weiter wie bisher. Da kämpfen Mandatare um ihre „wohlerworbenen" Rechte, die darin bestehen, daß sie mit einem Hintern auf vielen Sesseln sitzen, jeder selbstverständlich separat bezahlt, und daneben womöglich noch eine Pension beziehen.

Einige waren kurz hintereinander Minister in verschiedenen Ressorts, Reiter in allen Sätteln, das notwendige Fachwissen fliegt ihnen mit dem Posten zu. Dafür haben wir aber auch einen Gesundheitsminister gehabt, der in der Öffentlichkeit sagte: „ ... Jod und andere Edelgase ..", mein Gott, woher soll er schließlich wissen, daß Jod ein Halogen ist und kein Edelgas, aber, was zum Teufel, tat der Mann auf dem Ministersessel? Einige unserer Verteidigungsminister hatten nicht einmal den Grundwehrdienst absolviert, und wenn der auch ganz sicher nicht ministrabel macht, bleibt doch die schiefe Optik. Natürlich haben in Wahrheit Sachverständige das Sagen und

Tun, egal, welcher Partei der Minister gerade angehört, aber wozu haben wir dann überhaupt den teuren Politiker? Einmal wurde ein ganzes Ministerium „eingespart", natürlich taten die gleichen Leute das gleiche weiter, aber das Ganze war jetzt eine Sektion des Bundeskanzleramtes, und die Regierenden standen in der Öffentlichkeit eine Zeitlang gut da. (Einen Minister für das verschwundene Ministerium hatten wir natürlich.)

Besonders wild werde ich, wenn sie, Interesse und Anteilnahme heuchelnd, von den „Menschen da draußen" sprechen. Ich meine, das ist doch entlarvend. Sie, da drinnen in ihrem selbstgemachten Elfenbeinturm aus Privilegien und Luxus, und wir, „da draußen", die den ganzen Rummel bezahlen dürfen, Rezession hin, Inflation her.

Jedenfalls widert mich das ganze Getue gründlich an, und ich flüchte geradezu vor dem Würgegriff der Medien, lese auf dem Schiff keine Zeitungen, höre keine Nachrichten außer dem Seewetterbericht und mache einen großen Bogen um jeden Fernseher. Ändern kann ich sowieso nichts, warum soll ich mich also anöden lassen? Das Leben unter den eher campingartigen Bedingungen, die Auseinandersetzung mit den Elementen und die zeitweilige Informationsabstinenz laden meine Batterien rasch wieder auf und setzen mich wieder in den Stand, unsere penetrante Zivilisation eine Zeit zu ertragen.

Die anderen stimmten mir lebhaft zu, und wir stellten übereinstimmend fest, daß das Segeln für uns alle eine Selbsttherapie gegen die Alltagsprobleme ist, wie Sport und Freizeitgestaltung überhaupt, aber eben viel intensiver, weil die Fäden zum Alltag eine Zeitlang völlig gekappt sind und viele Lasten einfach abfallen. Beim Heimkommen ist der Akku wieder voll und der Grauschleier von der Seele weg. Natürlich nur vorübergehend, aber der nächste Törn kommt ja bestimmt, denn Segeln macht süchtig.

Dieser Sucht ergaben wir uns jetzt ungehemmt, alle wollten ans Ruder, wir mußten losen, Conan gewann. Der Rest von uns machte aus dem Gewichtstrimm und der Segelstellung eine Wissenschaft. Ich fand mich mit den Hofrätlichen auf der hohen Kante wieder, wo wir unter Gelächter und mit wechselndem Erfolg versuchten, dem Wasser zu entkommen, das gierig nach unseren Füßen leckte.

Manchmal saßen wir unter einer kurzen Salzwasserdusche, wenn der Bug von einer Welle getroffen wurde, aber wir waren richtig angezogen und bekamen höchstens ein paar Spritzer ins Gesicht, wenn wir uns nicht rechtzeitig wegduckten.

Überhaupt gehörten Hofrats zu den glücklichen Naturen, die sich überall ohne Mühe anpaßten, und inzwischen konnten sie schon sinnvoll zupacken und verstanden auch die meisten Anweisungen in unverfälschtem Schiffswelsch. Sie begannen, die ihnen fremde Fachsprache völlig zwanglos zu benützen, was mich wunderte, da ich selbst immer anfangs Schwierigkeiten gehabt habe, mich in einer derartigen Terminologie auszudrücken, nicht aus Unkenntnis, sondern wegen einer Art Hemmschwelle, die ich zu überwinden hatte. Ich kam mir dabei in der ersten Zeit immer blöd vor, und erst nach langer Gewöhnung kamen mir die Fachausdrücke natürlich von den Lippen. Dabei war es völlig egal, ob es sich um die Jägersprache, das Fachidiom der Flieger oder eben um die Seemannssprache handelte. Offensichtlich handelt es sich dabei um eine Macke aus der Kindheit, vielleicht aus der unbewußten Angst, mich zu blamieren; ich weiß es nicht. Jedenfalls habe ich die Erfahrung gemacht, daß es vielen so geht, und deswegen bewunderte ich die Hofrätlichen, weil sie so ganz ohne Hemmungen einstiegen und auch Fehler ohne falsche Scham korrigieren ließen, gleichzeitig jeden Fehler auch nur einmal machten.

Iglo hatten sie bei ein oder zwei Gelegenheiten schon ohne Triumph oder Bosheit bei Fehlern ertappt, wenn er sich ganz besonders seemännisch geben wollte, so auf die Art, wie es schlechte Schauspieler manchmal in maßloser Übertreibung tun. Seemännisch klingender Nonsens wie „Braßt an das Ankergeschirr und mannt die Speigatten!“ hatte bei ihnen jedenfalls keine Chance, wobei ich bereitwillig zugebe, daß das Beispiel vielleicht etwas an den Haaren herbeigezogen ist, aber so ähnlich hörte sich der Capt'n manchmal wirklich an, und es war mir, auch ein Rest aus meiner Kindheit, manchmal für ihn peinlich, wenn er blanken Unsinn von sich gab. Ich wieder verfiel manchmal in das andere Extrem, weil ich in meinem Drang nach allgemeiner Verständlichkeit dazu neige, mich Anfängern gegenüber völlig unseemännisch auszudrücken, was deren Lernprozeß sicher nicht fördert (Nimm das Schnürl da, und wenn ich es sage, drehst du es mit der Kurbel da auf die Trommel, bis ich Halt sage). Mittlerweile habe ich zwar daran gearbeitet, aber manchmal hört sich das immer noch an wie:

„Siehst du das Seil da an der Stange? Das Seil heißt Dirk, und die Stange ist der Großbaum oder auf einem Schiff mit nur einem Mast einfach nur der Baum, und wenn ich will, daß du den Baum an diesem Seil, das eigentlich besser als Ende bezeichnet wird und eben Dirk heißt, ein Stück in die Höhe ziehst, dann sage ich einfach: Andirken."

Aber ich arbeite immer noch daran, und vielleicht werde ich doch noch so etwas wie verständlich. Als Lehrer wäre ich jedenfalls eine Niete. Die einzige einschlägige Sache, mit der ich nie Schwierigkeiten hatte, ist die extreme Fachsprache der Medizin, da wächst der Student völlig automatisch hinein, nicht zuletzt deshalb, weil er sonst ewig Student bleibt. Dafür hat es dann der fertige Tierarzt oder Arzt nicht leicht, sich speziell bei komplizierteren Zusammenhängen laienverständlich auszudrücken. Aber das ist ja der Grund für alle Insidersprachen, daß sie ein Wort für komplexe Begriffsstrukturen haben, die, in die Umgangssprache übersetzt, ganze Sätze, ja mitunter sogar Referate notwendig machen. Ich meine, eine Salingleuchte ist eine Salingleuchte oder sonst eben das Arbeitslicht für den Bootsteil vor dem Mast, das zwischen den Abstrebungen der seitlichen oberen Stahldrahtverankerungen des Mastes so angebracht ist, daß es das Deck anstrahlt. – Das macht den Unterschied zwischen Fachsprache und Umgangssprache aus, der Nutzen liegt klar auf der Hand.

Die Hofrätin war außerdem ein Naturtalent als Steuerfrau, ihre Augen klebten nicht am Kompaß, und ihre Korrekturen kamen sparsam und überlegt, sie drehte das Rad auch dann nicht in die falsche Richtung, wenn sie den Kurs nach dem Kompaß korrigierte, und hielt sich selbst unter Segeln wie ein alter Profi. Normalerweise drehen Anfänger heftig am Rad und fahren Schlangenlinien, bei Korrekturen nach dem Kompaß erwischen sie häufig die falsche Drehrichtung – auch ich blickte diesbezüglich auf eine im wahrsten Sinne des Wortes bewegte Vergangenheit zurück. Um so mehr bewunderte ich die Hofrätliche. Er hielt sich da mehr zurück, war eher ein kulinarischer Abenteurer, drückte sich aber vor keiner Arbeit und war immer hilfsbereit und nett. Die beiden stellten eine echte Bereicherung des Bordlebens dar.

Jedenfalls wurde uns die Zeit nicht lang, und als wir von Walter, Birgit und Conan abgelöst wurden, verließen wir die hohe Kante mit einem gewissen Bedauern. Dennoch waren wir dankbar für einen Schluck Tee aus der Thermoskanne, wenn der auch, da von Walter produziert, etwas stark schmeckte. Mit der Zeit war es jedoch bei der relativ ruhigen Sitzerei ein bißchen frisch geworden, so daß wir die Mischung gerne akzeptierten, denn schon nach einigen Schlucken verbreitete er ein wohlig warmes Gefühl im Magen. Ernstl war inzwischen wieder munter und kam zu uns ins Cockpit, verlegen wehrte er den Dank des Skippers ab, mit der Begründung, einer hätte es ja doch tun müssen, und das wäre diesmal eben er gewesen. Fritz allerdings bestand auf der Feststellung, er hätte niemals jemanden ins Wasser geschickt, da bei der herrschenden Temperatur die Gefahr eines Krampfes oder sogar Herzversagens viel zu hoch gewesen sei. Er hätte einen von den Berufstauchern kommen lassen, wie man sie in allen Marinas, allerdings für fürstliche Honorare, findet. Ernstl wieder meinte, er sei kaltes Wasser gewohnt, was wirklich furchtbar gewesen sei, wären die paar Sekunden nachher im eisigen Wind gewesen, da hätte er erst wirklich gefroren.

„Aber Birgit und Hannes haben mich ja richtig verwöhnt, wenn ich jetzt auch ein bißchen einen Kater habe. Der Wind wird mir die Spinnweben schon aus dem Kopf blasen“, schloß er in der für ihn typischen Bescheidenheit das Thema endgültig ab. Dann schoß er ein paar Peilungen und ging einen wahren Ort eintragen.

Wie sich herausstellte, lag der wesentlich weiter westlich als der gegißte, trotz der Tatsache, daß uns die Windabtrift nach Osten hätte versetzen müssen. Also setzte hier entweder ein Strom, und zwar ein ziemlich kräftiger, der nicht in der Karte eingezeichnet war, oder die Beschickung für Wind, die Conan angenommen hatte, als er den Kurs berechnete, war grob falsch. Jedenfalls wollte keiner das Thema so recht diskutieren. Ich bekam einen neuen Kurs und fuhr den auch, wenngleich ich Ilovik auch ohne weiteres bereits nach Sicht hätte anlaufen können. Wie auch immer, der neue Kurs brachte uns genau dorthin, wo wir hinwollten. Meiner Meinung nach sprach das gegen eine Stromversetzung, da ein so breiter Strom wohl nur durch Gezeiten hervorgerufen wird und der Ebbstrom im Mittelmeer eher dürftig ausfällt. Außerdem wußte ich, ehrlich gesagt, gar nicht, ob zu diesem Zeitpunkt überhaupt ein Ebbstrom zu erwarten gewesen wäre, ich hatte mir dazu nicht den leisesten Gedanken gemacht, da in unserem Revier die Kartentiefe mit der Wassertiefe praktisch ständig mehr oder minder identisch war. Also war die Beschickung für Wind falsch gewesen. Da ich aber den Frieden nicht stören wollte, hielt ich den Kurs und den Mund. Außerdem wußten die anderen sicher sowieso Bescheid, überhaupt Fritz, der zwar selten sagte, was er dachte, dem allerdings auch so gut wie nie etwas entging. Bei den wenigen Gelegenheiten, wo er sich äußert, verblüfft er alle durch seine detailreichen Beobachtungen und durch ein Erinnerungsvermögen, wie es sonst nur Elefanten zugeschrieben wird. Daraus zieht er dann messerscharf und schonungslos seine Schlüsse. Als Gegner will ich ihn nicht haben.

Inzwischen hatten wir den Südostzipfel von Ilovik erreicht, konnten allerdings den Kanal zwischen der Insel und der Nachbarinsel Sveti Petar noch nicht erkennen. In der Landabdeckung der Inseln war der Wind böig und unberechenbar. Bald blies er uns direkt entgegen, bald von hinten, einmal kam eine Bö sogar aus Osten. Wir hatten einen wunderschönen, langen Schlag hinter uns und sahen keinen Sinn darin, jetzt alle paar Sekunden die Segelstellung oder den Kurs zu ändern. Natürlich hätten wir in größerem Abstand zum Land konstanten Wind vorgefunden und dann gegen den Luftstrom aus der Düse zwischen den Inseln aufkreuzen können, aber im Kanal wäre das recht stressig geworden, da er an seiner engsten Stelle nur eine Kabellänge breit ist, und außerdem tat allen von der ewigen Sitzerei schon der Hintern weh. Daher bargen wir die Segel und tuckerten unsportlich, aber bequem die Küste entlang. Als sich die Konturen vor uns verschoben und die Sicht in den Kanal freigaben, schwenkten wir ein und motorten gegen den heftigen und immer noch zerrissenen Wind zum Hafen Ilovik, wo wir hinter den anderen beiden Yachten anlegten, direkt am Fährpier, aber auf der Seite, die die Fähren nicht benutzen.

Froh, der Enge zu entkommen, zog ich mir Laufschuhe an, um

mir an Land die Beine zu vertreten. Im Südosten der Insel gibt es eine prähistorische Wallburg auf einem Hügel, die wollte ich mir ansehen.

Inzwischen war auch Iglo von den Toten auferstanden, er gab bereits vorsichtige Sprechblasen von sich. Fritz vergatterte ihn auf das Vorschiff, da er nie vor Dritten Rügen erteilt, aber man mußte nicht telephathisch veranlagt sein, um zu erkennen, daß sich das Gespräch um Iglos Aussichten drehte, die Prüfung zu bestehen. Ich war fertig und ging an Land. Mit Walter, meinem Wachführer, hatte ich vereinbart, in zwei Stunden wieder da zu sein. Als ich erst einmal durch die wenig aufregende Ortschaft schlenderte, traf ich auf Birgit, die irgendein malerisches Detail fotografierte. Ich sprach sie an, das Herz schlug mir bis zum Hals. Zu meiner Freude und Verwunderung war sie damit einverstanden, mit mir zur Burg zu gehen. Ich war unglaublich befangen. Es kam kein rechtes Gespräch zustande, und so gingen wir schweigend nebeneinander her. Auf dem Hügel Straza angelangt, war ich sowieso allein, da sie sich sofort auf lohnende Motive stürzte und ich sie bei ihrem konzentrierten Tun wohl besser nicht störte. Also stand ich da wie bestellt und nicht abgeholt. Ich kam mir vor, als sei ich wieder sechzehn, hatte wieder den langvergessenen Kloß im Hals und schwitzte an den Handflächen.

Als die Fotosession ein Ende hatte, nahm ich mir ein Herz und klagte ihr mein Leid: Wie ich auf Lošinj so froh gewesen war, ihr endlich ein Stück nähergekommen zu sein, wie sie dann am nächsten Tag tat, als sei ich Luft für sie, wie ich traurig meine Hoffnungen begrub, wie ich dann aus Trotz … Da unterbrach sie mich und erklärte seelenruhig, daß ich tun und lassen könnte, was ich wolle, und im übrigen sei ich eben ein Depp, wie die meisten Männer. Äußerlich ein Felsen, drinnen eine Mimose und stets bereit, für ein bißchen Selbstbestätigung vor jeder Frau, die mit dem kleinen Finger winkt, Männchen zu machen und durch Reifen zu springen. Ob ich mir wohl einbildete, daß sie zum allgemeinen Gaudium die weibliche Hauptrolle im hinlänglich bekannten Stück „Das ist die Liebe der Matrosen“ spielen wollte, komplett mit Seufzen, Händchenhalten und verstohlenen Küßchen? Aber so seien Männer nun einmal, was man ihnen nicht mit dem Holzhammer in den Schädel klopfte, das bemerkten sie eben nicht.

Ich stand da wie ein begossener Pudel, meine Ohren brannten, und ich schluckte trocken.

„Aber wenn du einen Holzhammer brauchst, sollst du ihn kriegen", schloß sie, machte einen katzenhaften Schritt auf mich zu, und während ich noch auf die Ohrfeige wartete, hing sie schon an meinem Hals und küßte mich, lang und keineswegs schwesterlich. Nach viel zu kurzer Zeit strampelte sie sich frei und trat einen Schritt zurück. „Begriffen?" schnurrte sie, ein leicht boshaftes Glitzern in den Augen, „Holzhammer gut, Mann?"

Ich wollte sie wieder in die Arme nehmen und streicheln, ihr Blödsinn in die Ohren flüstern und ...

„Hallo, ihr zwei!" hörte ich.

Ernstl ist einer meiner besten Freunde, aber damals hätte ich ihn am liebsten erwürgt. Flüchtig sah ich Bedauern in Birgits Augen, aber sie winkte Ernstl, rief auch „Hallo" und ging ihm ein paar Schritte entgegen.

„Danke für die erste Hilfe", rief er fröhlich, und „keine Ursache", antwortete Birgit.

Ich seufzte, dann assistierten wir ihm bei einer kurzen Videoeinstellung als Vordergrund, Birgit führte ihn zu lohnenden Blikken auf die Wälle, und schließlich gingen wir zurück, Ernstl voran, und ich spürte beglückt, wie sich eine kleine Hand in die meine stahl. Bei den Booten holte uns der Törnalltag ein. Wir sollten wieder einmal essen gehen, und zwar in die „Superkneipe" am Hafen. Die drei Skipper hatten sie bereits erkundet, selbst Fritz äußerte sich vorsichtig positiv, und so war ich gespannt, ob wir ein zweitesmal Glück haben würden mit der jugoslawischen Gastronomie.

Das Lokal war winzig klein, als Theke diente eine klinkerweise beplankte Bootswand mit einer Tischplatte. Ein paar Fischer waren anwesend und unterhielten sich. An der Längswand vis à vis des Schankes waren Tische zusammengerückt und mit weißen Tüchern gedeckt. Wir bestellten Getränke, aber niemand fragte, was wir essen wollten, und als der Commodore gefragt wurde, was das sollte, machte er ein geheimnisvolles Gesicht und die internationale Geste für „psst" mit dem Finger vor dem Mund. Ich saß keineswegs zufällig neben Birgit, die offenbar immer noch am Holzhammer arbeitete, da sie unter dem Tisch ihr Bein an meines drückte. Der Wirt erschien mit riesigen Platten gegrillter Meeresfrüchte, Sardinen, Shrimps, Tintenfischstückchen und undefinierbaren Bröckchen, die ihre Karriere möglicherweise als Schnecken begonnen hatten, Schüsseln mit in einer pikanten Sauce gegarten Muschelbergen, dazu gab frisches Weißbrot, Teller mit aufgeschnittenen Zitronen, gehackter Zwiebel und Tomatenscheiben.

Wir vertilgten in Rekordzeit, was wir für unser Abendessen hielten, aber kaum waren wir fertig, wurde abgeräumt, wir bekamen neue Teller, und es wurden wieder Platten gebracht, diesmal mit gegrillten Barschen. Dazu gab es Bratkartoffeln mit Petersilie, heiß, kroß und frisch, sowie knackfrischen, grünen Salat. Es dauerte nun länger, bis die Platten leer waren, einige keuchten schon. Aber das war noch immer nicht das Ende, denn kaum war abgeräumt, kamen wieder die Riesenplatten, diesmal mit Käse, und zwar nur mit einer Sorte, der so ähnlich wie Parmesan schmeckte. Dazu gab es frische Gläser und Karaffen mit Rotwein. Erst jetzt kamen rings um den Tisch Gespräche auf, die sich bald um die Segelei und den Job rankten, da einen der Beruf selbst bis auf einen Törn begleitet. Unsere zahlreichen Elektrofachleute wurden heftig konsultiert, denn auf fast jedem Boot gibt es mehr oder minder gravierende Probleme mit der Bordelektrik, und gibt es wider Erwarten keine, passen die Landstromstecker nicht, oder ein Crewmitglied braucht einen Stromanschluß für ein 12-Volt-Ladegerät, oder eine Batterie lädt nicht (Fritz und Conan musterten einträchtig und intensiv die Tischdecke, Ernstl wußte auch nicht recht, wo er hinschauen sollte, allerdings aus einem ganz anderen Grund). Die Frau des Zwinkerers war Krankenschwester und versah zusammen mit mir die Verpflichtungen eines Bordarztes und zwar routiniert und kenntnisreich, Bull war die Anlaufstelle bei Rechtsproblemen, das Krügerl, ein Schuster, war stets das Opfer, wenn es an Segeln etwas auszubessern gab, unser Religionsprofessor hatte zwar vom Segeln nicht viel Ahnung, gab aber bei seelischen Problemen einen wunderbaren Therapeuten ab, der vor allem geduldig zuhören konnte und immer helfende und tröstende Worte fand. Dabei hatte er allerdings starke Konkurrenz durch Ernstl, der ein enormes Einfühlungsvermögen und ein menschenfreundliches Herz hat, obwohl oder vielleicht gerade weil er vom Schicksal auch einmal ordentlich eins übergebraten bekam. Iglo konnte bei aller seglerischen Inkompetenz alle chemischen und physikalischen Phänomene allgemeinverständlich erklären. Da Segeln nichts anderes ist als angewandte Physik, hatte er recht viel zu tun. Nicht wenige begriffen bei seinen Vorträgen, die übrigens aus dem Stegreif druckreif waren, zum ersten Mal, wie ein Segel überhaupt wirkt und wieso es mehrere davon gibt und wie die zusammenspielen. Er verblüffte uns immer wieder mit angewandter Chemie und Physik. Einmal hat er sogar auf einem Boot, dessen Kühlbox nicht funktionierte, Speiseeis zustande gebracht. Der Commodore, dessen Firma nicht nur Dächer baute, sondern auch Segelzubehör vertrieb, wußte immer die billigsten Quellen für hochwertige Ausrüstung, eigentlich brachte jeder seinen Job irgendwie in das Bordleben ein. Ich war natürlich auch für allerlei Wehwehchen zuständig, aber als Tierarzt habe ich mich in meiner ganzen Zeit als Seesegler nur einmal betätigt, und zwar auf meinem ersten Törn mit dem Commodore auf dem Schiff von Linda und Peter. Als ich das erwähnte, schrien alle sofort: „Erzählen, erzählen!" Na gut, man kann ja das eine oder andere auslassen.

„Also, das war auf meinem allerersten Törn. Wir saßen im Hafen von Starigrad auf der Insel Hvar vorübergehend fest, weil Linda überraschend und dringend zum Zahnarzt mußte. Die anderen waren von Bord gegangen, da Peter eine Bar kannte, die ein deutsches Ehepaar führte, angeblich gab es dort die besten Longdrinks von damals noch ganz Jugoslawien. Ich war an Bord geblieben, um zu lesen und meiner Leber eine Pause zu gönnen, denn ich hatte in den letzten Tagen mehr Alkohol zu mir genommen als sonst in einem Monat. Es war Hochsommer und sehr heiß, also machte ich es mir im Schatten der Sprayhood, die auf diesem Schiff riesengroß und luftig war, bequem.

Ich war soeben endgültig am Einschlafen, als meine damalige Freundin, die ich sehr liebte und von der ich mich vor dem Prüfungstörn unter Schmerzen und keineswegs freiwillig trennen mußte, ganz aufgeregt an Bord kam und mich bat, schnell mit ihr zu kommen, der Hund der deutschen Barbesitzer sei zusammengebrochen und liege jetzt bewußtlos herum, man könne seine Atmung kaum mehr wahrnehmen. Ich hatte natürlich nichts mit, steckte aber folgsam meinen Tierarztausweis ein, mit dem ich eventuell in der Apotheke Medikamente bekommen würde, und wir liefen zu der Bar.

Dort lag der Hund, ein semmelfarbener Schäfermischlingsrüde mittleren Alters, im Schatten einer Gartenmauer auf der Seite, schnaufte erbärmlich und zeigte beim verzweifelten Ringen um Luft eine zwetschkenblaue Zunge. Das Tier hatte sich bei der Hitze offensichtlich zuviel zugemutet, und der Kreislauf war zusammengebrochen. Irgendwie hatte sich der Hund noch torkelnd nach Hause geschleppt und war dort umgefallen. Jetzt lag das Tier offensichtlich im Sterben. Ich schleppte den Kerl in den Garten der Bar, legte ihn auf einen Tisch und schickte den Besitzer um kaltes Wasser. Dann legte ich mein Ohr an die linke Brustwand des Tieres und horchte das Herz ab. Es schlug schwach und unregelmäßig – nicht gerade ermutigend. Während der Hund mit kaltem Wasser abgewaschen und übergossen wurde, ließ ich mir den Weg zur Apotheke beschreiben. Die war am anderen Ende des Hafens, und weil jede Minute zählte, requirierte der Deutsche von einem der Jungen, die herumstanden und gafften, ein Moped.

Nun bin ich wahrscheinlich der einzige erwachsene Mann Österreichs, der noch nie auf einem Moped gesessen hat. Fahrrad fahren kann ich, aber Moped? – nein. Ich würgte unterwegs den Motor ein paarmal ab, vertat mich mit der Schaltung, schlich entweder im dritten Gang untertourig dahin oder erwischte den ersten und zuviel Gas, wobei sich das Ding aufbäumte und unter mir wegwollte. Nach ein paar hundert Metern schlossen wir widerwillig Frieden, und irgendwann kam ich zu meiner Überraschung bei der Apotheke an, ohne mich oder das Moped ernstlich beschädigt zu haben. Dort beäugte man mißtrauisch meinen Ausweis, erkannte nur die international gebräuchliche Abkürzung Dr., wodurch immerhin eine gewisse Verhandlungsbereitschaft entstand. Was aber blieb, war die Sprachbarriere. Doch glücklicherweise gibt es ja Fachsprachen. Also sagte ich einfach: ‚Digitalis, Theophyllin, Atropin', was jedesmal zweifelndes Kopfschütteln auslöste, offensichtlich traute man mir nicht. Also sprach ich mit einer deutlichen Frage in der Stimme, ‚Doktor?'

Der Apotheker begann, in der Luft herumzufuchteln wie Bruce

Lee in seinen besten Tagen, und untermalte das mit einem Schwall völlig unverständlicher Worte. Ich schob ihm einen Block und einen Kugelschreiber hin, und wirklich begann er, eine Kartenskizze zu zeichnen, wobei er mit einem Kreuz begann, dabei stampfte er mehrmals mit dem Fuß auf und zeigte zu Boden, offensichtlich war das der Standort der Apotheke. Es folgten Vierecke, die Häusern entsprachen, und zwischen den Rechtecken wurden Gassen erkennbar. Ein Strich markierte den Weg, am Ende des Striches wurde in ein Quadrat Dr. eingetragen. Ich bedankte mich artig und ergriff die Flucht. Vor der Tür standen ein paar Buben um das Moped, zeigten anklagend erst auf mich, dann auf das verdächtige Fahrzeug und sagten dazu in vorwurfsvollem Ton: ‚Stepan!'

‚Da!' antwortete ich und entfernte mich hastig strampelnd, bis der verdammte Motor endlich ansprang und mich keuchend den Hügel hinaufschleppte, wieder einmal in einem zu hohen Gang. Ich fand das Haus des Arztes, er war nicht nur wirklich da, nein, er hatte sogar sofort Zeit für mich und sprach zu allem Überfluß auch noch ein gebrochenes, aber verständliches Deutsch. Überglücklich legte ich mein Problem dar, er gab mir ein paar Ampullen, eine Ampullensäge und zwei Einwegspritzen nebst Nadeln und lehnte jede Bezahlung ab. Ich ritt wieder zur Bar, schneller diesmal, weil bergab. Als ich ankam, lebte der Hund zum Glück noch, war aber nicht mehr bei Bewußtsein, dafür war er patschnaß, der Tisch schwamm, und der Boden rundum hatte sich in einen Sumpf verwandelt.

Ich verscheuchte den ersten der Eimerkette und sägte die erste Ampulle auf, der Deutsche staute die Vene mit einem Stück Kälberstrick, und ich begann vorsichtig mit der Injektion. Während ich dem Tier noch die zweite Spritze in den Hintern gab, hob es bereits den Kopf, schaute sich verwundert um und klopfte mit der Rute schwach auf den Tisch. Wir legten den Hund vorsichtig auf ein trockenes Stück Boden, und meine tierärztliche Tätigkeit war zu Ende. Stepan tröstete sein geschundenes Vehikel. Als ich daran vorbeiging, sah ich richtig, wie das Moped zusammenzuckte und versuchte, sich hinter dem Jungen zu verstecken. Ich tätschelte den zerrissenen Sattel, formte mit Zeigefinger und Daumen einen Kreis und sagte mit soviel Achtung in der Stimme, wie ich zusammenbrachte: ‚Dobre!‘ und wurde mit einem stolzen Lächeln belohnt.“

Damit beendete ich meine Erzählung.

„Ja aber die Geschichte ist noch nicht aus“, lachte Peter. „Weil, wie die Deutschen gesehen haben, daß sich der Hund erholt, haben sie Hannes jeden Cocktail kosten lassen, den sie machen. Wie er fertig war, haben wir ihn zum Boot zurück stützen müssen, und einmal ist er über ein Kinderwagerl gestolpert. Gott sei Dank war kein Kind drinnen, sonst wären wir gelyncht worden. Ihn über die Laufplanke zu bringen war eine Kunst, und er war noch den ganzen nächsten Tag krank.“

Alle lachten auf meine Kosten, und ich erinnerte mich beschämt an das einzige Mal, wo mir auf einem Boot schlecht gewesen war, und das ausgerechnet im Hafen.

Der Commodore orderte die Rechnung, die Verwalter der Crewkasse bezahlten, und wir bekamen alle noch einen Riesenschnaps auf Kosten des Hauses. Diejenigen, die keinen mehr mochten, stellten ihre Gläser automatisch zu Walter, der sie auch prompt aussoff. Allerdings mußte er quasi auf halber Strecke aufgeben, den Rest erledigte Iglo. So kam es, daß wir zwei Leute heimführen mußten. Es war ein gelungener Abend, jedenfalls für die meisten von uns. Nur Walter und Iglo hockten noch lang an der Reling, wo sie seltsame Geräusche und auch sonst einiges von sich gaben.

Ich ging mit Birgit und Ernstl noch ein bißchen spazieren, und nach einer Weile (und einem sanften Tritt gegen das Schienbein) entdeckte mein Freund wieder sein angeborenes Feingefühl, gähnte laut und völlig unglaubwürdig und ging schlafen. Jetzt konnte ich endlich streicheln und Unsinn flüstern, und als wir zum Boot zurückkamen, waren wir sehr leise und sehr zufrieden. Alles war still, nur am Bug quarrten noch ab und zu die beiden Ochsenfrösche. Wir küßten uns noch einmal im finsteren Salon, und dann krochen wir möglichst leise in unsere Kojen. Als ich schon am Einschlafen war, fragte Ernstl schlaftrunken:

„Na, ist der räudige Kater wieder da?“

Und ich flüsterte zurück: „Kusch und gute Nacht.“

Er lachte leise, und dann schlief ich endgültig ein. Allerdings wurde unsere Nachtruhe noch einmal empfindlich gestört, da gegen drei Uhr der erste und um vier der zweite Rekonvaleszent über das Deck trampelte, den Niedergang mehr herunterfiel als ging und unter heftigem Zähnekklappern in den Schlafsack kroch. Das um vier muß Walter gewesen sein, denn ich konnte die ärgerliche Stimme von Fritz hören, der es ich verbat, daß man ihm mitten in der Nacht auf die Hand stieg.

Am Morgen wachte ich sehr glücklich auf und begann nach einer Katzenwäsche, das Frühstück vorzubereiten. Nach einer kurzen Weile kam Birgit und half mir, und weil im Salon noch alle schliefen, bekam ich sogar ein rasches Busserl. Als sich der Geruch nach Zwiebel und Wurst verbreitete, stand Iglo hastig auf und lief nach oben. Alle anderen kamen schön langsam verschlafen aus ihren Daunenkokons, die Hofrätin wischte das Kondenswasser von der Decke und den Skylights, und wir setzten uns zum Frühstück. Auch Walter wirkte etwas verknittert und litt unter akutem Appetitmangel. Nicht einmal Fruchtsaft konnte er behalten. Ich kannte das schon vom letzten Törn, da war es genauso gekommen. Damals hatte er behauptet, er vertrüge die vielen Vitamine der ausländischen Säfte nicht, seit der Zeit war das Stadium als „Walters Vitaminvergiftung" bekannt. Nun, das gab Anlaß zur Hoffnung, daß er auch auf diesem Törn von jetzt ab weniger trinken würde. Fritz, der nicht wieder hatte einschlafen können, weil Walter so laut schnarchte, brachte kein Mitleid mit dem Leidenden auf, sondern durchbohrte ihn mit ganzen Salven tödlicher Blicke, die aber am geballten Kater des Delinquenten völlig wirkungslos abprallten. Der Abwasch blieb diesmal an Birgit und mir hängen. Das war mir nur recht, wenn ich auch ganz generell der Meinung war, für diesen Törn genug gespült zu haben.

Oben verscheuchten sie Iglo aus dem Cockpit, da der allen im Weg und vorerst zu nichts zu gebrauchen war. Das Wetter war nicht besonders gut, 8/8 bedeckt, Stratus, kalt und windstill. Tagesziel war wieder Rab, zu erreichen in Einzelfahrt, da die Boote unter Motor bei der günstigsten Drehzahl verschieden schnell liefen. Unsere MIRANDA war unter Maschine die Schnellste.

„Rab, da wird sich Hannes aber freuen!" laberte Conan aus der Navigationsecke. Ich grinste, und Birgit zischte, kaum vernehmbar: „Untersteh dich!"

Der einzige, der über die Windstille erfreut war, war Iglo, der langsam und mit Hilfe von Aspirin und Sodawasser wieder zum Leben erwachte.

Es wäre ein ereignisloser Tag geworden, wären da nicht die Sommergoldhähnchen gewesen.

Das heißt, eigentlich wußten wir ja gar nicht, was für Vögel das waren, die da eilig nach Westen flatterten. Jedenfalls waren wir nur mäßig erstaunt, als sich einige davon auf dem Schiff ausruhten. Es waren kleine, kugelrunde Gesellen, hauptsächlich grün, hellgrün am Körper, olivgrün an den Flügeln. Die Männchen hatten am Kopf einen gelben, schwarz gesäumten Streifen, beide Geschlechter auf den Flügeldecken schwarze Flecken. Sie waren etwas kleiner, aber wesentlich dicker als Spatzen. Ihr Schnäbelchen war schmal und spitz unter dem kugelig vorspringenden Stirngefieder. Wahrscheinlich waren sie unter normalen Umständen schlank, doch unsere Besucher froren sichtlich und waren ziemlich erschöpft. Manche flogen nach einiger Zeit wieder weiter, insgesamt wurden es aber immer mehr, und sie waren so durchfroren und kaputt, daß sie durch die Notlage, in der sie sich befanden, immer zahmer wurden. Schließlich, und das verwunderte uns nun doch sehr, kamen mit letzter Kraft welche an Bord, die dem Tod so nahe waren, daß sie sich ohne jede Angst überall hinsetzten, wo sie etwas Wärme fanden. Sie hockten auf unseren Ölzeugkrägen und drückten sich an unsere Hälse, zwischen den Schenkeln der im Cockpit Sitzenden drängten sich jeweils mehrere in den Schritt der Hosen, sie ließen sich bereitwillig in die Hand nehmen und schmiegten sich in die Handteller – alles in ihrer verzweifelten Suche nach etwas Wärme. So was hatten wir alle noch nicht erlebt.

Ich ging hinunter und zündete die Herdbrenner an, damit es im Salon wärmer würde, und wir trugen die bedauernswerten Tiere hinunter, wo sie langsam auftauten und mit zunehmender Körpertemperatur ihre Erfrierungszahmheit wieder einbüßten. Sie begannen, wild herumzuflattern, und schissen in ihrer Angst und Aufregung den ganzen Salon an. Fritz war inzwischen dicht unter Land gegangen, und während noch vereinzelte Ankömmlinge zum Aufwärmen nach unten gebracht wurden, verließen uns die Wiederhergestellten bereits wieder mit Kurs West unter Hinterlassung ihrer weiß-flüssigen Angstprodukte.

Der Spuk verschwand so schnell, wie er gekommen war. Als wir uns daranmachten, die Schweinerei im Salon wieder aufzuklaren, kam es natürlich zu heftigem Rätselraten. Was bewog die Tierchen, bei solcher Kälte in Schwärmen zu den Inseln zu fliegen? Hunderte, wenn nicht Tausende müssen damals entkräftet ins Wasser gefallen und ertrunken sein.

„Ich glaube, das ist wie bei den Lemmingherden, die auf ihrem Zug kollektiv in das Meer springen, wo sie samt und sonders ertrinken. Angeblich tun sie das, wenn durch den Populationsdruck die Lebensbedingungen unerträglich werden. Sie brechen auf zu neuen Gestaden und benutzen dazu einen Weg, der in ihr genetisches Gedächtnis eingeprägt ist, nur, daß die dort postulierte Landbrücke seit Jahrhunderttausenden nicht mehr existiert“, meinte Fritz und sah mich fragend an.

Das war ein besorgniserregender Denkansatz, wird doch auch der Mensch großenteils von derartigen archaischen Programmen gesteuert, auf deren Ablauf er so gut wie keinen Einfluß hat, etwa in seinem Verhalten gegenüber Kindern, aber auch in seiner Reaktion auf Fremde, die zu unglaublichen Exzessen der Gewalt führen kann, wie die Geschichte eindrucksvoll belegt. Es erhebt sich die beängstigende Frage, wie weit wir überhaupt in der Lage sind, uns über die Anfälle kollektiven Wahnsinns hinwegzuentwickeln, wenn wir deren Triebfeder nicht einmal erkennen können. Die Vorstellung vom triebgesteuerten Roboter, der seinem genetischen Programm hilflos ausgeliefert ist, macht mir angst und läßt mich mit furchtbaren Zweifeln in die Zukunft schauen. Unser Instinktverhalten ist ja immer noch maßgeschneidert für die Jäger- und Sammlerhorde und nicht imstande, sich an die Lebensbedingungen anzupassen, die unser Intellekt schuf. Ein steinzeitlicher Jäger mit den modernen Vernichtungswaffen, die ihm sein einseitig vorpreschender Geist eingab, das schlägt jedes Hollywood-Horrorszenario.

Fritz wartete immer noch auf eine Antwort, aber ich wollte bei mir behalten, was mir da eben durch den Kopf gegangen war, es war zu pessimistisch, ich wollte niemandem den Tag verderben.

„Nein, ich glaube, die haben einfach die Gegend, aus der sie kommen, leergefressen von dem Zeug, das sie am liebsten mögen, was weiß ich, zum Beispiel Sommerhirse, und waren unterwegs zur nächsten Insel. Am Wasser sind sie dann in eine kalte Luftströmung gekommen, und das ist das Resultat."

„Ja, das könnte sein", schaltete sich ein nachdenklicher Iglo ein, „an die anderen Möglichkeiten darf man gar nicht denken."

„Wieso?"

„Na ja, sie könnten ja alle Tollwut gehabt haben!"

Das war Conan. Ich beruhigte ihn und meinte, am wahrscheinlichsten sei doch, daß sie vor ihrem Abflug die Wetterkarte nicht genau studiert hätten.

„Aber gespenstisch war das schon!" behielt diesmal die Hofrätin das letzte Wort. Übrigens konnten wir erst in Wien bestimmen, daß es Sommergoldhähnchen waren, nach den Fotos und dem Videoband.

Jedenfalls waren wir, als wir wieder im Yachthafen von Rab lagen, eine sehr ruhige und nachdenkliche Crew. Iglo, Birgit und ich gingen einkaufen. Eigentlich wußten wir gar nicht, was wir wollten, denn damals war es so, daß man nahm, was man kriegte, und nicht das, was man eigentlich wollte. So war jede an Bord gekochte Mahlzeit das Produkt aus Angebot und Phantasie. Als Iglo ein paar schöne Rindsschnitzel aufgetrieben hatte, dazu Speck, Frankfurter Würstchen, Karotten und Gewürzgurken, verließ er uns, um Rindsrouladen für das Abendessen zu kochen. Ich überlegte, was ich für den nächsten Tag kaufen würde, ich hatte Lust, auch einmal eine Mahlzeit zuzubereiten. Natürlich sollte sie allen schmecken, aber in der Herstellung nicht allzu aufwendig sein. Schließlich trieb ich zwei Hühner auf, komplett mit Kopf und gelbgeschuppten Füßen, aber ausgenommen und gerupft, und Birgit drehte sich mit einem leisen Schaudern weg. Im selben Geschäft gab es auch noch gut durchwachsenen Speck, viel schöner als der, den Iglo gekauft hatte, und in mir regte sich der Ehrgeiz. Tatsächlich gelang es uns nach einiger Herumrennerei, frische Champignons aufzutreiben, es würde also Coq au vin geben, wenn auch nicht daran zu denken war, Schalotten aufzutreiben, doch wir hatten genügend normale Zwiebel an Bord, und Bocuse schaute sowieso nicht zu.

Ich schlug Birgit den langen Heimweg um den Hafen vor, um sie länger für mich zu haben, aber sie war dagegen.

„Nein, nein, mein Lieber, das gibt Gerede. Conan und Fritz schauen sowieso schon so eigenartig, weil wir jetzt so oft zusammen sind nach unserer Streiterei. Ich werde heute sogar mit den anderen essen gehen, und du wirst an Bord bleiben. Aber bitte benimm dich, wenn diese schwarze Hexe noch dasein sollte, ich verlasse mich auf dich."

Ich versuchte, ihr das auszureden, aber sie hatte den härteren Schädel. Als ich widerwillig zustimmte, bekam ich als Trostpflaster ein ganz dickes Bussi. Na, immerhin etwas. Am Fährsteg lag allerdings sowieso kein Coronet mehr. Ich bin sicher, auch Birgit entging das nicht, und ich denke, wir waren beide erleichtert, obwohl wir es mit keinem Wort erwähnten.

Wieder am Boot, wollte ich unseren Einkauf, nachdem ich die anstößigen Hühnerteile unauffällig beseitigt hatte, verstauen. Iglos Rouladen rochen schon sehr appetitlich, mußten aber noch weichkochen, daher vertrieb ich mir die Zeit damit, die Hendeln zu zerteilen, und schon das schlug Conan und den Hofrat in die Flucht. Ich schnitt auch noch den Speck in kleine Würfel und die Champignons blättrig, bevor wir essen konnten. Während der Capt'n das Nudelwasser hinstellte und die Rouladen, in seinen Schlafsack gehüllt, fertiggarten, dünstete ich die Champignons, damit sie sich nicht mehr verfärben konnten. Bei uns an Bord gehört der Schlafsack zu den Küchengeräten. Alle möglichen Speisen werden auf ein Geschirrtuch gestellt und damit auf den Schlafsack, der dann um das Ganze herumgewickelt wird und somit die Funktion einer Kochkiste übernimmt. Reis zum Beispiel wird bei uns im offenen Topf so lange gekocht, bis das Kochgut im Wasser sichtbar wird, erst dann zugedeckt und in der beschriebenen Form eingewickelt. Eine halbe Stunde später ist er fertig, hält sich aber auch einen halben Tag heiß, ohne zu verklumpen.

Iglos Rindsrouladen waren köstlich.

Die Versetzung

Von Rab nach Veruda – Guantanamera – Eine plötzliche Dusche – Gestörte Nachtruhe – Die Rache des Skippers – Hier wird nicht nur gesungen – Kurzes, schweres Leiden – Ende gut, alles gut – Pula, Arena und Eierschwammerln

Nach dem Abendessen nahm ich meinen Duschbeutel und kletterte an Deck. Ich hatte nämlich nicht die Absicht, meine Karriere als Tellerwäscher fortzusetzen. Zwar weiß man, daß aus strebsamen Abwäschern in einigen Fällen Millionäre geworden sind, aber das war in Amerika und ist schon lange her. Hier an Bord waren meine Aussichten auf Reichtum durch unermüdliches Geschirrspülen doch eher gering. Als ich über die Reling kletterte, hörte ich auch schon, wie Conan begann, das Geschirr abzuräumen, und dann Walters Aufschrei:

„Nicht die Teller stapeln, sonst muß ich die Unterseiten auch noch waschen!"

Sie hatten also genau gewußt, wer dran war, aber in aller Ruhe darauf gewartet, ob ich nicht aus purer Gewohnheit wieder einmal ihre Arbeit machen würde. Trotz allem: Interessanter Gedankengang, das mit der Unterseite der Teller …

Als ich, frisch geduscht mit noch feuchten Haaren, wieder zurückkehren wollte, hörte ich Musik. Eine Fünfundvierziger lag am Steg, das Sonnensegel war geriggt, und da saßen sie und sangen zur Gitarre. Ich liebe derartige Bordfeste, und so blieb ich ein paar Meter weiter stehen, um ein bißchen zuzuhören, wobei ich krampfhaft versuchte, den Eindruck zu erwecken, irgendwas am Nachbarboot zu betrachten. Offenbar war mein vorgetäuschtes Desinteresse etwas durchsichtig, zumindest für ein Mädchen am Heck, das mich aufforderte, doch nicht bloß herumzustehen, sondern einfach an Bord zu kommen und mitzusingen. Ich war einigermaßen verlegen und wäre am liebsten im Boden versunken. Außerdem hatte ich aufgrund meiner bisher gesammelten Erfahrung so meine Bedenken, was das Besteigen fremder Boote betraf. Der Gitarrist hörte auf zu spielen und bat mich, schnell zu machen, er könne sowieso nicht weiterspielen, solange Gerda dauernd dazwischenplärre. Also klemmte ich mich zwischen Gerda und ihre Freundin, die sich als Gaby vorstellte, und brummte anfangs nur leise mit. Mit der Zeit aber begann ich, ungeniert mitzusingen. Sie hatten da nämlich eine Flasche, die gegen den Uhrzeigersinn im Boot herumging und eine pharmazeutische Spezialität enthielt, die hauptsächlich gegen Text- und Melodieschwierigkeiten half. (Bei Wirkungen und möglichen Nebenwirkungen fressen Sie den Beipackzettel, oder tragen Sie Ihren Arzt zum Apotheker.)

Gerade erklang, gefühlvoll gezupft, das Vorspiel zu „Guantanamera“. Wie immer konnte niemand den spanischen Text, aber alle grölten begeistert mit. Guantanamera. Dieses bedauernswerte kubanische Geschöpf wird in fast jeder mehr oder weniger musikalischen Sangesrunde mindestens einmal geschändet. Darüber hinaus ist das Lied auch noch ein Indikator der geografischen Herkunft der Interpreten. In meinem schönen Heimatland heißt die Dame: Guandanameeeeera, nördlich des Weißwurstäquators eher Kwann(!)thanamäääääara. Wir waren unüberhörbar ein gemischtdeutscher Chor.

Plötzlich entstand am Heck ein kleiner Aufruhr. Eine Delegation war eingetroffen, um um Ruhe zu bitten – zwei Mann und ein Befehl, schließlich sei es schon acht, somit Schlafenszeit für Menschen, die früh aufstehen wollten. Sie erschienen an Bord, um zu protestieren, wurden schnell und gewissenlos abgefüllt, und siehe, die da gekommen waren, um zu motzen, blieben, um zu singen. Langsam kamen die ganz schweren Kaliber zum Einsatz. Wir fragten uns: „What shall we do with the drunken sailor?", versenkten die „Sloop John B", rissen „The house of the raising sun" ab und waren eben dabei, „The Saints" durchmarschieren zu lassen, als es hinter dem Steuerrad ziemlich feucht wurde. Die besseren Hälften der Abtrünnigen waren erschienen, um der Orgie ein Ende zu setzen. Sie waren nicht nur empört über die Fortsetzung der anstößigen Veranstaltung, sonden vor allem bis zur Weißglut gereizt durch den schnöden Verrat ihrer Männis. Außerdem sei es mittlerweile immerhin neun Uhr abends! Sie hatten sich mit je einer Pütz Hafenbrühe bewaffnet, das Boot der Ruhestörer einfach geentert, und dann ergoß sich der Inhalt sowohl der Kübel als auch der erzürnten Herzen über die Missetäter. Buchstäblich naß wie die begossenen Pudel schlichen sie mit gesenktem Blick in das Philisterland zurück, eskortiert von ihren selbstgerecht triumphierenden Amazonen. Wir Sänger waren alle zornig, und die Luft schwirrte von entrüsteten Äußerungen und Drohungen. Wer weiß, wie alles geendet hätte, wäre nicht Joschi, ihr Skipper und Gitarrist, gewesen. Er griff ein paar zündende Akkorde, und schon kreischten wir in einer glaubwürdigen Imitation von Janis Joplin „Me and Bobby Mc Gee".

Wir sangen weiter bis Punkt zehn Uhr, dann machte Joschi Schluß. Um uns das Ende des Abends leichter zu machen, klimperte er noch eine Weile leise, fremdartige Melodien, aus denen eine so ungeheure Sehnsucht sprach, daß es seine plötzlich verstummten Zuhörer im Innersten anpackte. Ich hatte so etwas noch nie gehört. Es war so schön, daß ich richtig Gänsehaut bekam. Seine Gitarre erzählte von unglaublichen Wundern, die sein abwesender Blick in einer anderen, unerreichbaren Welt sehen mochte. Gaby neben mir rannen zwei dicke Tränen über die Backen, und ich hätte fast mitgeweint. Wir waren, als wir uns gute Nacht sagten, eine sehr leise und nachhaltig beeindruckte Gesellschaft.

Ich ging still zurück auf mein Schiff, wo ich Conan fand, der in seiner Seemannschaft büffelte. Fritz und Ernstl waren schon schlafen gegangen, die anderen in irgendeiner Hafentaverne. Der ewige Streber fragte mich spitz, ob uns etwa die Lieder ausgegangen seien, worauf ich ihm ein durchaus ernstgemeintes, wenn auch unanständiges Angebot machte, das er allerdings nicht annahm. Dann zog ich mich zu einer Bauernnacht zurück. Die allerdings war mir nicht vergönnt. Irgendwann so um halb zwei nahmen offenbar die wilden Horden des Dschingis Khan das Deck im Sturm, trampelten wüst herum, schrien wild durcheinander und versicherten sich gegenseitig, was sie für überragende Seeleute waren. Am lautesten brüllte der Commodore, der an und für sich auf unserem Schiff gar nichts verloren hatte. Sie veranstalteten einen „Club zwei", eine nächtliche Cockpitdiskussion, so genannt nach der beliebten österreichischen Fernsehsendung, die allerdings unweigerlich um zwei Uhr ihr Ende findet. Diesen Gefallen taten uns die da oben aber nicht, und so verbrachte ich die nächsten Stunden zwischen Wachen und Schlafen, je nachdem, ob sie gerade laut oder leise plärrten. Um dreiviertel vier machte Fritz der Sache ein Ende, indem er sich fast höflich erkundigte, ob der Commodore nicht gefälligst auf seinem Schiff weiterrandalieren wolle und ob sich die zu unserem Boot gehörenden Störenfriede nicht endlich im Niedergang den Hals brechen könnten. In diesem Moment, wie aufs Stichwort, rutschte Walter oben am Lukendeckel aus und rodelte darauf die steile Treppe herunter, ungerechterweise überlebte er allerdings. Nach und nach wurde es endlich still, und ich schlief wieder ein.

Um sechs zupfte mich Fritz am Bein und bat mich, aufzustehen und das Frühstück vorzubereiten. Er ging frisches Brot holen, und als eben das Wasser zu summen begann, erschien gähnend ein zerraufter Conan und wurde sofort zum Wurstschneiden eingeteilt. Schließlich war alles vorbereitet, Zwiebeln, Knoblauch und Käse für die Schläfer angerichtet, und Fritz stieg geradezu feierlich an Deck, wo er hämisch grinsend die Maschine startete. Ich warf die Festmacher los, Conan versorgte die Fender, die Leinen wurden aufgeschossen; wir waren unterwegs. Kaum waren wir vor der Hafenausfahrt, pfiff Fritz gellend auf den Fingern und schrie „Alle Mann!" in den Niedergang. Tatsächlich erschienen nach und nach ein paar traurige Gestalten, die unter leisem Wehklagen Segel setzten. Der

Chef übergab mir das Ruder und lotste die verschlafene Bande in den Salon. Nun gibt es nichts, was übernächtigte Segler so schnell aufrichtet wie ein kräftiges Frühstück. Eine Zeitlang hörte ich nichts als vereinzeltes, mürrisches Krächzen, das aber überraschend schnell durch vergnügte Unterhaltungen abgelöst wurde, sogar Birgit, die gerade noch wie eine kleine Gewitterwolke ausgesehen hatte, quietschte einmal fröhlich.

Mir stieg der Duft von gebratenen Eiern mit Speck in die Nase. Plötzlich war ich furchtbar hungrig, und mir wurde klar, wie kalt es war. Ich fror in meinem dünnen Pullover und fühlte mich von Gott und der Welt verlassen. Unten saßen die nächtlichen Randalierer gemütlich beim Frühstück, und ich war da heroben ganz allein. Der Himmel war verwaschen blau, die Farben noch stumpf und kalt, das Meer granitgrau, vom Rigg kam ein eisiger Abwind. Andererseits hatte jede Welle einen zarten Rand aus purem Silber, das Schiff hüpfte vergnügt darüber hin, und unter meinen Füßen spürte ich, wie das Deck sanft vibrierte.

Von einem Moment zum anderen war ich glücklich. Eine grenzenlose Zufriedenheit erfüllte mich. Allein mit der erwachenden Welt um mich her konnten die Eier und der Speck meinetwegen zum Teufel gehen. So hätte ich immer weiterfahren wollen. Zwar war es nicht möglich, den Kurs genau zu halten, da ich mich nach der Segelstellung und nicht nach dem Kompaß richten mußte, aber was machte das schon aus, im Laufe des Tages konnten wir das noch hundertmal korrigieren. Auch war es noch immer kalt, aber das war mir vollkommen egal. Ich starrte in die Traumwelt um mich her und empfand das langsame Aufgehen der Sonne wie eine Symphonie, das Erscheinen der kräftigen Tagesfarben wie einen persönlichen Triumph. Rechts sanfte grüne Hügel, noch feucht im Tau und geheimnisvoll im eigenen Schatten, links eine weite Strecke offenen Meeres. Schon glitzernd im Brand der niedrigen Sonne, lag eine verzauberte Welt vor mir, die sich eben für den neuen Tag schmückte, und ich war es, der ihr dabei zusehen durfte. Mit einer winzigen Drehung an dem großen Rad unter meinen Händen bestimmte ich über mein ganzes Universum. Als ich vor lauter Glück gerade aus der Haut fahren wollte, erschien Walter im Luk, komplett mit Ölzeugjacke und Bier. Er ließ sich ächzend auf die Cockpitbank fallen und zündete sich eine Zigarette an. Abrupt aus meinen Phantasien gerissen, begann ich mich, bei diesem Anblick zu ärgern. Schließlich war er mein Wachführer und somit für mein Wohlergehen verantwortlich. Wenigstens fragen hätte er mich können, ob ich auch Hunger hätte, aber, nein, da saß er und lutschte an seiner Dose. Ich fand das nicht in Ordnung, wollte aber nicht streiten, also sagte ich lieber gar nichts. Dafür wurde mir wieder kalt. Das nächste Gesicht, das auftauchte, gehörte Fritz. Er sah sich kurz um und winkte dann Walter mit einem Kopfnicken zu sich. Sie spazierten zum Bug, wo sie eine leise Unterhaltung hatten, in deren Verlauf Walter zu schrumpfen schien und eine noch halbvolle Bierdose unauffällig über Bord ging. Ich platzte fast vor Schadenfreude, ließ mir aber nichts anmerken. Walter schrie dann nach Birgit, die mich am Rad ablöste, zupfte höchstpersönlich an den Schoten, und wir waren wieder auf Kurs. Ich stieg hinunter, um nach getaner Kartenarbeit zu frühstücken.

Doch da war nichts mehr, dafür sah es aus, als hätten im Salon die Termiten gehaust. Der Tisch war voller Brösel und kein Mensch mehr da. Conan war oben, um mit einem Bündel von Peilungen den wahren Ort zu bestimmen, Iglo saß wieder einmal schmollend auf dem Klo, weil die Hofrats gesagt hatten, sie hätten die halbe Nacht Sodbrennen gehabt von seinen fetten Rouladen, Fritz keppelte noch immer mit Walter, Birgit stand am Ruder, Ernstl war Gott weiß wo, ganz sicher aber nicht beim Abwaschen, wo er hätte sein sollen. Ich betrachtete angewidert die Unordnung und begann, ganz gegen Walters Intentionen, das Geschirr zu stapeln. Ich stellte alles in den Abwasch und wischte mit einem Schwammtuch die Brösel und den Honig vom Tisch. Es war mir völlig unerfindlich, wie so wenige Leute in so kurzer Zeit solch ein Chaos hinterlassen konnten. Während ich noch immer mit der Beseitigung der Bescherung beschäftigt war, kam Fritz herunter. Er war offensichtlich noch zornig, und ich beschloß, ihn einfach nicht zu beachten. Das war ungefähr so einfach wie ein angreifendes Rhinozeros zu ignorieren.

Wütend fauchte er mich an:

„Was hast du dir eigentlich dabei gedacht, einfach in die Gegend zu fahren? Du hattest den klaren Befehl, den dir befohlenen Kurs zu halten! Du brauchst dich nicht auf irgendeinen Notstand auszureden. Die ganze Mannschaft hat nix zu tun, aber du fährst irgendwohin, nur weil der Wind ein bißchen dreht. Kannst du nicht einmal den einfachsten Auftrag erfüllen? Du willst ein Art Kapitänsprüfung ablegen? Dir sollte man nicht einmal ein Ruderboot auf der Alten Donau anvertrauen!"

„Jetzt reicht es mir aber!" schrie ich zurück. „Während ich mir da droben den Arsch abfriere, frühstückt ihr alle gemütlich, und keiner denkt daran, daß ich auch Hunger habe, halb erfriere und allein nicht die geringste Möglichkeit habe, gleichzeitig zu steuern und die Segelstellung zu ändern. Selbst wenn ich mich zerrissen hätte, wäre ich nicht imstande gewesen, Dero Merkwürden Ansprüchen zu genügen, dieweil Euer Exzellenz mir das Frühstück wegfraßen. Du hast ja gewußt, daß ich da droben alleine war, schließlich hast du mich ja selber hingestellt, und es muß dir auch sonnenklar gewesen sein, daß ich nicht die leiseste Chance hatte, buchstabengetreu zu befolgen, was du mir aufgetragen hattest. Bei deiner zweifellosen Qualifikation als Seemann hätte diese Situation gar nicht entstehen können, außer du hast es absichtlich so eingefädelt. Nicht, daß ich es so schlimm fände, euch ohne weitere Anweisungen über den Kvarner zu bringen, das ist, zumindest bei diesem Wetter, nicht so sonderlich schwierig, aber ich beginne, mich ernstlich zu fragen, wie du es schaffen willst, mir klarzumachen, daß du hier nicht nur der Skipper und meinetwegen auch ein Prüfer bist, sondern auch noch das Recht hast, dich aufzuführen wie Bligh von der Bounty. Ich zahle schließlich einen Haufen Geld für das zweifelhafte Vergnügen, mich von dir heruntermachen zu lassen. Wenn du weiter den Kaleu spielen willst, läßt du dir besser einiges dazu einfallen. Ich habe die Schnauze nämlich voll. Bitte sage mir, und zwar hier und jetzt und so, daß es auch ein Vollidiot wie ich verstehen kann, was du eigentlich von mir willst und wieso ich mir diesen Blödsinn anhören muß. Ich wollte euch nur in Ruhe frühstücken lassen, und es ist ja auch nichts passiert, außer daß wir ein paar Fadenlängen neben der Kurslinie auf der Karte sind. Auf allen Törns, die ich mit dir gefahren bin, hast du mir unermüdlich gepredigt, daß jeder die Pflicht hat mitzudenken und nicht wegen jeder Kleinigkeit zur Schiffsführung rennen soll, aber wenn man das dann auch wirklich einmal macht, regst du dich auf, als hätte man etwas Furchtbares getan."

„Ich glaube zwar nicht, daß man über Selbstverständlichkeiten reden muß, aber bitte, wenn du dich blöd stellst, dann werde ich es dir eben erklären", hub Fritz genervt an. „Gestern haben ein paar von unseren Leuten über die Stränge geschlagen, gut, sie sind erwachsen, und das wäre allein ihre Sache, wenn sie nicht noch dazu rücksichtslos alle anderen vom Schlafen abgehalten hätten. Na schön, ich laufe also möglichst früh aus, damit sie draufkommen, daß das so nicht geht und damit sie sehen, wie das dann am nächsten Tag ist. Und dann kommst du daher und machst mir alles kaputt! Denen hätte es ganz gut getan, wenn sie ein, zweimal hinaufmüssen hätten, unausgeschlafen und verkatert, wie sie sind. Aber nein, der Herr Doktor, Hauptmann der Miliz Steuermann, kocht sein eigenes Süpplein und schont die armen Sünderlein. Das ist die eine Seite, und schon sie allein wäre ärgerlich genug. Auf der anderen Seite ist da aber noch das unmittelbar nautische Problem. Wenn ich hier für die ganze Bande verantwortlich bin und notfalls vor einem Seegericht meinen Schädel hinhalten muß für das, was auf diesem Boot geschieht, dann muß ich mich auch darauf verlassen können, daß hinter meinem Rücken nicht jeder macht, was er will. Wir können im Chor singen, reden kann aber nur einer. Und wenn du hier dauernd deine eigenen kleinen Entscheidungen triffst, und die anderen auch, dann wird dieses verdammte Schiff gegen Ende des Tages vermutlich irgendwo sein, nur nicht dort, wo es eigentlich hingehört. Erinnere dich nur an unseren ersten Morgen auf See. Da waren wir auch irgendwo, und zwar nur deshalb, weil es die beiden Pechvögel ach so gut gemeint haben mit uns. Und ich hab' es dann dem Commodore erklären dürfen. Natürlich soll jeder Eigeninitiative zeigen und nicht dauernd zum Papa rennen, aber zur Erfüllung und nicht zur eigenmächtigen Abwandlung seines Auftrages. So, und wenn du damit einverstanden bist, wechseln wir jetzt das Thema", schnaufte er abschließend.

„Wolltest du nicht frühstücken? Es ist zwar nichts mehr da, aber nachdem du bis jetzt nicht verhungert bist, wirst du bestimmt noch etwas finden, das deinen sofortigen Tod an galoppierender Auszehrung verhindert. Ein paar Kilo weniger würden dir sowieso nicht schaden, du hast dich ganz schön ausgefressen in den paar Tagen. Wenn du dich lange genug selber bedauert hast, komm wieder rauf, und schau, daß mir der Conan nicht länger auf die Nerven geht."

Damit konnte ich leben. Gar so unrecht hatte er ja nicht mit seinem Standpunkt. Außerdem war das eben ein Prüfungstörn, mithin war es sein gutes Recht, ja sogar seine Pflicht, uns in Situationen zu bringen, in denen er unser Verhalten abschätzen konnte, und wir wiederum hatten darauf so zu reagieren, wie es im Lehrbuch steht, und nicht mit irgendwelchen Patentlösungen, wie sie ja an und für sich üblich und auch keineswegs gefährlich sind. Leise seufzend, suchte ich mir das gestrige Brot und etwas Wurst zusammen, der Appetit war mir über die Standpauke vergangen, und bald war ich wieder an Deck.

Inzwischen war es etwas wärmer geworden, ich hockte mich zu Walter auf die Cockpitbank und harrte der Dinge, die da kommen sollten. Birgit erzählte wieder einmal von ihrem Törn von England nach Ibiza, ich hörte dabei zum ersten Mal wirklich zu. Sie war gerade dabei, uns zu erklären, wie die Ungarn an Bord sich ununterbrochen gegenseitig versicherten: „Mit Puppi nicht!" Was sie mit Puppi nicht wollten, wußten inzwischen außer Conan alle, nur ich dachte diesmal still bei mir, mit Puppi schon.

Der Vormittag verging rasch. Wir kamen aus der Abdeckung der Inseln und gelangten nun sozusagen auf die Hauptstraße. Ununterbrochen mußten wir Tankern, Touristendampfern und Frachtern ausweichen, die am Weg von oder nach Rijeka waren. Es war wie Spießrutenlaufen, da wir nicht nur das kleinste, sondern auch mit Abstand das langsamste Fahrzeug auf dem Wasser waren. Die großen Kähne nahmen unsere Anwesenheit überhaupt nicht zur Kenntnis und hätten uns ohne weiteres versenkt. Wir schlichen also vorsichtig über die weite, offene Wasserfläche und waren froh, als wir an die vertraute Küste mit den verfallenden alten Palästen und Häusern aus der Zeit der österreichischen Monarchie kamen. So dicht unter Land waren wir nämlich sicher vor den Tücken der Berufsschiffahrt. Als das alte Seebad an Steuerbord vorbeiglitt, waren wir sozusagen schon zu Hause. Kurz darauf motorten wir zwischen den mächtigen Betonquadern der Einfahrt durch. Das erste Schiff im Hafen war eine große Yacht, die sich unter ihrer Persenning von ihren offensichtlich unglaublichen Abenteuern erholte. Sie trug nämlich den typisch wienerischen Namen WOSAMMA, was auf Hochdeutsch „Wo sind wir" bedeutet und auf spannende Langfahrten und hintergründigen Humor des Eigners schließen ließ. Ich mußte dabei sofort an einen blamablen Landfall in Afrika denken, wo wir von einem libyschen Kanonenboot erfahren mußten, daß wir Tunesien um einiges verfehlt hatten. Jedenfalls war es der lustigste Schiffsnamen, den ich jemals gesehen hatte, und ich bemühe mich heute noch, mir einen besseren auszudenken, allerdings bisher ohne Erfolg.

Kaum waren wir fest, machte ich mich ans Kochen. Nachdem das Mittagessen ausgefallen war, waren alle schon hungrig, obwohl es noch heller Nachmittag war. Nach kurzer Zeit waren alle pappsatt und hochzufrieden, sogar Iglo lobte meine Küche. Es hätte ausnahmsweise einmal ein ruhiger Abend in einer bequemen Marina sein können, aber es sollte nicht sein.

Die Besatzungen der anderen beiden Boote waren natürlich wieder einmal essen gegangen und jetzt, wo sie wieder da waren, ziemlich sauer über hartes Fleisch, hohe Preise und eine obendrein schlechte Bedienung. Mir taten sie nicht ein bißchen leid, sie hätten es ja inzwischen besser wissen können. Aber der Commodore beschloß nach dieser Enttäuschung und beim Anblick unserer selbstzufriedenen Runde, vielleicht auch in Erinnerung der herben Worte, die er in der letzten Nacht von Fritz hatte hinnehmen müssen, noch einmal auszulaufen und die Nacht in Rabac zu verbringen. Ich empfand das insgeheim als Zumutung und zweifelte am positiven Effekt einer derartig kurzen „Nachtfahrt". Nichtsdestoweniger legten wir bald darauf ab und zogen mit schwindendem Tageslicht Richtung Südwesten.

Um zehn Uhr abends lagen wir im Päckchen neben einem Bayern, der über den plötzlichen Anhang nicht einmal unglücklich war. Er bot uns als Willkommensgruß Schnaps an, den wir ohne jede überflüssige Ziererei sofort annahmen, und dann holte er, unglaubliche Duplizität der Fälle, eine Gitarre hervor, und es begann einer dieser Abende, wie man sie nur durch Zufall erleben kann. Da wir die einzigen Yachten im Hafen waren – außer uns gab es nur ein paar Fischerboote, und die waren unbemannt –, konnten wir auch niemanden stören. Auf dem mittleren Boot wurde gesungen und gespielt, und von den anderen Schiffen strömten Sangesfreudige herbei wie die Ameisen, brachten Wein, Schnaps und Bier mit und benahmen sich insgesamt, als hätten sie seit Jahren auf so eine Gelegenheit gewartet. Vielleicht hatten sie das ja auch. Am Ende sang der Hofrat ein Lied, das keiner kannte. A cappella begann er mit dünnem Stimmchen zu fisteln: „Ich bin ein Seemann, rauh und wetterhart." Ich wäre fast den Niedergang hinuntergefallen und brüllte vor Lachen, daß mir die Tränen hinunterliefen. Seine treu sorgende Frau rief von unten: „Vati, der Kamillentee ist fertig", aber er sang selig: „Gib mir den Wodka, Anuschka." Jetzt schrien alle vor Vergnügen. Kurz darauf muß aber etwas mit meinem Bier nicht in Ordnung gewesen sein, denn als ich erwachte, war es taghell, und wir waren wieder unterwegs.

Ich hatte das seltsame Gefühl, aus mehreren Personen zu bestehen, die aber allesamt furchtbar Schädelweh hatten. Eine davon wollte wissen, wo wir waren, brachte die Frage aber nicht über die pelzige Zunge, eine andere wollte kotzen gehen und eine dritte wieder einfach sterben. Allen aber ging es nicht gut. Ich stand auf und sammelte alle meine Persönlichkeiten zusammen, denn ich mußte unbedingt aufs Klo. Dort war ich mir einige Zeit nicht sicher, was ich zuerst tun sollte. Nachdem ich das Problem eher mit Glück als mit Überlegung gelöst hatte, war mein nächstes Anliegen die Beseitigung einer ebenso überraschenden wie hochgradigen Austrocknung. Ich leerte eine Flasche Mineralwasser auf einen Zug und beschloß, in Zukunft netter zu Walter zu sein, der ja solche Zustände jeden Tag hatte. Da mir schon das Licht im Salon zu grell war, verzichtete ich vorderhand darauf, an Deck zu gehen, und schaute erst einmal in der Karte nach, wo ich, und damit auch das Boot, eigentlich sein konnte. Unter erheblichen Anstrengungen stellte ich fest, daß der letzte wahre Ort erst eine Viertelstunde alt war und so nahe an Land, daß nicht die mindeste Gefahr bestand, daß er falsch sein könnte. Fritz kam den Niedergang herunter und sah mich ziemlich kühl an.

„Na, auch wieder unter den Lebenden?" war sein einziger Kommentar, und ich schluckte den verdienten Rüffel.

Klarerweise ist es für einen Kapitänslehrling nicht üblich, in einem derartigen Zustand herumzuhängen, und er hatte schon recht, davon auch Notiz zu nehmen. Gerade mir nahm er das offensichtlich besonders übel, von mir hätte er sich mehr versprochen. Ich war ganz verlegen und gelobte innerlich Besserung. Es war ja auch unverzeihlich, denn wäre in der Zeit meiner körperlichen und geistigen Beeinträchtigung zum Beispiel Sturm aufgekommen, hätte er mit mir nicht rechnen können. Selbst *ein* Säufer an Bord ist zuviel, und wir hatten ja schon Walter mit. Wenn Fritz also sauer war, dann durchaus zu Recht. Ich hätte durch meinen selbstverschuldeten Zustand indirekt auch noch die anderen gefährden können. Das hatte mir zu meinem Mordskater noch gefehlt. Wären wir im Hafen geblieben und nicht in der Zwischenzeit als Teil einer Flottille nolens volens ausgelaufen, wäre es nur peinlich für mich gewesen. Nachdem wir aber unter dem Kommando einer Prüferkommission standen, hatte Fritz keine andere Wahl, als dem Commodore zu folgen. Natürlich lagen der Hofrat, Iglo und wie üblich auch Walter noch in tiefer Agonie, die waren aber, bis auf den Capt'n, Passagiere und keine Prüflinge, auf die kam's also gar nicht so sehr an, wenn auch ihre Mitarbeit ein klagloses Funktionieren des Bordlebens erst ermöglichte. Ich aber war Prüfungskandidat, und für mich war dieses Verhalten eben unverzeihlich. Das begriff ich, als Fritz mich so spöttisch abfertigte. Jetzt war mir erst richtig schlecht und nicht nur als Folge zu reichlichen Alkoholgenusses.

Ich hatte mich als Mitglied einer Crew unmöglich gemacht, von der ich bisher noch nicht einmal viel gehalten hatte. Conan nahm ohnehin außer dem Commodore keiner ganz ernst, obwohl er sicherlich ein wandelndes Seglerlexikon war, aber sonst recht seltsam und dazu noch ungeschickt, Walter war als Säufer abgestempelt, Birgit war bei Schlechtwetter als Navigatorin am Kartentisch nicht zu gebrauchen, und Ernstl war ein unheimlich guter Kumpel, aber er hatte seine Salzwassertaufe noch vor sich, wenn er sich auch bis jetzt in jeder Situation hundertprozentig bewährt hatte. Was nun Capt'n Iglo betrifft, zu ihm fällt mir bis heute nichts ein. Ich sehe ihn zwar gern, es muß aber, wie bereits mehrfach erwähnt, nicht auf einem Schiff sein. Fritz war ein guter Lehrer und ein toller Skipper, wenn auch manchmal etwas autoritär, allein konnte er auf einem Segler dieser Größe aber auch nicht viel ausrichten, da das Boot ja nicht für Einhandbedienung ausgelegt war und überdies jeden Bedienungskomfort, wie er an und für sich üblich ist, missen ließ. Da drehten sich die Winschen nur unter korrodiert-knarrendem Protest, die Umlenkrollen im Mast streikten, man mußte heftig an den Fallen reißen, wenn man ein Segel herunterbringen wollte, die Ankerwinsch war ein Ausbund an Bosheit, Lichter mußten mit leichten Schlägen aufs Hinterhaupt zum Funktionieren gebracht werden, mit einem Wort, das ganze Ding machte „Dienst nach Vorschrift“ wie ein gereizter Gewerkschafter. Zudem mußte er noch auf seinen nautischen Kindergarten aufpassen. Und ich hatte eben bewiesen, daß ich zu gar nichts gut war. Großes Maul, aber nichts dahinter. Ich schämte mich und war regelrecht am Boden zerstört, weil ich plötzlich begriff, daß ich nicht der Übermensch bin, für den ich mich gern halte.

Ein bißchen lag es bestimmt auch an dem sensationellen Kater, den ich hatte, aber mir wurde klar, daß Conan nicht nur ein speichelleckender Trottel war, Walter nicht der hilflose Trinker, Birgit nicht der Bordcomputer, der bei jeder Welle ausfiel. Ernstl war mir sowieso immer sympathisch gewesen, also hier kein Thema. Iglo, mein Gott, Iglo. Aber war ich besser? Bei ihm wußte man, daß er regelmäßig ausfiel, aber mit mir hatte man bisher rechnen können. Und plötzlich, gleichsam aus heiterem Himmel, war ich nicht verfügbar gewesen. Da ist allemal einer besser, mit dem man sowieso nicht rechnet. Also war ich in dieser Geschichte der, na, nicht Bösewicht, auch nicht der Depp, sondern einfach der Versager. Mit der Rolle des Bösewichtes kann man, mit der des Deppen muß man leben, Versager ist man aber nicht unbedingt für den Rest seines Lebens, nein, das läßt sich ändern. Also trug ich meinen Waschtrogschädel zur Dusche und drehte das kalte Wasser auf. Unter dem stechenden Prasseln auf der hohlen Trommel meines Schädels kam ich langsam wieder zu Verstand. Das erste, was ich bemerkte, war, daß ich noch immer die Unterhose anhatte, was normalerweise nicht zu meinen Duschgewohnheiten gehört. Als ich nach ein paar Minuten nicht nur munter, sondern auch noch sauber war, verließ ich den Ort der Läuterung und huschte in meine Kabine, um mich anzuziehen. In einen Jogger und trotzig keimendes Selbstvertrauen gehüllt, stieg ich an Deck. Dort saß die ganze Belegschaft und grinste mich an. Mittlerweilen konnte ich sogar zurückgrinsen, und damit hatten sie sichtlich nicht gerechnet. Conan war der einzige, der nicht mitkriegte, daß ich wieder auf dem Damm war, und so versuchte er auf seine ungelenke Art, mich aufzuziehen:

„Du schaust ja aus wie dein eigener Großvater! Sollen wir dir einen Sitzplatz anbieten oder um einen Rollstuhl funken?“ Und er stieß ein prustendes Gelächter hervor.

In Erinnerung an meine neuesten Erkenntnisse über Gott, die Welt und hauptsächlich mich selber hielt ich unter Aufbietung aller meiner Selbstbeherrschung den Mund. Ich war sehr stolz auf diesen heroischen Akt der Selbstverleugnung, ja Selbstverstümmelung, begann aber, still und nur für mich, Überlegungen darüber anzustellen, was ich ihm nicht alles darauf hätte antworten können. Fritz, der offensichtlich zu seinen sonstigen Qualitäten auch noch Gedanken lesen kann, meinte beiläufig:

„Halt jetzt den Mund, und überleg dir, wo wir am gescheitesten anlegen könnten. Übungsannahme ist, daß die Impellerpumpe ausgefallen ist und wir keine Ersatzteile dafür haben, also unter Segeln anlegen müssen.“

Das war keine Kleinigkeit, da Anlegen unter Segeln sehr schwierig sein kann und daher normalerweise nicht üblich ist. Blitzartig wurde mir klar, daß meine Prüfung soeben in ein entscheidendes Stadium eingetreten war. Conan bleckte ein erwartungsvolles Karpfengebiß, runzelte seine Denkerstirn, zog es aber im übrigen vor, den Mund zu halten. Dafür grinste er still in sich hinein. Er war glücklich, das konnte man ihm ansehen. Na gut, es war nicht so schwierig, einen Hafen zu finden, die ganze Gegend war ja voll davon, das Hauptproblem war, einen Ort zu wählen, in dem die gewünschten Ersatzteile zu haben waren und der möglichst nahe am Tagesziel Pula lag.

Meine Wahl fiel auf die Marina Veruda. Erstens war es, wie ich den Bootsunterlagen entnehmen konnte, ein Stützpunkt unserer Chartergesellschaft mit Reparaturwerkstatt, zweitens hatten wir dort den Südzipfel von Istrien hinter uns, und drittens war Pula von dort aus nach der angenommenen Reparatur im Laufe des Tages noch bequem zu erreichen. Auf jeden Fall würden wir noch während der Geschäftsstunden des Vercharterers ankommen. Dort hatten sie bestimmt die notwendigen Ersatzteile, nämlich ein Impellerrad und die dazu passende Dichtung. In Pomer, das wesentlich näher lag, und in Pula, das für Großschiffahrt blendend ausgerüstet ist, war das nicht sicher. Pula besitzt zwar eine der großen Werften, ist aber auf Sportboote nicht eingerichtet. Die Steganlagen waren für ein Manöver unter Segeln wesentlich einladender als die im vergleichsweise engen Hafen von Veruda, aber dafür gab es in Pula jede Menge Berufsschiffahrt, und ich wollte nicht unbedingt unter Segeln ungefähr vier Meilen lang mit allem möglichen Katz und Maus spielen, das dort rund um die Uhr durch die Gegend schippert. Die notwendigen Ersatzteile hätten wir außerdem wahrscheinlich nur per Taxi aus eben dem Veruda bekommen, das mir jetzt als Lösung in den Sinn kam. Zwar hatten wir real gar kein Problem, aber auch eine Übungsannahme wollte ich ernst nehmen. Also Veruda, obwohl ich den Hafen nicht mag, weil er im Industrieviertel von Pula liegt und auch wunderbar dort hinpaßt. Ostblock pur. Außerdem ist die Marina eine der teuersten in ganz Istrien. Mit Sicherheit ist sie die häßlichste. Veruda ist eine Gegend ohne jeden Charme, und ich wäre viel lieber unter dem Rund des dortigen römischen Amphitheaters in Pula gelandet als an der Halde von Veruda unter den drei Wohnsilos des Vorstadtghettos. Dort war noch dazu das Anlegen zwischen den engen Becken der Steganlage viel schwieriger, nur, es war die logische Entscheidung, und offensichtlich war das Fritz' Auffassung von gerechter Buße.

Ich verbrachte ein paar lange Stunden voller Sorge vor einem kurzen Landfall. Noch auf dem offenen Meer verteilte ich die Aufgaben beim Anlegen und besprach mit jedem einzeln, was genau er wann zu tun hätte. Es galt ja, rechtzeitig, im Herannahen, das Groß zu bergen, dann im letzten Moment die Genua wegzurollen und den Ausschießschwung zum Anlegen zu nutzen. Den Liegeplatz würde ich erst ganz zum Schluß bestimmen können, er durfte nicht zu weit im Inneren der Stege liegen, denn ich wollte unbedingt vermeiden, das Segel erst in der Enge des Beckens wegzurollen. Denn sollte es Schwierigkeiten geben, befände ich mich in einer engen Sackgasse ohne die Möglichkeit einer Wende, schwere Schäden an unserem und an anderen Booten wären die unausweichliche Folge. Ich wurde eben mit der dritten Wiederholung meiner Einweisung fertig, als wir, für mich viel zu früh, ankamen. Also segelte ich die MIRANDA in die Bucht von Veruda, und viel zu schnell war die Tankpier hinter mir, und die Steganlagen wirkten mächtig groß im Pomp ihres Bunkerbetons, aber leider auch furchtbar eng. Wo, um Himmels willen, sollte ich ein Achttonnenboot unter Segeln „einparken"? Da jeder wußte, was er zu tun hatte, brauchte ich keine ausführlichen Befehle mehr zu geben, dazu hatte ich auch gar keine Zeit mehr.

Im passenden Moment plärrte ich: „Wäsche runter!", und sie folgten mir, als sei ich Christoph Kolumbus persönlich. Da Spätherbst war, herrschte auch kein Mangel an freien Liegeplätzen, und getragen von einer unglaublichen Glückswelle, steuerte ich das auslaufende Boot in weitem Bogen zwischen die Stege. Ernstl ließ auf mein Kommando den Heckanker fallen und nahm mit der Ankertrosse über die Klampe die Restfahrt aus dem Schiff, Walter und Conan hielten uns mit Fendern an beiden Seiten von den Nachbarbooten frei, und als sich die Ankerleine knarrend reckte und das Boot keine Fahrt mehr machte, sprang Birgit, die ja unheimlich sportlich und gelenkig ist, mit der Bugleine und belegte sie rasch. Sie war vorher schon über den Bugkorb geklettert und hing die letzten paar Meter, sich am Vorstag festhaltend, wie eine Galionsfigur dort. Fritz, der bis zum letzten Moment unauffällig, aber dicht neben mir gestanden hatte, bereit, mich notfalls wegzuscheuchen und das Boot mit allen darauf zu retten, stellte die Maschine, die während des ganzen Manövers im Leerlauf getuckert hatte, ab. Wir waren da, ich hatte es geschafft!

Conan war etwas enttäuscht, Iglo saß wieder einmal beleidigt auf dem Klo, weil er nicht zum Mitmachen eingeteilt worden war, obwohl er ja Prüfungskanditat war, im Gegensatz zu Walter, und Fritz nickte anerkennend. Ernst schrie: „Bravo!", Birgit applaudierte, und ich war schon wieder restlos von mir überzeugt. Walter lutschte an einem Mineralwasser. Die anderen beiden Boote waren, wie wir über Funk erfuhren, bereits auf dem Weg nach Pula. Ich hatte meine Feuertaufe einigermaßen überstanden und sonnte mich wieder in der Gnade des Skippers. Freilich war die förmliche Prüfung durch das feierliche Triumvirat der hohen Herren noch nicht geschafft, aber ich hatte ein paar Punkte gutgemacht. Im nachhinein muß ich sagen, daß die Aufgabe für eine B-Schein-Prüfung durchaus angemessen ist, auch wenn es mir damals nicht so vorkam, aber einerseits hatte ich mit meinem Verhalten ja förmlich darum gebettelt, zurechtgestutzt zu werden, und andererseits war die Annahme durchaus realistisch.

Ausnahmsweise meldete sich der bisher stumme oder lallende Walter überraschend klar zu Wort. Nachdem er jetzt nicht mehr unter Entziehungserscheinungen litt, war er wieder der erfahrene Segler, der er durchaus auch sein konnte, wenn er, was immer ihn kaputtmachte, vorübergehend überwunden hatte.

„Es ist zwar leider nicht immer so, daß Kandidaten auf ihre praktischen Fähigkeiten unter widrigen Umständen geprüft werden, aber es müßte eigentlich so sein! Immerhin vertraut man ihnen mit dem Schein doch Menschen an, die dann von ihren persönlichen Qualitäten und ihrem Können und keineswegs nur von ihrem bloßen Wissen und Wollen abhängig sind. Was nützt es, wenn einer die Hafenmanöver von Bobby Schenk auswendig herunterratschen kann, dann aber an der Einteilung der Manöverphasen scheitert? Natürlich ist theoretisches Wissen die unabdingbare Voraussetzung für die praktische Durchführung, aber eben nur Voraussetzung. Stellt sich verspätet und unter Praxisbedingungen heraus, daß dann so ein Süßwassermatrose im Notfall nicht unter Segeln anlegen kann oder daß er den Strapazen einer Bora nicht gewachsen ist, daß er vergißt, bei dementsprechendem Wetter rechtzeitig ausreichende Strecktaue zu spannen und stehen Sicherheitseinweisungen nur im Logbuch, wird das für alle Beteiligten problematisch bis lebensgefährdend. Darauf kann sich ein verantwortungsvoller Prüfer nicht einlassen. Auch bei wunderschönem Wetter und durchaus in Küstennähe kann das friedlichste Meer in kürzester Zeit mit recht unangenehmen Überraschungen aufwarten. Was nützen dann blödsinnige Argumente wie: ‚Ich fahre ja sowieso nur bei schönem Wetter hinaus?'"

Walter kam jetzt so richtig in Fahrt. Die anderen staunten mit offenem Mund und glotzten wie die Fische – so hatten sie ihn bisher noch nie erlebt! Und er war nicht zu bremsen:

„In eine der unangenehmsten Situationen, die ich auf See erlebte, gerieten wir in der Bucht von Lignano, die sich ja nicht eben mit dem Kap Hoorn vergleichen läßt und von echten Seefahrern von der Waterkant als Badewanne abgetan wird. – Übrigens, die Echten von der Waterkant erkennt ihr daran, daß sie einen Heidenrespekt vor dem Mittelmeer und eben auch vor der Adria haben. Der Rest sind Maulhelden, wie sie ja überall in der Mehrheit sind. – Wir jedenfalls waren bei sonnigem, wenngleich diesigem Wetter unterwegs von Venedig nach Porto Buso. An keinem Punkt dieses Schlages ist man mehr als zwei Meilen vom Land weg. Es rührte sich kein Lüftchen, und so motorten wir auf direktem Weg in diese nördlichste Ausbuchtung der Adria. Es war ziemlich langweilig, und wir wollten weiterkommen. Doch auf einmal wurde es über dem Land pechschwarz, und schon orgelten die ersten wilden Böen im Rigg. Donnerkiel! Obwohl wir alle längst mit Seewasser getauft waren, kamen wir gehörig ins Schwitzen, das kann ich euch versichern! In dem außerordentlich seichten Meeresteil bauten sich blitzschnell kurze, aber mächtig hohe Seen auf, von deren Kämmen lange Gischtfahnen weggerissen wurden. Es hatte zu regnen begonnen, und vor uns zuckten weitverzweigte Blitze in die Lagune. Die Windgeschwindigkeit hatte so zugenommen, daß uns das fliegende Wasser ins Gesicht stach. Dann blieb auch noch die Maschine stehen, entweder war der Filter total verlegt, oder sie hatte Schaum in den Pumpenleitungen, weil irgendwas undicht geschüttelt worden war. Grundsätzlich war das vollkommen egal, wenn wir nicht vor Topp und Takel lenzen wollten, mußten wir in übelstem Wetter die Restfestigkeit der sonnengebleichten Segel, deren ehemals blaue Liekschoner nur mehr ein verwaschenes Graublau aufwiesen, testen. Bald darauf schoben wir unter minimalen Fetzchen von Fock und Groß solche Lage, daß solides Wasser einstieg. Das Unangenehmste aber war die Farbe des Wassers, es war nämlich schlammbraun: Grundwellen. Wir konnten jeden Moment mit dem Kiel aufsitzen. Und das kann durchaus ein Todesurteil sein."

An Bord herrschte atemlose Stille, man hätte einen herausspringenden Sicherungssplint fallen hören können. Kein Räuspern, kein Gurgeln von Getränken in durstigen Kehlen war zu vernehmen.

„In diesen Stunden, und es dauerte Stunden, das könnt ihr mir glauben, hat jeder gewußt, was er zu tun hatte, trug jeder gutes Ölzeug und trittsichere Seestiefel. Der Zustand des Bootes entsprach dem hier oben leider fast üblichen, miesen Standard. – Wollte ich wirklich nur mit gänzlich einwandfreien Schiffen aufs Meer gehen, müßte ich von Zeit zu Zeit eine Bank überfallen oder aufs Segeln verzichten. – Der Skipper verlor aber nicht die Nerven, und wir waren sowohl gut ausgerüstet als auch einigermaßen erfahren.

Wie gefiele es euch, in so einer Situation im Jogger, patschnaß und frierend an Deck oder auch unten zu sitzen, nichts anzuziehen als frische Kleidung für den Landgang und Badezeug, weil ihr von einem schlechtinformierten Freizeitkapitän zu einem gemütlichen Schiffsurlaub am blauen Mittelmeer überredet worden seid, der sich in so einer Situation gerade verzweifelt fragt, was er da tut, und lieber zu Hause im Bett, noch besser unter dem Bett, wäre? Wie gut wäre wohl euer Überlebensaspekt?"

Jetzt hatte Walter sich in Rage geredet.

„Klar kann immer etwas geschehen, das menschliche Fähigkeiten fast oder ganz übersteigt, aber man möchte doch sicher sein, daß dann einer das Sagen hat, der wenigstens weiß, wo's langgeht, und alle Möglichkeiten mit kühlem Kopf ausschöpft! – Das haben mich, unter einigen anderen, Fritz und der von euch manchmal belächelte Commodore gelehrt, das unterschied diese Leute von anderen Segellehrern und Prüfungsskippern, daß sie uns so drannahmen, wie es notwendig war. Wer zu wenig konnte, fuhr einfach nicht mehr mit.

Jeder bekam die Chance zu lernen, aber wehe, er nahm sie nicht wahr. Nur der Vorbereitete überlebt! Schließlich gibt es ja genug Schönwetterlehrer für die, die eben noch Übung brauchen. Nur wenn einer lediglich aufgrund seines vielen Geldes oder klingenden Titels den Schein bekommt – und damit meine ich nicht unser Dokterl da, das sich eben ganz wacker geschlagen hat, sondern irgendwelche Regierungsräte oder Primarii, die von Gottes Gnaden segeln können, weil sie an Land das Sagen haben –, dann wird es lebensgefährlich. Solche Leute dürfen auf dem Wasser nicht die Macht über das Wohl und Wehe anderer bekommen, nur weil sie in ihrem Beruf gut sind. Denn der Befehl über ein Boot bedeutet Macht, unmittelbare Macht über Leben und Tod!"

Walter holte tief Luft.

„Da bewundere ich diejenigen unter den Prüfern, die integer bleiben oder wenigstens die Mindesterfordernisse respektieren. Das Herunterratschen der ‚Seemannschaft' genügt nicht, schreib dir das hinter die Ohren, Conan. Was wirklich zählt, ist, wie der Skipper mit seinem Wissen umgeht. Und das kann ein Prüfer nur herausfinden, wenn er zu seinen Schützlingen auch einmal ein bisserl brutal wird. Es täte diese Taktik, weiß Gott, allen gut. Immerhin sterben jährlich einige Leute auf See, die nur braun werden wollten. Es gibt aber nun mal einen Unterschied zwischen Menschen, die am Meer segeln, und solchen, die Tennis spielen. Beides ist ‚in', und in beiden Sportarten gibt es Könner und Versager. Schlechte Tennisspieler leben aber länger."

Jetzt mußte Walter einen tiefen Schluck nehmen, er hatte sich ganz trocken geredet. Man sah allerdings an den Mienen der Zuhörer, daß er nicht tauben Ohren gepredigt hatte. Alle wirkten nachdenklich und keineswegs gelangweilt.

„Sag, von dir hätte ich solche Worte am wenigsten erwartet!" durchbrach unser Besserwisser Conan das Schweigen.

„Tschapperl!" Walter schnaufte verächtlich und ging nach unten, wahrscheinlich ein neues Mineralwasser holen.

Inzwischen war ein Marinaangestellter erschienen, der uns geldgierig musterte und schwer enttäuscht war, als er mitansehen mußte, daß wir sofort wieder ablegten, diesmal unter Conans Kommando. Wir verließen den eher ungastlichen Ort mit Kurs auf Pula, um uns wieder mit den anderen zu vereinen.

Die Ansteuerung des Hafens von Pula ist nicht schwierig, aber dafür ganz schön lang. Dank des verläßlichen Windes und eines eher schwachen Verkehrsaufkommens konnten wir ohne weiteres unter Segeln durch die Leuchtbakenstraße laufen und dann die Tankstelle ansteuern, um Diesel zu bunkern. Allerdings hatte Conan vergessen, rechtzeitig das Anlegemanöver zu besprechen, und auf die Idee, in der weiten Bucht noch einen Schlag zum Zeitgewinn zu machen, kam er offenbar nicht. Daher rissen wir unter hastigem Befehlsstakkato die Leinen aus den Backskisten, rannten mit den Fendern nach Steuerbord, dann wollte er sie doch an Backbord, also Leinen wieder los, und bändselten sie an der anderen Seite an, holten die zukünftigen Landfesten wieder von den Klampen und bereiteten sie neuerlich vor, bargen hastig das Groß, rollten die Genua weg, bis Ernstl, der uns abfendern sollte, schrie: „Um Gottes willen, wir sind viel zu schnell", aber Conan war am Rad zur Salzsäule erstarrt, und der Bug zielte genau auf die Spitze des Tankpiers, wo sich der Tankwart, der

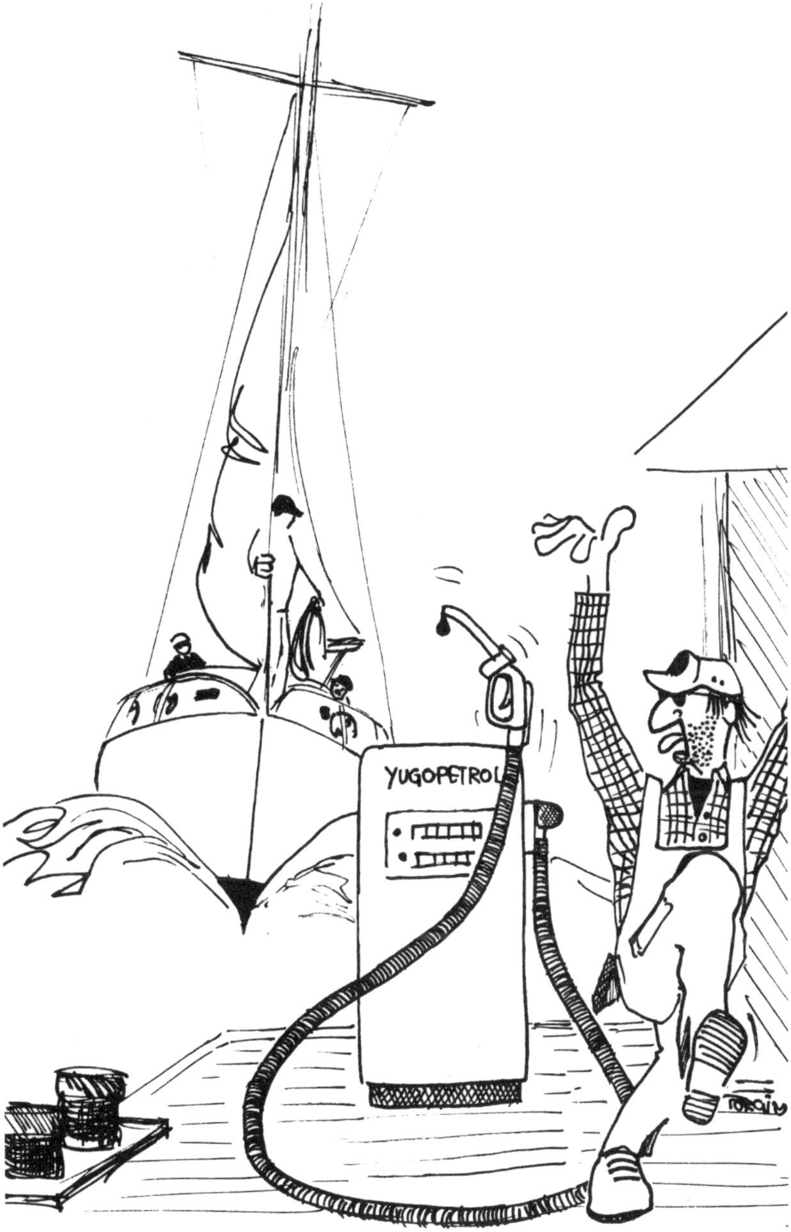
YUGOPETROL

zuvorkommend an der Kante stand, um die erste Leine zu übernehmen, eilig in Sicherheit brachte. Ich wollte noch von meinem Platz am Bug nach hinten rennen, um das Ärgste zu verhindern, da brüllte die Maschine auf, Conan verschwand wie durch Zauber vom Steuerrad, die Fahrt nahm rapide ab, und schon lagen wir manierlich an der Pier. Vorsichtig traute sich der Angestellte wieder hinter seiner Hütte hervor, doch Birgit und ich waren schon an Land und belegten Bug- und Heckleine. Dann verspringten wir das Boot, und erst danach kamen wir zum Schauen.

Am Ruder stand, was eigentlich niemanden verwunderte, Fritz, er ließ soeben den Motor verblubbern, aber wo steckte Conan? Wir mußten erst wieder an Bord kommen, um ihn zu finden, denn er lag neben oder fast schon unter dem Rad auf dem Rücken und strampelte schwach mit den Beinen, um sich aus der Enge zu befreien. Ich hielt wieder einmal mit aller Kraft den Mund und drehte mich weg, da ich fast zerplatzte. Ich spürte, wie mein Kopf immer größer wurde unter dem Druck eines hysterischen Lachanfalls, der unbedingt herauswollte, da hörte ich Birgits Stimme:

„Ei, wer zeigt denn da sein süßes Bauchi? Na komm, mach schön Männchen."

Damit nahm sie seine Hand und zog ihn mit überraschender Kraft wieder auf die Beine. Mit meiner Selbstbeherrschung war es allerdings bei diesen Worten vorbei, und ich brüllte los, fiel aber gar nicht auf, weil alle im Cockpit durcheinanderkugelten und sich den Schreck weglachten, selbst Fritz grinste. Conan rappelte sich auf und verschwand mit hochrotem Kopf im Boot.

Während die anderen Diesel und Wasser bunkerten, ging ich ihm nach, denn ich schämte mich ein bißchen, daß ich so schadenfroh gewesen war. Conan hockte in der Navigationsecke und starrte ins Leere.

„Komm, mach dir nichts draus", versuchte ich ihn zu trösten, „es war ja wirklich ganz schön stressig. Und keiner konnte ahnen, daß wir bis zum Schluß segeln."

Aber er war nicht so schnell zu trösten und beharrte auf dem Standpunkt, er habe alles verpatzt, für ihn sei die Prüfung vorbei. Ich versicherte ihm, daß das Blödsinn sei, und erzählte ihm eine leider wahre Geschichte.

„Weißt du“, begann ich seufzend, „vor zehn Jahre fing ich mit der Segelfliegerei an, und nach einer Weile zog es mich immer mehr auch zu den Motorflugzeugen. Zwar durften wir Segelflieger auch mit Motorkraft starten, doch während des Fluges durften wir den Motor nur benutzen, um Außenlandungen zu vermeiden. Das war nicht so ganz nach meinem Geschmack, denn ich wollte auch während des Winters fliegen, vielleicht auch mal etwas weiter weg oder einfach mit dem Motor von A nach B kommen. Dazu war der Erwerb eines eingeschränkten Privatpilotenscheines notwendig, der die gleiche Theorieprüfung hatte wie der Privatpilotenschein. Als ich dann aber herausfand, daß ich als Segelflieger mit Hilfsmotorstartberechtigung einige Stunden angerechnet bekam und außerdem den Kurs bei einem Verein am Platz machen konnte, wo nicht nur der Kurs, sondern auch die Flugstunden auf einer kleinen Cessna unheimlich preisgünstig waren, da beschloß ich, gleich Nägel mit Köpfen zu machen und die PPL zu erwerben, die Privatpilotenberechtigung ohne Einschränkung. Die Prüfung allerdings mußten wir bei einer fremden Flugschule ablegen, vor einer Kommission des Bundesamtes für Zivilluftfahrt. Um dort antreten zu dürfen, mußten wir eine Vorprüfung im Verein machen, weil sich der nicht gern blamieren wollte mit seinen Externisten, die von der Flugschule sowieso schief angeschaut wurden, da sie ja nicht nur kein Geld brachten, sondern auch andere dazu verleiteten, durch das Vereinshintertürl zum Flugschein zu gelangen, und zwar ums halbe Geld.

Weißt du, der Prüfungskommission war es gänzlich egal, woher einer seine Kenntnisse und Flugstunden hatte, sie beurteilte nur die gebotene Leistung, aber die Vereinsleitung war da recht pingelig, wegen ihres guten Rufes, war doch der Obmann ein AUA-Flugkapitän, und im Vorstand saßen einige Herren vom Bundesamt. Die nahmen es ganz genau, und beileibe nicht jeder durfte antreten.

Also ging ich zu meiner Vorprüfung. Schon bei der Theorie glänzte ich nicht besonders, weil die Herren, auswendig!, die Höhe einiger österreichischer Berge wissen wollten. Und, nicht genug damit, wir mußten ihre geografische Position auch noch in eine ‚stumme Karte‘ einzeichnen, das war ein Blatt Papier, auf dem nur die Staatsgrenzen eingezeichnet waren. Da sah ich ziemlich alt aus, das kannst du mir glauben. Nachdem ich aber sonst recht viel wußte, wurde ich mit strengen Ermahnungen begnadigt. Allerdings machte man mein Antreten von einem überdurchschnittlich guten Ergebnis beim praktischen Teil, der mit einem fremden Lehrer zu fliegen war, abhängig."

Gedankenversunken machte ich eine Pause.

„Und weiter?" fragte Conan. „Du hast doch deinen Schein gekriegt, also ..."

„Ja, aber wie", unterbrach ich ihn. „Hör zu, und quatsch nicht dazwischen, wenn ich dir schon etwas aus den düsteren Kapiteln meiner Geschichte erzähle!"

Anscheinend immer noch angeschlagen von Fritz' Rüffel, hielt Conan sofort den Mund.

„Ich kam also ziemlich nervös zum praktischen Test. Anfangs ging alles so halbwegs gut, bis der Prüfer plötzlich beschloß, schnell nach Graz zu fliegen, um dort irgend etwas zu erledigen. Nun war ich in meinem Leben noch nie nach Graz geflogen und hatte bestenfalls eine ziemlich nebulöse Ahnung, wo es überhaupt lag, und gar keine, wo die Pflichtmeldepunkte waren und was die überhaupt für eine Piste hatten. Natürlich hätte ich einfach der Südautobahn nachfliegen können, aber ich sollte den kürzesten Weg wählen.

Der Sadist lehnte sich entspannt im Sitz des Copiloten zurück, und ich trimmte die Maschine so gut wie möglich, um dann erst einmal auf der Karte zu suchen, wo genau ich mich eigentlich gerade befand. Außerdem konnte ich auch gleich schauen, wo dieses verdammte Graz war, um einen ungefähren Kurs zu bestimmen. Die elektronischen Navigationshilfen hatte mein Folterknecht nämlich hämisch grinsend abgeschaltet. Bevor ich sie wieder in Betrieb nehmen durfte, wollte er einen Kurs haben und alle Landevorbereitungen abgeschlossen sehen. Außerdem mußte ich natürlich über Funk einen Flugplan aufgeben, und den wollte er auch sehen, bevor er mich ihn durchgeben ließ.

Ich suchte mir die Anflugkarte und die Flugplatzkarte aus dem Bottlang, einem Vorfahren des heutigen Jeppesen, und begann heftig schwitzend, mit einem Auge und mit einer Hand zu fliegen und mit der anderen Hälfte meiner optischen und motorischen Ausrüstung die Daten für den Anflug zusammenzusuchen und den Flugplan zu schreiben, und zwar in ein vorgedrucktes Formular, das er mir maliziös lächelnd reichte. Damit rettete er mir allerdings das Leben, denn ich hätte die Hälfte der Daten vergessen und vor allem die ETA, die voraussichtliche Ankunftszeit, nicht ausgerechnet. Ich kann dir sagen, ich war fix und fertig, und das in zweifacher Hinsicht. Der Prüfer kontrollierte und nickte wie ein Weinkenner bei einem extrem sauren Probeschluck. Ich gab über Funk stotternd den Flugplan durch und erhielt meine Freigabe bis zu einem Meldepunkt, den ich noch nie in meinem Leben gesehen hatte und aus der Luft auch niemals erkennen würde, obwohl er in der Anflugkarte beschrieben war. Ich hatte es während meiner Zeit als Segelflieger aber schon fertiggebracht, ganze Flugplätze nicht zu finden, denn sie imponieren aus der Luft hauptsächlich dadurch, daß sie gar nicht da sind, wo man sie verzweifelt sucht."

Conan räusperte sich, verstummte aber nach einem Blick von mir augenblicklich.

„Jetzt flog ich also mit einem Auge auf den Instrumenten, mit dem zweiten am Boden, und mit einem dritten hätte ich gerne den Luftraum überwacht, aber es war keines mehr frei. Also mußte ich alles mit zwei Augen machen, mit dem jammervollen Ergebnis, daß ich überhaupt nichts mehr sah. Aber dann fand ich diese verfluchte Autobahnbrücke, oder zumindest eine, die ihr zum Verwechseln ähnlich war, und meldete den Überflug. Ich korrigierte den Anflugkurs und sah, wie üblich, keinen Flughafen, obwohl ich wußte, wo er sein sollte. Wieder kam mir der Zufall zu Hilfe, dieses Mal in Form eines startenden Mordsjets. Ich sah ihn steil steigen, verfolgte seine Rauchspur zurück, und da war er, der Flughafen, schon verflucht nah. Ich meldete ‚Autobahn Ost' und bekam sofort Landeerlaubnis. Zudem gab man mir den aktuellen Luftdruck, die Richtung des Pistenbetriebes und die Windrichtung und -stärke durch.

Während ich bereits in den Endanflug einkurvte und jetzt erst die Klappen ausfuhr, das Flugzeug austrimmte und Sinkrate und Geschwindigkeit bestimmte, mußte ich alle Daten zurücklesen. Ich kam mir hohl und ausgelaugt vor, und es kam, wie es kommen mußte: Statt eine meiner butterweichen Landungen hinzulegen, auf die ich so stolz bin, brachte ich das Flugzeug zwar in einem Stück, aber heftig springend auf die Bahn. Beim Wegrollen auf den Taxiway erkundigte ich mich nach der Landezeit und erhielt als

Antwort die Gegenfrage: ‚Welche?' Da nahm mir der Fluglehrer das Mikro weg und sagte: ‚Geben Sie mir die mittlere Aufschlagzeit, wir hoppeln weiter zur Abstellfläche.'

Am Weg zum GAC lachte er noch immer über seinen blöden Witz, den er wahrscheinlich schon hundertmal gemacht hatte, und über die Schweißflecken auf meinem Hemd, klopfte mir auf die Schulter und meinte, Rom sei auch nicht an einem Tag erbaut worden. Dann fügte er hinzu, daß bei der Prüfung der Prüfer den Funk mache und kein mir unbekannter Flugplatz angeflogen würde. Und daß er mich antreten lasse. Und urplötzlich entdeckte ich meine Sympathie für den Mann, den ich noch Sekunden vorher mit Liebe erwürgt hätte."

Nach meiner Beichte herrschte kurzes Schweigen.

„Und?" fragte Conan trübe, „Wo ist die Moral von der Geschichte?"

„Naja, das liegt doch auf der Hand", antwortete ich, „Fritz läßt uns jetzt durch alle Reifen springen, so daß uns die Prüfung selber dann ganz einfach vorkommen wird."

„Wer's glaubt!" seufzte er, sah aber schon wieder recht zuversichtlich aus, als er zur Übungsbesprechung nach oben ging.

Und wirklich kam alles halb so schlimm, Fritz brummte nur ein bißchen und schlug ihm vor, Manöver nächstens ausführlicher vorzubereiten, weil überstürzte Aktionen im allgemeinen in die Hose gingen, wie er ja eben gesehen habe. Aber, so schloß er, Rom sei ja auch nicht an einem Tag erbaut worden. Ich spitzte die Ohren. Offensichtlich gab es da eine geheime interdisziplinäre Verschwörung der Prüfer, sie hatten alle die gleiche hinterhältige Taktik und darüber hinaus anscheinend sogar die gleichen Standardsätze.

Inzwischen, ich extemporiere, ist es mittlerweile selbst mir klar geworden, daß auch Prüfer irgendwann kleine Anfänger waren und den gleichen Methoden ausgesetzt, mit denen sie damals uns traktierten. Wirklich interessieren würde mich aber doch, was sie den Kandidaten damals zur Beruhigung gesagt hatten, als Rom noch nicht erbaut war.

Nach dem Tanken fuhren wir unter Motor zur Marina, und Conan legte tadellos mit dem Heck zum Steg an. Fritz ging zur Skipperbesprechung auf die Bärli und kam nach einiger Zeit mit Neuigkeiten wieder. Den ganzen nächsten Tag würden wir in Pula bleiben, es würden Hafenmanöver geprüft, und am Nachmittag würden wir nach Venedig auslaufen, da uns der Commodore unbedingt die Nachtansteuerung zeigen wollte. Nicht, weil er uns verwirren wollte, sondern einfach, weil sie so schön war. Lobenswert.

Wir brauchten eigentlich keinen Nachschub, doch Fritz wollte einkaufen gehen, weil er Lust hatte zu kochen, aber, was schlimmer war, er wollte mich mitnehmen. Gott sei Dank war Sonntag, und nicht einmal er glaubte ernsthaft, daß es da offene Geschäfte geben würde. Ein Versuch konnte aber, wie er meinte, nicht schaden, und wir würden uns wenigstens die Beine vertreten.

Inmitten von Pula stießen wir zu unserer Überraschung auf einen opulenten Markt. Ich entdeckte einen Stand mit Eierschwammerln, und als wir umrechneten, stellten wir erstaunt fest, daß sie nur ein Zehntel dessen kosteten, was wir in Österreich dafür hätten zahlen müssen. Ich kaufte sofort drei Kilo davon, und Fritz bestand darauf, sie mit Semmelknödeln zu essen, wie wir es von daheim gewohnt waren, und zwar in einer Rahmsauce. Ich hätte sie einfach mit Zwiebeln und Eiern geröstet und dazu Brot gereicht, aber seine Idee war natürlich besser, wenn auch vielleicht nicht ganz realistisch. Aber siehe da, wir fanden auch noch einen offenen Supermarkt und der Skipper Semmelbröckerln. Ich schüttelte derweil alle Becher mit Fettangaben um die fünfzehn Prozent. Was gluckerte, war Schlagobers, was nicht gluckerte, mußte dann, so schloß ich messerscharf, Sauerrahm sein.

Endlich hatten wir alles, stellten aber fest, daß wir diese Massen unmöglich tragen konnten. Freundlich stellte man uns das Einkaufswagerl zur Verfügung, wir sollten es einfach in den Hausflur schieben, wenn das Geschäft schon geschlossen haben sollte, es aber um Gottes willen nicht im Hafenbereich stehenlassen, die Fischer könnten alles brauchen. Das Ganze teilte man uns mit ein paar Brokken Deutsch und Italienisch mit, das in Istrien fast alle sprechen.

Wir waren erstaunt und begeistert, da wir eher an mürrische Absagen als an freundliche Hilfe gewöhnt waren. Fritz hatte aber wahrscheinlich recht mit seiner Vermutung, daß das gastwirtschaftliche Personal am Ende der Saison einfach die Schnauze voll hätte von allen Fremden, die da überheblich mit zahlungskräftigen Devisen um sich warfen und so taten, als wollten sie das Land kaufen, während diejenigen, denen der Kontakt mit den präpotenten Eindringlingen eher erspart bliebe, noch ihre natürliche Freundlichkeit zeigten. Das ist ja überall so. Wo betuchte Fremde ungeniert so tun, als wären sie, die daheim auch nicht weit springen können, die Herren des Gastlandes, einfach auf Grund eines unverschämt guten Wechselkurses. Wie auch immer, wir schoben glücklich unser quietschendes, störrisches Wagerl zum Schiff, bunkerten und machten uns auf den Rückweg, der Marschiererei zwar schon ein wenig überdrüssig, aber schließlich waren wir die einzigen, die wußten, wo das Ding her war. Fritz hätte mir zwar einen anderen von der Mannschaft mitgeben können, zu seiner Ehre sei aber gesagt, daß er einen derartigen Vorschlag von Conan, der sich bei ihm anwanzen wollte, glatt ablehnte.

Als wir zurückkamen, saßen alle um den Tisch und putzten einträchtig die Schwammerln. Ich schnitt und röstete Riesenmengen Zwiebel, mischte dann den Knödelteig aus Semmelbröckerln, Milch, Eiern, Mehl, Zwiebel, Petersilie, Salz und Muskatnuß – das Rezept stammt noch von meinem Vater und gelingt immer –, stellte mit ein paar viel zu späten, aber lieben Gedanken an den alten Herrn die Masse zum Rasten beiseite und setzte das Knödelwasser auf. Inzwischen röstete Fritz die Schwammerln, die unheimlich viel Saft verloren, mit den Zwiebeln durch, salzte, streute Petersilie darüber und legierte mit etwas Mehl, rührte den Sauerrahm unter die nicht mehr kochenden Schwämme, und fertig waren die Pilze. Alle warteten schon hungrig auf die Knödel, da steckte der Commodore seinen Kopf herein und fragte, ob wir mit ihnen essen gehen wollten. Beim Anblick und beim Geruch der Schwammerlsauce quollen ihm die Augen aus dem Kopf. Er mußte unbedingt kosten und zog dann betrübt ab, der Restaurantbesuch war ihm für heute vergällt. Endlich waren auch die Knödel soweit, und da jetzt alle essen wollten, aber der Platz schon beim Frühstück kaum ausreichte, stellten wir den Cockpittisch auf, und ein Teil der Mannschaft aß oben, obwohl es dort ziemlich frisch war. Achzehn Knödel waren da und ein Riesentopf Schwammerlsauce, aber wir fraßen alles restlos weg und konnten uns dementsprechend nachher nicht rühren. Iglo und die Hofrätin wuschen ab, Conan entsorgte zum wiederholten Male brummelnd den Müll – was wettet er auch! –, und wir anderen saßen an Deck und keuchten.

Da neben uns die BÄRLI lag und Mike, der die Restaurantrennerei inzwischen satt hatte, sie bewachte, baten wir ihn, auch auf unser Schiff ein Auge zu haben. Mike meinte, auf ein weiteres Boot käme es ihm auch schon nicht mehr an, schließlich sei alles besser als ständig die ewige Nörgelei mit dem, was am nächsten Morgen ohnehin nur mehr stinkende Fäkalien seien, mitanzuhören. Ui, das klang aber nicht gut. Bei uns ging es ja eng zu, aber dafür meist freundschaftlich. Irgendwo tat er mir leid, überhaupt jetzt, wo wir ihm bei bestem Willen nichts mehr anbieten konnten. Wir schlenderten eher nachdenklich die paar hundert Meter zur römischen Arena, die das Stadtbild beherrscht. Gott, wir waren nicht die ideale Truppe, aber was spielte sich auf den anderen Booten ab? Wir rauften uns zusammen, die auseinander, das war es!

Inzwischen war es dunkel, das Amphitheater wurde von goldgelbem Licht angestrahlt und wirkte inmitten der umgebenden Bäume zauberhaft und unwirklich. Doch wir waren alle rechtschaffen müde, und so beschlossen wir, es erst am nächsten Tag zu besichtigen. Zur Abwechslung wollten sich einmal alle zeitig niederlegen, es war ein langer Tag nach einer kurzen Nacht gewesen. Nach dieser bisher ruhigsten Nacht fand uns der nächste Morgen recht früh am taunassen Deck. Fritz stellte fest, daß inzwischen sowohl das Klosett sauber als auch das Wasser heiß war, und auf der Stelle setzte eine Völkerwanderung in Raten ein, selbst das Frühstück wurde in Stafetten hergerichtet. Walter, der wie üblich der Letzte war, mußte allerdings schon kalt duschen. Und als nur eine halbe Stunde später die ersten Bärlis hinübergingen, gab es kein Toilettenpapier mehr, und die Klosette, ganze vier an der Zahl, je zwei für Sie und Ihn, waren auch schon wieder zugeschissen. Manche Segler sind schon Schweindeln, ganz abgesehen von den Mängeln im Angebot. Ich meine, es müßte doch einem erwachsenen Menschen selbstverständlich sein, die sanitären Anlagen so sauber zurückzulassen, wie er sie vorgefunden hat. Aber weit gefehlt! In den meisten Marinas beginnt der Tag so um sechs, Zivilistenzeit, und eine Stunde später starrt alles vor Dreck. Dann darf man sich nicht wundern, daß die armen Kerle, die die Zumutungen wieder beseitigen müssen, mit der Zeit stinksauer werden.

Es sah so aus, als würde es heute wieder wärmer werden, jedenfalls war der Himmel wolkenlos, und es war windstill. Die angekündigte Prüfung der Hafenmanöver fand also unter recht simplen Bedingungen statt und daher bald ein Ende, waren doch inzwischen alle, auch die Schwächsten, ohne Mühe in der Lage, unter Motor und bei Windstille anzulegen. Die Tatsache, daß sie es so schnell gelernt hatten, sprach der Praxis der sogenannten Ausbildungstörns Hohn. Manche Kandidaten haben ja wirklich ihre achthundert Seemeilen am Buckel, und die meisten von ihnen verstehen von den auf See anfallenden Tätigkeiten genug, um kompetent mitzuarbeiten. Wohlgemerkt, auf See. Dort dürfen sie ja auch ohne weiteres zupakken. Ganz anders verhält es sich aber mit dem Anlegen. Das erledigt fast immer der Skipper, weil er ja für das Boot verantwortlich ist. Die wenigsten Skipper sind Segellehrer, und so ist die Bezeichnung Ausbildungstörn oft weit hergeholt. Viele Kandidaten legen bei ihren Prüfungstörns zum ersten Mal selbst an.

Nun ist das in der Regel gar nicht so schwierig, aber man muß es, wie alles andere im Leben auch, eben üben. In theoretischen Lektionen kann man es genausowenig lernen wie Fahrrad fahren. Ich hatte Glück gehabt, meine Ausbildungsskipper waren fast immer Prüfer gewesen. Ich hatte zwar manchmal den Eindruck gewonnen, bei der Marine zu dienen, aber praktisch eine Menge davon profitiert. Das gleiche galt für Conan, nur war er halt ein bisserl patschert.

Ganz anders verhielt es sich aber bei Iglo und Bull sowie bei Pat und Patachon. Die hatten wirklich bisher keine Gelegenheit gehabt, irgend etwas unter Kontrolle zu üben. Trotzdem hatten die paar Tage genügt, ihrer Ahnungslosigkeit die Spitze zu nehmen. Sah man einmal von unserem Capt'n ab, der ein rein körperliches Handicap hatte und außerdem schwer lernte, weil er sowieso alles besser wußte, schien es auf der Hand zu liegen, daß der Fehler im System lag. Es genügt eben nicht, achthundert Meilen lang mit dem Hintern eine Cockpitbank zu wärmen und seine Bordtage abzusitzen, wenn dabei die entscheidende Arbeit immer von anderen erledigt wird.

Damals habe ich mir jedenfalls geschworen: Bei meinen Törns, wenn ich der Skipper bin, wird jeder, der daran Interesse und die notwendigen Grundkenntnisse hat, alles üben können, außer natürlich, es wird haarig. (Allerdings bemerke ich inzwischen hie und da, daß der Sarkasmus, den ich in meiner Lehrzeit hinnehmen mußte, auch auf mich abgefärbt hat, so wie geschlagene Kinder dann wiederum ihre Kinder schlagen, nur Gott sei Dank viel, viel harmloser. Es kommt aber durchaus vor, daß ein blutiger Anfänger, der wie wild am Rad herumreißt, Dinge zu hören bekommt wie: „Siehst du den Brocken Erde, der da am Horizont hin- und herrennt? Jetzt will er gerade nach Italien. Das ist die Insel Susak. Halt jetzt endlich das Ruder ruhig, und hör auf, Achterbahn zu fahren. Unser Kielwasser schaut aus wie die Großglockner Hochalpenstraße." Aber ich tröste ihn natürlich sofort mit dem Hinweis, daß Rom auch nicht an einem Tag erbaut wurde ...)

Als die Boote wieder am Steg lagen, die Dieselwolken sich verzogen hatten und wir wieder unter uns waren, machten wir uns landfein und starteten die Expedition zur Arena. Nur Iglo blieb an Bord, er kannte Pula von früher und wollte endlich auch wieder einmal kochen. Das konnte uns nur recht sein, so war das Boot bewacht, und außerdem bestand die Aussicht auf neue Gaumenfreuden bei der Rückkehr.

Wir verließen die Marina und stürmten über die Straße, wobei wir nur knapp einem Anschlag durch einen wildgewordenen Autofahrer entgingen, der sich mit einem Fahrrad ein Rennen lieferte. Conan wollte sich empört die Zulassungsnummer notieren, wahrscheinlich für sein Tagebuch, denn wie hätte er Anzeige erstatten sollen? Da stand zwar ein Uniformierter, der schaute aber angestrengt weg. Überdies war es sowieso nicht möglich, die Nummer abzulesen, da der Fahrer sein Gefährt zur Sicherheit komplett einnebelte und so jeder drohenden Verfolgung geschickt entging. Außerdem, vielleicht bedeuteten die Zebrastreifen in Kroatien etwas anderes, „Achtung, Jagdgebiet. Sie werden ohne Anruf platt gewalzt" oder ähnliches.

Nachdem wir uns durch eine Horde illegaler Wechsler hindurchgearbeitet hatten, die wild entschlossen war, Inflationsgeld aus den Zeiten der jugoslawischen Monarchie gegen Schillinge, besser noch gegen D-Mark zu tauschen, gelangten wir endlich zu dem historischen Bauwerk, vor dessen Eingang Erfrischungsstände taktisch wirksam aufgebaut waren. Deren Inhaber verscheuchten bei unserem Anblick hastig die Fliegen von den gebotenen Köstlichkeiten und begannen, ihre Wurstsemmeln, die verstohlen versuchten davonzukriechen, neu zu arrangieren.

Nach verlustloser Überwindung dieser letzten Barriere standen wir im Durchgang zur Arena und wurden jetzt ebenso offiziell wie unverschämt ausgeraubt. Dann konnte die Besichtigung beginnen. Führung gab es keine, also krochen wir wildentschlossen über alle Stiegen, bestiegen sämtliche Leitern, und es wurde hektisch fotografiert. Dann entdeckten wir eine Art Kellerstiege in einen unterirdischen Teil der Arena und besichtigten Unmengen von Amphoren, die dort den Eindruck eines Weinkellers erweckten, aber in Wirklichkeit aus dem Meer geborgen worden waren. Das war's. Was wir wirklich hätten sehen und erfahren können, stand in einer Broschüre, die allerdings ausverkauft war.

Genervt flüchteten wir aufs Schiff, wo Neuigkeiten auf uns warteten: Wir sollten um fünf Uhr auslaufen, allerdings sollten Walter, Ernstl und ich beim Commodore einsteigen, die Hofrätlichen, Conan und Iglo beim Zwinkerer, und dafür sollte Fritz die Leistungen von Linda, Peter, Mike, dem Krügerl und Bull beurteilen. Fritz blieb also von seiner Crew nur Birgit. In Venedig sollten alle wieder auf die eigenen Schiffe gehen. Mir war's recht, denn die BÄRLI hatte Radar, und ich war schon sehr neugierig. Von Ernstl borgte ich mir eine Falttasche aus und stopfte mein Ölzeug, die Seestiefel und einen Pullover sowie meine kleine Kamera hinein, legte meine Schwimmweste und den Lifebelt für meine Ablösung in den Salon und war fertig zum Umzug. Das Essen war fertig, und da bis zum Auslaufen noch Zeit war, setzte ich mich mit den anderen zu Tisch.

„Sag mal, Ernstl“, wunderte ich mich, „willst du denn gar nichts mitnehmen?“

„Och“, antwortete er gedehnt und grinste faunisch, „wie man's nimmt ... Heb doch mal deine Tasche an!“

Ich hätte es mir denken können, offenbar hatte er seine Sachen dazugepackt, während ich an Deck gegangen war, um eine Zigarette zu rauchen.

Iglo hatte eine Specktorte gebacken, aus altem Weißbrot, Zwiebeln, Rauchfleisch, Eiern, Milch und Käse, dazu gab es grünen Salat mit Knoblauchdressing. Zum ersten Mal glaubten wir, daß wir die Menge ohne Spätfolgen bewältigen könnten, da die Portionen in Ermangelung einer zweiten Pfanne normalgroß waren. Doch sofort nach dem Hauptgang stellte er den Riesentopf, in dem wir sonst die Nudeln kochten, auf den Tisch. Er war bis oben hin voll Obstsalat, mit Himbeergeist und Wein versetzt, also eigentlich eher ein Mitteldling zwischen Obstsalat und Bowle, und das war so gut, daß wir nichts übrig ließen und prompt wieder einmal Probleme mit unseren Gürteln und Hosenknöpfen hatten. Außerdem hatten wir Mühe, die Augen offenzuhalten, weil wir vollkommen überfressen waren. Sich vor einer Nachtfahrt derartig vollzustopfen, war nicht besonders schlau, doch es war ja noch heller Nachmittag. Bis zum Abend würden wir uns schon wieder bewegen können, hofften wir.

Nach dem Essen verschwand Birgit, und als sie nach einer halben Stunde zurückkam, tuschelte sie mit Fritz, der sie verwundert ansah, dann heftig den Kopf schüttelte, zum Schluß aber offensichtlich nachgab, denn er zuckte die Schultern und stützte den Kopf in die Hände. Ich platzte fast vor Neugierde und sekkierte Ernstl, der still vor sich hin grinste und im Gegensatz zu mir wußte, was da gespielt wurde. Als ich nicht lockerließ, erzählte er mir schließlich, daß Birgit mit uns umsteigen würde, weil sie auch einmal eine Fahrt mit Radar mitmachen wollte. Sie hatte mir von ihrem Plan, mit dem Commodore darüber zu verhandeln, nichts erzählt, weil sie nicht wußte, ob der überhaupt einverstanden sein würde. Dem Commodore war es aber recht, nur mußte jetzt eben Walter statt Birgit bei Fritz bleiben. Dem war das, im Gegensatz zu Fritz, egal. Der aber hatte sich schon darauf gefreut, den Risikopatienten endlich für eine Weile loszuwerden, und man konnte ihm ansehen, daß er ihn gerne gegen irgend etwas getauscht hätte, etwa eine Dose Kekse. Jedenfalls packte auch Birgit ihre Sachen, und um sechzehn Uhr dreißig verließen sieben Mannschaftsmitglieder das Boot und meldeten sich bei den Skippern.

Wir drei wurden an Bord der Bärli freundlich empfangen, leider mit Kaffee und Kuchen. Wir sahen uns geschafft an.

„Danke für das Angebot, aber ich fürchte, außer einem winzigen Täßchen Kaffee möchten wir nichts“, übernahm Birgit das Reden.

„Warum, seid ihr auf Diät oder so?“ fragte Patachon und blickte anzüglich auf unsere dicken Bäuche.

„Na kommt“, griff nun Rosi ein, „wir haben schließlich Urlaub. Probiert doch wenigstens ein Stückchen, der Kuchen ist wirklich lecker! Man gönnt sich ja sonst nichts!“

Wie ernst es ihr mit dieser letzten Bemerkung war, erfuhren wir leider erst später, jetzt aber beichteten wir, daß wir uns vor der Nachtfahrt fürchterlich überfressen hatten.

„Hier, trinkt einen Underberg, dann geht's euch gleich besser!“ bot uns der Commodore den scharfen Verdauungsschnaps an.

Birgit und Ernstl lehnten ab, aber ich nahm ein Fläschchen, und wenn ich auch gleich danach das Gefühl hatte, innerlich abzubrennen, verschwand doch das unangenehme Völlegefühl bemerkenswert rasch. Trotzdem müssen mich meine aus den Höhlen getretenen, tränenden Augen verraten haben.

„Ist der Bauch jetzt warm und leer?“ lachte er.

Ich japste nur.

„Genug davon. Da ihr drei ja ein eingespieltes Team seid, bildet ihr eine Wache, Birgit ist Wachführerin“, wechselte er zum Bordalltag über.

Das war uns nur recht. Da wir auf dem Schiff aber völlig neu waren, mußten wir uns mit seinen Einrichtungen erst vertraut machen. Patachon machte die Einweisung.

Es war unglaublich, wie einfach und bequem hier an Bord alles war. Die Fallen und die Reffs, der Baumniederholer, die Dirk, alles, aber auch wirklich alles, konnte vom Cockpit aus bedient werden – heute eine Selbstverständlichkeit, damals ein unvorstellbarer Luxus. Da mußte bei Nacht und Seegang keiner mehr vor zum Mast! Und erst die Cockpitinstrumente! Bei uns gab es nur die Logge und den Kompaß, das Echolot war hinüber. Hier aber funktionierte alles, dazu bekam man auch Richtung und Geschwindigkeit des scheinbaren Windes, zudem maß die Logge auch das Etmal und die zurückgelegte Gesamtstrecke. Sie hatten auch Loran C an Bord, aber das blieb dem Skipper vorbehalten. Wir sollten klassisch navigieren. Birgit stürzte sich sofort mit einem kleinen Quietscher auf das Radar. Für die nächste Zeit war sie unansprechbar mit dem Betriebshandbuch beschäftigt.

Der Commodore hat immer recht

Die Überfahrt – Elektronik und innerer Schweinehund – Lichterführung, Vorrang & Co. – Torpedoangriff – Die Miranda *funkt um Hilfe – Quod licet Jovi, non licet bovi – Venedig und Verwirrung – Die interne Verspringung der* Bärli *– Landfest am Canale di San Marco – Landgang und seine Folgen*

Das Ablegemanöver unter Birgits Kommando klappte auf Anhieb. Wir hatten kaum etwas zu tun, alles lief wie geschmiert, alles ließ sich vom Cockpit aus erledigen, nichts klemmte, die diversen Leinen waren an den verschiedenen Farben leicht zu erkennen und auseinanderzuhalten, besonders weil irgendein Schlaumeier auch noch wasserfeste Etiketten mit Filzstift beschriftet und danebengeklebt hatte. Rascher, als man das niederschreiben kann, standen die Segel und zogen das elegante Schiff rauschend durchs Wasser. Unsere Wachführerin stellte den Motor ab, und wir machten uns an den Feintrimm, bis sie das Ruder praktisch nicht mehr festhalten mußte. Der Wind kam fast aus Norden, wir konnten unseren Kurs gut anliegen und machten sieben Knoten Fahrt.

„Wo sind eigentlich Lifebelts und Schwimmwesten für uns?“ fragte ich den Commodore, als die BÄRLI ruhig auf ihrem Kurs dahinglitt.

„Endlich fragt einer“, raunzte er mich statt einer Antwort an, „auf diese Frage warte ich, seit das Manöver besprochen wurde, und zwar von ihnen, Frau Wachführerin!“ wendete er sich an Birgit.

Oha, das konnte ja heiter werden.

„Birgit hatte mir ja den Auftrag gegeben, mich zu erkundigen“, konterte ich, „aber ich wollte zunächst bei den dringenderen Arbeiten helfen. Gefahr für Leib und Leben war doch bei diesem herrlichen Wetter nicht zu erwarten.“

„Na gut, ist ja auch schön, wenn die Mannschaft mitdenkt“, lenkte der Commodore ein und äußerte sich anschließend sogar noch lobend über die noble Zurückhaltung seiner neuen Steuerbordwache. In Wahrheit hatte natürlich niemand daran gedacht, wir waren viel zu beschäftigt gewesen, das Schiff zu erforschen und mit seinen unerhörten Luxusartikeln zu spielen. Jetzt übernahm ich das Ruder, und Ernstl ging mit Birgit Sicherheitsausrüstung ausfassen und ließ sich bei der Gelegenheit auch gleich am Radar einweisen.

Es war unglaublich, wie stabil das Boot auf Kurs lag und selbst in den wenn auch harmlosen Böen nicht versuchte, anzuluven oder sonst irgendwie auszubrechen. Es legte sich einfach ein Stück weiter über, und das Bugwasser rauschte ein bißchen lauter, aber das war auch schon alles. Weder verstärkte sich der Druck auf das Ruder, noch mußte die Segelstellung geändert werden, wenn wir auch sicher noch etwas Geschwindigkeit hätten herausholen können. Aber das war ja schließlich keine Regatta, sondern eine Überfahrt, und so nahm ich die unkritischen Segeleigenschaften verwundert und dankbar zur Kenntnis und ließ im übrigen den Herrgott einen guten Mann sein.

Nach einer Stunde kam mich Ernstl ablösen. Ich hatte gar nicht bemerkt, wie die Zeit vergangen war. Jetzt war ich dran, mit dem Radar zu spielen. Es war begeisternd, wie das kleine Kästchen mühelos alles darstellte, was sich im Bereich der eingestellten Entfernung rund um das Schiff abspielte. Es „sah“ auch noch die Konturen der Inseln hinter uns, die dem Auge durch den Dunst und die nachlassende Helligkeit längst entzogen waren. Achtgeben mußte man nur auf die Filter für Welle und Regen. Wenn man diese Tasten unvorsichtig drückte, war bald alles weg, aber damit mußte man eben umgehen wie mit der Rauschunterdrückung des Funkgerätes. Jedenfalls war ich ganz begeistert, als ich ein bewegliches Echo entdeckte, das sich bei direkter Betrachtung von Deck aus wirklich als Schiff entpuppte und genau da war, wo es laut Radar sein mußte. Auch die Boote der Flottille sah man brav in Kiellinie hinter uns herlaufen.

„Na, wie gefällt dir das Radar?“ fragte der Commodore grinsend und kam den Niedergang hinuntergestiefelt.

„Tolles Spielzeug!“ antwortete ich begeistert.

„Warte, ich weise dich auch gleich rasch ins Loran C ein, dann weißt du, wie alles hier funktioniert!“

Nachdem wir einen wahren Ort ermittelt hatten, wurde die Front des Zauberkästchens wieder verhüllt, denn wir sollten ja koppeln und uns nicht auf die Elektronik verlassen.

Pat empfand das als Zumutung. Wie er mir hinter dem Rücken des Commodores klagte, war er mehrmals dabei erwischt worden, wie er einfach das Lätzchen hob, das über das Gerät geklebt worden war, und die abgelesenen Koordinaten in die Karte eintrug.

„Die Rosi hockt dauernd herum und beobachtet alle wie ein Schießhund, sie vertratscht dich sofort beim Commodore“, schloß er seine Litanei.

Tugendhaft meinte ich, daß es eben sehr wichtig sei, mit einfachsten Mitteln zu einem wahren Ort zu kommen, da Elektronik ausfallen könne und in ihrer Funktion jedenfalls überprüft werden müsse, aber das war es nicht, was er hören wollte. Statt dessen murrte er, daß er sich beim Autofahren ja auch auf seinen Kilometerzähler verlasse. Das war nun wirklich kein Argument, denn abgesehen davon, daß selbst so einfache mechanische Vorrichtungen ausfallen können, sind auch die Konsequenzen keineswegs die gleichen. Aber da fuhr auch schon der Commodore dazwischen:

„Das ist völliger Blödsinn. Erstens entspricht der Kilometerzähler eines Autos keineswegs dem, was ein Navigationssystem wie Loran kann, sondern in etwa dem Log unseres Bootes, das du selbstverständlich jederzeit benutzen darfst, und zweitens sollst du hier beweisen, daß du die terrestrische Navigation und das Koppeln beherrschst. Deshalb werde ich nicht zuschauen, wie du diese Verfahren vernachlässigst, nur weil es viel bequemer ist, den WO einfach vom Loran abzulesen. Schließlich sollst du ja hier die Kenntnis der klassischen Methoden üben und vertiefen. Es ist nun einmal so, daß nicht jedes Boot so großartig ausgestattet ist wie dieses. Und selbst wenn Loran und Radar zum allgemeinen Standard gehörten, wäre es noch immer notwendig, die alten Methoden aus dem Effeff zu beherrschen. Wenn ich als Skipper nur dann imstande bin, eine bestimmte Bucht oder eine Passage zu finden, wenn ich dazu elektronische Hilfsmittel verwenden kann, bin ich eben nicht geeignet, ein Boot zu führen.

Es gibt genug Seesegler, die nicht dazu in der Lage sind, im Finstern ihren Hintern mit beiden Händen zu finden, weil sie alles vergessen haben, was man ihnen mühsam beigebracht hat, und sich blindlings auf landgestützte Funknavigation verlassen. Solange das funktioniert, ist alles in bester Ordnung, aber wehe, die Bordstromversorgung beginnt zu spinnen, oder die Batterien sind am Ende. Oder jemand zwickt die Antennenzuleitung ab. Oder es wird gestohlen. Oder fällt hinunter. Oder einer der Sender fällt aus. Gut, es gibt dann immer noch die Möglichkeit, andere zu benutzen. Aber kannst du das? Für dich ist doch das ganze System ein Buch mit sieben Siegeln!“

Der Commodore holte tief Luft.

„Und schließlich gibt es auch noch Gebiete, wo Loran überhaupt nicht funktioniert. Dort sind dann gewisse Herrschaften blind und beginnen, hastig im ‚Donat‘ zu blättern, sofern sie überhaupt einen mithaben. Außer Sicht von Land ohne Koppelungsnavigation zu segeln, womöglich auch noch, ohne von Zeit zu Zeit einen der elektronisch ermittelten WOs mit Zeitangabe einzutragen, weil man ja sowieso immer weiß, wo man gerade ist und das Gerät auch Kurskorrekturen angibt, ist und bleibt ein Hasardspiel. Und wenn schon der Kandidat, gleichsam ein Seefahrerembryo, das nicht einsieht, wird er auch als Skipper immer in Abhängigkeit von derartigen

Krücken bleiben und bei deren Ausfall eventuell im wahrsten Sinne des Wortes Schiffbruch erleiden."

„Das heißt beileibe nicht, daß ich auf mein Loran verzichte", fuhr er etwas versöhnlicheren Tons fort, „aber ich lehne es ab, mich davon abhängig zu machen. Das geht so weit, daß ich außer Landsicht zwei Kurse zeichne, einen Koppelkurs und einen mit den WOs des Gerätes. Und mir hat tatsächlich einmal einer das Antennenkabel kaputtgemacht, hier, auf diesem Boot. Wir flickten es zwar, wußten aber danach eine Zeitlang nicht, ob die Angaben des Gerätes nach der Notoperation noch korrekt waren. Mit Hilfe der Aufzeichnungen konnten wir sie aber mühelos überprüfen. Als Kontrolle und zusätzlicher Behelf sind diese Geräte wunderbar. Wenn sie aber dazu verwendet werden, unnötige Arbeit zu ersparen, dann werden sie zur Gefahrenquelle."

Jetzt war er richtig in Schwung gekommen.

„Gleiches gilt auch für das Radar, es kann den klassischen Ausguck nicht ersetzen. Man liest immer wieder von den gräßlichen Unfällen, die passieren, wenn Großschiffe kleine Boote überrennen, weil niemand Ausschau hält. Manchmal war das Radar dieser Schiffe nicht einmal besetzt, aber in den überwiegenden Fällen war das kleine Fahrzeug eben nicht auf dem Schirm zu sehen, oft trotz Radarreflektors. Daher gibt es gerade für die Kleinen eben nur Vorsicht, Vorsicht und noch einmal Vorsicht. Wenn ein Toter noch so sehr im Recht ist, bleibt er doch tot, auch wenn das empörend ist. Und Sätze, die mit den Worten ‚Hätte ich doch …' beginnen, sagen nichts anderes aus, als daß man eben nicht hat und daß es jetzt zu spät ist, etwas daran zu ändern. Immer mehr Amateurkapitäne glauben blind, was ihnen die Bordelektronik vorgaukelt, das beginnt bei der Anzeige für Fahrt durchs Wasser, die ja oft reine Phantasiewerte liefert und außerdem fast immer automatisch der Fahrt über Grund gleichgesetzt wird, was überhaupt Nonsens ist, und endet mit der blinden Akzeptanz auch unwahrscheinlichster Positionsangaben."

Noch einmal holte er tief Luft, bevor er mit seinem Vortrag fortfuhr:

„Das gilt auch für GPS, ein ganz neues, satellitengestütztes Navigationssystem, das die Amerikaner und Russen gerade entwikkeln und das auch in der zivilen Schiffahrt schon Verwendung findet. Da kann man auch danebenliegen, zum Beispiel dann, wenn der Navigator vergißt, in fremden Revieren das geodätische System korrekt einzustellen. Viele Leute verhalten sich, als säßen sie zu Hause am Heimcomputer bei einem Spielchen und könnten bei Bedarf mit dem Kommando ,Wiederherstellen' einen Fehler ausmerzen. Nur gibt es im Leben eben selten eine zweite Chance; James Bond ist unsterblich, aber ihr und ich, wir sind es nicht. Bekäme ich für jeden, der im Laufe der Geschichte aus Faulheit, Leichtsinn oder Ahnungslosigkeit auf See geblieben ist, auch nur einen Schilling, ich wäre wahrscheinlich der reichste Mann auf Erden."

Das war eine lange Rede und noch dazu eine, der man in keinem Punkt widersprechen konnte. Doch der Commodore war noch nicht fertig.

„Interessant ist, wie das Loran entstanden ist", fuhr er fort. „Natürlich war es auch hier der Krieg, der die Entwicklung überhaupt erst in Gang gesetzt hat. Als die Engländer damit begannen, Deutschland in nächtlichen Angriffen zu bombardieren, mußten sie feststellen, daß es selbst unter idealen Wetterbedingungen schlicht und einfach unmöglich war, ein Ziel genau zu treffen. Sternennavigation mit dem Sextanten war einfach zu ungenau. Über neunzig Prozent der Ladungen fielen irgendwo in die Prärie, so konnte das nicht weitergehen. In der Folge entwickelten die Briten das GEE-Verfahren. Drei Sender strahlten radarähnliche Impulse aus, und zwar nicht synchron, sondern mit einer bestimmten Laufzeitdifferenz, die dem Abstand der Tochtersender zum Muttersender entsprach. Weil aber die Sender Impulse mit genau der gleichen Geschwindigkeit sendeten, konnte die Laufzeitdifferenz gemessen werden. Das war die Geburtsstunde der Hyperbelnavigation. Auf einer Karte konnte man die Linien gleicher Laufzeitdifferenz einzeichnen, die sogenannten Isochronen, ähnlich wie die Isobaren Orte gleichen Luftdruckes verbinden, nur waren die Linien, die man so erhielt, eben Hyperbeln. Man konnte diese Hyperbelscharen als Gitternetz auf Karten aufdrucken. Für die Navigatoren war das ganz einfach: Die Linien in seiner Karte waren farbig und numeriert. Er mußte lediglich die Kennung feststellen und mit einem

Bildschirmgerät die Laufzeitdifferenz messen, dann konnte er seinen Standpunkt der Karte direkt entnehmen.

GEE erwies sich auch für die Marine als überraschend hilfreich. Rasch wurde es zur Minenlegung und -räumung eingesetzt, war es doch die genaueste bekannte Methode, den eigenen Standpunkt zu bestimmen. Die Amerikaner übernahmen das System mit einigen Modifikationen und nannten es long-range-navigation, eben LORAN. – Und was 1943 gut war für britische Bombenflugzeuge, hilft heute noch der Seefahrt", endete er schließlich. Der Commodore als Marinehistoriker. Eine ganz neue, überraschende Facette!

Inzwischen hatte ich genug mit den verschiedenen Meßeinstellungen sowie mit „Welle" und „Regen" des Radars experimentiert, erkundigte mich, ob ich das Gerät eingeschaltet lassen sollte, verließ die Navigationsecke und gesellte mich zu meiner Wache. Ich war erstaunt, daß es bereits schwarze Nacht war, denn ich hatte wieder nicht auf die Zeit geachtet, die unter dem Eindruck all des Neuen wie im Flug vergangen war. Alle amüsierten sich königlich über mein verwundertes Gesicht.

Vor uns, ziemlich genau auf Kurs, blinkte in der Ferne ein winziges, weißes Lichtlein, man konnte es nur von der Steuerbordbank aus erkennen, da die Genua in Backbord den Blick nach vorne verwehrte. Da es unregelmäßig aufleuchtete und erlosch, und weil es außerdem gar so klein und schwach war, vermutete ich, daß es eben über den Horizont lugte und in zufälligen Abständen von Wellen in unserer Nähe verdeckt wurde. Das bestätigte sich bald, denn kurz darauf schien es ununterbrochen und war auch etwas heller. Dafür blinkte jetzt darunter ein zweites. Also handelte es sich wahrscheinlich um ein Fahrzeug über fünfzig Meter Länge oder um einen Schleppzug. Man mußte abwarten, was als nächstes auftauchte. Mittlerweile erschien es mir, als ob das untere Licht von uns aus gesehen weiter rechts wäre, eine Spur nur, aber eben rechts, und so bot ich mir selbst eine Wette an, daß das nächste Licht wieder darunter und grün sein würde. Ich gewann. Bis zu diesem Moment hatte keiner ein Wort gesagt, obwohl der Commodore, Birgit und Ernstl mit mir gespannt nach vorne äugten. Pat auf der Backbordbank war das Ganze entgangen. Obwohl er sah, daß wir alle nach vorne starrten, war er sitzengeblieben, was ihm auch durchaus zustand, schließlich hatte er wachfrei. Jetzt aber wandte sich der Commodore, verärgert über seine Interesselosigkeit, an ihn, und zwar als Prüfer.

„Wenn du einmal zu mir kommst und dir das anschaust, dann möchte ich wissen, was du davon hältst."

Pat erhob sich ächzend und kugelte auf unsere Seite, wo Birgit und ich ihm Platz machten. Er warf einen Blick nach vorn und ging, wie er sagte, nur rasch seine Brille holen, denn er war kurzsichtig wie ein Maulwurf, und ohne Brille sah er überhaupt nichts. Allerdings trug er sie sonst aus ebendiesem Grund stets bei sich, auch wenn er sie manchmal nicht aufhatte. Jetzt aber war diese Sehhilfe offensichtlich irgendwo unten. Inzwischen waren die Lichter klar sichtbar, selbst das grüne, das relativ schwach war gegen die anderen, so daß man es lange Zeit eher geahnt als gesehen hatte. Pat erschien wieder, warf einen kurzen Blick nach vorn und sagte dann wie aus der Pistole geschossen:

„Dampfer auf ungefährem Gegenkurs, Steuerbordlicht sichtbar, läuft also von uns aus gesehen nach rechts und uns entgegen, zwei Topplichter, also über fünfzig Meter lang, das heißt, wahrscheinlich, denn auch kleinere Fahrzeuge dürfen das zweite Topplicht führen. Das hintere ist das höhere. Schleppzug kann es daher keiner sein, die führen die Lichter an einem Mast übereinander."

Ich war beeindruckt, denn ich erinnerte mich erst jetzt wieder daran, daß auch Fahrzeuge unter fünfzig Metern Länge das zweite Topplicht führen durften. Nicht beeindruckt war der Commodore, der sofort nachstieß.

„Und was wäre, wenn wir jetzt zwei rote Lichter übereinander über dem grünen oder etwas davor sähen?"

Ich überlegte kurz, dann fiel es mir ein. Das wäre ein manövrierunfähiges Fahrzeug mit Fahrt durchs Wasser, von links nach rechts unseren Kurs kreuzend. Pat gab schnaubende Geräusche von sich, aber keine verständliche Silbe.

„Siehst du, jetzt kannst du nicht hinuntergehen und in deinem schlauen Buch nachschauen."

Pat erwiderte aufgebracht, daß er das sehr wohl könne, wenn er solche Lichter sähe. Der Commodore schnappte zurück, daß das wohl eher schwierig sei, bei schlimmem Wetter und als einziger an

Bord, der noch nicht durch Seekrankheit ausgefallen sei. Pat meinte darauf, daß er bei solchem Wetter ohnehin draußen nichts verloren hätte, und bekam als Antwort, daß man sich das Wetter nicht aussuchen könne, und was er machen wolle, wenn ihn Schlechtwetter zwanzig Meilen von Land entfernt überrasche? Darauf entgegnete Pat störrisch, er wolle gar nicht zwanzig Meilen vom Land weg sein, nicht einmal zwei, weil er überhaupt nur kleine Küstenfahrten machen würde.

„Wenn ich dir den Schein gebe, hast du aber das Recht dazu. Deine momentanen Versicherungen, das nicht auszunützen, die jetzt sicher völlig ernst gemeint sind, sind dann null und nichtig. Es gibt keinen Segelschein für den Bereich Küstenfahrt in Rufweite, und die Schuldgefühle möchte ich nicht mit mir herumtragen, wenn ich in der Zeitung lesen muß, daß du dich und womöglich auch noch andere umgebracht hast, und ich hab' dir dazu auch noch meinen Segen gegeben."

Pat schnaubte wütend und verschwand unter Deck, so rasch ihn seine fetten Beinchen trugen. Der Commodore hatte völlig recht, aber ich brauchte mich auch nicht mehr zu fragen, wer auf diesem Törn wohl sein Opfer war, denn bekanntlich macht der Ton die Musik, und der war rauh gewesen in diesem Gespräch, aber keineswegs herzlich. Pro forma, quasi der Gerechtigkeit wegen, wurde Ernstl noch gefragt, wie ein Lotsenboot im Dienst aussah, und er gab als Antwort:

„Weiß über Rot, des Lotsen Brot."

Er hat für alles und jedes solche Merksprüchlein, und er fährt gut damit. Ich sollte sagen, wie ein Fischer aussah, und antwortete auch mit einem Ernstlschen Merksatz:

„Grün oder Rot über Weiß, des Fischers Schweiß."

Dann aber mußte ich, ohne Reime, erklären, was ein Trawler und was ein Treibnetzfischer ist. Damit war die Sache ausgestanden, zumindest für den Moment, und wir kehrten zum gemütlichen Teil zurück, das heißt, der Commodore griff in die Tasche, holte eine Flasche Underberg heraus und schüttete sich den Inhalt in den Mund. Meine Geschmacksknospen wanden sich schon beim Zuschauen.

Der Wind war ziemlich schwach geworden, daher bargen wir die

Segel. Dazu brauchten wir allerdings eine Taschenlampe, denn im Finstern war es uns unmöglich, die diversen Leinen zu unterscheiden, trotz aller Übersichtlichkeit, weil wir mit diesem Schiff eben doch nicht ausreichend vertraut waren. Birgit wandte sich während der Zeit, in der wir die Lampe aufdrehten, ab, damit wenigstens einer noch etwas sehen konnte, wenn wir das Licht wieder ausknipsten. Wir anderen hatten, als es wieder dunkel wurde, die grünen Lichtschlieren der Nachbilder auf der Netzhaut.

„Oh, das gefällt mir“, sagte der Commodore anerkennend.

Wahrscheinlich hätte von seinen Leuten niemand daran gedacht, daß es minutenlang dauert, bis man in der Nacht wieder gut sieht, wenn man zuvor Licht benutzt hat. Das gilt auch für die Benutzung von Feuerzeugen. Unsere Raucher mußten sich immer wegdrehen und das Licht verbergen, wenn sie sich eine Zigarette anzündeten. Das war die Schule von Fritz, uns war dieses Verhalten in Fleisch und Blut übergegangen, und es kam offenbar gut an.

Ernstl startete den Diesel, und wir rauschten wieder rascher dahin.

„Schau, Meerleuchten!“ rief Birgit. Tatsächlich, wir zogen eine grün leuchtende Spur spiraligen Schraubenwassers hinter uns her.

Ich rief die anderen, Rosi und Patachon kamen herauf, Pat hatte sich niedergelegt, offenbar trotzte er noch immer. Plötzlich schrie Patachon erschreckt auf.

„Um Gottes willen, ein Torpedo!“

Wirklich kamen hinter dem Boot eine, nein, zwei geisterhaft grüne Spuren beängstigend rasch näher. Alle schrien durcheinander, der Commodore rief: „Ruder hart steuerbord!“, doch Ernstl hatte das längst ohne Anweisung getan und dabei Vollgas gegeben. Wir purzelten im Cockpit durcheinander, und so zogen die Blasenbahnen am Boot vorbei, drehten aber um und schossen wieder auf uns zu. Scheinbar völlig unbegründet lachte Birgit auf, vielleicht als hysterische Reaktion auf die Gefahr.

„Das sind Delphine“, prustete sie. „Das habe ich schon ein paarmal gesehen!“

Und wirklich, als wir uns von unserem Schrecken erholt hatten, sahen wir fünf, sechs grüne Spuren gleichzeitig in einem rasenden, spielerischen Ballett um unser Schiff tanzen. Die Tiere selbst blieben unsichtbar. Sie sprangen auch nicht, sondern woben nur ihre komplizierten Muster von Wasserwirbeln, die im Licht der Mikroorganismen geisterhaft leuchteten. Ernstl ging wieder auf Kurs und nahm die Drehzahl zurück. Der Spuk verschwand so rasch, wie er gekommen war. Jammerschade, daß niemand daran gedacht hatte, die Videokamera heraufzuholen, denn die Schraubenwirbel, die uns ja treu blieben, sind im Film sichtbar, also wären auch die Delphinfährten zu sehen gewesen. Doch so sehr wir auch lauerten, es kamen keine mehr.

Dann ließ uns der Commodore ablösen, es war zweiundzwanzig Uhr. Die normale Wacheinteilung war auf dieser Fahrt außer Kraft, und Pat erschien wieder, mürrisch zwar, aber recht schnell. Er löste Ernstl am Rad ab, und wir gingen hinunter. Birgit legte sich auf die Salonbank, während Ernstl sich in die Navigation setzte und die versegelte Strecke eintrug. Ich wollte es genau wissen und lüftete das Feigenblatt des Loran, las die Position ab, trug an den angegebenen Koordinaten ein Ringerl ein und schrieb daneben, zart und mit Bleistift, WO(Loran), 2105 GMT. – Heute müßte ich UTC schreiben, aber wahrscheinlich statt Loran auch GPS. – Dann harrte ich der Dinge, die da kommen sollten. Und wirklich, Rosi stürzte förmlich nach oben, und ich hörte sie keifen:

„Du, der Hannes hat am Loran nachgeschaut."

Unheildräuend kam der Commodore herunter. Als er aber erfuhr, daß Ernstl zuerst den Koppelkurs eingetragen hatte, bevor ich den WO eingetragen hatte, und auch sah, daß es in der Karte jetzt zwei Schiffsorte gab (die übrigens gar nicht weit auseinanderlagen), war er zufrieden und meinte, es sei gar keine schlechte Idee, die WOs auch jedesmal einzutragen, aber eben unabhängig von und vor allem nach den Koppelkursen. Schließlich mache er es sonst ja auch nicht anders. – Das war der Anfang meiner „doppelten Buchhaltung", die ich auch heute noch führe. Gute Ideen darf man ohne weiteres übernehmen, da ist nichts falsch dran. – Außerdem wußte ich jetzt, daß Rosi wirklich eine Petze war. Das sollte sich in der gleichen Nacht noch wiederholt bestätigen.

Oben stritt der Commodore schon wieder mit Pat, weil der ihm als Antwort auf seine Frage nach Notsignalen angeboten hatte, brennende Ölfässer am Heck aufzustellen oder alternativ die tote

Fliege zu markieren, wie er es nannte. Nun gibt es tatsächlich ein Notsignal, das als müde Fliege bekannt ist, aber das kann nur auf ganz kurze Entfernung erkannt werden. Es besteht darin, daß sich einer gut sichtbar aufstellt und die gestreckten Arme langsam auf- und abschwenkt, in der Nacht mit Taschenlampen in den Händen. Hier, mitten in der Adria und zum Zeitpunkt der Frage, hätte er sein Armwedeln nach kurzer Zeit in Schwimmbewegungen umwandeln müssen. Von pyrotechnischen Signalmitteln, auch nur auf Sicht und selbst dann nur bedingt wirksam, und von Notrufen über Funk wußte Pat offensichtlich nichts. Auf den Funk angesprochen, meinte er nur, er hätte kein Funkzeugnis. Da man für Notrufe keines braucht, war das leider wieder falsch. Von den Notruffrequenzen hatte er natürlich erst recht keine Ahnung, kannte nicht einmal den UKW-Kanal sechzehn. Dafür maulte er, daß die theoretische Prüfung vorbei sei und er sie bestanden habe. Die Antwort des Commodore war nicht druckreif, und er mußte sich nach dieser Aufregung wieder mit einem Fläschchen Underberg stärken. Ich sah für Pats Prüfung schwarz.

Kurze Zeit später wehte es sich ein, so daß wir Segel setzten und mit satten sechs Knoten genau Richtung Venedig liefen. Mit dem Wind wurde es aber auch rasch kälter, und wir gingen nacheinander hinunter, um uns wärmer anzuziehen. Als ich unten war, plärrte das Funkgerät, die MIRANDA rief uns an. Da niemand Anstalten traf, sich zu melden, nahm ich das Gespräch entgegen und erfuhr nach dem obligaten Kanalwechsel, daß die MIRANDA in Schwierigkeiten steckte, und zwar zweifach. Die altersschwache Genua, die wir bei der Bootsübernahme bekommen hatten, war in der gesamten Länge des Achterlieks am Übergang zum Sonnenschutzstreifen eingerissen, so daß sie die Segel wieder bergen mußten. Das war ein ziemlicher Aufwand gewesen, weil sie den losen, bleichblauen Streifen irgendwie ans Vorstag bändseln mußten. Das heißt, Fritz mußte, denn er traute sich nicht, Walter im Finstern aufs Vorschiff zu schicken. Er ließ ihn mit gemischten Gefühlen am Rad, während er mit Peter unter der schwächlich glimmenden Salingleuchte versuchte, das widerspenstige Tuch einzufangen und niederzubändseln. Linda ging Ausguck, und Mike war in der Navigation beschäftigt, wo er versuchte, mittels

Schätzung und Erinnerung festzustellen, wo sie zum Teufel ungefähr sein konnten, denn Bull hatte schimpfend die von den früheren Crews vollgeschmierte Karte sauberradiert, dabei aber leider auch die aktuellen Aufzeichnungen zwar in bester Absicht, aber auch vollständig eliminiert.

Dann, als sie fertig waren und friedlich unter Motor dahinschaukelten, gefiel Fritz der Winkel zwischen Kielwasser und Wellenrichtung nicht, er hatte das anders in Erinnerung, und außerdem sahen sie nirgends mehr die Lichter der anderen Boote. Walter behauptete steif und fest, daß er den Kurs genau hielte, seit er das Steuer vor etwa einer Stunde übernommen hätte. Fritz prüfte das, es stimmte. Als er aber, immer noch mißtrauisch, den Kompaß mit dem Peilkompaß überprüfte, ergab sich eine Differenz von über fünf Grad. Um das genauer feststellen zu können, löste er Walter ab – kaum stand er am Rad, stimmten die beiden Geräte wieder überein. Eine seltsame Geschichte. Fritz bat Walter, noch einmal zu ihm zu kommen, und sofort drehten sich beide Skalen fast ruckartig und gleichzeitig um ein paar Grad. Er ließ Walter fast alle seiner Taschen ausräumen, bis sie in der Brusttasche der Windjacke einen schweren Schlüsselbund fanden: Walters Haus- und Büroschlüssel, die er bei der Abfahrt in Wien eingesteckt und dort vergessen hatte. Als Ergebnis wußten sie jetzt nur noch, daß Italien im Westen lag. Im Lichte dieser letzten Erkenntnisse war auch klar, warum wir am ersten Morgen unseres Törns kein Land gesehen hatten: Walter hatte dicht beim Ruder gesessen, um auf Iglo und Conan aufzupassen. Durch diese sorgfältige Überwachung hatte er garantiert, daß wir überall hinkamen, nur nicht nach Susak. Später war er, angetan mit seiner Deviationsjacke, zwar noch ein paarmal Rudergänger gewesen, doch da er auf Sicht fuhr, war die Abweichung unbemerkt geblieben.

Fest stand nun, daß sie mit erheblicher Verspätung nach Venedig kommen würden, wenn sie nicht Hilfe in Anspruch nahmen. Sie hatten die Wahl, erst in Sicht der italienischen Leuchtfeuer ihre Position zu bestimmen und dann nach Venedig zu laufen oder uns zu bitten, ihnen mit Hilfe des Radars einen Kurs zu geben. Nun mußte ich erst einmal feststellen, wo sie waren. Das war aber gar nicht so einfach, denn es gab hinter uns einige Reflexe, die in

Frage kamen. Ich bat Fritz, für eine halbe Minute genau nach Norden zu laufen und dann einen reinen Westkurs zu fahren. Und wirklich schlug eines der Lichtpünktchen einen Haken nach Norden, um dann wieder in westlicher Richtung weiterzustreben. Nachdem ich den Winkel und die Entfernung zum Zentrum des Schirms, also zu uns, festgestellt hatte, holte ich mir einen WO vom Loran und trug die Radarposition der MIRANDA relativ zu uns in die Karte ein. Dann bestimmte ich ihre Koordinaten, und als ich wieder zum Funkmikrofon griff, stand auch schon der Commodore da, um zu fragen, was ich da triebe. Ich gab Fritz seine Position durch, beendete den Funkverkehr und erklärte dann, was ich getan hatte und natürlich auch warum.

„Hast du das schon einmal gemacht?“ fragte der Commodore überrascht.

„Nein, das gerade nicht“, erwiderte ich, „aber beim Fliegen gibt es ein ähnliches Procedere, um die Position einer Maschine am Radar festzustellen. Dort wird ein ‚threesixty‘, also ein Vollkreis, geflogen, um das Echo zu identifizieren. Davon hab' ich halt schon öfters gehört und das Verfahren einfach abgewandelt.“

Der Commodore war beeindruckt. Das hatte ich Rosi zu verdanken, die wieder einmal tratschen gewesen war, weil ich den Funkruf angenommen hatte, was hier an Bord normalerweise nur der Chef tat. Außerdem hatte ich schon wieder das Loran abgelesen, diesmal aber ohne vorher den Koppelort einzutragen, und diese Frechheit mußte der big boss sofort erfahren. Ich hätte ihm von der ganzen Sache gar nichts erzählt, aber die große Schwester hatte alles gesehen, wenn auch nichts verstanden, und mich vorsichtshalber sofort den Behörden gemeldet.

Langsam begann ich, mich über diese Kindergartenspielchen aufzuregen, aber ich hielt den Mund, denn es waren ja nur mehr ein paar Stunden, bis ich wieder auf meinem Schiff sein würde, wo es zwar eng, aber kameradschaftlich zuging. Als ich alles erklärt hatte, nahm ich mir eine Tasse Tee, den ich mit etwas Rum kühlte, und schneller als ich die Tasse zum Mund führen konnte, stand auch schon wieder Rosi da:

„Mein Mann mag das gar nicht, wenn die Kanditaten unterwegs Alkohol trinken. Schütt das weg, und trink Tee!“

Da platzte mir der Kragen.

„Weißt du, ich bin ein großer Bub, ich kann mir sogar schon die Schuhe selber zubinden. Und außerdem weiß ich, was mir guttut und was nicht. Erspar dir deine Belehrungen! Wenn du unbedingt auf wen aufpassen mußt, dann fang bei deinem Mann an, der braucht mehr Underberg pro Stunde als der Motor Diesel. Da hast du genug zu tun. Ich kann auf diese ununterbrochene Bespitzelung gern verzichten. Na los, geh schon, und sag's ihm, bevor es dich zerreißt!"

Dann trank ich ostentativ meinen Tee mit Rum aus und ging hinauf. Dort war es empfindlich kalt geworden, und nach einer Weile blieben nur Ernstl und ich über, da unsere Wache wieder dran war. Wir waren fest angezogen, und es war richtig angenehm, nach der Hektik der bisherigen Überfahrt ein bißchen Ruhe zu haben. Natürlich drehte sich das Gespräch um das Segeln, und Ernstl fragte mich, wie ich eigentlich dazu gekommen sei.

„Das ist eine lange Geschichte, willst du dir das wirklich antun?" wollte ich wissen.

„Bis Venedig ist es noch weit, und außerdem hätt' ich dich sonst nicht gefragt. Also zier dich nicht, sondern fang lieber an zu erzählen!"

„Na gut, du hast es nicht anders gewollt. Solange ich denken konnte, waren meine Eltern im Sommer an den Wochenenden in den Seewinkel im Burgenland gefahren, an den Zicksee, wo ich die Zeit im Schlamm der Salztümpel verbrachte, mit anderen Bübchen Kröten fing und mir beim Bau von Schilfhütten die Hände zerschnitt. Als ich zehn Jahre alt war, wurde der Campingplatz dort aufgelassen, weil die ganze Gegend zum Naturschutzgebiet erklärt wurde, und wir mußten an den Neusiedlersee übersiedeln. Dort lernte mein Vater Segler kennen und durfte ein paarmal mitfahren. Er war begeistert, und nach einer Weile bestellte er in Deutschland ein winziges Segelbootchen, eine Koralle, kleiner noch als ein Pirat, mit Seitenschwertern zum Hineinstecken. Das blieb für die nächsten sechs Jahre unser Boot, und auf ihm lernte ich segeln, und zwar nach der Wandermethode."

„Nach der Wandermethode?" wunderte sich Ernstl, „davon habe ich noch nie gehört!"

„Na ja, wir haben sie zwar nicht erfunden, aber sie funktioniert nur am Neusiedlersee. Dort war sie aber damals weit verbreitet. Und sie ist eigentlich ganz einfach. Sie ging in etwa so: Wir, mein Vater und ich, takelten das Boot auf, sehr zum Gaudium der anderen, die immer zuschauen kamen, wie wir uns anstellten, dann kroch ich hinein, mein Vater gab dem Boot Schwung in die gewünschte Richtung, und schon trieben wir auf den See hinaus oder ans Ufer, je nachdem, woher der Wind kam. Wurde das Wasser tief genug, steckte ich die Schwerter ein bißchen tiefer in die Kästen, und wir gewannen an Richtungsstabilität. Waren wir ein paar hundert Meter gesegelt, versuchte mein Vater eine Wende, woraufhin wir so sicher wie das Amen im Gebet kenterten. Wenn alles, was in der Gegend herumschwamm, geborgen war, wanderten wir mit dem randvollen Boot wieder zurück, um es am Ufer leerzuösen, und starteten einen neuen Versuch, nur um ein paar Minuten später wieder zurückzuwandern. Ich bin im Neusiedlersee mehr Kilometer gegangen als beim Bundesheer marschiert.

Mit der Zeit wurden wir besser, und nach und nach gab es auch weniger Zuschauer, wenn wir in See stachen. Ich lernte das Segeln wesentlich rascher als mein Vater, ganz einfach deswegen, weil ich kleiner war und mich auf dem winzigen Schiffchen viel leichter bewegen konnte. Jedenfalls segelte ich, wieder mit Gleichaltrigen, bald alles, woran man einen Fetzen Tuch befestigen konnte, aber als mein Vater sich endlich einen Unicat kaufte, einen behäbigen Familienkatamaran, da gehörte die Koralle mir ganz allein, und ich war damit tagelang und bei jedem Wetter unterwegs. Auch erste Mädchenbekanntschaften vermochten meine Segelleidenschaft nicht zu dämpfen, ganz im Gegenteil, das Boot war ja meine einzige Möglichkeit, wirklich verschwiegene Plätzchen zu erreichen. Bequem war das nicht, aufregend allemal."

„So so!" Ernstl gluckste verständnisvoll und blickte ostentativ in die Kajüte, wo Birgit auf einer Salonbank lag.

„Lach nur, du Schuft", grinste ich und fuhr dann fort.

„Ein Freund meines Vaters baute sich damals einen Shark, einen englischen Rennkatamaran. Die Rümpfe und den Mast importierte er, den Rest machte er selbst, und zwar großartig. Allerdings konnte er überhaupt nicht segeln, das mußte er nach dem Bau des Bootes erst lernen, und die Wandermethode war für dieses für unsere Begriffe riesige Schiff, damals das schnellste am ganzen See, nicht empfehlenswert. So lernte ich mit dem Riesending, mit dem man ab vier bis fünf Beaufort einen Wasserskifahrer schleppen konnte, allein umzugehen und der Stefan, so hieß der Besitzer, quasi als Nebeneffekt, segeln. Ich lernte damals auch, daß man sich besser nicht helfen läßt, und wenn doch, daß man immer alles selbst kontrollieren muß.

Einmal hat nämlich ein Ahnungsloser beim Aufstellen des Mastes die Backbordwant an dem schwachen Beschlag festgemacht, wo man normalerweise das Trapezfall befestigt, und bei der ersten Wende kam prompt das ganze Rigg von oben. Daß der Mast niemanden erschlagen hat, war reines Glück. Immerhin war das Mastlager aus dem Deck gerissen und der Beschlag sowieso. Zum Glück blieb sonst alles ganz, aber noch heute schaudert's mir, wenn ich daran denke.

Nach meinem Grundwehrdienst, zu Beginn meines Studiums, segelte ich dann seltener, weil ich inzwischen andere Interessen entwickelte und jede freie Minute in meinem VW verbrachte, der fast so alt war wie ich. Dann kam die Segelfliegerei, später der Motorflug, und schließlich war ich jahrelang nicht mehr gesegelt, als mich der Commodore zu Peter auf die Ketsch schleppte und mir damit ein Wiederaufflammen der alten Infektion mit dem Seglervirus bescherte, allerdings in einer anderen Dimension, eben am Meer. Na, und davon habe ich mich bis heute nicht mehr erholt.

Aber sag, wie war's denn bei dir?"

„Das weißt du doch!"

„Nein, als du damals bei uns mitgefahren bist, war das schon dein zweiter Törn. Von deinem ersten hast du nie was erzählt."

„Na, eigentlich gibt's da auch gar nichts zu erzählen. Wie so viel im Leben war's purer Zufall. Ich habe nie im Leben daran gedacht, jemals auf ein Boot zu gehen, schon gar nicht auf dem Meer. Die Segelboote auf den Seen, die ich bis dahin gesehen hatte, haben mir zwar immer gefallen, aber sie waren mehr Teil der Kulisse. Schließlich war ich zum Wandern da, im Sommer auch zum Baden, aber mit Booten habe ich nie etwas am Hut gehabt. Dann, vor ein paar Jahren, hat mich ein Freund gefragt, ob ich nicht mitfahren wolle auf einem Segelboot in der Adria. Es war ihnen im letzten Moment ein Mann ausgefallen, und sie wollten Ersatz für ihn, sonst hätte der arme Wicht dafür, daß er nicht mitsegeln konnte, auch noch zahlen müssen. Na, ich hatte nichts vor, Sommer war auch, in der Firma Saure-Gurken-Zeit, und da bin ich halt mitgefahren. Zwar war mir die ersten paar Stunden schlecht, so geht's mir ja heute noch, aber nach kurzer Zeit war das vorbei, und als wir wieder heimkamen, da hatte ich zwar noch nicht viel Ahnung, aber dafür ein neues Hobby. Wie es dann weitergegangen ist, weißt du sowieso."

Na ja, teilweise. Denn als Tierarzt kann ich mir nie soviel Urlaubstage erlauben wie er. Jedes Jahr ist er ein paar Wochen unterwegs, und jetzt, wo ich das schreibe, hat Ernstl mehr Seemeilen als die meisten Prüfer abgesegelt. Und das überall, auch abseits der normalen Reviere. Waren Sie schon vor Madagaskar segeln? Ernstl schon.

Während wir noch in Erinnerungen schwelgten, erschienen Pat und Patachon wieder gähnend an Deck, gefolgt vom Commodore. Er wollte, daß die beiden die Ansteuerung übernahmen. Uns war es recht, denn langsam verspürten wir wieder Hunger, außerdem war uns trotz der warmen Kleidung schon etwas kühl. Ernstl trug den Koppelort ein, ich stöberte in der Kühltruhe nach Eßbarem. Aber da erschien wie durch Zauberei Rosi und erklärte, sie werde uns verpflegen. Der Gedanke, daß wir ihr den Herd versauen und die Ordnung in der Kühltruhe durcheinanderbringen könnten, war ihr sichtlich zuwider. Mir war auch das recht, und wir bekamen nach einer Weile hervorragende Omelette mit Zwiebel und Parmesan. Dazu tranken wir je eine Dose Bier, natürlich unter mißbilligenden Blicken unserer Wächter-Bedienung, die von uns allerdings völlig wirkungslos abprallten. Wir wuschen unser Geschirr und die Pfanne ab und legten uns auf die noch freien Salonbänke.

Ich schlief bald ein, wurde aber praktisch im gleichen Moment wieder wachgerüttelt. Als ich aufbegehren wollte, sah ich, daß es Birgit war, die mich da sachte, aber unerbittlich schubste.

„Was ist denn los?" erkundigte ich mich schlaftrunken.

„Schau dir das Radar an, sie haben sich verfranzt“, wisperte sie, und ich setzte mich auf und reckte mir den Schlaf aus den Armen und dem Körper.

Dann zog ich meine Bordschuhe an und schlurfte in die Navigation. Am Schirm des Radars bildete sich bereits die italienische Küste ab, erstaunlich gestaffelt, und wo ich erwartet hätte, nur vage Konturen zu sehen, war das Bild geradezu kartenidentisch flächenhaft und zeigte auch Details in der Tiefe der Lagune. Trotzdem brauchte ich eine Weile, um die dargestellte Gegend in der Karte wiederzufinden. Dann aber war mir klar: Das da vor uns war nicht die Einfahrt zum Hafen von Venedig, das war der Porto di Malamocco. Wir waren sechs Meilen südlich der Position, die in der Karte als Schiffsort eingezeichnet war. Ich hatte nicht einen Moment, sondern über eine Stunde geschlafen und war also schon länger als zwei Stunden hier unten. In der Zeit hatten schlampige Navigation und Wunschdenken beim Eintragen der Koppelorte im Verein mit fehlender Überprüfung ein wahres Wunder bewirkt, das mich einerseits mit Bedauern für Pat und Patachon, andererseits mit strahlender Genugtuung erfüllte: Das Überwachungsmodell mit Rosi als Auge und dem Commodore als Hirn hatte Lücken, durch die ein Tanker fahren konnte. Der Chef vertraute auf die Meldungen, die von unten kamen und Mißbrauch von Unterlagen und Navigationseinrichtungen praktisch ausschlossen, sowie auf die einschüchternde Präsenz seiner Person im Cockpit, verzichtete aber auf die direkte Überprüfung des Kurses und der Karteneintragungen. Dadurch – vielleicht auch durch die Underberge – war es möglich geworden, daß das Boot unbemerkt vom rechten Weg abkommen konnte. Gefährlich war das keineswegs, aber dafür recht peinlich.

Unter zweifelhaften Wetterbedingungen und auch unter Zeitdruck hätte der Commodore sicher nicht auf die Seemannschaft seiner schwarzen Schafe gebaut, aber so, wie die Dinge lagen, hatten sie es fertiggebracht, unter seinen Augen binnen zwei Stunden so in die Irre zu fahren, wie das in dieser kurzen Zeit überhaupt nur möglich war. Freilich hatte auch das Wetter mitgespielt: Bei klarem Himmel hätte er die Kursänderung sofort an der regelwidrigen Drehung der Sterne erkannt, bei konstanter Windrichtung am Einfallswinkel des scheinbaren Windes und auch an der Wellenrichtung. So aber hatte er sich still gefreut, daß sie den Kurs mühelos anliegen konnten und, weil alles so gut ging, befriedigt einige Fläschchen Underberg gekippt. Nur Birgit war es zu verdanken, daß ich jetzt wußte, wo wir waren. Von selbst wäre ich nie auf die Idee gekommen, die Position zu überprüfen, selbst wenn ich wach gewesen wäre, denn Rosis Bespitzelei wirkte lähmend auf jede Eigeninitiative. Wer von den Kandidaten wachfrei war, hatte in der Navigation nichts verloren, basta. Sonst hätte er ja womöglich einsagen können.

Und tatsächlich war Rosi, kaum daß ich dort saß, wieder einmal hinaufgeeilt, um mit dem Commodore zu wispern. Birgit, die vorher in der Navigation gewesen war, hatte sie nur deshalb nicht verpetzt, weil sie ja kein Prüfling war (und das, obwohl sie nicht nur hätte einsagen können, sondern das auch prompt getan hatte, allerdings so, daß Rosi vorderhand keinen Verdacht geschöpft hatte).

Birgit hatte sich inzwischen wieder hingelegt und lehnte es kategorisch ab, ihre Beobachtungen selbst zu melden. Vielmehr meinte sie, es könnte meiner Prüfung nur nützlich sein, wenn ich so täte, als wäre ich draufgekommen. Grundsätzlich war ich davon nicht begeistert, aber der kleine Opportunist in mir fand, daß sie recht hatte. Ich küßte sie auf die Nase, und sie machte mit geschlossenen Augen eine Schnute, also küßte ich sie auch noch auf den Mund, bevor ich hinaufging, um mich mit fremden Federn zu schmücken. Dort empfing mich ein gereizter Prüfer, der mich verwarnte, weil ich während der Überfahrt Alkohol getrunken hatte. – Wesentlich überzeugender wäre dieser Rüffel allerdings gewesen, wenn sein Atem dabei nicht nach Underberg gerochen hätte.

„Lieber Commodore, ich finde Prinzipien ganz großartig, aber ich verbitte mir doch, daß ich ständig wie ein Entmündigter behandelt werde“, erklärte ich ihm in aller Ruhe, „außerdem reden wir hier nur von einem Tee mit Rum und einer Dose Bier, wahrlich nicht die Welt. Und im übrigen finde ich es nicht sehr schlau, mit Steinen zu schmeißen, wenn man im Glashaus sitzt; deine Underberge dürften um ein Vielfaches härter sein.“

Trotz der Dunkelheit meinte ich zu sehen, wie er rot anlief.

„Noch hast du die Prüfung nicht im Sack, Hannes“, knirschte er zwischen zusammengebissenen Zähnen hervor, „und wenn du so weitermachst, wirst du auch nicht durchkommen!"

Das reichte mir wieder einmal, wahrscheinlich werde ich es nicht mehr lernen, mein großes Maul zu halten, und ich setzte ihm detailliert auseinander, was er mit seinem Prüfungsprotokoll und seinen Prinzipien machen könnte. Als er empört Luft holte, fügte ich hinzu, daß ich jedenfalls im Gegensatz zu ihm wüßte, wo wir waren. Er sah mich ungläubig an und ging nachschauen.

Rosi, die Petze, der es jetzt dämmerte, was da vor sich gegangen war, rief ihm nach: „Das hat ihm die Birgit gesagt!" Aber niemand hörte ihr zu, weil alle durcheinanderredeten und ihr Liebster schon längst unten war.

Ich legte ihr dringend nahe, sich endlich um ihre eigenen Sachen zu kümmern.

Nach überraschend kurzer Zeit kam ein wutschnaubender Prüfer rasch und giftig wie ein Springteufel aus dem Niedergang geschossen, und ich mußte mich ans Ruder stellen und auf Nordkurs gehen. Pat konnte seine Träume vom B-Schein nun wohl endgültig begraben, schließlich hatte er den Schlamassel verursacht. Ich kommandierte die Wende, und unter ungemütlichem Schweigen zogen wir hoch am Wind Richtung Venedig.

Rosi hub erneut zum Sprechen an, aber mit dem Commodore war momentan nicht gut Kirschen essen. Unwirsch fuhr er sie an, und sie verschwand beleidigt in ihre Kabine, wo sie zu meiner Erleichterung bis zum Anlegen blieb.

Im Finstern neben mir raschelte Papier, man hörte leises Gluckern, dann plumpste ein kleines Fläschchen in die Adria. Ein abgrundtiefer Seufzer folgte.

„Entschuldige, daß ich dich so angeknurrt habe", begann der Commodore, doch ich unterbrach ihn mit meinem Friedensangebot:

„Tut mir leid, was ich vorhin gesagt habe."

Nach längerem Schweigen kam der lahme Witz, er hätte so etwas mit den Papieren sowieso nicht getan, und ich begriff erleichtert, daß das Kriegsbeil wieder begraben war.

Eine knappe Stunde später hatten wir die Lichter der Einfahrt querab und ich meine liebe Not, in dem Gewimmel der roten Lichter auszumachen, wo die entsprechenden grünen waren, obwohl wir inzwischen schon unter Maschine liefen. Der Anblick des Feuerslaloms verschob sich ständig, und das Unterfeuer des Richtfeuers konnte ich lange Zeit überhaupt nicht finden, obwohl ich sichtlich korrekt auf Kurs war und das Oberfeuer auf der Insel Murano deutlich sah. Ich hielt aber den Mund, weil der Chef angespannt Ausschau hielt und sicher sofort eingeschritten wäre, wenn ich auch nur minimal vom Kurs abgewichen wäre. Trotzdem war ich erleichtert, als sich zu unserer Linken der Canal di San Nicolo öffnete und wir vorbei an der alten Feste San Andrea in Richtung Lido liefen. – San Andrea, das alte Tor zum Herzen der venezianischen Macht. Jahrhundertelang war es der unüberwindliche Wächter der Lagunenstadt, und obwohl heute in den gemauerten Geschützpforten in Wasserhöhe keine Kanonenmündungen mehr dräuen, kann man sich doch mühelos vorstellen, was für ein vernichtendes Feuer aus ihnen einem Angreifer entgegenschlug und was für verheerende Verluste die am Meer abprallenden und hüpfenden Kugeln aus den knapp über Wasserhöhe liegenden Feuerstellungen ihm in der ausweglosen Enge zuzufügen vermochten.

Schließlich ging's ans Anlegen.

Ich machte mir Gedanken um den am Lido zeitweise recht heftigen Gezeitenstrom, der mir in der Vergangenheit einmal einen üblen Streich gespielt hatte, sah aber zu meiner Beruhigung, daß fast Hochwasser herrschte, weil die dunklen Algensäume an den Ufermauern schon sehr schmal waren und der reichlich vorhandene Müll nur langsam Richtung Markusplatz trieb. Trotzdem mußten wir zuallererst am Heck fest sein, damit der Strom uns nicht um die Bugleine drehen konnte. Langsam näherte ich mich der Kaimauer, und als ich kurz Gegenschub gab, lag das Boot einen Moment ganz ruhig am Molo, als wäre es schon landfest. Ernstl sprang gleichzeitig mit Birgit, beide vertäuten uns blitzartig und warteten auf die Springleinen, doch die kamen nicht. Pat und Patachon hantierten zwar eifrig an den Klampen, hatten auch beide das Ende von außen eingefädelt, damit es die Seereling nicht tangieren konnte, aber sie arbeiteten an den Enden ein- und derselben Leine. Ich hatte die Maschine längst abgestellt, deshalb war es zu spät, unauffällig einzugreifen – schon allein deshalb, weil Birgit auf einer Bank saß und sich vor unterdrücktem Gelächter geradezu aufblähte, was dem Commodore dann doch auffiel. Er wußte, daß etwas im Gange war, hatte aber noch nicht herausgefunden, was genau. Als er nervös herumfuhr, sah er mich, wie ich da resignierend am Rad lehnte, und herrschte mich an:

„Willst du ihnen nicht helfen?“

„Nein, nein, ich glaube, die sind ohne mich auch schon nicht mehr zu schlagen“, winkte ich müde ab, und er drehte sich argwöhnisch zu den beiden um, während sie sich eben daranmachten, die zweite Springleine einzusammeln, um die vermeintlich freien Enden zu übergeben. Daraus wurde eine Art Tauziehen, weil die freien Enden zur zweiten Leine gehörten, die nirgends fest war, und so kamen alle drei ziemlich gleichzeitig drauf, was passiert war. Der Commodore lief rot an, schnaubte wie ein Stier und bellte in meine Richtung: „Bring das in Ordnung!“, bevor er den Niedergang hinunter polterte.

Auf der MIRANDA und der ODYSSEUS, die beide vor unserem Bug lagen, rührte sich nichts, alle schliefen fest, und so legten wir uns auch nieder.

Den nächsten Morgen sahen wir recht spät, so um zehn Uhr herum, und selbst da wurden wir nur munter, weil irgendwer versuchte, das Steckschott aufzubrechen. Es war der Zwinkerer, der wissen wollte, wie es weitergehen sollte. Außerdem platzte er förmlich vor Neugierde, zu hören, warum wir so spät angekommen seien, denn über Funk hatte er nur lapidar erfahren, daß alles in Ordnung sei und wir eben eine Stunde später kämen. Der Commodore erklärte ihm, wie er die Backbordwache seelenruhig den falschen Kurs fahren ließ, um zu demonstrieren, wie sich Fehler auf See summieren, und schloß seine Ausführungen mit den Worten:

„Ich hätte sie sogar einlaufen lassen in Porto di Malamocco, aber Hannes hat mir diesen Gag verdorben.“

Ich war sprachlos, aber Birgit, die Kopf an Kopf mit mir am rechten Winkel der Salonbank lag, holte vor lauter Empörung fast zischend Luft, um etwas zu sagen. Gerade noch rechtzeitig konnte ich ihr den Mund zuhalten. Sie versuchte zu beißen, doch da war sie bei mir an der falschen Adresse, weil ich seit Jahren mit allen möglichen Hunden raufe, und die können viel besser beißen als sie. Ich wisperte der Strampelnden ins Ohr, daß ich zwar den Commodore auch gerne bloßgestellt hätte, aber dem Zwinkerer die Genugtuung nicht vergönnte, ihn bei einem Fehler erwischt zu haben. Das beruhigte sie schlagartig. Unser Intermezzo war aber nicht unbemerkt geblieben, und der Zwinkerer fragte mit spöttisch hochgezogener Braue: „Liebesspielchen am Morgen?“, worauf Birgit trocken erwiderte, sie habe jedenfalls gerade eben mehr Bewegung gehabt als während ihrer gesamten Bekanntschaft. Daraufhin entfloh der Zwinkerer, verfolgt von donnerndem Gelächter. Nachdem Birgit, Ernstl und ich uns frischgemacht hatten, nahmen wir die Einladung zum Frühstück auf der Bärli an.

Die trieben mit dieser Mahlzeit einen noch ärgeren Kult als wir. Es gab nicht nur frisches Brot mit diversen Sorten Wurst und Käse, nein, da waren auch Honigschinken (von daheim mitgebracht), Osso bucco mit Honigmelone (frisch gekauft), und jeder konnte beim Commodore Frühstückseier nach Wahl bestellen. Die meisten nahmen Spiegeleier mit Speck und Zwiebel (sunny side on top), und ich schloß mich an. Ernstl aber wollte endlich wissen, was Eier Benedict waren. Birgit lehnte es überhaupt ab, ihren Cholesterinspiegel unnötig in die Höhe zu treiben, und hielt sich an Diätmargarine und Marmelade. Davon gab es zumindest zehn Sorten, alle in diesen winzigen, englischen Gläschen, und sie vernichtete die Bestände an bitter orange komplett. Ernstl allerdings weiß bis heute nicht, was Eier Benedict sind, denn der Commodore kannte auch nur den Namen, offenbar lasen sie beide Ross MacDonald, denn dort wird diese angebliche Köstlichkeit ununterbrochen bestellt und verzehrt. Wir fraßen uns durch das Buffet wie die Wanderameisen durch die Ernte, bedankten uns artig für die opulente Mahlzeit und verließen dann ziemlich erleichtert und dementsprechend rasch das gastliche Schiff.

Inzwischen war auch Fritz aufgetaucht, er hatte einen Segelmacher gefunden, der bereit war, die Reparatur unserer Genua sofort einzuschieben, allerdings zu einem astronomischen Preis. Offenbar versuchte er, unsere Notlage auszunutzen. Der telefonisch verständigte Vercharterer erklärte sich nicht bereit, die Rechnung zu übernehmen, obwohl er den Schaden als solchen durchaus anerkannte. Statt dessen verwies er uns an einen Segelmacher in Chioggia, mit dem die Agentur schon gute Erfahrungen gemacht hatte. Chioggia, Ausgangspunkt der unseligen Luconaaffäre, war für mich nur ein negativ besetzter Name, ein Industriehafen, ungefähr zehn Meilen südlich von Venedig. Fritz informierte den Commodore, der beschloß, daß wir allesamt nach Chioggia auslaufen sollten, um die Flotte nicht zu zerreißen, aber erst am späteren Nachmittag. Das Segel bekämen wir heute sowieso nicht mehr geflickt, also könnten wir uns genausogut Venedig anschauen. Außerdem wollte er ein Geschäft in der Nähe des Markusplatzes aufsuchen, wo es ein reiches Angebot exotischer Messer zu vernünftigen Preisen gebe. Da also lag der Hase im Pfeffer. Fritz fügte sich mit einem Schulterzucken und meinte, wir hätten ohnehin noch reichlich Zeit, überdies vergönne er seinen Leuten gerne ein paar Stunden Venedig. Das Auslaufen wurde für sechs Uhr Nachmittag vereinbart. Wir instruierten den immer noch bleichen Walter und machten uns auf die Socken.

Ernstl wollte erst nicht mitgehen, weil er eben zartbesaitet ist, beugte sich aber dann dem Argument, daß ich in Venedig ohnehin nirgends mit Birgit allein sein konnte. Das Marinemuseum hatte über Mittag geschlossen. Wir vertrieben uns die Zwischenzeit mit einem Spaziergang durch die Altstadt. Unter den Bogenbrückchen über die zahlreichen Kanälchen stauten sich die unvermeidlichen Gondeln, durch die Bank besetzt von wild fotografierenden Gästen aus dem fernen Japan. Den Vortrieb besorgten pittoresk gekleidete Gondolieri mit gelangweilten Gesichtern, mit je einem gewaltigen Riemen frei am Heck stehend. Ich sah eine Weile gespannt zu, aber keiner fiel in den Kanal, der nicht nur so hieß, sondern auch so roch. Dann tauchte ein Spezialist dieser Zunft auf, der zu seinen gekonnten Bewegungen zusätzlich schaurige Jammertöne ausstieß. Ernstl fand das recht romantisch, doch Birgit quietschte vor Lachen, was ihr erbitterte Blicke des Sängers und seiner Gäste eintrug. Ich meine, wir haben in Wien ja etwas Ähnliches, nämlich die Fiaker, aber die singen wenigstens nicht, zumindest nicht, solange sie noch halbwegs nüchtern sind. Und selbst die paar schwarzen Schafe, bei denen vor der Kutsche mehr Hirn versammelt ist als auf dem Bock, fallen kaum auf, weil sie bei der Arbeit sitzen und die Pferde ihren Weg auch dann finden, wenn sie auf sich selbst angewiesen sind. Bei einer Gondel gibt es einen derartigen Autopiloten leider nicht.

Durch einen malerisch verfallenen Stadtteil kehrten wir wieder zum Canale di San Marco zurück, denn inzwischen hatte das Museum wieder geöffnet. Bei meinen bisherigen Ausflügen in die Lagunenstadt hatte ich es nie geschafft, es zu besuchen, und jetzt, wo es endlich soweit war, hatten wir viel zu wenig Zeit. Wir hetzten durch die Säle im Erdgeschoß mit Exponaten aus vergangenen, kriegerischen Zeiten und standen einige Zeit vor einem Einmann-Unterseeboot aus dem Zweiten Weltkrieg. Mit solchen Fahrzeugen hatten italienische Marinesoldaten englische Schiffe in afrikanischen Häfen versenkt. Unglaublich, daß ein Mensch sich traut, quasi auf einem Torpedo in einen feindlichen Hafen zu reiten, um dort Haftminen an feindlichen Schiffen anzubringen. Einer war nach seiner Gefangennahme seelenruhig auf dem Schiff geblieben, unter dem bereits die Zeitbombe tickte, bis es für Gegenmaßnahmen zu spät war. Erst dann hatte er die Besatzung gewarnt und über die unmittelbar bevorstehenden Detonation informiert. Die Frage, ob das Mut ist oder Wahnsinn, muß sich jeder selbst vorlegen.

Wir bestaunten jede Menge historischer Geschütze auf unförmigen Radlafetten, schwere Galeerengeschütze, die auf den geruderten Langbooten unabhängig vom Wind an den Feind gebracht werden konnten, und sogar Lederkanonen aus den Anfängen der Kriegsführung mit Feuerwaffen. In den oberen Stockwerken gab es Mengen von Glaskästen mit maßstabsgetreuen Modellschiffen, Linienschiffe aller Ränge, Fregatten, Korvetten, Briggs, Schoner, Kutter, alle liebevoll bis ins kleinste Detail ausgeführt, aber auch relativ plumpe Modelle, wie sie von Seeleuten in ihrer Freizeit aus allen möglichen Materialien hergestellt wurden. Noch weiter oben waren historische Navigationsgeräte und Schiffszubehör wie etwa Schiffschronometer ausgestellt. Wir konnten uns nicht sattsehen, aber die Zeit blieb nicht stehen, und so trennten wir uns, weil jeder noch rasch zu den Dingen zurückkehren wollte, die ihn am meisten beeindruckt hatten.

Ich stellte mich wieder fassungslos vor die Modelle mit ihrem Gewirr von Unter-, Ober-, Stenge- und Bramwanten, Pardunen,

Verdrillungen, Webeleinen, Stagen, Klüvergeschirren, dazu noch das laufende Gut mit Schoten, Halsen, Fallen, Geitauen, Gordings, Bulins, Reff- und Halstaljen, Toppnanten und Brassen. Schon die Gliederung der Masten war unheimlich kompliziert, und als ich dann vor einem Modell mit allen Segeln stand, den Rahsegeln in acht Stockwerken übereinander, allein am Großmast Großsegel, Großuntermarssegel, Großobermarssegel, Großunterbramsegel, Großoberbramsegel, Großroyalsegel, Großskysegel und Mondgukker, zwischen den Masten noch jede Menge Stagsegel, am Bugspriet zwei Klüver, dazu noch Flieger und Vorstengestagsegel, außerdem noch eine Blinde, da schrumpfte das Schiffsmodell, das zu bauen ich mir spontan vorgenommen hatte, zu einem Ruderboot zusammen. Wollte ich mit meiner Ungeduld so etwas bauen wie das Schiff vor mir, mußte ich darauf warten, zu mindestens fünf Jahren Einzelhaft in einer Modelltischlerei verurteilt zu werden, und selbst dann erschien es mir fraglich, ob das Ergebnis die Mühe lohnen würde.

Inzwischen war es höchste Zeit, zum Schiff zurückzukehren. Fritz hatte schon Ernstl und Birgit zusammengetrieben und hinten bei den Modellen auf der Suche nach mir auch noch den heftig protestierenden Günther festgenommen, der gerade ein kompliziertes Detail abzeichnete. Jetzt rissen sie mich gnadenlos aus meiner Versenkung und schleppten mich an Bord eines Bootes, das nicht einmal das für eine Slup erforderliche Minimum von lächerlichen zwei Schratsegeln aufweisen konnte. Den leise klagenden Günther, der noch im Rennen an seiner Skizze arbeitete, lieferten wir unterwegs auf der BÄRLI ab, wo er sich sofort erbittert über Gruppenreisen überhaupt und diese im besonderen zu beschweren begann.

Nach den Erlebnissen auf der BÄRLI war unser Ablegemanöver mit der guten alten MIRANDA richtig langweilig, weil alles so klaglos und ohne besondere Anweisungen funktionierte. Iglo war nach Pat eine richtige Erholung, und auch Conan war in meiner Wertschätzung um einiges gestiegen, seit ich gesehen hatte, daß zwei ungeschickte Ahnungslose weit schlimmer als ein ungeschickter Theoretiker waren.

Wir dieselten flott durch die Lagune und begegneten dabei dem stinkigsten Fischerboot, das wir je gesehen hatten. Es wurde von Hunderten von Möwen umkreist, ich übertreibe nicht, und als uns der Wind eine Brise zutrieb, wurde uns fast schlecht von dem Gestank. Fritz, der gerade ein belegtes Brot aß, fluchte erbärmlich, da aber in Italien selbst die Möwen katholisch sind, folgte die Strafe auf dem Fuß, und als er sich das angekackte Hemd vom Körper riß, fraß das treffsichere Biest zufrieden sein Brot, das er mit einem Ausruf des Ekels über Bord geworfen hatte. Unser sonst so beherrschter Skipper hatte ein gestörtes Verhältnis zu Möwen, und sie zu ihm. Ich habe außer ihm noch keinen Menschen kennengelernt, der auf jedem Törn mindestens einmal von einer Möwe angeschissen wurde. Seine Verbitterung hatte aber noch andere Gründe. Er hatte lange Jahre eine Dreiunddreißiger besessen, mit der er mit seiner Frau im ganzen Mittelmeer herumzigeunerte und die jeweils dort überwinterte, wo sie am Ende der Saison eben zufällig lag. Im Frühjahr fand er regelmäßig statt seines gepflegten Schiffes einen stinkenden Haufen Guano vor, während die Persenninge der Nachbarboote makellos sauber waren. Nach ein paar Jahren war das Tuch unter dem Einfluß der ätzenden Chemikalien zerfallen, und er kaufte ein neues, wobei er bei der Bestellung die alte Bootsabdeckung insofern beanstandete, als er unterstellte, sie müsse mit einem Möwenlockmittel imprägniert gewesen sein. Die Herstellerfirma hatte von derartigen Schwierigkeiten noch nie zuvor gehört, und in der Tat hatten viele andere Boote dieselbe, renommierte Persenningmarke, aber durch die Bank nicht dasselbe Problem. Auch die neue Hülle war nach ein paar Wintern kaputt. Das Problem blieb ihm treu, bis er das Boot verkaufte, weil er einen neuen Job bekam, wo er seinen Jahresurlaub nicht auf einmal nehmen konnte. Jedenfalls haßte er die Vögel abgründig und konnte in ihnen weder die eleganten Flieger noch die esoterische Möwe Jonathan Richard Bachs sehen, sondern einfach die geflügelten Ratten des Meeres, die alles vollschissen und Schiffbrüchigen die Augen aushackten. Hätten wir eine Schrotflinte an Bord gehabt, wäre es womöglich zu einem Exzeß gekommen. So blieb es bei furchtbaren und völlig wirkungslosen Drohungen.

Nachdem er sich ausgetobt hatte, ging er sich umziehen, und ich folgte ihm bald hinunter und legte mich auf die Salonbank.

„Warum liegst du da herum?“ wollte er wissen, als er aus der Dusche kam.

„Ich halt' den Conan nicht aus, ständig redet er von der Überfahrt mit dem Zwinkerer und von seinen großartigen Erfolgen bei den Prüfungseinlagen.“

„Vielleicht solltest du dir das aber doch anhören, denn auf der Rückfahrt morgen wirst du beim Zwinkerer mitfahren.“

Das waren keine guten Neuigkeiten, obwohl ich es mir hätte denken können. Aber ich blieb stur.

„Wenn ich gut genug bin, die Prüfung zu schaffen, dann werde ich auch ohne die Tips von Conan durchkommen. Außerdem mag mich der Zwinkerer genausowenig wie ich ihn, er wird sich für mich was Besonderes einfallen lassen und auf keinen Fall das wiederholen, was er mit Conan angestellt hat, weil er ja sicher annimmt, daß wir darüber reden. Ich kann mir das eitle Gefasel also in aller Ruhe ersparen, es macht keinen Unterschied. Ganz im Gegenteil. Wenn ich mir vorstelle, wie sich der Zwinkerer gerade drüber freut, daß ich mir den ganzen Schrott geduldig anhöre und dann auch noch zu büffeln anfange, alles für nichts, ist es mir ein Hochgenuß, gerade das nicht zu tun.“

Fritz zuckte die Achseln und zog sich ein frisches Hemd an. Die Hofrätlichen polterten in die Kabine, um sich etwas anzuziehen, draußen war es ziemlich frisch geworden. Das brachte mich auf eine Idee. Ich setzte Wasser auf und fabrizierte aus Tee, Honig, Rum, Rotwein und Zitrone ein gehaltvolles Heißgetränk, füllte es in die große Thermoskanne und reichte es mit Bechern nach oben. Alle waren begeistert, nur Walter lehnte schaudernd ab.

Wir passierten einige Frachtschiffe, die auf Reede lagen, riesige, schwarze Silhouetten, das Oberdeck spärlich erhellt vom Ankerlicht. Kein Mensch war zu sehen. Scheinbar dauerte es endlos, an so einem Riesenrumpf vorbeizudieseln. Auf kurze Distanz konnte man hier erkennen, wie winzig unser doch eher respektables Fünfzehnmeterboot in Wirklichkeit war: Es hätte mühelos in den birnenförmigen Strömungskörper am Bug eines der Giganten gepaßt, das Gewicht einer der mächtigen Ankertrossen hätte uns versenkt. Die Bordwand neben uns ragte haushoch in die Dunkelheit. Freilich lagen dort auch noch roststreifige Veteranen bescheideneren Ausmaßes, aber selbst neben denen wirkte unsere MIRANDA wie ein luxuriöses Spielzeug. Und das war sie ja wohl auch.

Obwohl Seesegeln sicherlich die Spielart der Extremsportarten darstellt, die man auch noch in hohem Alter betreiben kann, bleibt es, wenn als Sport betrieben, doch ein Spiel um den höchsten Einsatz, um das Leben. Es scheint, als brauchten einige diesen Kitzel des Risikos, um wirklich zu leben, um ihre Lebendigkeit zu erfahren. Freilich muß man diejenigen davon ausnehmen, die ein Segelboot lediglich als Badeplattform oder Inselfähre benutzen, sich aber auch als Segler bezeichnen. Das mögen respektable Leutchen sein, Sportler sind sie nicht. Sie sind keine Opfer des Seglervirus, sie haben nicht das Fieber, das sie immer wieder hinaustreibt, sie haben allenfalls eine Art Allergie, es rinnt ihnen sozusagen die nautische Nase. Sie reden gern und oft von den Gefahren und Freuden der Seefahrt, wenn es draußen aber kachelt, trinken sie am Liegeplatz ihren Grog und schütteln die Köpfe über die, die auslaufen. Bei den Fliegern gibt es ähnliche Exemplare, man erkennt sie an den abgewetzten Designerpilotenjacken, an ihren Erzählungen über die geballte Wut der entfesselten Winde und daran, daß sie seit Jahren nie allein in einem Flugzeug saßen, sondern immer nur zu zweit mit einem anderen Piloten, dessen Kenntnissen sie vertrauen. Klar, das sind auch Piloten, doch Flieger sind sie nicht.

Sie alle, Segler und Flieger der Wirtshausbrigade, gehören zum selben Club wie die Fahrer schwerer Geländewagen, komplett mit verchromtem Rammschutz und Breitreifen (die im Gelände absolut untauglich sind), deren höchstes Hindernis der Randstein vor einem Lokal ist. Mein Gott, sie wären so gern echt, aber Begeisterung und Mut kann man nicht kaufen. Wohl aber Clubblazer, Lederjakken und Drillichhosen. Gäbe es ihn nicht, den CDM, den Club der Maulhelden, eine ganze Industrie müßte verhungern. Eine alte Anekdote aus den zwanziger Jahren belegt die Unwandelbarkeit menschlicher Schwächen: Kommt einer ins Kaffeehaus, angetan mit Fuchsjagdsakko, Reithose, Reitstiefeln, Sporen und kurzer Peitsche. Ein Bekannter sieht ihn und wendet sich an seinen Gesprächspartner: „Mein Gott, ich hab' ja auch kein Pferd, aber so kein Pferd wie der Ferry hab' ich nicht!"

In unserer Welt der Ferrys und Meerschweinchen wird es immer schwerer, die paar Echten zu finden, und man sollte sie nicht dort suchen, wo der Schein regiert. Den Segler findet man am Boot, nicht im Club, wahrscheinlich hat er abgeschabte Jeans an und keinen Blazer; den Flieger im Hangar, ölverschmiert oder die Hände voller Farbe, und nicht im Lokal beim Turm; den im Gelände gefahrenen Wagen erkennt man am Mangel jedweden Zierats, den schmalen Stollenreifen und den Kratzern von Gebüschen und Ästen, oft auch daran, daß sein Besitzer aussieht, als hätte er in seinen Kleidern geschlafen (vielleicht hat er), aber fortgeschrittene Maulhelden wissen das auch und sind erstaunlich anpassungsfähig. Man muß schon schauen, was eine(r) tut, um hinter das wahre Wesen eines Menschen zu kommen.

Natürlich gibt es auch bei den „Echten" Typen, die man keineswegs mag, so einer war für mich der Zwinkerer. Durchaus qualifiziert, auch risikobereit im Rahmen vertretbarer Modalitäten, ein guter Lehrer und ein verantwortungsbewußter Skipper, stieß er mich dennoch bei aller Hochachtung vor seinen Leistungen ab. Die Tatsache, daß er beim Reden niemandem in die Augen sehen konnte, war nur die Spitze des Eisbergs. Ich wußte aus der Vergangenheit, daß er um unwesentlicher Vorteile willen bedenkenlos die Wahrheit manipulierte und daß hinter seiner Fassade aus Präpotenz und Kompetenz ein verlogenes, zutiefst ichbezogenes und amoralisches Kind steckte. Ich verabscheute ihn, und da ich ein Mensch bin, der sein Herz auf der Zunge trägt, machte ich aus meiner Verachtung auch nie ein Hehl. Das hatte mir bei ihm natürlich keine Sympathien eingetragen, und er haßte mich mindestens so wie ich ihn. Er war der einzige von unserer Gesellschaft, mit dem ich hartnäckig per Sie war, und wir gingen uns sorgfältig aus dem Weg. Sicherlich hatte er mit meiner bevorstehenden Anwesenheit auf seinem Schiff genausowenig Freude wie ich, sie war aber aus prüfungstechnischen Gründen unvermeidlich. Wahrscheinlich brütete er bereits an einer Möglichkeit, mir eins auszuwischen, so wie ich daran, mich seinen Fallen und Schlingen nach Kräften zu entziehen.

Da die Konfrontation nun einmal unvermeidlich war, hatten wir beide ein wenn auch gegensätzliches Problem, und die Möglichkeit, daß er mich einfach ignorieren könnte, war zwar vorhanden, aber nicht groß. Man kann sich auf einem Segelboot kaum aus dem Weg gehen, das ist eine Tatsache, die schon manchen Törn scheitern ließ, wenn sich die Teilnehmer nicht vertrugen. Waren zwei Menschen so grundverschieden wie wir, dann waren Schwierigkeiten programmiert. Er war nun einmal ein hochintelligenter, aber grundfalscher Kerl, ich bin der zu gerade Typ, und Toleranz ist keineswegs meine Stärke. Wir waren auf Kollisionskurs, doch glücklicherweise würde das ganze Intermezzo ja nur ein paar Stunden dauern. Ich durfte mich eben nicht provozieren lassen, aber gerade das war seine Stärke und gleichzeitig meine Schwäche. Alles in allem standen da ein paar nette Stunden ins Haus.

Das Duell

Das Privatlokal – Fritz und die Philosophie der Gastronomie – Wieder ein Segelboot – Ein schwerer Weg – Touché – Hinterlist hat nicht nur einen Namen – Gespenster und vermißte Bücher – Home sweet home – Die Marathonsitzung – Wie meine Socken letztlich die ganze Flotte lahmlegen – Nächtliches Gewitter – Ernstl will nicht mit mir schmusen

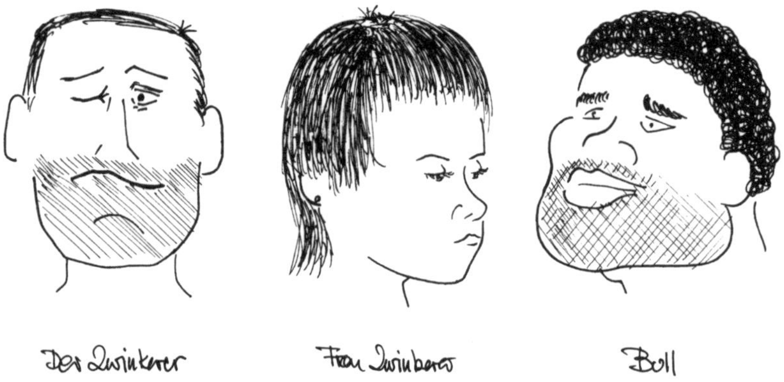

In Venedig hatten wir keine Möglichkeit gehabt zu duschen, unser Liegeplatz war einfach zu unruhig gewesen. Durch den starken innerstädtischen Schiffsverkehr schaukelten die Boote ständig wie wild, schlimmer als sonst auf See. Lediglich die Krängung fehlte, um unter Deck einen eher rauhen Schlag unter Segeln zu simulieren. Iglo hatte es nach Kräften vermieden, an Bord zu sein, er hatte sogar auf einer der Steinbänke gefrühstückt, um nicht am Liegeplatz seekrank zu werden. Und weil keiner Lust hatte, in der Enge der Naßzellen herumgestoßen zu werden, hatte sich die Bordhygiene auf das Notwendigste beschränkt. Nun waren alle froh über die blitzsauberen sanitären Einrichtungen der Marina.

Conan hatte uns sicher an den Steg der Marina direkt im Städtchen gebracht, und ich war mit Fritz in das Büro gegangen, um uns anzumelden und um die Adresse des Segelmachers zu erkunden. Eine freundliche Angestellte erledigte blitzartig die Formalitäten und rief auch gleich beim Segelmacher an, der auch tatsächlich so spät am Abend nicht nur abhob, sondern auch noch kommen wollte, um sich den Schaden anzusehen. Und er kam nicht nur, sondern hatte auch noch seinen Sohn mit. Gemeinsam fädelten sie das kaputte Tuch aus, nahmen es mit und wollten es schon zu Mittag des nächsten Tages wieder geliefert und angeschlagen haben. Das war nicht nur erfreulich, das war unglaublich.

Jetzt aber feierten wir wahre Duschorgien, der Dampf wallte wie in einem türkischen Bad, sämtliche Spiegel waren beschlagen. Alle Damen wuschen sich die Haare, dementsprechend lang dauerte es dann, bis wir endlich daran denken konnten, Chioggia zu erkunden. Erst gegen elf Uhr abends machten wir uns unverdrossen auf den Weg. Der war lang und führte uns am nicht enden wollenden Industriehafen vorbei zu einer Fußgängerbrücke über den Kanal, der das Hafenareal vom Stadtkern trennt.

Kaum waren wir drüben, begann Rosi zu quängeln, sie wolle essen gehen, und zwar gleich, denn es sei ja schon fast zu spät. Ich konnte es nicht mehr hören! Jedenfalls verschwanden kurz darauf die Mannschaften der beiden anderen Boote in der erstbesten Touristenfalle. Nur wir von der MIRANDA wurden von Fritz in eine enge, stille Nebengasse gelotst, wo er ein Einheimischenlokal kannte. Nach kurzer Verhandlung mit dem Besitzer schlenderten wir weiter zur Fußgängerzone, da wir bis zum Essen noch eine halbe Stunde totschlagen mußten.

Die Hauptstraße von Chioggia ist liebevoll restauriert und bei Nacht im romantischen Licht der Gußeisenlaternen besonders schön. Unsere zwei Damen waren von den prächtig dekorierten Auslagen der vielen Boutiquen kaum wegzukriegen, Ernstl und ich gingen in eines der zahlreichen Straßencafés und tranken einen Espresso, kurz, heiß und süß, wie man ihn nur in Italien bekommt. Was für ein Unterschied zu dem faden Spülwasser, das wir bisher vorgesetzt bekommen hatten, wenn wir unvorsichtig genug gewesen waren, irgendwo Kaffee zu bestellen!

Bald war es Zeit, zu unserem Lokal zurückzukehren, und wir zwängten uns an der schmalen, gutbesuchten Theke vorbei in ein enges, schlauchartiges Extrazimmer, wo wir an den vier Tischchen Platz nahmen und ohne die geringste Wartezeit das von Fritz und dem Patrone zusammengestellte Menü aus allem, was die Lagune bieten konnte, vorgesetzt bekamen. Das Meeresgetier spülten wir mit Unmengen eines leichten, herben Weißweins hinunter, zum Käse wurden frische Pannini und Rotwein gereicht. Nur Walter hielt sich eisern an Mineralwasser. – Übrigens nuschelte er zu meiner Überraschung auch, wenn er nüchtern war, vielleicht aus purer Gewohnheit. Das war mir auf unserem letzten Törn gar nicht aufgefallen. – Lange nach Mitternacht bewegte sich ein aufgekratzter Haufen österreichischer Segler zurück in die stille Marina.

Die anderen waren schon da, aber aufgekratzt waren sie nicht. Sie hatten eine einfallslose Speisekarte vorgefunden und waren, nach einem Essen wie in einer Pizzeria in Wien, mit einer Rechnung konfrontiert worden, die so hoch war, daß der Commodore wieder einmal nach der Polizei schrie. Als sie ihn beruhigt und die astronomische Summe bezahlt hatten, waren sie zurückgegangen und hatten sich an Bord zu einem Gute-Nacht-Schluck zusammengesetzt, um den Frust hinunterzuspülen. Der Commodore war zwar schon ziemlich hinüber, als wir ankamen, aber immer noch zornig, und unsere Geschichte war nicht dazu angetan, ihn zu beruhigen.

„Warum, zum Teufel, habt ihr uns nicht mitgenommen?" fragte er anklagend und nicht ganz grundlos.

„Weil das Lokal viel zu klein ist für uns alle und weil ihr den Schlangenfraß ohnehin schon gewohnt seid", replizierte Fritz brutal. „Wenn man immer gleich in das erstbeste Lokal hineinfällt, weil auf einem Törn um jeden Preis, und das meine ich wörtlich, auf Spesen der Bordkasse gegessen werden muß, dann darf man sich nicht wundern, wenn man ständig Enttäuschungen erlebt. Was zählt, ist nicht der Schein, sondern die Qualität. Und die ist allemal dort besser, wo die Ortsansässigen auch hingehen. Und um Lokale mit Operettenkellner mache ich immer einen Bogen, auch zu Hause. Dort gehst du ja auch nirgends hinein, wo in den Sommerfrischen das Personal in Lederhosen und Trachtenwesten herumtanzt und statt Leistung nur Devisen im Kopf hat. Warum tust du es dann im Ausland, und woher nimmst du den Kinderglauben, es wäre hier anders? Nur, weil jetzt du der Tourist bist? Es ist nun mal so, daß die fettesten Spinnen das größte Netz haben, aber was hat die Fliege davon?“

Das löste bei den anderen eine erbitterte Diskussion aus, wir aber, satt und zufrieden, gingen schlafen.

Am nächsten Morgen starteten wir eine Expedition zum Fischmarkt von Chioggia, nur Walter blieb am Boot. Mit dem Bier war ihm scheinbar auch die Lebensfreude abhanden gekommen, denn als wir aufbrachen, saß er griesgrämig am Heck. Der Markt war nicht zu verfehlen, man roch ihn schon ein paar Gassen weiter. Der Hofrat setzte sich in ein Café, er weigerte sich kategorisch, auch nur einen weiteren Schritt in Richtung des Gestanks zu machen. Das Aroma war auch wirklich nicht gerade einladend.

Der Fischmarkt von Chioggia befindet sich am Ufer des zweiten Kanals, der sich tief in das Städtchen hineinzieht. Hier befinden sich die kleinen Lebensmittelläden und Geschäfte der unteren Preiskategorie, und es geht zu wie auf einem Basar. Die Waren sind auf der Straße ausgestellt, billiges Plastik, Lederimitat und obskure Kleidungs- und Schuhmarken herrschen vor. Es gibt dort aber auch etwas, was ich noch nie zuvor gesehen hatte: die Weintankstelle. Hinter dem Fischmarkt, neben einem Gemüse- und Obstladen, ist ein kleines Geschäft, das Wein verkauft. Neben den üblichen Regalen mit einheimischen Flaschenweinen stehen im Lokal zwei ganz normale Treibstoffsäulen, wie man sie auf jeder Tankstelle findet, komplett mit Literpreisskala, Schauglas für blasenfreies Zapfen und langem seitlichen Schlauch mit selbstabstellendem Füllstutzen. Hier enthielten die unterirdischen Tanks allerdings roten und weißen Tischwein, und man bekam im Geschäft auch Lebensmittelkanister zu kaufen, in die man den Wein abfüllen konnte. In der Folge filmte Ernstl Birgit, wie sie einen Zehnliterkanister mit dem übrigens recht trinkbaren Rotwein füllte, und kurz darauf hatte ich deutliche Schlagseite nach Backbord, denn irgendwer mußte das Zeug ja schließlich tragen.

Inzwischen hatte Iglo den halben Fischmarkt aufgekauft, er wollte eine friaulische Fischsuppe und ein Risotto mit Meeresfrüchten zaubern. Die Hofrätin schleppte zwei riesige Plastiksäcke mit Obst und Gemüse, aber nur bis zu ihrem Angetrauten, der dann unter dieser Last und der eines (?) Grappas bedenklich schwankte. Es war zur Abwechslung wieder einmal sonnig, und der Weg zum Boot zog sich.

„Ist es nicht ein Jammer, von all diesen Köstlichkeiten bekommen wir nichts ab“, stellte Ernstl mit Bedauern fest.

Ach ja, ich hatte es fast verdrängt, wir mußten ja mit dem Zwinkerer fahren.

„Ach, wartet's nur ab, wir essen sicher erst in Kroatien", versuchte uns Fritz zu beruhigen, „wenn wir mitten in der Nacht ankommen, hat sowieso das einzige Lokal geschlossen, und ihr seid wieder hier an Bord."

Das einzige Lokal? Wo um Himmels willen fuhren wir hin? Aber Fritz grinste nur und spielte den Geheimnisvollen. Ernstl war mit der Aussicht auf das angekündigte große Fressen zufrieden. Ihm war es völlig egal, wo wir ankommen würden, ich aber dachte mit Grausen an die Überfahrt auf der ODYSSEUS, die für mich, nomen est omen, wahrscheinlich auch zehn Jahre dauern würde.

„Ach Birgit, kannst du nicht wieder als unsere Wachführerin mitkommen?" bettelte ich.

„Zu dem? Oh nein, das schafft ihr sicherlich auch ohne mich", grinste sie zurück und entschärfte den Korb nur unwesentlich durch ein Busserl.

Ich wollte mich gerade im Cockpit in die Sonne setzen, als der Segelmacher mit seinem Sohn ankam. Sie hatten sich den weiten Weg um den Kanal erspart, eigentlich ganz logisch, und setzten in einem Ruderboot über. Erst jetzt bemerkte ich, daß ein geschäftstüchtiger Italiener so eine Art Fähre hinüber in die Stadt betrieb, um den Marinagästen den langen, staubigen Marsch abzunehmen. Bis zur Brücke war es ein Kilometer, über den Kanal fünfzehn Meter. Kein Wunder, daß das Geschäft florierte. Aber der Rotwein und die restlichen Einkäufe waren ja schon an Bord, und langsam wurden auch meine Arme wieder kürzer, und so tröstete ich mich damit, daß mir die Bewegung sicher nicht geschadet hatte. Der Alte und sein Sohn fädelten ohne jede Hilfe blitzartig das Segel in das Stagprofil ein, kassierten die überraschend niedrige Rechnung und fuhren, freundlich winkend, wieder davon. Die Leute von der Charterbasis hatten schon recht gehabt, uns hierher zu schicken. Außerdem hatten wir so einen bezaubernden Abend und einen interessanten Vormittag in dem malerischen Städtchen verbracht, das vom Fremdenverkehr lange nicht so korrumpiert ist wie Venedig.

Nun war es endgültig vorbei mit der Schonfrist. Ich ging noch einmal ausgiebig duschen und dann an Bord der ODYSSEUS, komplett mit meinem Schlechtwetterzeug und dem „Donat" in der hinteren Hosentasche, wo er nach der Mastkur der letzten Tage kaum noch Platz hatte. Ernstl war völlig entspannt, er konnte ohne Mühe alles wegstecken, was die Zwinkerer dieser Welt ausbrüten mochten, ich hingegen vibrierte innerlich wie eine angeschlagene Saite. Das war nicht Angst, das war schierer Widerwillen, keine besonders gute Voraussetzung für eine gemütliche Fahrt. Doch so sehr ich mich auch bemühte, ich konnte der ganzen Sache keine gute Seite abgewinnen.

Wir verstauten unsere Sachen im Salon, wobei ich erstaunt feststellte, daß sich dort das Krügerl eingerichtet hatte, anstatt in der Bugkabine mit Bull zu wohnen. Auf meine diesbezügliche Frage meinte er vage und fast verlegen, nein, er habe keinen Streit mit Bull, es sei alles in Ordnung, ich würde schon noch selbst draufkommen ... Ich war verwirrt. Bull konnte ich nicht gut fragen, außerdem hielt er ein Vormittagsschläfchen in der ominösen Bugkabine. Linda und Peter waren schon beim Commodore, und das Skipperpaar hatte ich nur kurz und förmlich begrüßt. Jedenfalls erhielt Ernstl den Auftrag, den Kurs nach Susak zu bestimmen, und ich, das Auslaufen vorzubereiten. Schon wieder Susak, um Gottes willen! Außerdem eine Mordsstrecke! Das konnte sich ja ewig ziehen, bis ich wieder zurückdurfte auf unser Schiff und zu Birgit!

Jedenfalls ging ich, Bull zu wecken, und sofort verstand ich alles. In der Bugkabine herrschte das reine Chaos. Bull lag inmitten von Bergen unordentlich gehäufter Kleidung auf dem Rücken und schnarchte leise, und obwohl das Skylight weit offen war, hing in der Luft der ekelerregende Geruch von Socken, die das Ablaufdatum weit überschritten hatten. Bull gehörte offensichtlich zu den Leuten mit extremen Schweißfüßen und wählte seine Socken sicherlich so aus, daß er alle an die Wand warf und die anzog, die herunterfielen. Um Himmels willen, das stank nicht, das brannte förmlich in den Augen! Ich schüttelte den Kerl, und als er mich verschlafen anblinzelte, stieß ich mit letzter Kraft heraus: „Aufstehen, wir laufen aus!“ Dann schlug ich die Kabinentür hastig von außen zu und holte erst im Salon tief Luft. Das Krügerl musterte mich schweigend, aber seine Augen lachten mich aus. Ich drohte ihm mit der Faust und teilte ihn dazu ein, die Heckleinen auf Slip zu legen sowie das Landstromkabel und den Landsteg einzuholen. Dann sollte er gleich dort am Heck bleiben, um die Landfesten weiter zu betreuen. Ernstl schickte ich zum Bug, die Bugleinen waren schon auf Slip. Es waren zwei, denn wir hingen mit dem Bug zwischen Dalben, nicht an einer Muring. Den Kurs konnte er auch bestimmen, während wir aus dem Hafen dieselten. Sofort mischte sich der Zwinkerer ein und sagte, er hätte Ernstl als Navigator eingeteilt.

„Das bleibt er auch, aber das Ablegemanöver ist hier heikel, und ich brauche alle Mann“, entgegnete ich betont ruhig und wies auf eine Obststeige, die eilig durch den Kanal vor uns strebte, einem unbekannten Ziel in der Lagune entgegen. „Es setzt hier ein gewaltiger Strom.“

Das war offensichtlich, allerdings auch, daß er in die für uns günstige Richtung lief und den Bug automatisch in die Fahrtrichtung drücken würde.

„Außerdem ist das Ablegen sowieso ein ‚all-hands-Manöver‘“, setzte ich daher eilig hinzu, und der Zwinkerer ging wieder in Lauerstellung.

Als ich ihn zum Abfendern der gefährdeten Backbordseite einteilte, irrlichterte es zwar kurz in seinen Augen, er sagte aber nichts und band einen Fender los. Bull erschien gähnend und wurde ebenfalls zum Abfendern eingeteilt, nach dem Auslaufen sollten er und das Krügerl sämtliche Leinen und Fender verstauen. Auf ODYSSEUS kamen sie in die Backskisten, wie ich aus Beobachtungen wußte. Die Frau des Zwinkerers sollte sich als Mädchen für alles in meiner Nähe aufhalten und notfalls auf mein Geheiß einspringen, wo es notwendig war. Dann stellte ich mich ans Ruder und meldete klar zum Starten der Maschine.

„Und wer prüft den Ölstand des Motors?“ kam es höhnisch von den Backbordfendern.

„Hat Peter gestern am Abend noch gemacht.“

„Hat er nicht.“

„Steht aber im Logbuch.“

Schweigen von Backbord, dann: „Maschine starten, ablegen.“

Eins zu Null. Das Ablegen klappte klaglos, die Leinen und Fender wurden gestaut, ich übergab das Ruder Bull und schickte Ernstl in die Navigation zurück. Dann sah ich mir die Fallen und anderen Leinen auf dem Kajütdach an, die Reffleinen, die Liekstrecker und die Dirk, und fand alles wie auf der BÄRLI, auch hier waren die diversen Beschläge zu meiner Erleichterung beschriftet.

„Warum verlassen Sie Ihre Manöverposition?"

Das Zwinkererehepaar waren die einzigen auf diesem Törn, mit denen ich per „Sie" war, und ich hatte nicht die geringste Absicht, daran etwas zu ändern.

„Ich war beauftragt, das Manöver vorzubereiten, dann, es durchzuführen. *Ich* habe die Rollen verteilt, und jetzt habe ich die des Steuermanns umbesetzt. Das Kommando aber werde ich erst abgeben, wenn ich dazu den Auftrag bekomme. Derzeit mache ich mich kundig, das Segelmanöver zu kommandieren. Da wir sofort nach meinem Einbooten abgelegt haben, war dazu vorher keine Zeit."

Wieder antwortete mir verdrossenes Schweigen. Zwei zu Null. Nach einigen Sekunden kam es gedehnt:

„Wenn Sie soweit sind, können Sie Segel setzen lassen."

Ich tat nichts dergleichen und stellte mich neben Bull.

„Ich habe befohlen, Segel zu setzen!"

Nun bewegte ich mich in Richtung Niedergang.

„Wo wollen Sie hin?"

„Sie haben gesagt, wenn ich soweit bin. Das bin ich nicht. Wir sind im Hafenbereich. Wir haben den Wind gegenan, zumindest bis zu der Huk mit dem Leuchtfeuer da vorn. Der Befehl widerspricht aber keinem Gesetz, also werde ich ihn, wenn auch unter Protest, befolgen. Zuvor aber werde ich ihn im Logbuch eintragen, mit Uhrzeit, denn wenn unter Segel etwas passiert, möchte ich abgesichert sein, sobald die Frage auftaucht, warum ich unsere Manövrierfähigkeit ohne Notwendigkeit eingeschränkt habe. Ich bin gleich wieder da."

„Wenn Sie sich die Schiffsführung unter Segel hier nicht zutrauen, dann lassen Sie eben erst nach der Hafenausfahrt Segel setzen. Und lassen Sie den Unfug mit dem Logbuch!"

Drei zu Null.

„Wann sind wir ausgelaufen?"

Uijegerl! Das hatte ich übersehen. Aber Frechheit siegt bekanntlich.

„Einsnulldreidrei GMT, elf Uhr dreiunddreißig Ortszeit."

„Steht das im Logbuch?"

Worauf du einen lassen kannst, du aufgeblasene Null, dachte ich. Schließlich war Ernstl unten.

„Selbstverständlich!"

„Ich habe nicht gehört, daß Sie jemanden damit beauftragten."

„Bull, bitte hole das Logbuch herauf."

„Nein, nein, ist schon gut."

Blöd war er nicht. Er wußte, selbst wenn jetzt noch kein Auslaufen eingetragen wäre, beim Heraufreichen wäre es unfehlbar drinnen. Der einzige Weg, mich bei dem Versäumnis zu erwischen, wäre gewesen, selbst nachzusehen, und zwar vor der ganzen Herumrederei. Jetzt war es auf jeden Fall zu spät. Bisher hatte er keinen Punkt gemacht, aber er hatte schließlich noch stundenlang Zeit. Für den Moment aber hatte er genug von mir und übergab das Kommando Bull. Sobald wir um die Huk kamen, ließ er Segel setzen und ging sofort, als wir an den Hafeneinfahrtslichtern vorbei waren, auf den Kurs, den ihm Ernstl angab. Ich ging unauffällig hinunter, um die Kühltruhe und die Süßwasserpumpe sowie die Kabinenbeleuchtungshauptschalter abzudrehen, damit wir unter Segel nicht unbemerkt Strom verbrauchten. Außerdem schloß ich sämtliche Seeventile, weil wir jetzt segelten und daher Lage machten. Da kann es trotz der Schwanenhälse passieren, daß eine WC-Muschel oder ein Waschbecken überläuft. Bull hatte vergessen, das anzuordnen. Kaum war ich wieder oben, ging es schon wieder los.

„Herr Doktor, bitte berechnen Sie die Kurskorrektur, die im Laufe des Tages anfallen wird, wenn das Wetter so bleibt!"

Ich seufzte. Wir fuhren fast platt vor dem Wind, es gab kaum eine Welle, und Strom setzte hier auch keiner.

„Eine Kurskorrektur ist unter den herrschenden Bedingungen nicht notwendig, der Kurs durchs Wasser entspricht dem Kartenkurs. Wenn Sie wollen, können Sie den ‚Doktor' ruhig weglassen."

„Nein, Ehre, wem Ehre gebührt."

Ich wußte, daß der Zwinkerer seit Jahren behauptete, an einer Diplomarbeit zu schreiben. Viele hielten ihn auf Grund subtiler Äußerungen seinerseits für einen Akademiker.

„Da haben Sie auch wieder recht", entgegnete ich, „ein Titel ist ja schließlich keine Schande."

Jetzt saß er, der offensichtlich mit einer weiteren liebdienerischen

Verzichtserklärung gerechnet hatte, auf dem Trockenen. Vielleicht würde er mich jetzt weniger oft anreden. Wirklich ließ er mich längere Zeit in Ruhe, und so legte ich mich auf die Salonbank, um den herrlichen Zustand durch meine herausfordernde Präsenz ja nicht zu gefährden. Im Salon war es windstill und leise. Und es wurde immer leiser ... Das nächste, was ich mitkriegte, war, daß mich Ernstl am Arm zupfte. „Du bist wieder dran."

Er machte seine Eintragungen in das Logbuch und kuschelte sich dann, wohlig grunzend, in die noch warme Bank. Ich zog mich wärmer an und nahm auch meine Ölzeugjacke mit nach oben, denn Ernstl hatte einen Schwall Kälte mitgebracht, der ihn wie eine Aura umgab. Es war später Nachmittag, schon sechs Uhr, ich hatte stundenlang geschlafen. Nachdem ich das Kommando wieder übernommen hatte, löste ich das Krügerl am Ruder ab. Der Wind hatte zugelegt, wir machten über sieben Knoten Fahrt, das entsprach fast der Rumpfgeschwindigkeit. Es gab mittlere Windsee, die Kämme trugen Schaumkronen. Bevor ich noch richtig wach war, war mir schon kalt, und ich zog viel zu spät die Ölzeugjacke über den Pullover. Leise bibbernd, bat ich die Frau des Zwinkerers, Teewasser zuzustellen. Alle waren dafür, bisher hatte aber keiner daran gedacht, etwas Warmes zum Trinken zu machen, sie hatten auch noch nichts gegessen. Das Krügerl ging mit hinunter, um Brote zu streichen.

Das Groß war mit einer Bullentalje gegen Patenthalsen gesichert, die Genua auf der anderen Seite mit dem Spinnakerbaum stabil ausgebracht. Das sah mir sehr nach Ernstl aus, der das Schmetterlingssegeln liebt. Spinnaker hatten wir keinen, aber das hier war die nächstbeste Lösung, zumindest solange alles funktionierte. Nur das Rudergehen war etwas kompliziert, weil das Boot ziemlich geigte, wenn es über die Wellenkämme rauschte. Ich experimentierte ein bißchen mit dem Gewichtstrimm und scheuchte alle von ihren Plätzen auf dem Boot umher. Aber leider reichten Wind und Welle nicht ganz, um es ins Surfen zu bringen.

Das Krügerl kam mit einer Reihe Wurstbrote mit Senfklecksen zurück, kein Käse, keine Zwiebel oder Knoblauch, keine Tomaten. Jetzt war mir klar, warum die nicht zunahmen, während bei uns an Bord schon alle Schwierigkeiten hatten, ihre Hosen noch zuzukriegen … Auf diesem Boot gab es keine Hohepriester Lukullus. Wer hungrig war, nahm sich etwas, nichts wurde liebevoll hergerichtet, das Essen war kein Selbstzweck. Beim Commodore und bei uns trieben alle einen Kult mit dem Essen, der nicht mehr zu überbieten war, hier fraßen sie im Vorbeigehen einen Marsriegel oder ein Brot mit zwei Wurstscheiben. Schon die Senfkleckse waren ein Zugeständnis an unsere Genußsucht und keineswegs bordüblich. Der Tee war schwach, mit Beuteln hergestellt und fast ohne Zucker, geschweige denn Rum oder Cognak. Eigentlich war ich froh, als ich mit meinem Brot fertig war. Bei uns hätte ich drei verdrückt, und ich hatte auch nur einen Becher Abwaschwasser light getrunken. Zum ersten Mal auf diesem Törn war ich aber am Ende eines Snacks nicht überfressen, sondern fühlte mich zwar satt, aber auch noch leicht. Das war gar kein schlechtes Gefühl. Plötzlich schrie der Zwinkerer:

„Ruderseil gerissen, Ruder ohne Wirkung! Hände weg vom Rad!"

Ich überlegte blitzartig, was zu tun war, schickte dann das Krügerl nach vorne zum Spinnakerbaum und ließ Bull die Schot etwas fieren. Als das Aluprofil des Baums innenbords lag, schiftete Bull auf meinen Befehl die Genua und rollte einen Teil davon weg. Das genügte schon, der Bug wanderte langsam nach Backbord aus. Unter sinnigem Dichterholen des Großsegels, dessen Talje inzwischen gelöst war, luvte das Boot ziemlich rasch an, und ich ließ die Genua ganz wegrollen. Inzwischen kramte ich zwischen den Fendern und Leinen in der Steuerbordbackskiste nach der Notpinne, fand sie auch und steckte sie auf ihren Vierkantzapfen. Mittlerweile lagen wir mit killendem Groß mit dem Bug im Wind. Also startete ich die Maschine, während Krügerl und Bull das Groß niederholten. Als sie es noch an den Baum bändselten und Dirk und Schot einstellten, ging ich schon wieder auf Kurs, und zwar mit dem Rad und nicht mit der angesteckten Notpinne, die mir dauernd unangenehm zwischen die Beine kam, weil sie sich am Ruderzapfen mitdrehte, sobald ich am Rad kurbelte. Ich hatte nämlich während des ganzen Manövers genug Zeit zum Nachdenken gehabt. Prompt kam die erwartete Frage:

„Warum greifen Sie das Rad an, wenn ich gesagt habe, daß es wirkungslos ist? Warum steuern Sie nicht mit der Pinne?"

„Weil es eben nicht so ist und die Steuerseile intakt sind. Ich würde die ganze Mechanik gefährden, wenn ich den Widerstand der gesamten Steuerung mit roher Kraft an der Pinne überwinden wollte.“

Schweigen. Offenbar eine weitere Spezialität von ihm. Vier zu Null.

Ich fragte, ob die Übung beendet sei, er nickte, und so brachte ich das Boot wieder in den Wind, wir takelten wieder auf, ich ging auf Kurs und ließ wieder Bullentalje und Spibaum riggen. Das ganze Theater hatte nicht einmal eine Viertelstunde gedauert, und ich schickte Bull hinunter, das Manöver ins Logbuch einzutragen.

Es wurde jetzt rasch dunkel, und ich stellte Bull wieder ans Ruder, weil ich hinunterwollte, Licht machen und aufs WC, wie ich sagte. Ich tat das auch wirklich, nachdem ich die Navigationsleuchten und das Kompaßlicht eingeschaltet hatte, aber nur, um rasch sämtliche Beispiele für komplizierte Lichterführung im „Donat“ nachzuschlagen. Denn daß dort die Antwort auf seine nächste Frage stand, erschien mir ziemlich klar. So war es dann auch, dazu auch noch in einer selbst von mir nicht erwarteten hinterhältigen Art. Der Zwinkerer verschwand nämlich auch kurz, ich dachte mir dabei vorerst einmal nichts, jeder muß bekanntlich hie und da, aber kaum war er wieder oben, wandte er sich auch schon süffisant an mich:

„Herr Doktor, können Sie mir vielleicht sagen, wie ein manövrierbehindertes Fahrzeug beleuchtet ist und was Sie zu sehen erwarten, wenn es von Ihnen wegläuft?“

Aber sicher, du Arschloch, schließlich habe ich ja gerade nachgeschaut, und jetzt weiß ich auch, daß du nicht unten warst, weil dich deine Blase gedrückt hat! Ich wette, daß du das genausowenig auswendig weißt wie ich. Laut sagte ich:

„Ein manövrierbehindertes Fahrzeug führt außer den Positionslichtern und dem oder den Topplichtern eines Motorfahrzeuges sowie dem Hecklicht noch drei Rundumlichter, und zwar rot über weiß über Rot, allerdings nur bei Fahrt durchs Wasser; wenn es treibt, also nur in Fahrt ist, zeigt es nur die drei Rundumlichter. Von hinten sieht man nur die, es kann dann aber auch ein Ankerlieger sein.“

Der Zwinkerer war von meiner Antwort genausowenig überrascht, wie ich das an seiner Stelle gewesen wäre, er murmelte nur gedankenvoll „gut“ und dachte wahrscheinlich daran, daß die Nacht noch jung war. Das war auch mein wenig beruhigender Gedanke, denn ich konnte ja nicht ständig hinuntergehen und mein Kurzzeitgedächtnis auffrischen. Die Lichterführung der Fahrzeuge, denen man üblicherweise begegnet, wußte ich selbstverständlich. Aber nach denen würde er mich sicher nicht fragen. Eher schon nach Minenräumern oder ähnlichen Lamperlexoten. Außerdem war ich ziemlich aufgebracht darüber, daß der Zwinkerer mich sozusagen „von hinten“ gefragt hatte, also nicht „Sie sehen ... Was ist das?“, sondern eben hintenherum, „Wie schaut das aus?“ Das ist reine Theorie. In der Praxis sieht man eben die Lichter und erinnert sich leichter.

Mir fiel plötzlich zweierlei auf. Erstens mußten plötzlich alle einmal hinunter, aber das war nicht ungewöhnlich, wenn einmal einer anfängt, rennen immer gleich die anderen auch, und zweitens wußte ich schon jetzt nicht mehr genau, wie so ein verdammter Minenräumer in Fahrt mit Räumgerät draußen aussieht. Also ging ich auch noch einmal hinunter, seelenruhig und ohne weitere Erklärungen, aber nicht, um noch einmal nachzusehen, ich hätte es ja doch wieder vergessen, sondern um die Unterlagen des Zwinkerers zu suchen, ohne die der sicherlich aufgeschmissen war. Tatsächlich steckte ein unschuldiges, kleines Büchlein, ein Zwilling meines eigenen, zwischen den Seiten des Hafenhandbuches, Band eins, und als ich wieder hinaufging, war es nicht mehr dort, sondern im Schlafsack des Zwinkerers oder in dem seiner Frau, so genau wußte ich das nicht. Was ich aber stark annahm, war, daß er dort ganz bestimmt nicht suchen würde, wenn er es vermißte. Natürlich konnte er auch andere Wissensquellen anzapfen, wie etwa das Hafenhandbuch oder die Seemannschaft, aber da mußte ich mich auf die menschliche Natur verlassen. Wenn er seinen „Donat“ nicht fand, würde ihn das sicher mehr beschäftigen als der Wunsch, sich weitere blöde Fragen für mich auszudenken. Ich schaute in meinem Buch gar nichts mehr nach, da ich annahm, daß er mich so kurz nach einer „Bildungsreise“ nichts fragen würde. Damit behielt ich auch recht.

Erst nach eineinhalb Stunden verschwand er wieder und blieb

diesmal ziemlich lange unten. Als er heraufkam, streifte er mich mit einer ganzen Salve fast direkter Blicke, für ihn eine erstaunliche Leistung. Nach einer weiteren halben Stunde wurde ich ohne Fragen wieder ans Ruder beordert, und er sah den „Donat" in meiner hinteren Jeanstasche:

„Ist das meiner?" fragte er hastig.

„Mein was?"

„Mein ‚Donat'!"

„Nein, das ist meiner. Wollen Sie ihn etwa?"

„Nein, nein, ich kann nur meinen nicht finden."

Ein Jammer. Er unternahm noch zwei schwache Versuche, mich aufs Glatteis zu führen, aber es war nichts Rechtes mehr los mit ihm. Schließlich schickte er mich hinunter, um die BÄRLI anzufunken und um ihre Position zu bitten. Das war wieder eine Chance. Ich ging zum Gegenangriff über. Zurückgekehrt, fragte ich ihn verlegen nach der Frequenz von Kanal sechzehn, dem Seenotkanal, ich hätte sie vergessen, weil ich mir Zahlen so schlecht merke. Aber er winkte nur schwach ab. Ernstl antwortete mir allerdings wie aus der Pistole geschossen: „Hundertsechsundfünfzig komma acht Megahertz", was Wunder, hatte er doch unten nachgesehen, während ich den Funk erledigte. – Wir wußten es noch nicht, aber damit war für uns die Prüfung an Bord der ODYSSEUS beendet.

Mittlerweile konnte man in der Ferne schon das Leuchtfeuer von Susak einwandfrei identifizieren, allerdings trägt es bei klarer Sicht fünfundzwanzig Seemeilen weit, es waren also noch gut drei Stunden bis dorthin. Die ETA Ernstls würden wir bei weitem unterschreiten, niemand hatte mit einer derartig raschen Fahrt rechnen können. Der Zwinkerer machte jetzt auf Konversation, aber Stimmung kam erst auf, als das Krügerl begann, vom letzten Muerter Cup zu reden und uns mit seinen Regattaschilderungen in Atem zu halten. Leider hatten wir anderen zu diesem Thema wenig beizutragen, also schlief auch diese Unterhaltung bald wieder ein.

Dafür begann Ernstl in der tiefsten Schublade seiner romantischen Seele zu kramen und förderte schaurige Gespenstergeschichten und unheimliche Moritaten von der See zutage, vom Klabautermann, von der unseligen MARIE CELESTE und von Spuk auf Schiffen im allgemeinen. Und plötzlich überboten sich alle. Jeder kramte in seinem Gedächtnis nach noch Grausigerem, die Geschichte vom Fliegenden Holländer nahm sich neben einigen der Geschichten wie ein Ammenmärchen aus, und als im Laufe einer besonders saftigen Erzählung das Elmsfeuer über die Masten einer verfluchten Brigg zuckte und die an den Rahen pendelnden verwesenden Leichen Gehängter zu geisterhaftem Leben erweckte, während der dem Irrsinn verfallene Kapitän mit um den eigenen Hals gekrampften Händen schreiend über Bord taumelte, hatte zumindest die Gattin des Zwinkerers ihre Gänsehaut nicht nur von der Kälte der Nacht, und sie ersuchte uns, das Thema zu wechseln. Der Bitte kamen wir bereitwillig nach, denn mittlerweile meinte jeder von uns, am Rande des Gesichtsfeldes unbestimmte, aber drohende Schatten huschen zu sehen. Und manchmal unterbrach einer seine Erzählung kurz, um plötzlich und angespannt zu lauschen. Sogar der sonst ziemlich prosaische Bull hatte seinen anfangs spöttischen Gesichtsausdruck verloren und schwitzte nur unmerklich in seine Sportschuhe, weil auch er den kühlen Schauder des Unerklärlichen fühlte. Rund um das Boot schien eine noch tiefere Finsternis aus einer anderen Dimension die zitternde Schwärze der Nacht zu verschlingen, nur vor uns gab es noch ein ständig kleiner werdendes Loch, durch das das Blinken des Leuchtturmes scheinbar immer schwächer und weiter weg aus der realen Welt zu uns zu dringen vermochte. Als ich diese Beobachtung mit Grabesstimme den anderen mitteilte, flüchtete die Zwinkergattin bebend in ihre Kabine und in ihren Schlafsack. Dort stieß sie auf einen unerwarteten, raschelnd nach ihren Zehen tastenden Widerstand und schrie gellend auf. Aha, es war also ihr Schlafsack gewesen, in den ich den „Donat“ gesteckt hatte.

Der Zwinkerer stürzte nach unten, um seine Frau aus den Klauen irgendwelcher Fabelwesen zu retten, fand aber den Hauptschalter für die Kabinenbeleuchtung nicht gleich. Also stürzte er im Finsteren zu seinem Weib, das, ununterbrochen gellende Quietscher ausstoßend, weiter mit dem „Donat“ kämpfte und mittlerweile, behindert durch die Fesseln des Schlafsackes, in den Salon gehüpft war. Der Zwinkerer haute sich dabei irgendwo kräftig den Schädel an. Jetzt schrien alle beide, und ich ging Licht machen. Als das Durcheinander behoben war und das Ungeheuer, das sie bedroht hatte, wieder auf das Format eines harmlosen blauen Büchleins geschrumpft war, kamen sie mühsam wieder zur Ruhe. Der Skipper hatte eine deutliche Beule an der Stirn und musterte mich mit einem nahezu tödlichen, wunderbarerweise völlig geraden Blick. Tja, es gibt eben keine Dankbarkeit mehr unter den Menschen, statt darüber froh zu sein, daß ich ihm Licht gemacht hatte, und glücklich, seinen „Donat" wiedergefunden zu haben, war er offensichtlich mehr als nur zornig, und das auf mich, der ich ihnen so selbstlos zu Hilfe geeilt war. Ich glaubte sogar, ein leises Zähneknirschen zu hören, aber möglicherweise habe ich mich da geirrt.

„Ich wüßte zu gern, wie das Buch da hingekommen ist!" schrie er aufgebracht.

Ja, das hätte mich auch interessiert, und ich stellte ein paar laute Vermutungen an: „Vielleicht war ihm kalt?" und „Wer sagt, daß sich Bücher nicht auch fürchten bei unheimlichen Geschichten in der Nacht? Es könnte sich ja in seiner Angst versteckt haben!"

Irgendwie gewann ich aber den Eindruck, daß ihn meine Erklärungen nicht befriedigten, denn er fuhr fort, mich bösartig zu mustern, während ich seine mörderischen Blicke mit dem Ausdruck reinster Unschuld und purer Menschenfreundlichkeit erwiderte. Seine Frau schaute von ihm zu mir und wieder zu ihm, und plötzlich begann es, um ihre Mundwinkel zu zucken, und dann brach sie in schallendes Gelächter aus. Jaja, die Nerven. Er hatte jetzt endgültig genug, schleuderte das Büchlein in die Kabine und stapfte nach oben.

Ich schenkte der armen Frau eine Tasse Tee ein, mit mehr Zukker, als auf diesem Schiff üblich, und mit etwas Rum, aber es dauerte lang, bis sie sich wieder beruhigte. Sie schüttelte sich immer wieder vor stummer Heiterkeit, die Tränen liefen ihr über die Wangen. Sie hatte plötzlich alles begriffen und ihm offenbar so etwas heimlich schon lange vergönnt, und wenn sie auch zum Mitopfer geworden war, genoß sie das Ganze jetzt aus vollem Herzen. Insgesamt war sie mir plötzlich ganz sympathisch. Keiner von uns beiden erwähnte die Sache auch nur mit einem Wort, aber das war auch gar nicht notwendig. Man sah ihr an, wie sie die Ereignisse des Tages rekapitulierte und bei den jetzt offenkundigen Pointen fast zerplatzte. Ich zwinkerte ihr zu, völlig ohne Hintergedanken, aber bei ihr löste das einen weiteren Lachkrampf aus. Eigentlich hätte ich damit rechnen müssen, aber – ganz ehrlich –, das Zwinkern war das einzige, was ich an diesem Tag ohne Plan und Absicht getan hatte.

Wieder an Deck, fragte ich nach neuen Aufgaben, aber ich war persona non grata, und man beschied mir einsilbig, daß ich bis zum Einlaufen wachfrei wäre. Das war gar nicht mehr so lange, denn mittlerweile ragte die Silhouette der Insel bereits neben uns in die Nacht und verdeckte den Schein der südlichen Sterne. Bald sahen wir das Licht der Hafeneinfahrt blinken und bargen die Segel. Vorsichtig näherten wir uns unter Maschine der Passage und glitten langsam in den engen Schlund zum Hafenbecken, wo wir hinter BÄRLI festmachten. Die MIRANDA war noch nicht da, wir blieben also noch eine Zeitlang Gäste der ODYSSEUS. Das Bordklima war jedoch etwas gespannt, weil der Skipper offenbar nicht imstande war, zu vergessen, daß ihn seine eigene Frau mehr oder minder ausgelacht hatte. Und über sich selbst lachen konnte er schon überhaupt nicht. Versuche Ernstls, ein Gespräch mit ihm in Gang zu bringen, verliefen im Sande, Bull hatte sich in seine stinkende Einsiedelei zurückgezogen, und das Krügerl vertrat sich die Beine an Land. Die Frau des Zwinkerers war schlafen gegangen. Ich, der Stein des Anstoßes, war ziemlich erleichtert, als ich endlich das Motorlicht unseres Bootes vor der Einfahrt auftauchen sah.

Sobald es im Päckchen an BÄRLI festgemacht hatte, stürmten Ernstl und ich nach frostigem Abschied von Bord und auf unser Boot, wo wir sofort mit einem Schwall von Fragen überschüttet wurden. Iglo erholte sich gerade von den Strapazen der Seereise und begann zu kochen. Die Fischsuppe war schon fertig, weil sich Fritz damit die Zeit der Überfahrt vertrieben hatte. So bekamen wir doch noch etwas Warmes in den Magen. Es war aber noch enger als sonst, weil Mike unsere Erlebnisse auch hören wollte und außerdem nicht bereit war, ohne die friaulische Fischsuppe im Magen das Boot zu verlassen. Wir hätten ihn fesseln und tragen müssen. Ernstl erzählte von meinem Kampf gegen den Drachen, und es gab erregte Diskussionen über die Einlage mit der Notpinne.

„Also ich hätte mit der Pinne gesteuert. Und wenn das nicht ohne weiteres gegangen wäre, dann hätte ich sie eben mit dem Fuß in die richtige Richtung getreten, um den Widerstand der Ruderanlage zu überwinden", meinte Iglo.

„Und wenn ich damit das Ruderseil zerrissen oder den Ruderquadranten verbogen oder eine der Umlenkrollen beschädigt hätte? Ich kann doch keine Steueranlage ruinieren, nur wegen einer Notübung!"

„Erstens sind die Bootssteuerungen so stark, daß sie auch im Sturm funktionieren, also an und für sich überdimensioniert, weil sie ja in jedem Fall einsatzbereit bleiben müssen, und zweitens ist der ganze Blödsinn ja nicht auf deinem Mist gewachsen. Es ist Sache des Prüfers, abzuschätzen, was er verlangen kann und was nicht. Ich gebe Iglo recht!" Das war natürlich Conan.

„Der Meinung bin ich nicht. Nur weil eine Anordnung nicht genug durchdacht ist, darfst du nicht das Gehirn abschalten. Schließlich geht es nicht nur um einen Haufen Geld, sondern auch um die Sicherheit des Bootes!" Ich hatte mich jetzt in Eifer geredet. „Hofrat, du bist doch Techniker! Was würde dein Chef sagen, wenn du bei einer zweifelhaften Provokationsprobe eine teure Anlage hinmachen würdest?"

Der Hofrat enthielt sich der Stimme.

„Das kann man doch nicht vergleichen. Immerhin lassen wir Neubauten zu, bei denen es kaum Erfahrungswerte gibt. So eine Bootssteuerung ist doch was ganz Normales, da muß es doch die entsprechenden Daten längst geben. Ich jedenfalls habe davon keine Ahnung. Ich müßte mich erst einmal kundig machen. Nur ein Schwätzer beurteilt Dinge, die er nicht versteht!"

„Vorsicht hat noch keinem geschadet. Ich gebe Hannes recht!" schaltete sich nun auch Ernstl in die Debatte ein.

„Danke." Nach und nach gaben alle bis auf Conan und Iglo ihr Votum zugunsten meiner Entscheidung.

„Also, wenn ich der Prüfer gewesen wäre, wärst du jetzt durchgefallen!" Wieder Conan.

„Gott sei Dank bist du keiner. Denk an das, was der Hofrat gesagt hat. Ohne das notwendige Wissen bist du nur ein Schwätzer. Ich habe nicht gewußt, ob ich einen Schaden anrichten kann oder nicht. Und im Zweifelsfall bleibe ich lieber auf der sicheren Seite. Wenn er mich deshalb schlecht beurteilt hätte, müßte ich mir das ja nicht gefallen lassen. Die anderen Prüfer haben da ja auch noch ein Wort mitzureden. Aber er hat's ja gar nicht getan, offenbar war er sich seiner Sache auch nicht sicher."

Fritz mischte sich erst ein, als wir das Thema beendet hatten, und setzte dem Hofrat den technischen Aspekt der Angelegenheit auseinander, indem er ihm das Schema einer Radsteuerung samt Kraft- und Lastarmen auf eine Serviette zeichnete, dann drehte er seine Pfeile um, und siehe, jetzt sah die Sache gar nicht mehr gut aus, eine Art Geschwindigkeitsmaschine zur rasanten Steuerradbeschleunigung war entstanden. Da nickte der Hofrat nachdenklich und sagte langsam und nach einigem Zögern:

„Ich weiß noch immer nicht, wie die einzelnen Teile dimensioniert sind. Fest steht, daß die widersinnige Betätigung erhebliche Materialbelastung verursachen würde, und daher in jedem Fall abzulehnen ist, solange die ganze Mechanik intakt ist!"

Damit war die Diskussion beendet.

Iglo hatte inzwischen sein Risotto vollendet, und es stak zum Weichwerden für ein paar Minuten in seinem Schlafsack. Während wir, immer noch hungrig, darauf warteten, daß es endlich gar würde, erzählte Ernstl weiter und entfachte mit einer Imitation des Zwinkerers, wie er seinen „Donat" suchte, wahre Lachstürme, die ihren Höhepunkt fanden, als er mich nachmachte, wie ich die arme Frau anzwinkerte. Nur Conan meinte, und da gab ich ihm still recht, das sei ja keine Prüfung gewesen, sondern mehr eine Farce. Er wiederholte, er hätte das als Prüfer ganz anders gemacht. Nun, damit wird er wohl noch eine Weile warten müssen. Und bis dorthin wird er wohl auch nicht mehr ganz so scharf sein, wie er das damals vorhatte. Aber es ist nun einmal so, am wichtigsten nimmt sich der frischgebackene Leutnant, der Doktor mit dem noch nassen Diplom und selbstverständlich auch der Skipperlehrling, wenn ihm noch die Eierschalen hinter den Ohren kleben. Das ist das Vorrecht der Frischernannten, erst mit der Erfahrung kommt dann auch das Zwinkern der Selbstironie. Um Gottes willen, schon wieder Zwinkern. Dann gab es endlich ordentlich zu essen, aber Iglo jammerte, daß sein Schlafsack jetzt fischelte. Walter meinte, er könne keinen Unterschied zu vorher feststellen, das trug ihm sparsames Gelächter und einen giftigen Blick ein.

Mike war gegangen. Die Hofrätlichen, Walter und Conan schliefen einem neuen Tag entgegen, wir anderen saßen noch im Cockpit und staunten über den unwahrscheinlichen Sternenhimmel, der sich in seltener Pracht über uns spannte. Von keiner Dunst- und Smogglokke behindert, strahlte das Licht Tausender ferner Sonnen auf uns nieder. Der Hafen lag stockschwarz da, kein Licht am Boden störte unsere Betrachtungen. Ich entdeckte den großen Wagen und durch Verlängerung seiner Hinterwandseite den Polarstern, damit konnte ich einmal die Nordrichtung bestimmen, unabhängig davon, daß ich sie ohnehin kannte. Ich erklärte Ernstl, wie das ging, und wollte mich im Glanz meines Wissens sonnen. – Doch da hatte ich die Rechnung ohne Iglo gemacht, der sich als wahrer Astronom entpuppte und uns jetzt den kleinen Wagen zeigte, dessen letzter Deichselstern auch der Polarstern ist, das W der Cassiopeia, den Drachen, Orion, den Widder, die Fische, und weiß Gott was noch alles, ich konnte es mir gar nicht merken. Fritz steuerte einiges zur Unterhaltung bei, indem er uns die Grundlagen der Astronavigation erklärte.

„Dazu muß man sich die Erde als Mittelpunkt des Universums vorstellen, wobei dann alle Gestirne um uns zu kreisen scheinen. Während aber die Fixsterne ihre Lage zueinander behalten, ändern der Mond und die Planeten ihre Stellung zueinander und zu den ortsfesten Sternen. Die Astronavigation lebt praktisch in einer Welt vor Kopernikus. Für den Seemann ist es nämlich ganz egal, ob sich die Erde um die Sonne dreht oder der gestirnte Himmel um die Erde. Seine Beobachtungen ermöglichen ihm seit den Anfängen der Schiffahrt, seinen Kurs zu bestimmen und die Richtung festzustellen, in die er sein Fahrzeug lenken muß, bei Tag durch die Beobachtung der Sonnenbahn, bei Nacht durch die Wanderung der Sternbilder am Himmel. Diese Art der Navigation ist so alt wie die Seefahrt selbst. Freilich ermöglicht sie keineswegs die Bestimmung der Position des Fahrzeuges. Das war aber in der Zeit der reinen Küstenfahrt kein Problem, und auch der Verkehr zwischen Inseln verlangte noch keine komplizierten Berechnungen, sondern eben nur die Beobachtung des Himmels, bei Tag und auch bei Nacht. Natürlich entwickelte sich unabhängig von der reinen Nutzanwendung der Gestirnsbeobachtung auch eine Astronomie, die es sich zum Ziel setzte, die Konstruktion der Himmelsmaschine zu ergründen, angefangen bei den Sumerern und Ägyptern, bis hin zu den Philosophen des klassischen Griechenlands und den Arabern, die die Beobachtung des gestirnten Himmels am weitesten trieben, was sich auch heute noch in den Namen vieler Sterne und astronomischer Bezeichnungen spiegelt, die zum guten Teil aus dem Arabischen übernommen wurden.

Schon Pythagoras wußte um 530 vor Christus um die Kugelgestalt der Erde, Anaxagoras erklärte kaum achzig Jahre später die Mondphasen, Mond- und Sonnenfinsternisse, um 270 vor Christus bewies Aristarch, daß sich die Erde um die eigene Achse dreht und die Sonne umläuft. Erst 150 vor der Zeitenwende kam es zur Behauptung, die Erde sei der Mittelpunkt des Universums, und zwar durch einen gewissen Hipparch. Ptolemäus, 150 nach Christus, baute dieses irrige System dann richtig aus, und erst Kopernikus kehrte 1543 wieder zur Annahme des heliozentrischen Systems zurück. 1600 verbrannte die katholische Kirche Giordano Bruno für seine Erklärung, Fixsterne seien Sonnen. Um diese Zeit begann man, den Sternenhimmel mit Fernrohren zu durchforschen. Der Pionier dieser Beobachtungsart und erster Erforscher der Sonnenflecken, der Entdecker der Phasen der Venus und der Kugelgestalt des Mondes, der auch die vier Monde des Jupiter bemerkte, Galileo Galilei, hatte so seine Schwierigkeiten mit der katholischen Kirche, die es sich seit Jahrhunderten zur lieben Gewohnheit gemacht hatte, ihre vermeintlichen Gegner und alle, die auch nur scheinbar abweichende Meinungen äußerten, schlicht der Häresie zu bezichtigen und durch eine Art Feuertaufe zu läutern."

Fritz nahm einen tiefen Schluck.

„Aber zurück zum Thema. Offensichtlich hatten die frühen Seefahrer recht bald gelernt, mit Hilfe einfacher Winkelmessungen die geografische Breite festzustellen, zumindest in nördlichen Gewässern, da der Polarstern quasi von der Erdachse aufgespießt wird und daher die Höhe des Nordsterns über dem Horizont der nördlichen Breite des Beobachtungsortes entspricht, zwar nur auf eineinhalb Grad genau, weil der Stern eben nicht genau am Himmelspol ist, aber so um Columbus herum wußte das niemand, und es hätte auch niemanden gekratzt, denn die Messungen mit den damals üblichen

Quadranten waren sowieso nicht die genauesten und zudem nur in der hellen Dämmerung möglich, weil ja sonst die Kimm nicht sichtbar war. Man hatte also eine Methode, die auf See funktionierte, wenn auch nur unter günstigen Bedingungen. An Land, und nur dort, konnte man die Breite auch mit einem Astrolabium messen, aber auf See versagte die Methode, deren Ergebnisse schon an Land recht fragwürdig ausfielen, vollkommen. Erst Martin Behaim fand so um 1470 herum den Baculus, eine Art Vorläufer des Sextanten, in der Sternwarte seines Lehrers Regiomontanus und kam auf die Idee, dieses Gerät zum Bestimmen der Breite zu verwenden.

Der Baculus, von den Navigatoren Jakobs- oder Kreuzstab genannt, bestand aus zwei hölzernen Stäben, die so verbunden waren, daß sie eben ein Kreuz bildeten. Der kürzere Querstab konnte auf dem mit einer Strichskala markierten Längsstab hin-und hergeschoben werden. Wollte man damit die Mittagshöhe der Sonne messen, brachte man den Längsstab so nahe wie möglich ans Auge und verschob den Querstab so lange, bis dessen unteres Ende die Kimm traf und das obere die Sonne. Dann ergab sich aus einer simplen Rechnung nach der Winkelformel im rechtwinkeligen Dreieck der Winkel zwischen Sonne und Horizont. Aus Tabellen, den Ephemeriden, entnahm man dann die Deklination der Sonne. Der Rest war eine Addition oder Substraktion. Weil der Benutzer des Gerätes an einen Bogenschützen erinnerte, sagt man heute noch ‚die Sonne schießen'."

Gebannt hingen wir an seinen Lippen. Wer hätte gedacht, daß Astronavigation derartig spannend sein konnte?

„Ein ganz anderes Problem war es", fuhr unser Skipper fort, „die geografische Länge zu bestimmen. Sie blieb eine reine Vermutung, basierend auf dem Kompaßkurs und dem Etmal. Also hing der vermutete Schiffsort von der Genauigkeit des Mitkoppelns ab. Was das nach ausgedehnten Stürmen von wochenlanger Dauer bedeutete, läßt sich unschwer nachvollziehen. Daher war es durchaus so, daß man ziemlich genau wußte, auf welcher Breite sich Inseln befanden, die Längenangaben auf den Karten waren aber reine Glückssache. Nur ausgebildete Astronomen konnten an Land die Daten ermitteln, die zu einer Längenbestimmung notwendig waren. Und Astronomen waren an Bord von Schiffen rar. So wußte man eben in der Regel nicht, wo eine Insel zu suchen war, und fuhr halt so lange den Breitengrad ab, bis man bestenfalls sie oder schlechtestenfalls den Tod gefunden hatte.

Die Bestimmung der Länge blieb ein Problem, da man Abtrift durch Strömung und Wind nur schätzen konnte, aber auch die Beschickung durch Rudergänger war eine nicht zu verachtende Fehlerquelle. Schon die Unzuverlässigkeit der Kompasse war ein Hindernis, da man noch nichts vom Unterschied zwischen dem geografischen und dem magnetischen Nordpol wußte, von lokalen Kompaßabweichungen, der Variation oder Ortsmißweisung ganz zu schweigen. Noch 1707 gingen vier Linienschiffe eines englischen Geschwaders vor Land's End verloren, der Admiral und über zweitausend Mann ertranken, weil man nach dem Koppelkurs angenommen hatte, noch hundert Seemeilen westlich davon zu sein.

Eine Längengrad-Kommission wurde gegründet. Aber die erlösende Idee kam ihr nicht, niemand wußte Rat, auch nicht der berühmte Isaak Newton oder Sir Edmond Halley, der größte Astronom seiner Zeit. Da ein begrenztes Brainstorming keinen Erfolg hatte, wandte man sich mit einem Preisausschreiben an die Öffentlichkeit: Zehntausend Pfund Sterling für den Entdecker einer Methode, den Längengrad eines Schiffes nach einer Seereise von sechs Wochen auf sechzig Landmeilen, also hundert Kilometer, genau zu bestimmen. Bei einer Genauigkeit von weniger als dreißig Meilen sollten es gar zwanzigtausend Pfund sein, das entspräche heute sieben Millionen Schilling. Wie wir heute wissen, ließ sich das Problem natürlich auf eine Uhr reduzieren, die genau die Zeit eines Nullmeridians angibt. Denn der Zeitunterschied zwischen zwei Orten entspricht der Differenz ihrer Längengrade. Daher kann man Zeit in Länge und umgekehrt ausdrücken. So entspricht eine Stunde fünfzehn Längengraden, eine Sekunde fünfzehn Bogensekunden. Das ist so, weil sich die Erde eben in vierundzwanzig Stunden einmal um ihre Achse dreht. Also beschreibt jeder Punkt ihrer Oberfläche in dieser Zeit einen vollen Kreis von dreihundertsechzig Grad. Und so galt es, eine Uhr zu bauen, die wirklich genau ging, trotz Schlingerns und Stampfens, bei arktischen Temperaturen und in den Tropen, unempfindlich auch gegen extreme Luftfeuchtigkeit. Aus der Differenz der astronomisch bestimmten Schiffszeit und der Nullmeridianzeit ergab sich dann der Schiffsort nach der Länge.

Zwei Generationen der englischen Uhrmacherfamilie Harrison, Vater und Sohn, bauten nicht weniger als fünf Prototypen einer Seeuhr, die sich allesamt glänzend bewährten, und wenn auch die erste noch einen Kubikmeter groß und aus Holz war, waren die anderen doch schon praxisreif. Den Harrisons standen aber auch zwei Generationen der Längengrad-Kommission gegenüber, die selbst vor offenem Betrug nicht zurückschreckten, um das Geld nicht herausrücken zu müssen, erst 1765 bekam der alte Harrison wenigstens die Hälfte des ihm zustehenden Geldes. Zehn weitere Jahre sollten vergehen, bis er den ihm zustehenden Rest erhielt, acht Monate vor seinem Tod im damals biblischen Alter von dreiundachtzig Jahren. Wer weiß, ob er überhaupt so alt geworden wäre, hätte ihn nicht die ständige Erbitterung in Spannung gehalten! Aber der Längengrad war besiegt."

Nun verstummte Fritz. So interessant sein Vortrag auch gewesen war, wir hatten alle einen langen Tag hinter uns. Birgit war an meiner Schulter eingeschlafen, Ernstl bewegte sich nur mehr mit der Geschwindigkeit eines unterkühlten Leguans, und Iglo gähnte wie ein Krokodil. Ich fror an der Birgit abgewandten Seite und war vom langen Ruhigsitzen ganz steif. Ein Blick auf die Uhr, die vor ein paar hundert Jahren sieben Millionen Schilling wert gewesen wäre, zeigte mir den Grund: Es war halb vier. Ich weckte Birgit vorsichtig und zart auf, nur um sie sofort wieder schlafen zu schicken, diesmal im Liegen und neben der Hofrätin. Wir verteilten uns still auf die diversen Schlafstätten, und mit der Wärme kam rasch das Vergessen. Und die Welt drehte sich ruhig weiter, unbekümmert um Nullmeridian und Datumsgrenze, Länge und Breite, und was die lästigen Mikroben sonst noch alles erfunden hatten, um sie zu messen und einzuteilen, unter einem Himmel, der die Ewigkeit widerspiegelte.

Weiß der Teufel, warum ich am nächsten Morgen nicht schlafen konnte. Jedenfalls war ich munter, sowie der erste Sonnenstrahl meine Nase kitzelte, und konnte nicht mehr einschlafen, obwohl es im Boot ganz still war und uns leise Wellchen wiegten. Ernstl wurde nicht einmal munter, als ich das mittlerweile recht geschwollene

Säckchen mit meiner Schmutzwäsche hervorkramte und minutenlang nach dem berühmten Handwaschmittel in der Tube suchte. Ich setzte mich mit einer Pütz Süßwasser in das Cockpit und begann, meine Wäsche zu waschen. Es war ein herrlicher Morgen, völlig wolkenlos und windstill. Bald hingen meine Unterhosen, Socken und Leibchen an der Reling, eine stattliche Reihe, und der blumige Geruch des Waschmittels mischte sich mit der salzigen Luft des Hafens. Die Sonne, die mittlerweile nicht mehr so tief stand, erhellte die westliche Hafenseite wie eine Theaterkulisse, bunte Fischerboote dümpelten in der leisen Dünung, und der kleine Ort strahlte kalkig weiß mit tiefschwarzen Schatten, kitschig in südlicher Verwahrlosung. Eine beinah unmerkliche Brise brachte den schweren Duft nach Salbei und Oregano aus der Heidelandschaft und raschelte in den vier Meter hohen Schilfdickichten, die den Weg in die Hügel säumten. Ich hätte tanzen mögen vor Glück über diesen stillen Moment zwischen den Zeiten, so losgelöst und fern vom Getriebe der Prüfung und der Routine des Bordlebens und so unglaublich weit weg von der Hektik und dem Streß, der hinter dem gleißenden Horizont daheim auf den Flüchtling wartete, unerbittlich und geduldig, um die Ruhe und den Frieden wieder aus seiner Seele zu fressen. Aber er konnte mich mal, der Frust, etwas würde unzerstörbar in mir bleiben von dem Frieden dieses Augenblicks, ein klingendes Stück Glück, auf das ich in mageren Zeiten zurückgreifen konnte, ein Stück der verborgenen Heimat, die ich mir in aller Welt zusammengestohlen habe und die in meinem Kopf existiert, so real wie die Welt um mich, aber mein alleiniges Eigentum.

In diesem Moment tauchte ein verschlafener Fritz aus dem Niedergang, blinzelte in die Morgenhelle, sah die zum Wäschetrockner umfunktionierte Reling, murmelte „gute Idee" und verschwand kurz, um mit einem Berg Schmutzwäsche wieder aufzutauchen. Als Nächste erschien Birgit, und ihr Beitrag zu der Beflaggung gab dem Ganzen eine pikante Note. Ich hatte inzwischen Kaffee gemacht, und so saßen wir drei im Cockpit, ließen uns faul die Sonne auf den Bauch scheinen und tranken schweigend das dicke, süße Gebräu. Niemand mochte die Weihe dieses frischen, stillen Morgens durch Gespräche stören.

Inzwischen tauchten auch auf den anderen Booten vereinzelt Gestalten auf, und da gute Beispiele bekanntlich anstecken, verwandelte sich das Geschwader langsam in eine chinesische Wäscherei, über Topp beflaggt mit Socken und Unterwäsche. Als endlich auch der Commodore erschien, stand er vor vollendeten Tatsachen. An ein Auslaufen war unter diesen Umständen nicht zu denken, es würde sicher den halben Tag brauchen, bis alles trocken war. Außerdem war es aber sowieso fast windstill, also machte er gute Miene zu diesem Spiel, und bald erschien auch Rosi an Deck, den Mund voller Wäscheklammern, in den Händen einen Riesenkorb, und begann, die fürstliche Leibwäsche aufzuhängen. Der Commodore hatte dazu höchstpersönlich eine Leine vom Vorstag zu den Wanten geriggt.

Als sich der Waschvormittag dem Ende zuneigte, schossen plötzlich die Crewmitglieder der ODYSSEUS in Panik und unter Lauten des höchsten Schreckens aus dem Niedergang: Bull hatte sich endlich von der allgemeinen Stimmung anstecken lassen und wusch seine Socken. Zwar wurde er durch das Skylight und den Niedergang rüde beschimpft, weil er das unter Deck tat, aber er ließ sich davon nicht wesentlich stören. Und so baumelten auch seine Socken kurz darauf von der Leine, alle zwei Paare, er ging bloßfüßig. Kurz darauf schmissen sie ihn ins Wasser, weil er zwar seine Socken, nicht aber seine Füße gewaschen hatte. Doch auch das brachte ihn nicht aus der Ruhe, da es inzwischen ziemlich warm geworden war. Gemütlich setzte er sich aufs Schiff und trocknete in seiner Badehose im offenen Heck, während er seine Füße im Hafen einweichte und Schwärme kleiner Fische an seinen Zehen knabberten.

„Paß bloß auf, Kriminaloperhauptinspektor“, warnte das Krügerl, „auch im Mittelmeer gibt es große, muskelbepackte Freßmaschinen mit einem mörderischen Maul voller weißer, scharfer Zähne!“

„Schwarzenegger ist in Amerika“, erwiderte Bull daraufhin träge und plätscherte ruhig weiter.

Einige setzten sich an die inzwischen aufgestellten Cockpittische und spielten Karten oder schrieben welche, andere hatten eine Expedition zu den örtlichen Weinkellern formiert, um noch alkoholische Souvenirs zu organisieren, wieder andere dösten auf den Vorschiffen in der Sonne, um noch ein bißchen Bräune zu tanken, und ich beschwatzte Birgit zu einem Spaziergang in den Hügeln. Wir stiegen den Pfad zum Friedhof hinauf und gingen dann den Kamm entlang in Richtung Leuchtturm. In einer Mulde machten wir Rast und lauschten dem Zirpen der Insekten und dem leisen Rascheln der Brise im trockenen Gras. Ich zog mein Hemd aus, es war wirklich zu warm. Das muß auch Birgit aufgefallen sein, denn sie schlüpfte ebenfalls aus ihrem Leibchen. Jetzt wurde mir richtig heiß. Ich beugte mich atemlos über sie, und sie lächelte mir unschuldig entgegen: „Aber ich hab' doch meine *ganze* Wäsche gewaschen."

Als wir zum Hafen zurückkamen, war die Beflaggung der Boote bereits etwas reduziert. An den Cockpittischen saßen schwitzende Gestalten mit roten Rücken oder Gesichtern, je nach Position, und spielten immer noch Karten, inzwischen tranken sie dazu jedoch schweren, süßen Inselrotwein, dadurch hatte ihr Spiel an Heftigkeit und Lautstärke zugenommen. Die Hälfte der Besatzungen war abgängig, verschwunden im Ort, offensichtlich Opfer der Kellermafia. Mit einem Wort, es sah nicht nach Auslaufen aus. Unser Vorschiff war gerade frei, also legten wir uns nach dem Wäschebergen dort in die Sonne, Birgit machte sich überhaupt keine Sorgen mehr um etwaiges Gerede am Schiff, und mir war es völlig egal, daß ich wahrscheinlich einen birgitförmigen, weißen Fleck an meiner rechten Schulter bekommen würde. Für mich stand alles zum Besten in dieser besten aller denkbaren Welten. Zwar schlief mir langsam die rechte Schulter ein, aber was machte das schon. Als ich wieder aufwachte und gegen die Sonne blinzelte, stand vor mir Fritz und grinste wie ein Wolf:

„Hab' ich mir's doch gedacht, daß ich euch da finde", säuselte er, „aber leider muß ich das junge Glück stören, denn wir werden jetzt doch auslaufen."

Birgit seufzte und setzte sich auf. „Der Streß", murmelte sie und sprang auf. Ich erhob mich ächzend und keineswegs elegant, denn meine rechte Seite war wie abgestorben, doch nicht lange darauf kehrte das Leben in unangenehmer Weise kribbelnd darin zurück. Trotz allem war es das schönste Ameisenkribbeln seit langem.

Ich zog mich wieder an, denn am offenen Meer wird es schnell kühler, und ich war durch meine halbseitige Sonnenröte kälteempfindlich. Da sprang auch schon der Motor an, und Iglo bellte in bester Marinetradition die nötigen Befehle zum Ablegen. Auf dem Meer wehte eine sanfte Brise, und die Anweisungen zum Segelsetzen bellte er schon leiser. In das letzte Röcheln der Maschine mischte sich sein erstes. Er harrte jedoch wacker aus, da Fritz ihm für den Fall, daß er wieder kneifen sollte, das jähe Ende seiner Hoffnungen auf den Segelschein in Aussicht gestellt hatte. Und er schlug sich tapfer, selbst als der Wind auffrischte und kleine Wellen gierig an den Flanken des Bootes leckten. Zwar beschrieb unser Kielwasser leise Sinuswellen, aber was lag näher, wenn ein Physiker und Chemiker am Rad stand? Im Durchschnitt stimmte der Kurs, und Iglo bekam nach und nach sogar wieder etwas Farbe.

Ablenkung ist die beste Therapie gegen Seekrankheit, und beschäftigt war er genug, da der Wind launisch immer wieder etwas umsprang und er daher ständig die Segelstellung korrigieren lassen mußte. Außerdem konnte er ausnahmsweise nicht zu seiner Rumflasche, von der er sich bisher Heilung seiner Beschwerden versprochen hatte, und daher wurde ihm gar nicht so schlecht, wie das normalerweise der Fall gewesen wäre. Mit der Zeit bekam er einen leicht verwegenen Zug um den Mund, und die Besorgnis wich aus seinen Augen. Fritz, der ihn die ganze Zeit beobachtet hatte, schmunzelte zufrieden und bestellte bei mir einen Schluck Rotwein. Als er den Becher bekam, bot er ihn Iglo an, der aber nur unwillig den Kopf schüttelte. Fritz grinste über das ganze Gesicht und meinte, manche Leute brauchten eben etwas Zeit, bis sie begriffen, was gut für sie sei. Dabei drehte er sich auch zu Birgit und mir, und jetzt sah uns ein zufriedener Faun über den Rand des Bechers an.

Inzwischen wurde es rasch dunkel, und wir setzten die Positionslichter. Der Capt'n war vom Ruder nicht mehr wegzukriegen und steuerte pfeifend das Blinken von Zaglav an. Bei diesem Geräusch fuhr Walter in die Höhe und sagte ihm, er solle sofort damit aufhören. Einer alten Sage zufolge beschwört Pfeifen auf einem Schiff nämlich unweigerlich einen Sturm herauf. Aber Fritz winkte ab, er meinte, etwas mehr Wind könnte uns nicht schaden. Das müssen aber die beiden Inselgottheiten gehört haben, und entweder waren sie mit ihrem Mühlespiel gerade fertig, oder es langweilte sie wieder einmal, jedenfalls begann es vor uns wetterzuleuchten, und fernes Donnergrollen übertönte das Säuseln im Rigg. Ich dachte an die Wolkentürme, die vor kurzem noch in der Abendsonne geleuchtet hatten, und ahnte, daß wir für den abnorm heißen, schönen Tag bald bezahlen mußten.

Als die erste Bö durch das Rigg pfiff und sich die MIRANDA überlegte, zog ich mir das Ölzeug und die Stiefel an, dabei kämpfte ich nicht nur gegen die schwere Jacke, sondern auch noch gegen Ernstl, Birgit und Walter, die sich ebenfalls sturmfein machten, so daß es im Salon aussah, als würden vier Michelinmännchen ein Ballett proben. Wieder oben, stellten wir fest, daß der böige Wind zugelegt hatte und erste Schaumkronen aufwarf. Ich band mit Ernstl ein Reff in das Groß, dann spannten wir Sicherheitsleinen. Es war zwar noch nicht nötig, aber jetzt hatten wir bequem Zeit, uns in aller Ruhe vorzubereiten. Birgit stand am Ruder, eine selbst im Ölzeug noch zarte Silhouette im schwachen Widerschein des heraufziehenden Gewitters. Die Wolken über der Landmasse Istriens leuchteten im Feuerwerk der ständigen Blitze von innen. Walter sicherte den Buganker mit einem zusätzlichen Bändsel, damit er nicht versehentlich ausrauschen konnte, wenn es mulmig werden sollte. Was für ein Glück, daß er rechtzeitig mit dem Saufen aufgehört hatte, wir konnten ihn jetzt gut brauchen. Auch Fritz, Conan und Iglo waren jetzt wieder an Deck. Die Hofrätlichen spähten vorsichtig aus dem Niedergang. Fritz teilte die Sturmwachen ein. Er stellte sich ans Ruder, ich bekam den Posten an Steuerbord, hinter mir Ernstl, an Backbord saßen Walter und Conan. Birgit und Iglo schickte er hinunter, trotz ihrer Proteste.

„Ich kann nicht alle heroben brauchen, da wird's zu eng! Und ich muß die Kräftigsten hierbehalten, wer weiß, was noch kommt! Ihr haltet euch unten bereit, voll angezogen, für den Fall, daß ich euch doch brauche. Ihr könnt euch ja niederlegen, damit euch nicht schlecht wird. Die Hofrätlichen gehen am besten in die Backbordkabine, ebenfalls mit Schwimmweste und Lifebelt, aber jedenfalls wohin, wo sie niemandem im Weg stehen."

Murrend zogen sie ab. Überraschend gefaßt war die Hofrätin. Sie kochte Tee und füllte ihn in die große Thermoskanne.

Inzwischen pfiff es ordentlich, und ich band mit Walter das zweite Reff in das Groß. Die Genua war halb weggerollt, aber wir würden sie noch weiter kürzen müssen. Bei jeder Bewegung, die wir machten, klingelten die Karabiner der Lifebelts. Uns wurde ordentlich warm, als wir das widerspenstige Tuch bändigten und am Baum anbändselten. Die Rolleinrichtung der Genua sträubte sich gegen die Belastung des Einrollens, und wir mußten fast in den Wind, um sie mit dem Zug der Winschen nicht zu beschädigen. Die Segel knatterten wie Gewehrfeuer. Endlich konnten wir wieder abfallen, dazu mußten wir das Fockresterl kurz backsetzen. Der Segelmacher hatte gute Arbeit geleistet, die Naht hielt eisern, aber mir wurde bei dem Gedanken, was wohl geschehen wäre, wenn das Achterliek nicht rechtzeitig gerissen wäre, noch heißer. Jetzt begann es zu schütten, und zwar so, daß wir zeitweise das Licht des nun schon ziemlich nahen Leuchtfeuers nicht sehen konnten, nur manchmal sahen wir den Strahl wie bei starkem Nebel geisterhafte Lichtbalken kreisförmig um den Turm schwenken. Regenböen prasselten ohrenbetäubend über das Deck. Das Boot legte unter dem Winddruck immer wieder so stark über, daß die Stützen der Leereling im kochenden Wasser verschwanden. Wir hatten längst die Lifebelts an das Strecktau angeklinkt und hingen an den Sorgleinen. Fritz hatte alle Hände voll zu tun, um das widerborstige Boot auf Kurs zu halten, aber wir waren unterbeschäftigt, sah man einmal von den winzigen Segelkorrekturen ab, die von Zeit zu Zeit notwendig wurden. Wir hatten genug Zeit, über unsere Situation nachzudenken und uns Sorgen wegen des Zustandes des Bootes zu machen.

Ich wußte zum Beispiel nicht, ob der Mast geerdet war, und auch Fritz schienen ähnliche Gedanken durch den Kopf zu gehen, denn er achtete sorgsam darauf, sich nicht ans Backstag zu lehnen. Schließlich war es nicht ausgeschlossen, daß das Boot von einem Blitz getroffen wurde, und der Gedanke, dann an einem Millionen-Volt-Leiter zu lehnen, verursachte ihm sichtlich etwas Unbehagen. Ich muß gestehen, ich wußte viel zu wenig über die Einwirkung von Blitzen auf GFK-Boote, aber mein Gedächtnis reproduzierte hartnäckig das Foto eines vom Blitz durchschlagenen Schiffsbodens, das ich in irgendeinem Buch gesehen hatte. Der Blitz hatte ein Mordsloch in das Schiff gerissen, direkt neben dem Mast, und es war gesunken. Ich hangelte mich mühsam zum Niedergang und spähte hinunter, aber ich konnte niemanden sehen, also saß zumindest keiner in unmittelbarer Nähe unseres Blitzableiters. Fritz brüllte mir zu, daß ich ihm im Weg stände, er könnte nichts sehen, und ich plumpste wieder auf meinen Platz, gerade rechtzeitig, daß wir *alle* sehen konnten, wie ungefähr hundert Meter vor uns ein Blitz ins Wasser einschlug, und zwar nicht einmal, sondern viermal hintereinander, immer in der gleichen Spur. Es krachte so unglaublich laut, daß wir alle vorübergehend taub waren. Starker Ozongeruch wehte über das Boot, und wir fuhren weiter durch das jetzt gespenstisch lautlose Inferno. Zudem konnte ich nichts mehr sehen, nur die Blitzspur war in meine Netzhaut gebrannt und ein fotografisch genaues Bild der Umgebung zum Zeitpunkt des Blitzes. Dieses Foto war ein Negativ, die Farben waren verkehrt. Ich blinzelte schneller, als das der Zwinkerer normalerweise tat, und jedes Blinzeln frischte das Bild neu auf. Erst langsam vermochte ich meine Umgebung wieder zu erkennen.

Im Niedergang tauchte das bleiche Gesicht Iglos auf, sein Mund formte lautlose Worte. Als er bemerkte, daß wir ihn nicht verstanden, schüttelte er den Kopf und verschwand. Gleich darauf war er allerdings wieder da, mit einem Zettel auf einem Klemmbrett, darauf stand: WAS WAR DAS? Ich schnappte mir das Brett, nahm den Bleistift aus der seitlichen Halterung und schmierte im Finstern, quasi auswendig, darunter: FRITZ HAT EINEN FAHREN LASSEN. Iglo starrte einen Moment ungläubig auf den Zettel und war wieder weg. Es war aber auch eine unsagbar blöde Frage. Wenn es in einem Gewitter kracht, was soll das schon gewesen sein? Schiffsartillerie?

Mit der Zeit kehrte unser Hörvermögen langsam wieder, zu dem Pfeifen in unseren Ohren gesellte sich das Pfeifen im Rigg und das ständige Rollen des Donners. Die Segel knatterten im Wind, denn Fritz hatte in der Zeit, als auch er nichts sehen konnte, unwillkürlich angeluvt. Jetzt ließ er das Boot abfallen, und wir nahmen wieder Fahrt auf. Mühsam stampfte das Boot gegen die mittlerweilen recht ordentlichen Wellen. Wir machten kaum Fahrt über Grund,

wie man am Leuchtfeuer sah, das inzwischen querab lag. Fritz gestikulierte wild zu Ernstl, der beugte sich zuerst zu ihm und dann zu mir:

„Kannst du ihn kurz ablösen? Er muß für kleine Buben."

Die paar Zentimeter zum Steuerrad wurden zur Expedition, weil ich ununterbrochen um mein Gleichgewicht kämpfen mußte und zudem noch über alle Füße im Cockpit stolperte. Ich quetschte mich von steuerbord her hinter das Rad, Fritz verließ den Steuerstand nach backbord, auch nicht eleganter als ich, weil ihn der Seegang dauernd dazu zwang, sich hinzusetzen. Wir rauften noch ein Weilchen mit den Sorgleinen, weil wir beide mit je einer Leine am Gehäuse des Steuerrades und mit der anderen am Strecktau hingen und sich dazwischen ein Wuling eingeschlichen hatte. Endlich war ich an meinem Platz, und Fritz begann den Eiertanz durch das Cockpit, dauernd hin-und hergestoßen durch die heftigen Schiffsbewegungen. Erst schmiß es ihn auf Conan, der hysterisch aufschrie, dann saß er auf Walters Schoß, der ihm sachte auf den Rükken klopfte, als sei er ein Baby, das sein Bäuerchen machen sollte. Endlich rumpelte er durch den Niedergang, und ich konnte wieder etwas sehen. Ich orientierte mich an der Richtung der Schaumkronen, die in der Dunkelheit gespenstisch leuchteten und lange Gischtarme nach Lee streckten. So brauchte ich nur noch selten auf den Kompaß zu schauen, dessen ohnehin schwaches Leuchten mich störte. Ich hatte alle Hände voll zu tun, bemerkte aber zu meiner Pein, daß jetzt *ich* aufs Klo mußte. Weiß Gott, was Fritz da unten trieb, jedenfalls kam er nicht wieder.

Abgesehen von den recht umfangreichen Radbewegungen, die dauernd notwendig waren, um den Kurs halbwegs zu halten, war das Steuern gar nicht so schlimm, wie ich es mir vorgestellt hatte, solange ich nicht versuchte, mich am Rad festzuhalten. Ich wurde ruhiger und begann zu experimentieren. Nach kurzer Zeit hatte ich den Bogen heraus und bewegte das Rad nicht mehr so hektisch, weil das Boot zwar ununterbrochen die Nase wegsteckte, aber mehr oder weniger sowieso selbst in die normale Richtung zurückschwenkte. Ich begann, an der wilden Fahrt Gefallen zu finden, wenn auch Regen und Gischt im Gesicht brannten und meine Hände in den triefenden Handschuhen langsam steif wurden.

Nach einer guten Stunde, ich hatte mich eben damit abgefunden, in die Hose zu pinkeln, kam Fritz wieder herauf. Das Gewitter tobte sich mittlerweile hinter uns aus, aber der Wind hatte noch nicht nachgelassen und wechselte dauernd leicht seine Richtung, so daß auch meine Schotmänner ununterbrochen beschäftigt waren.

Nun begann der Tanz aufs Neue, aber ich rechnete mir ganz gute Chancen aus, die Toilette noch rechtzeitig zu erreichen. Während ich mich im Büßerschritt durch den Salon kämpfte, zog ich schon die Ölzeugjacke aus, indem ich mich zwischen Navigationsecke und Abwasch verspreizte. Dabei sah ich, daß Birgit auf der Salonbank in Lee lag und recht zufrieden wirkte, obwohl sie sich dauernd festhalten mußte. Iglo saß wie ein Häuflein Elend in Luv und hatte einen Kübel in den Händen. Es stank nach Erbrochenem. Inzwischen hatte ich die rettende Tür erreicht und verschwand in dem engen Naßraum. Hatte ich geglaubt, meine Schwierigkeiten seien damit vorbei, sah ich mich darin in unangenehmer Weise getäuscht. Ich hatte zwar damit gerechnet, daß es schwierig sein würde, die Latzhose herunterzukriegen, mir aber keine Vorstellung gemacht, wie schwierig. Ich wurde in der Enge herumgestoßen wie in der Trommel einer Waschmaschine. Kaum tat ich etwas, um aus der Hose zu kommen, mußte ich mich auch schon wieder irgendwo anklammern. Ich war regelrecht verzweifelt, und außerdem wurde mir in diesem verdammten Klo jetzt auch noch schlecht. Ich mußte da wieder heraus! Kurz bevor ich in Panik verfiel, bekam ich einen Mordszorn. Wutschnaubend machte ich einen Träger auf, dabei war es mir völlig egal, wo ich in der Zeit hinflog, dann den zweiten, und endlich gelang es mir, die Hose hinunterzuschieben, allerdings fesselte sie mir sofort die Beine, und mit einem letzten, verzweifelten Schwung landete ich auf der winzigen Muschel, wenn auch immer noch in den Jeans. Unter wildem Strampeln beseitigte ich auch noch die letzten Hindernisse und genoß die unglaubliche Erleichterung. Dann ging das Theater in umgekehrter Richtung los, und als ich endlich wieder angezogen war, mußte ich mich bücken, um die Seeventile zu öffnen, dann pumpen, umschalten, wieder pumpen, die Seeventile schließen – und all das auf einer fahrenden Achterbahn. Als ich aus der Toilette taumelte, hatte ich wahrscheinlich die gleiche Gesichtsfarbe wie Iglo. Der Gestank im Salon überfiel mich, daß es mich zu würgen begann. Ich war zum ersten Mal seekrank. Schnell die Jacke angezogen und ab nach oben. Erst dort legte ich den Lifebelt an. Das war leichtsinnig, aber mir war inzwischen alles egal.

Als ich endlich wieder gesichert im Cockpit saß, wurde mir langsam besser, aber es dauerte noch eine Weile, bis ich bemerkte, daß nun auch der Wind nachgelassen hatte und keine Gischt mehr flog. Der Spray war ganz weg, und auch der Regen hatte stark nachgelassen.

Als er schließlich ganz aufhörte, war ich wieder ganz gesund und ging hinunter, um die Skylights zu öffnen. Den Lukdeckel ließ ich offen und versorgte auch das Steckschott. Dann nahm ich Iglo seinen Kübel weg und wollte ihm im Spaß drohen, was ich mit ihm anstellen würde, wenn er noch ein einziges Mal auf dem Boot pfiff, aber da sah ich, daß er noch immer pfiff, und zwar auf dem letzten

Loch, und ich ließ es bleiben. Den Kübel wollte ich oben ausleeren und reinigen, aber er entriß ihn mir und begann, trocken zu würgen. Das konnte er auch ohne Kübel, und so nahm ich ihn ihm wieder weg und drückte ihm dafür einen seiner Seestiefel in die Hand, der am Boden herumlag. Als ich mit der sauberen Pütz wieder unten ankam, hatte er ihn aber doch noch vollgespien, und ich steckte den Stiefel, voll, wie er war, in einen Mistsack und band ihn zu. Später hat Conan ihn dann mit dem anderen Mist entsorgt, und Iglo behauptet heute noch, von mir ein Paar Stiefel zu bekommen. Vorerst aber stellte ich den Sack neben die Pantry, weil der Funk sich rührte, den ich beim Herunterkommen wieder aufgedreht hatte. Während des Gewitters hatten wir ihn abgeschaltet. Es war der Commodore, der wissen wollte, ob wir irgendwelche Schäden hatten, und als ich ihn diesbezüglich beruhigt hatte, anordnete, wir sollten Cres anlaufen. Ich setzte den Kurs ab, stellte mißmutig fest, daß es noch ganz schön weit war bis dorthin, denn ich hatte fürs erste genug von dieser Nacht, und ging Fritz informieren.

Nach allgemeinem kurzen Murren segelten wir verdrossen in Richtung der Bucht von Valun. Das Wetter hatte sich wieder beruhigt, und so gingen wir daran, den Tee zu vertilgen, den die Hofrätin gekocht hatte, denn wir waren ein bißchen durchgefroren – vom Wetter, aber auch von der Angst, die wir ausgestanden hatten. Der Tee hatte es wegen der Würze, die ihm Iglo verpaßt hatte, in sich. Es hatte nicht so arg ausgesehen, als er den Rum in den Thermos goß, es war eine ganz normale Menge für die große Kanne, aber nun stellte sich heraus, daß das Produkt seiner Pantscherei mindestens sechzig Prozent Alkohol enthalten mußte. Wie er das Gesöff *pur* trinken konnte, war mir ein Rätsel. Jedenfalls wurden wir darauf ganz schön lustig, und der Mißmut schwand, als uns neue Energie durchflutete. Trotzdem dauerte es noch lange, bis wir endlich die Feuer der Einfahrt sahen und durch den etwa zwei Kabellängen breiten Kanal segelten. Wegen der relativen Enge, der Untiefen in Ufernähe und schließlich auch wegen der Geschwindigkeitsbeschränkung bargen wir die Segel und liefen unter Maschine weiter.

Der Hafen war schon voller Boote, die für die Überwinterung versorgt waren, trotzdem fanden sich noch genug Plätze für unser kleines Geschwader. ODYSSEUS war schon da und gab uns Lichtsignale, damit wir neben ihnen anlegten. Bald darauf bohrte auch BÄRLI seinen Bug in einen knirschenden Fender, sie waren, wie wir unisono und ein bißchen hämisch bemerkten, ein wenig schnell unterwegs. Der Zwinkerer stolzierte am Steg hin und her und lachte Ernstl aus, als der gestand, sich gefürchtet zu haben, und ich konnte mich wieder einmal nicht beherrschen und sagte ihm mitten in sein blasiertes Gesicht, daß sich angesichts eines solchen Gewitters auf See nur ein Trottel nicht fürchtet, weil er eben außerstande ist, die Gefahr zu begreifen. Fritz stimmte mir lebhaft zu, und das beendete vorerst die Diskussion über Gefahren und Erfahrung im Keim. Der Zwinkerer trollte sich zornig an Bord der BÄRLI, wo ihn der Commodore mit den Worten empfing, er hätte sich so gefürchtet, daß er schon geglaubt hatte, er müsse seine Wäsche noch einmal waschen. Das stellte ihn endgültig ab.

Bei uns am Boot dampfte alles vom nassen Gewand, und bald sah es an Deck wieder unsäglich aus, weil wir das ganze Zeug an die Reling hängten, vordergründig nicht einmal, um es zu trocknen, sondern vor allem, um es aus dem Weg zu haben. Das Gewitter, die Kälte und der Tee mit Rum hatten mir Hunger gemacht, und als ich die Kühltruhe öffnete, um mir was zu suchen, schrien alle, sie hätten auch Hunger. Ernstl und ich improvisierten darauf so eine Art Bordfrühstück mit Packerlsuppe statt Kaffee und einem Riesenberg Schinken mit Zwiebel und Ei, und alle, auch Iglo, der inzwischen wieder zum Leben erwacht war, aßen unheimliche Mengen. Der Hofrat kochte noch einmal Tee, stahl Iglo seine Rumflasche und goß wieder zuviel hinein, so daß wir bald das lauteste Schiff des Geschwaders waren.

Aber nach einiger Zeit kam das Gespräch doch wieder auf den eben ausgestandenen Schrecken, und damit wurde es auch wieder leiser. Den Hofrat beutelte es noch nachträglich.

„Das hätte bös' ins Auge gehen können! Wenn uns schon nicht der Blitz erschlagen hat, hätten wir immer noch alle ersaufen können."

Das konnte Fritz nicht auf sich sitzen lassen.

„Gegen Blitzschlag gibt es natürlich kein Mittel, außer einem gut geerdeten Rigg mit der Möglichkeit, den Blitz ins Wasser abzuleiten. Ein Blitz wird wahrscheinlich in die Mastspitze einschlagen und seinen Weg zur Erdungsplatte im Kiel nehmen. Lebensversicherung ist das keine, denn im Gegensatz zu einem Auto, das einen perfekten Faradayschen Käfig darstellt, sind die paar Drahterln, die den Mast halten, keiner. Wenn die Erdleitung vom Alumast, den heute fast alle Boote haben, zur Ableitplatte korrodiert ist und die Riesenenergie nicht leiten kann, dann ist die Geschichte lebensgefährlich. Das Märchen, daß die nasse GFK-Haut sowieso eine ausreichende Erdung ist, stimmt nämlich nicht. Wohl aber kann sie den Stromschlag über ihre ganze Oberfläche verteilen. Daher ist es gut, wenn man die Beine eng zusammenstellt, damit es nicht zu Spannungsdifferenzen zwischen den Auflagepunkten kommt, man nennt das Schrittspannung. Die kann einen ohne weiteres töten. Wie das aber der Rudergänger machen soll, wenn das Boot unter ihm Rumba tanzt, kann ich euch auch nicht sagen. Der muß sich eben auf seine Gummistiefel verlassen, ein schwacher Trost, wenn ihr mich fragt. Er ist außerdem über das Steuerrad in seinen Händen, die Drahtseile zum Ruderquadranten und den Ruderschaft, der auch aus Metall ist, Teil einer zweiten Erdung. Nasse Lederhandschuhe isolieren nicht, und wenn er sich dann auch noch ans Backstag lehnt ... Also ich hab' in den Schutz durch das Ölzeug kein großes Vertrauen. Blitzschlag ist etwas völlig Unberechenbares, und da kann man sich schon fürchten.

Aber ersaufen, wie du so schön sagst, das kann man durch Vorsicht fast sicher vermeiden. Selbstverständlich müssen alle ihre Schwimmwesten anhaben, die sind sogar ohnmachtssicher, halten einem den Kopf über Wasser, auch dann, wenn man es selbst nicht mehr kann. Zusätzlich haben ja alle ihre Lifebelts mit den Sorgleinen, die sie am Boot oder an den Sicherheitsleinen anhängen können. Sie müssen natürlich sicher angeschlagen sein, und zwar an Punkten, die wirklich fest halten, und nicht an irgendwelchen dubiosen Beschlägen, die im Ernstfall aus dem Deck reißen. Und zu guter Letzt haben wir noch unsere Rettungsinsel, die ist zwar für uns alle ein bißchen klein, aber für ein paar Stunden geht das schon, hier, in dieser belebten Gegend. Mitten im Atlantik wäre sie wohl nicht ausreichend, aber da hätten wir eben zwei mit. Das erste Gebot bleibt immer: nicht hineinfallen. Das zweite lautet: wenn doch, dann mit richtiger Ausrüstung. Also mit Rettungsweste, Pfeiferl und wasserdichter Taschenlampe. Weil, wenn ein über Bord Gefallener nicht bald gefunden wird, dann ertrinkt er zwar nicht, aber er wird, außer in extrem warmen Meeren, bald erfrieren. In Wasser um den Gefrierpunkt herum bleiben einem ein bis zwei Minuten bis zur Bewußtlosigkeit, außer die Kleidung isoliert gut gegen Kälte. Daher sollte man viele dünne Schichten übereinander tragen und nicht nur Leiberl und einen festen Pullover. Diese Zwiebelschalenmethode hält einen auch an der Luft besser warm als nur ein dickes Kleidungsstück. Aber egal, was einer anhat, man muß ihn rasch bergen. Auch bei relativ warmem Wasser kommt es recht rasch zu Unterkühlung.

Denkt bloß an die vielen Kinder, die im Sommer bei über zwanzig Grad Wassertemperatur so lange drinnen bleiben, bis sie dann, mit blauen Lippen und einer dicken Ganselhaut, zitternd unter einem warmen Badetuch in der prallen Sonne sitzen und doch weiß ich wie lang brauchen, bis ihnen wieder warm wird!"

Alle nickten, die, die Eltern waren, weil sie es schon ein paarmal mitgemacht hatten, der Rest, weil er sich noch erinnern konnte. Fritz schloß seine Rede:

„Wenn aber einer hineinfällt, der nicht entsprechend ausgerüstet ist und nicht sofort gefunden wird, das ist schon bei schwachem Seegang und am hellen Tag sehr wahrscheinlich, dann ertrinkt er. Wenn er wirklich gut schwimmen kann, dann ertrinkt er eben ein bißchen später, wenn er auskühlt und ihn die Kräfte verlassen. Wozu also einer, der den Segelschein machen will, unterschreiben muß, daß er ausreichend schwimmen kann, ist nicht ganz klar, obwohl es sicher nicht schadet, wenn's einer kann. Trotzdem bleibt's Augenwischerei, denn was heißt ausreichend, und was soll die Bestätigung auf guten Glauben? Wenn sie's wissen wollen, dann müssen sie ihn schwimmen lassen, dabei können sie auch gleich feststellen, ob es ausreicht. Aber genug davon. Es ist jedenfalls ganz wichtig, den über Bord Gegangenen nicht aus den Augen zu verlieren. Wenn der eingeteilte Beobachter ihn nur einen Moment verliert, findet man ihn mit ziemlicher Sicherheit nie wieder!"

In das nachdenkliche Schweigen sagte die Hofrätin, offenbar, um die Stimmung wieder zu heben:

„Na, ich hab' einmal gehört, Ertrinken soll ja ein ziemlich friedlicher Tod sein!"

Da mußte ich widersprechen.

„Was du da gehört hast, bezieht sich auf den Eintritt des Todes, wenn das Bewußtsein am Erlöschen ist und das unter Sauerstoffmangel erlahmende Gehirn dem Sterbenden in einer letzten Fantasieleistung ein friedliches Szenario vorgaukelt. Derartige Berichte von Leuten, die gerade noch einmal davongekommen sind, gibt es tatsächlich, und es scheint so, als wären diese Sterbenserfahrungen weit verbreitet. Aber sie betreffen nur die kurze Zeit nach dem Todeskampf. Und der ist beim Ertrinken keineswegs schön oder gar kurz. Das Ertrinken geht nämlich in genau festgelegten Phasen vor sich.

Wenn nach verschieden langer Zeit, abhängig vom Schwimmvermögen des Betroffenen, die Erschöpfung eintritt, kommt der Moment, wo ein Atemzug Wasser in die Luftwege saugt. Der Körper antwortet mit dem Reflex des Aushustens und versucht, das eingedrungene Wasser wieder loszuwerden. Die letzten Reserven werden mobilisiert. Dieses Stadium kann länger dauern. Es kommt immer wieder zum Einatmen von Luft-Wassergemisch und zu Hustenanfällen. Der Ertrinkende beginnt irgendwann, zusätzlich noch zu erbrechen, wie das auch bei wirklich schweren, normalen Hustenanfällen häufig geschieht. Das Resultat ist zunehmender Sauerstoffmangel und damit immer größere Atemnot. Irgendwann passiert es dann: der erste Atemzug, der nur mehr Wasser saugt. Die Lungen füllen sich tief hinunter mit Wasser und Schaum. Findet das in Süßwasser statt, dann tritt durch die Lungenbläschen Wasser ins Blut ein und gelangt bis in die linke Herzkammer. Im Salzwasser ist das umgekehrt. Das Blut verliert Wasser und wird eingedickt. Iglo wird euch bestätigen, daß das ein ganz normaler physikalischer Vorgang ist, den man Osmose nennt."

Iglo, der schon wieder etwas blaß aussah, nickte, und so fuhr ich fort:

„Luft also gibt's nicht mehr, denn die heftigen, krampfartigen Atemzüge fördern nur noch Wasser, und mittlerweile ist der Betroffene zu keiner gesteuerten Bewegung mehr fähig. Die Krämpfe erfassen den ganzen Körper und werden so stark, daß im Brust- und Bauchbereich Blutungen entstehen. Und jetzt, erst jetzt schwindet das Bewußtsein des Sterbenden, und dann tritt die friedliche Phase des Erlöschens der Gehirnfunktionen ein.

Einmal abgesehen davon, daß ich überhaupt nicht sterben mag, wenn es schon sein muß, so brauch' ich's nicht auf diese Weise. Freilich gibt es im Wasser noch eine zweite, wesentlich angenehmere Art des Ablebens. Wenn nämlich einer so ins Wasser fällt, daß es ihm im Schwall in die Nase und in den Rachen schießt, wird er sofort bewußtlos und erspart sich zwar nicht das Ertrinken, aber das damit verbundene Erlebnis.

Auf die Art und Weise hat Anfang dieses Jahrhunderts in England einer mehrere Frauen ermordet, und es hat lange gedauert, bis man ihm die Methode nachweisen konnte. Aber schließlich hat ihn ein gescheiter Pathologe doch überführt."

Eine Zeitlang war es still, dann meinte Fritz:

„Für einen Tierarzt weißt du eigentlich ziemlich viel über solche Sachen!"

Ich grinste:

„Erstens ertrinken auch Tiere auf die gleiche Art wie Menschen, es gehört also zu unserer Ausbildung, darüber Bescheid zu wissen. Na, und die anderen Sachen kannst du bei Jürgen Thorwald und Kübler-Ross nachlesen, wenn du aufhörst, die Bolitho-Romane von Kent für den Plafond der Literatur zu halten."

Fritz, der auf marinehistorische Romane ganz happig ist, drohte mir mit der Faust.

„Halt dich zurück, Viechbader, sonst weißt du gleich auch übers Erschlagen Bescheid, und nicht nur in der Theorie!"

Dann gähnte er ausgiebig, und da merkten auch wir, wie müde wir waren. Bisher hatte uns der Nachhall unseres Abenteuers munter gehalten, aber jetzt war es vorbei mit der Aufregung, und alle wollten ins Bett.

Als ich endlich in meinem Schlafsack lag, stellte ich mir vor, wie schön es wäre, wenn der Hofrat neben seiner Frau schlafen dürfte und Ernstl im Salon. Nur, wo hätten wir dann Birgit hingelegt? Ich schlief unter angenehmsten Überlegungen zu diesem Problem ein, wurde aber fast sofort wieder von einem empörten Ernstl geweckt, der behauptete, ich hätte ihn am Bauch gestreichelt. Ich drehte mich darauf zur Bordwand und beschloß, vorsichtiger zu sein mit meinen Träumen.

Versenkt die MIRANDA!

Der Tag danach – Helden – Freiwillige vor – Der Luftangriff – Ins Wasser gefallen – Rovinj, die Perle Istriens – Ein jugoslawisches Wiegenlied – Streit der Olympier – Das Ende der Reise und die Senilenbrigade – Herbstnebel – Heimfahrt

Das Licht des Morgens enthüllte ein Chaos. An Deck lagen feuchte Ölzeugteile, an den Seilen der Seereling hingen Pullover, und über den Baum waren Hemden und Hosen gebreitet, die in der Nacht möglicherweise sogar trocken geworden, aber inzwischen vom Tau vollgesogen waren. Der Himmel war unschuldig blau, es regte sich kein Lüftchen. Niemand hätte geglaubt, daß dieser gleißende Silberspiegel von Meer noch vor ein paar Stunden ein kochendes, brüllendes Inferno gewesen war, das begierig darauf gewartet hatte, uns beim geringsten Fehler zu verschlingen. Ich wunderte mich, daß es überhaupt keine Dünung mehr gab, aber das ist offensichtlich der wahre Unterschied zwischen dem Mittelmeer, speziell der Adria, und den großen Meeren: Es fehlen die ungeheuren Weiten, die zum Beispiel die langen Atlantikroller erzeugen. Die Adria ist mit ihren geringen Tiefen irgendwie wie ein jähzorniger Mensch. Sie kann blitzartig schäumen vor Zorn, aber sie beruhigt sich auch rasch wieder. Wochenlange, ununterbrochene Stürme gibt es hier nicht. Kein Wunder, daß die nordatlantikgewohnten Segler sie etwas von oben her betrachten, zumindest bis sie den ersten Wutanfall dieses cholerischen Zwerges er- beziehungsweise überlebt haben. Sicher, die meisten Segeltouristen kommen im Sommer, da ist es meist ruhig, oft zu ruhig, aber im Spätherbst und Winter ist mit der Adria nicht gut Kirschen essen. Wehe dann dem Narren, der nicht auf alles vorbereitet ist. Viele, die meinten, hier könne man den Herrgott einen guten Mann sein lassen, sind für immer geblieben.

Jetzt jedenfalls plätscherten winzige Wellchen verlegen gegen die Bordwand, als wollten sie sagen: „Wird nicht mehr vorkommen, tut mir leid.“ Nur wenig zeugte von dem furchtbaren Gewitter: Die Gastlandflagge, die das einzig Neue an Bord gewesen war, hing in ausgefransten Fetzen, zerrissen und am Ende aufgedröselt von der Gewalt der wütenden Böen, in den Schapps gab es Scherben, wo am Vortag noch Gläser standen, und der Boden im Salon war genauso salzverkrustet wie das Deck. An sofortiges Auslaufen war nicht zu denken. Statt dessen arbeiteten wir zwei Stunden, um das Schiff wieder halbwegs sauber zu bekommen. Zuletzt wankte Conan, gebückt unter der Last diverser Mistsäcke, zu den Abfallcontainern der Marina. Bei dieser Gelegenheit entsorgte er auch Iglos Stiefel. Ich peilte den Ölstand der Maschine und mußte zum ersten Mal auf dieser Fahrt Öl nachfüllen. Das war nicht gerade leicht, denn der Motor war, wie üblich, zwischen den Heckkabinen eingebaut und der Zugang zum Ölstutzen nicht gerade bedienerfreundlich. Zum Rest der Maschine konnte man sowieso nur durch seitliche Klappen in den Kabinen, das war aber, Gott sei Dank, nicht notwendig, wie ich dem Hofrat dankbar erklärte, leider ohne dreimal auf Holz zu klopfen. Die Ölzeugteile, die wir mit Süßwasser gereinigt hatten, waren noch nicht trocken, deshalb wollten wir mit dem Auslaufen noch warten, bis wir sie verstauen konnten. Vielleicht würde ja auch noch etwas Wind aufkommen.

Viel hatten wir sowieso nicht vor, wir wollten nach Rovinj, dort sollten wir die Nacht verbringen. Also saßen wir gedrängt im Cockpit, und bald drehte sich das Gespräch wieder um das Gewitter des vorigen Abends. Zu meiner Überraschung stellte ich fest, daß sich nur Fritz, Birgit, Ernstl, die Hofrätlichen und ich gefürchtet hatten. Sonst waren wir ausnahmslos von Helden umgeben, wobei einer allerdings einen etwas schwachen Magen hatte. Conan verstieg sich sogar zu der Bemerkung, er habe auf diesem Törn zum ersten Mal aufgelebt, als es so richtig kachelte. Nun erinnerte ich mich deutlich an ein verzerrtes Gesicht und vor Anstrengung weiße Hände, die sich im Flackern der viel zu nahen und viel zu vielen Blitze um den Handlauf der Niedergangsschalung krallten, während das Krachen und Grollen des Donners jede Unterhaltung unmöglich machte und sogar den feigen Entsetzensschrei nahezu übertönte, als wir fast geröstet worden waren. Aber er konnte es nicht gewesen sein, denn er hatte sich ja, kühl bis ins Herz hinein, darauf vorbereitet, für Fritz einzuspringen, falls der am Rad gegrillt werden sollte. Offenbar hatten wir einen Fremden an Bord gehabt. Möglich war's. Bei so vielen Leuten wäre er sicher nicht aufgefallen, außer beim Essen, denn da war es immer zu eng. Und Iglo! Iglo schilderte beredt, wie er die verstörte Birgit getröstet hatte. Scheinbar gab es also so was wie beruhigend-gurrendes Kotzen. Solange ich unten war, war er zu artikulierten Äußerungen jedenfalls nicht fähig gewesen. Am glaubhaftesten klang noch Walter, der meinte, ihn habe am meisten beunruhigt, daß er im Fall der Fälle nüchtern vor seinen Schöpfer hätte treten müssen, weil der ihn in diesem Zustand womöglich gar nicht erkannt hätte. Die Hofrätlichen hatten sich auf ihrer Doppelkoje aneinander festgeklammert und sich schöne Sachen aus ihrem Leben erzählt, und als die Welt um sie mit einem Donnerschlag unterzugehen schien, da hatten sie sich noch einmal geküßt. Ernstl hatte sich gedanklich bei seinen Lieben zu Hause aufgehalten, so wie ich gern unten bei Birgit gewesen wäre, Birgit war sicher gewesen, daß sie jetzt den Preis für all das Schöne, das sie am Meer erlebt hatte, zahlen mußte, und Fritz schließlich hatte viel zuviel zu tun gehabt, um sich richtig zu fürchten, aber alle waren wir sehr glücklich gewesen, als es vorbei war und wir noch lebten, sogar die Helden.

Gegen Mittag war es dann soweit, wir konnten auslaufen. Fritz scheuchte den protestierenden Iglo zwecks Prüfung zum Commodore, meldete sich ab, und schon tuckerten wir durch den Kanal in die Bucht von Cres. Kein Lüftchen regte sich, und prompt begann nach einer halben Stunde die Maschine zu spinnen. Obwohl sie wie immer auf eine Marschdrehzahl von achtzehnhundert Umdrehungen eingestellt war, begann sie plötzlich, davon abzufallen, dann lief sie wieder mit achtzehnhundert, dann wieder nur mit zwölfhundert Umdrehungen. Die Ursache war klar: Bei den gestrigen Achterbahneinlagen war der schlammige Bodensatz im Tank aufgewirbelt worden und in den Filter gelangt, der inzwischen so zugerotzt war, daß die Einspritzpumpe nicht genug Sprit bekam. Also dieselten wir unter heftigem Schluckauf des Motors dichter ans Ufer und ließen den Anker fallen. Wir steckten genug Kette, um sicher zu liegen, prüften dann die Festigkeit des Ankergrundes mit der Motorwinsch, die gottlob funktionierte, und mit seufzendem Blubbern erstarb der Motor. Fritz fluchte leise vor sich hin. Nun mußten wir im Finstern den Filter ausbauen, dann von der Steuerbordkabine aus durch ein winziges Serviceluk den Einsatz tauschen, ihn wieder einbauen und schließlich die Einspritzanlage entlüften. Diese Arbeiten erforderten nicht nur mehr Gelenke, als der menschliche Arm normalerweise hat, sondern mußten auch noch am betriebswarmen Aggregat durchgeführt werden. Betriebswarm, das heißt bei einem Bootsdiesel: „Faß mich an, dann hast du eine Blase.“ Fritz schaute also in die Runde und sagte forsch:

„Freiwillige vor!“

Wie schon erwähnt, in Heereskreisen heißt es immer, ein Freiwilliger ist einer, der die Frage nicht verstanden hat, und so hielt ich mich bescheiden im Hintergrund. Conan stotterte etwas von Bordelektrik und daß er eher da zuständig sei, aber er habe sich schon bei der Segelschule Hofbauer zu einem Motorenwärterkurs angemeldet … Jedenfalls faßte Fritz mich ins Auge, sprach aber Birgit an:

„Du hast doch einen Schein für den Fahrtbereich zwei. Da mußt du doch auch von einem Motor eine Ahnung haben. Außerdem bist du kleiner als wir alle, du tust dich leichter in der Enge.“

Ich erbleichte, und gleich darauf hatte Fritz seinen Freiwilligen. Er grinste und war kein bißchen überrascht. Dafür war ich verbittert.

Nichtsdestoweniger fand ich mich gleich darauf mit dem gutmütigen Ernstl in der Kommandantenkabine wieder. Ernstl hatte natürlich das notwendige Werkzeug mit und fand, daß er auch gleich mitarbeiten konnte, wenn er sowieso schon da war. Jedenfalls hatten wir beide schmerzende Verbrennungen an den Unterarmen, als wir das Filterglas endlich in der Hand hielten. Die Falten des Einsatzes waren komplett zugesifft, es war ein Wunder, daß der Motor überhaupt noch gelaufen war. Kein Wunder war hingegen, daß wir keinen Ersatz mithatten. Das war eher zu erwarten gewesen. Ich fluchte gräßlich, aber dann sah ich etwas, was mein Herz mit stiller Freude, ja Dankbarkeit erfüllte: Fritzens Zahnbürste. Vergnügt vor mich hinpfeifend reinigte ich den alten Filtereinsatz mit ein bißchen Dieselöl aus dem Schauglas. Es war unglaublich, wieviel fast fester Dreck in den Lamellen war, und noch unglaublicher war, wie die Zahnbürste nachher aussah. Jedenfalls wusch ich sie mit Spülmittel durch und stellte sie wieder in ihren Becher. Sie hatte jetzt eben graue Borsten, und sie roch auch etwas streng, aber nicht unangenehm. Wir bauten den Filter ein, und ich pumpte an dem Hebelchen, mit dem man so eine Anlage wieder entlüftet, während Ernstl die diversen Rohrverbindungen lockerte und wieder anzog, sobald Sprit austrat. Ich hätte das vielleicht doch lieber mit Birgit machen sollen, denn die Enge war drängend. Wir arbeiteten Wange an Wange wie ein Tangotänzerpaar. Endlich waren wir fertig, von oben bis unten voller Dreck und total verschwitzt. Die Kabine jedoch sah auch nicht viel besser aus als wir, und verdammt wollte ich sein, wenn ich die auch noch putzte. Der Motor sprang beim ersten Zupfer des Starterritzels an. Wir waren mächtig stolz auf unsere Leistung.

Als wir wieder auftauchten, meinte Fritz, wir sollten uns waschen gehen, wir sähen richtig verboten aus.

„Ha! Da solltest du erst mal deine Kabine sehen!" erklärte ich ihm hämisch.

Er lächelte zwar verächtlich über diesen durchsichtigen Versuch, ihn zu beunruhigen, aber während wir noch das Allzweckreinigungsmittel mit Meerwasser von den geschundenen Armen spülten, hielt er es doch nicht mehr aus und ging nachschauen, wir hörten seinen gedämpften Schrei sogar an Deck. Als er nach geraumer Zeit wieder auftauchte, waren wir längst wieder auf Kurs. Er wirkte etwas verschnupft und meinte, wir hätten ruhig besser aufpassen können. Absichtlich, aus reiner Bosheit, hätten wir überall unsere Ölfinger hineingewischt. Das stimmte zwar nicht, aber wir waren auch nicht besonders traurig gewesen, als wir die Tapper am hellen Holz der Kojentäfelung bemerkten. Jedenfalls war er eine Zeitlang etwas reserviert, dabei hatte er das Attentat auf seine Zahnbürste noch gar nicht entdeckt. Da stand uns noch einiges bevor.

Nach einer Weile bekundete der Hofrat Interesse an einem kleinen Imbiß. Daran hatte niemand gedacht, wir hatten nicht eingekauft, Iglo hatte nicht gekocht, wir hatten kein Brot mehr, es gab praktisch nur noch Konserven und Sackerlsuppen. Alle protestierten. Auf einmal schrie Ernstl: „Ich hab's!" und polterte nach unten. Wir hörten ihn rumoren, und ich bot ihm Hilfe an, aber er wollte sich bei seinem Küchendebut nicht stören lassen, also harrten wir ungeduldig der Dinge, die da kommen sollten. Sie kamen schließlich in Gestalt eines Riesentopfes Nudelsalat mit Thunfisch, und ich schäme mich, sagen zu müssen, daß niemand mehr als notwendig aß, denn obwohl wir alle Ernstl mochten, seinen Nudelsalat mochten wir nicht. Als er uns fröhlich versicherte, wir könnten ruhig kräftig zulangen, es sei genug da, war eine gewisse Verlegenheit spürbar, aber ich nahm mir tapfer noch ein bißchen von dem sauren, glibbrigen Zeug, und da erbarmten sich auch die anderen. Trotzdem blieb ziemlich viel übrig, aber das machte nichts, wie er uns beruhigte, der Rest konnte ja nicht kalt werden. Auf seine Frage, wie es uns geschmeckt hatte, meinte der Hofrat zögernd, es sei gewiß ein interessantes Rezept, und Birgit murmelte, er hätte das schon viel früher machen sollen, dann würden gewisse Leute noch in ihre Hosen passen. Arglos ging er darauf ein und sprach über hochwertiges Fischeiweiß und Ballaststoffe in Form von Paradeisern und Salatblättern, als uns Fritz mit dem Ausruf: „Albanez, endlich!" rettete. Alle drängten nach vorn. Der alte Leuchtturm ist wahrscheinlich noch nie so ausführlich bewundert worden wie von uns damals. Ich räumte rasch die Reste der Bescherung weg, den Topf stellte ich in die Spüle, damit er ja nicht umfallen konnte, vergaß aber, die Wasserpumpe abzustellen, so daß es aus dem undichten Hahn tröpfelte, dadurch verdarb im Laufe des Nachmittags der ganze Rest, und wir mußten ihn wegschütten. So ein Pech aber auch. Alle waren traurig, nur Fritz machte den Vorschlag, wir könnten Salz zufügen und das Zeug als Suppe essen.

„Hab' ich schon mal versucht, das ist nicht so gut", versicherte Ernstl daraufhin treuherzig.

In der Folge gab es wahrscheinlich ein mittleres Fischsterben vor Pula. Vielleicht haben die Viecher aber auch überlebt, und wenn einige davon gefangen wurden, brauchte man sie bestimmt nicht mehr in Essiglake einlegen.

Die Fahrt unter Motor war recht eintönig, und wir waren erleichtert, als wir endlich den Leuchtturm Svetin Ivan auftauchen sahen. Ich war gerade wieder einmal unten, um zum zwanzigsten Mal die ETA zu bestimmen, als etwas mit durchdringendem, pfeifenden Heulen über das Boot raste. Erschrocken schoß ich nach oben, gerade noch rechtzeitig, um einen undeutlichen Schemen wahrzunehmen, der mit denselben schaurigen Geräuschen in Masthöhe vorbeiflitzte. Zwei MIG 21 der damaligen jugoslawischen Streitkräfte hatten einen Scheinangriff auf das alte Mädchen MIRANDA geflogen. Die Rotte raste hinter uns nach Süden, schwenkte dann in einem riesigen Bogen höhegewinnend über den Zipfel von Istrien, und wir hörten im Landesinneren das dumpfe Bellen ihrer Bordkanonen. Sie flogen noch einige Angriffe auf ihr Übungsziel, kamen uns aber nicht mehr so nahe, daß wir brauchbare Fotos zustande gebracht hätten.

Conan war bei dem ersten, hautnahen Überflug arg erschrocken und wollte gar nicht mehr aufhören zu schimpfen, ich aber bewunderte die stolzen Maschinen mit ihrer bedrohlichen Zweckform und wäre gern an Bord gewesen. Die schönsten und leistungsfähigsten Flugzeuge werden leider gebaut, um damit Krieg zu führen. Kaum jemand denkt daran, daß es ohne die beiden Weltkriege und den kalten Krieg danach heute kein weltumspannendes Flugnetz gäbe, daß der Himmel wohl immer noch einigen Pionieren gehören würde, die mit ihren drahtverspannten Eigenbauten höchstens Unterhaltungswert hätten. Der Krieg als Vater aller Dinge, seit Jahrtausenden. Schaurig.

Der Weg nach Rovinj zog sich, aber dann tuckerten wir doch durch die weite Bucht und vorbei an dem mächtigen Wellenbrecher in den geschützten Hafen mit seinen großzügigen Steganlagen. Die anderen waren schon da, und Iglo kam vergnügt an Bord, weil sein Tag durch die absolute Flaute gerettet worden war. Zu einer Prüfung war es erst gar nicht gekommen, statt dessen hatte er ununterbrochen Leckerbissen für die Crew zubereitet. Sie hatten den ganzen Nachmittag geschlemmt, so daß Rosi nicht einmal mehr imstande war, ihren Schlachtruf „heute gehen wir essen" auszustoßen. Wir hingegen hatten Hunger, aber Iglo weigerte sich, noch etwas anderes zu tun, als sich niederzulegen. Er war total überfressen. Weil er fortan murrte, wenn im Salon auch nur gesprochen wurde, flüchteten wir an Land und suchten uns eine ruhige Hafenkneipe. Was wir fanden, war ein winziges Lokal, in dem wir einen vergnügten Abend verbrachten und eine stattliche Bettschwere bekamen.

Der Rückweg gestaltete sich etwas mühsam, denn wir gingen leichte Schlangenlinien, und Walter mußte sich für uns sehr schämen, als wir an der größten Touristenfalle vorbeikamen und einige Deutsche gerade heftig schimpfend herauskamen. Sie beklagten lautstark den schlechten Service und die unverschämten Preise, da sagte Fritz: „Die haben offenbar auch eine Rosi", und wir belohnten das schwache Witzchen mit einer trunkenen Lachsalve, wobei Conan, der zu Überreaktionen neigt, ausrutschte und ins Wasser fiel. Das gab uns den Rest, keiner half ihm heraus, weil sich alle gegenseitig stützen oder an Wände lehnen mußten. Die indignierten Deutschen entfernten sich kopfschüttelnd, und Walter genierte sich, wie gesagt, heftig und murmelte immer wieder: „Was der Alkohol aus Menschen macht ..."

Wir brachten Conan, der inzwischen zu einer Molenstiege geschwommen war und vor Kälte zitterte, rasch an Bord, labten ihn und uns mit Tee mit Rum, weckten damit natürlich Iglo auf, erstickten seine Proteste mit der nämlichen Medizin und benahmen uns noch lange recht kindisch, bevor alle schlafen gingen.

Etwas bohrte in meinem Schädel. Ein Traum, den ich nicht fassen konnte, der mir angst machte. Das Skylight über mir war voller Tropfen, Kondenswasser. Mir war behaglich warm in meinem Schlafsack, das Licht versprach einen schönen Tag, im Salon schnarchte Iglo, neben mir türmte sich der Deckenberg, der Ernstl verbarg. Alles war, wie es sein sollte. Was also nagte an meiner Seele? Draußen schien doch die Sonne! Die Wanten klingelten am Mast, das klang vielversprechend nach idealem Segelwind. Sonne am Himmel, Wind, der das Rigg singen ließ, warum war ich nicht fröhlich, warum erschien mir dieser Morgen grau? Was störte dieses Gold und Blau, was gab mir das Gefühl eines Verlustes? Das Boot wiegte sich in den kleinen Wellen des Hafens, die Taue knarrten, es war ein Tag, wie man ihn sich nicht schöner wünschen konnte. Da traf mich die Erkenntnis wie ein Hammer: Es war der letzte Tag. Zwei Wochen hatten wir an Bord der MIRANDA verbracht, zwei Wochen voller Spannung und Erwartung, voller Hoffnung und prall von gelebtem Leben, aber jetzt war es so gut wie vorbei. Die Prüfung hatte ich zweifellos bestanden, der Törn neigte sich dem Ende zu, es war höchste Zeit, mich wieder auf die Probleme des Alltags zu besinnen.

Versunken in Gedanken, kroch ich über den schlafenden Ernstl weg in den winzigen Vorraum der Kabine, zog mir einen alten, abgeschabten Jogger an, nahm meinen Duschbeutel und ein Badetuch und zwängte mich an den Schläfern im Salon vorbei ins Cockpit. Das Wetter war herrlich, der Himmel blau, ohne eine Wolke, der Wind für diese Jahreszeit unglaublich lau. So zeitig in der Frühe waren die sanitären Anlagen noch sauber und das Wasser noch heiß. Glücklich plantschte ich unter den scharfen Strahlen der Dusche herum. Allerdings hatte ich so meine Probleme, als ich mir den Kopf waschen wollte. Kaum machte ich nämlich die Augen zu, um mir den Schaum aus den Haaren zu spülen, begann die Duschkabine zu schaukeln, und ich mußte mich schnell am Rohr der Brause anhalten, um nicht umzufallen: Ich war wieder einmal landkrank. Mühsam beendete ich die Prozedur und rubbelte mich dann ab, bis ich rot war wie ein gekochter Krebs. Rundherum sauber und frisch, schlurfte ich in meinen alten Holzschlapfen pfeifend zu den Waschbecken, um den Drachen im Rachen zu töten. Dort traf ich Fritz, der sich eben das Gesicht einseifte, und einen erstaunlich munteren Walter, der sich nachdenklich im Spiegel musterte und dazu murmelte:

„Ich kenn' dich zwar nicht, aber ich werde dir trotzdem die Zähne putzen.“

Daß Fritz sich rasierte, bedeutete, daß er innerlich auch schon Abschied nahm von diesem Törn. Er, der sonst immer etepetete und mit weißem Hemd, Krawatte und Sakko unterwegs ist, wenn er nicht gerade in Ralgrün seine Milizkompanie drillt, hat die Gewohnheit, sich während eines Törns nicht zu rasieren. Da läßt er seine Bartstoppeln fröhlich sprießen, trägt Räuberzivil und geht den ganzen Tag bloßfüßig, wenn er wegen der Verletzungsgefahr an Bord auch allen anderen davon abrät. Daß er jetzt seufzend sein altertümliches Rasiermesser abzog, traditionsbewußt an einem glänzenden Lederriemen, bewies mir, daß er ähnliche Gedanken dachte wie ich. Als ich fertig war, schulterte ich mein Sackerl und ging, wobei ich prompt wieder einmal mein Duschgel vergaß. Das ist ein altes Leiden von mir, und auf allen meinen Törns hinterlasse ich eine Spur kleiner, blauer Plastikbehälter, fast unbenützt, ozeanfresh. Nachdem ich damit leben muß, habe ich am Beginn einer Reise immer genug davon in meinem Troßsack. Diesmal aber hatte ich übertrieben. Als ich den Verlust, natürlich erst im Zielhafen, bemerkte, war keine Reserve mehr da, und ich verbrachte den Abend und den nächsten Tag mit Ernstl im Partnersmell.

Vor den Duschen traf ich Birgit, die auch gerade herauskam, frisch geschrubbt und quietschvergnügt, als ich sie küßte. Wirklich vollkommen wurde der Tag allerdings dadurch, daß in diesem Moment der Zwinkerer vorbeikam. Bei dem Anblick, der sich ihm da bot, wurde sein Gesicht noch fieser als normal, und er antwortete auf unser fröhliches „guten Morgen" nur mit einem unartikulierten Knurren. Wir schlenderten zum Marinabüro, um uns den Wetterbericht anzusehen. Der versprach einen herrlichen Segeltag mit beständigem Wind aus Ost bis Südost, na bitte, besser ging es doch gar nicht mehr.

„Was für ein großartiger Tag!" sagte ich zu Birgit.

„Wirklich großartig wäre er allerdings erst, wenn du aufhören würdest, mir mein nasses Handtuch an die Schulter zu pressen", bekam ich zur Antwort.

Schuldbewußt zog ich meine Hand zurück, aber sie lachte, nahm das Badetuch in die Hand und zog meinen Arm wieder um sich. Beschwingt kamen wir zum Boot, wo uns das übliche opulente Frühstück bereits erwartete, diesmal mit Unmengen von Zwiebeln, da Conan nun endlich den Dreh raushatte und gar nicht mehr aufhören wollte, mit seiner neuen Fähigkeit zu protzen. Aber was machte das schon, Iglo röstete den stattlichen Rest, damit er nicht bitter werden konnte, und weil er schon dabei war, kochte er gleich einen Eintopf aus allen Restln, die er fand.

Unterdessen hatte eine Kommandantenbesprechung stattgefunden, bei der die letzten Crewtauschaktionen festgelegt wurden, um die Prüfung abzuschließen. Unser Boot war nicht betroffen, Fritz hatte sich schon alle Kandidaten angesehen. Die Abfahrt wurde für elf Uhr Zivilistenzeit festgesetzt, so daß uns noch fast drei Stunden blieben, um Rovinj zu besichtigen.

Als wir zur Städtetour aufbrachen, war noch die ganze Mannschaft vereint, bis auf Iglo, dem die Kocherei wichtiger erschien. Unterwegs lichteten sich unsere Reihen aber beträchtlich. Conan betrat einen Laden für Bootszubehör und ward nicht mehr gesehen, die Hofrätlichen erlagen der Versuchung einer Konditorei am Stadthafen, Fritz und Walter verschwanden in einem winzigen Juweliergeschäft, um kleine Aufmerksamkeiten für die Lieben zu Hause auszusuchen. Als wir durch einen engen Torbogen die Altstadt betraten, waren nur Ernstl, Birgit und ich übrig.

Der eiförmige Hügel, auf dem sich der alte Teil Rovinjs erhebt, war früher eine Insel, die durch Aufschüttung mit dem Festland verbunden wurde. Wie die ganze Küste hier ursprünglich venezianisch, kam Rovinj schließlich an die österreichisch-ungarische Monarchie und war lange Zeit der größte Hafen der Halbinsel, bis es diesen Rang an Pula abgeben mußte. Von allen Städten Istriens ist es zweifellos die italienischste. Sie wird auch das Saint-Tropez Istriens genannt, und das völlig zu Recht. Die Altstadt wirkt, abgesehen von den häßlichen Stromkabeln und den allgegenwärtigen Fernsehantennen, wie ein Freilichtmuseum. Die engen Gäßchen zwischen den schmalbrüstigen Natursteinhäusern sind mit ihrem durch jahrhundertelange Abnutzung spiegelglatten Katzenbuckelpflaster schon bei Trockenheit gefährlich rutschig und gerade so breit, daß zwei Leute nebeneinander gehen können. Trotz der bedrängten Platzverhältnisse finden sich, eingestreut zwischen den pittoresken Bauten, immer wieder Miniaturgärtchen hinter efeuumrankten Steinmauern, steil wie ein Giebeldach, in schmalen Terrassen angelegt und liebevoll bepflanzt. Die Türen und Fensterrahmen sind mediterran bunt und lockern die Strenge der burgähnlich dräuenden Fassaden. Gegen das

Blau des Himmels flattert trocknende Wäsche an kreuz und quer gespannten Leinen, die praktischerweise über Laufkatzen bedient werden können: die alltägliche Beflaggung aller Küstenorte. Ein zauberhafter Anblick. Wohnen möchte ich dort jedoch nicht.

Man stelle sich nur vor, wie so ein Haus eingerichtet wird. Es gibt keine Möglichkeit, mit Autos heranzufahren, alles, vom Bett bis zur Waschmaschine, muß auf kleinen Wägelchen mit der Hand vor Ort geschleppt werden, immer steil bergauf. Es kann keine Rede davon sein, irgendeinen Einrichtungsgegenstand, der größer ist als ein Stuhl, durch die Enge der steilen Treppenhäuser zu bringen oder gar durch die winzigen Fenster aufzuseilen. Alles muß zerlegt werden, und Dinge, die man nicht zerlegen kann, wie etwa Tiefkühltruhen oder Badewannen, gibt es nicht. Badewannen! Die Räume sind winzig, der größte ist im allgemeinen eine Art Puppenhauswohnzimmer, der mit einer mickrigen Sitzecke, einem Tisch und dem unvermeidlichen Fernsehgerät bereits übervoll ist. Wo sollte da eine Badewanne hin, selbst wenn man sie in das Haus brächte, ohne dazu Mauern einreißen zu müssen?

Gegen die Hügelspitze hin werden die Häuser größer, die Gassen breiter, und es gibt dazwischen großzügiger angelegte Gärten mit zwei, drei Bäumen. Offensichtlich das Villenviertel, der Platz der obersten Kaste in vergangenen Zeiten und sicher erst recht heute. Hier wohnen die Bonzen. Am Plateau, ganz oben, plötzlich der größte Luxus des alten Ortes: ein riesiger, freier Raum. Dort steht, zur höheren Ehre Gottes, die Kirche der heiligen Euphemia, erbaut 1736 anstelle einer altchristlichen Kapelle. Schon die Tatsache, daß die Menschen damals das Kostbarste, was sie hatten, nämlich den Platz, den sie sich selbst nicht gönnten, für das Gotteshaus reservierten, spricht für ihren tiefen Glauben, oder, wahrscheinlicher noch, für die absolute Macht der mater ecclesia. Die riesige, dreischiffige Basilika mit ihrem sechzig Meter hohen Campanile kommt durch die freien Terrassen, die den ganzen nordwestlichen Hügelabhang offenhalten, erst richtig zur Geltung. Irgendwer hat mir einmal erzählt, daß die riesige Statue auf der Turmspitze gedreht werden kann und, je nach der Richtung, in die sie schaut, gutes oder schlechtes Wetter anzeigt. – Ich war aber auch schon bei ausgesprochen biestigem Wetter dort, und ihr Antlitz wies immer nach

Norden. Was soll's? Wenn es also nicht wahr ist, ist es doch gut erfunden.

Von der Hügelspitze kann man weit über das Meer sehen, und was wir da sahen, gefiel uns ausnehmend gut. Über der Landmasse im Norden türmten sich die ersten Schönwetterwolken, das Blau des Meeres war gesprenkelt mit dem fröhlichen Weiß kleiner Schaumkrönchen, der Horizont verschwamm im Dunst des Altweibersommers. In mir verdichtete sich das Glücksgefühl zu einer geradezu kompakten Substanz von etwas, das Frömmigkeit nahekam, ich umarmte Birgit von hinten, und sie drückte sich an mich, was allerdings sofort ziemlich unheilige Gedanken auslöste.

Nach der unvermeidlichen Fotografiererei machten wir uns auf den Weg hinunter, und als wir zur Konditorei am Hafen kamen, saßen da Linda und Peter und tranken Kaffee. Auf mein leises Schaudern hin empfahl mir Peter, ich solle mir doch auch einen bestellen, und ich würde ein kleines Wunder erleben. Das machte uns neugierig, wir setzten uns zu ihnen. Ernstl begann einen ungleichen Kampf gegen ein winziges Punschkrapferl, Birgit und ich bestellten Espresso und Soda. Und wirklich, der Kaffee war das Beste, was ich auf dieser Seite der Adria jemals bekommen hatte. Linda lachte über mein verblüfftes Gesicht:

„Weißt du, in Jugoslawien sind die Grundnahrungsmittel viel billiger als in Italien, und so findet alle Wochen eine Völkerwanderung statt. Hunderte von Motorbooten und Segelyachten fallen an der istrischen Küste ein, und die Italiener kaufen alles, was sie kriegen können. Zwar ist das Angebot wechselnd, aber es zahlt sich aus."

Jetzt wußte ich, warum wir in Pula am Sonntag einkaufen konnten. Offensichtlich ermunterte die Obrigkeit in ihrer Sucht nach Devisen die Kauflust der kapitalistischen Horden, die Geschäftstüchtigkeit der Einheimischen tat ein Übriges, und so war das Angebot geradezu westlich. Bekam man in der Stadt unweigerlich Abwaschwasser serviert, huldigte manch ein privates Hafenlokal dem Gotte Mammon, und der verlangte eben Qualität, wenn der Geldsegen sprudeln sollte. In Pula waren wir aber in ein staatlich geführtes Restaurant geraten, mit den unausweichlichen Folgen, nämlich einem so grauslichen Kaffee, der nicht nur schwach war, sondern geradezu hilflos.

Es war so friedlich, wie wir da in der Sonne saßen, nur ein kleines Kind störte die Ruhe mit quengeligem Geschrei. Ein alter Mann trug es am Kai hin und her und versuchte, es mit eintönigem Singsang zu beruhigen:

Hajde zaspi več jednom
ti mali mišji nosu
ili ču date bacim u luku.

Immer wieder brummelte er geduldig die gleichen Worte, und schließlich hatte er Erfolg, und das Kleine schlief ein. Birgit war ganz gerührt.

„Das sieht man bei uns nie, daß ein Großvater seinem Enkerl ein Wiegenlied vorsingt, in aller Öffentlichkeit. Die Leute hier sind halt doch viel herzlicher als bei uns in Österreich."

Jetzt war es Peter, der hell auflachte. Nachdem er praktisch davon lebt, Leute im Gebiet des ehemaligen Jugoslawiens herumzuschippern, versteht und spricht er die Sprache recht gut.

„Wiegenlied! Weißt du, was er da gesungen hat?"

„Na, irgend etwas Beruhigendes!"

„Beruhigend, ja! Aber für ihn beruhigend. Schlaf jetzt endlich ein, du kleine Rotznase, sonst schmeiße ich dich in den Hafen!"

Birgit sah ihn ungläubig an, aber Linda nickte bekräftigend. Ich schaute dahin, wo der alte Spitzbube seine Show abgezogen hatte, aber er war weg. Schade, das verwitterte Fischerantlitz im Kontrast zu dem glatten Babygesicht hätte ein gutes Foto abgegeben, um diese kleine Geschichte zu illustrieren.

Für uns wurde es jetzt langsam Zeit, wieder zu den Booten zurückzugehen. Auf dem Weg zum Hafen trafen wir Bull, der den Vormittag in einer Automatenhalle verbracht und jetzt, infolge einer Glückssträhne, alle Säcke voller Kleingeld hatte. Ich riet ihm, seiner Freundin davon ein Souvenir zu kaufen, weil wir ja jetzt Jugoslawien verließen, und er zog ab. Gekauft hat er elf Gläser Ajwa, da hatten sie beide was davon. Er ist eben der praktische Typ.

Im Hafen waren die Prüfer in ein eifriges Gespräch vertieft, der Commodore wollte auf dem Heimweg noch einmal alle Register ziehen, so mit „Kiellinie auffächern zur Dwarslinie". Fritz versuchte sachte, ihn davon abzubringen, und der Zwinkerer schlug vor, die Leute abstimmen zu lassen. Das geschah dann auch, und der Commodore war empört, weil außer Conan keiner flottenexerzieren wollte. Er schnaubte angewidert, nahm Bull und das Krügerl an Bord, scheuchte Günther, Mike, Pat und Patachon vom Schiff, weil die zum Zwinkerer mußten, und lief unmittelbar danach aus.

An Bord der ODYSSEUS waren sie jetzt zu acht, was die Laune des Zwinkerers an den Nullpunkt brachte, weil er das als Zumutung empfand. Der Commodore schipperte mit nur vier Leuten, anstatt auch noch Peter und Linda mitzunehmen. – Zwei wütende Prüfer und ein Schlag von fast fünfundvierzig Meilen, das waren keine guten Aussichten für die schwächeren Kandidaten. Günther und Mike blieben völlig gelassen, aber Pat und Patachon ergingen sich in bösen Vorahnungen.

Wir zwängten uns vergnügt aufs Sklavenschiff und machten, daß wir weiterkamen, weg vom Zwinkerer, der begonnen hatte, mit seinen Opfern Hafenmanöver zu fahren. Mit stetigen siebeneinhalb Knoten zogen wir, nur in Badesachen gekleidet, entlang der Küste nach Norden, denn es war jetzt wirklich warm und der Wind bei leicht raumem Kurs gerade angenehm auf der heißen Haut. Es war, als ob uns Istrien zum Abschied noch einmal freundlich zulächeln wollte. Iglo hatte endlich seine Liebe zu den Wellen entdeckt und saß die ganze Zeit im Cockpit, anstatt sich sofort nach dem Auslaufen niederzulegen. Conan stand Stunde um Stunde am Rad, auch als längst ich drangewesen wäre. Ich hatte ihm gesagt, er sei der geborene Steuermann, und auch wenn er das als selbstverständliche Bestätigung einer offensichtlichen Tatsache ansah, war er doch sehr geschmeichelt, weil er eine derartige Äußerung von mir am wenigsten erwartet hätte. Sein einfältiges Lächeln wich einer angestrengt starrenden Grimasse mit engen Augenschlitzen, sobald jemand einen Fotoapparat auch nur in die Hand nahm. Ich habe eine Aufnahme von ihm, da schaut er aus wie das Opfer einer starken Verstopfung bei seinen kopfsprengenden Bemühungen um Erleichterung. Mir kam der heimtückische Gedanke, daß man die Conans dieser Welt gar nicht in Grund und Boden stampfen mußte, man konnte sie auch in Grund und Boden loben, mit großartigen Nebeneffekten, denn ich konnte weiterhin Birgit den für Verliebte ganz normalen

Schwachsinn ins Ohr wispern, und sie hörte aufmerksam zu, was auch als weitverbreitetes Symptom dieses Leidens angesehen wird.

Endlich servierte Iglo seinen Eintopf, und weil die Seeluft Appetit macht und wir die letzten Tage sowieso zu Völlerei konditioniert worden waren, aßen wir wieder einmal brav alles auf. Dann setzte ich mich zum Kartentisch, schnappte mir den Übersegler mit der Bucht von Venedig und rekonstruierte unsere bisherige Fahrt, weil ich noch immer nicht begreifen konnte, wo all die Zeit geblieben war. Aber es half natürlich nichts, wir waren wirklich schon am Ende der Reise angelangt. Ich verstaute die unhandliche Karte wieder und stieg seufzend an Deck.

Mittlerweile lag der nördliche Zipfel Istriens querab, wir liefen am Golf von Triest vorbei, ziemlich weit vom Land. Der Schiffsverkehr hatte stark zugenommen, und wir merkten wieder einmal, wie so ein Segelboot dahinkriecht. Auch der rostigste Kahn war noch fast dreimal so schnell wie wir, aber wir waren schließlich zur Erholung da und nicht zu einem Rennen. Die behäbig dahinschaukelnde MIRANDA wiegte sich sanft im Kielwasser der geschäftigen Frachter und Fähren, wir ließen uns die Sonne auf den Bauch scheinen und waren zufrieden. Birgit hatte sich, nur in knappe Shorts gezwängt, auf das Vorschiff gesetzt, um noch etwas Farbe für das Grau des Wiener Herbstes zu tanken.

Eine spärlich bekleidete Frau mit guter Figur am Bug, das war ein taktischer Fehler. Nicht nur ich sah gern hin, sondern auch der Rudergänger eines mickrigen Frachters, der sich das näher anschauen wollte. Ursprünglich war die Peilung zu diesem Küstenveteranen konstant gewesen, daher hatte ich den Kurs leicht geändert, um hinter seinem Heck vorbeizulaufen. Offensichtlich besaßen die nicht nur ein Fernglas, sondern sie benutzten es auch, und so hatten sie bemerkt, daß es da was zu sehen gab. Der Dienst auf so einem maritimen Einkaufskorb ist sicher ziemlich eintönig, da mußte schon der Anblick eines Segelschifferls voller Nichtstuer für den gelangweilten Seemann etwas Aufreizendes haben. Und um wieviel mehr mußte er frustriert sein, wenn die auch noch ansehnliche und halbnackte Mädchen zur Schau stellten, während er in der Hitze seines Steuerhauses schwitzen mußte! Jedenfalls beschloß er, uns aus der Ruhe zu bringen. In der Folge konnte ich am Ruder – Conan schrieb das Logbuch ab – machen, was ich wollte, die Peilung blieb konstant. Nun war das wirklich ein kleiner Frachter, aber er verdrängte immer noch fünfzigmal mehr Wasser als wir, und er war mindestens zweieinhalbmal so schnell wie wir. Also wurde seine Silhouette rasch größer, und ich scheuchte meine Mannen zu einem Manöver des letzten Augenblicks auf. Birgit mußte ihren Sonnenplatz verlassen und ins Cockpit. Sie zog sich ihr Leibchen an und setzte sich. Fritz hatte sich das Ganze in aller Ruhe angesehen und belustigt meine Bemühungen beobachtet, dem lästigen Verfolger zu entgehen. Als ich aber rief:

„Klar zur Halse!“, da sagte er in aller Ruhe: „Stop! Befehl belegt.“

Ich regte mich darüber ziemlich auf, weil ich wegen des rasch kleiner werdenden Abstands zu dem großen Schiff ernstlich beunruhigt war, aber er meinte nur:

„Was glaubst du, will der? Uns versenken? Gesehen hat er uns, denn durch reinen Zufall bleibt er nicht auf Kollisionskurs. Du kannst ihm mit nichts mehr Freude machen als mit einer Halse. Dann hat er erreicht, was er wollte, er hat es den Playboys gezeigt, die da auf seinem Arbeitsplatz herumgondeln und nichts im Kopf haben als Saufen und Weiber. Allerdings wird er in seinem Neid und Frust nie so weit gehen, uns in reale Gefahr zu bringen. Und hätte er das wirklich vor, könnten wir machen, was wir wollen, er würde uns doch kriegen. Selbst wenn wir erst im allerletzten Moment auswichen, brauchte er nur mit voller Fahrt zurück zu verzögern, und es würde uns mitsamt unserem Spielzeug in seinen Sog reißen. Das einzig Sinnvolle hast du schon gemacht, du hast unser Quietscherl aus seinem Blickfeld entfernt. Damit du dir aber nicht in die Hose machst, kannst du die Maschine starten. Wenn es ganz eng wird, lassen wir die Segel fallen und laufen mit voller Kraft ab. Dann kann er aber seine Wunder erleben!“

Sprach's und stellte sich demonstrativ mit Birgits Fotoapparat, den er gut sichtbar trug, an die Backbordwanten. *Das* wirkte sofort, der Frachter drehte fast hastig so weit ab, daß er klar vor uns vorbeilaufen würde. Die Kursänderung war so abrupt, daß das große Schiff leicht krängte.

„Der kann sich jetzt was anhören von seinen Kumpels“, lachte Fritz als sich die rostige Flanke des Seelenverkäufers vor uns auftürmte. Unser Boot hüpfte fröhlich über die noch ganz engen Heckseen, dann wurde das altmodisch weit überbaute Heck rasch kleiner, und Birgit legte sich wieder auf das Vorschiff. Ich stellte den Motor ab und war weit erleichterter, als ich zugeben wollte.

„Mir geht das Machogehabe dieser Flaschen auf die Nerven. Je blöder sie sind, desto eher neigen sie zu solchen Spielchen. Wären wir in Panik geraten und hätten abgedreht, hätte der Idiot jetzt eine Woche was zu erzählen und würde es immer wieder versuchen, bis es einmal wirklich kracht. Außerdem hat er sicher einen Haufen Freunde, die genauso kindisch sind wie er, die hätten die Idee garantiert faszinierend gefunden und mit Sicherheit auch ausprobieren wollen. Das gibt dann unter Umständen einen ganz schönen Lawineneffekt. Jetzt kriegt er von seinem Chef eine ordentliche Kopfwäsche wegen der Schweinerei, die er mit seinem Abdrehen in der Kombüse oder sonstwo angerichtet hat, wird in Zukunft schön brav seinen Kurs fahren und sich hüten, andere zu sekkieren. Wahrscheinlich ist er noch sehr jung, seine Überreaktion beweist, daß er kein Profi ist. In Wirklichkeit war nämlich noch genug Platz für ein ruhiges Manöver. Das kannst du dir auch hinter die Ohren schreiben, weil deine Idee mit der Halse mindestens ebenso blödsinnig war. Du hättest doch nur anluven müssen, dann wären wir auf Parallelkurs gekommen und hätten im Notfall wenden können! Das ist viel sicherer als eine hastige Halse, bei der womöglich jemand verletzt wird, wenn der Baum überkommt, weil der Rudergänger in seiner Aufregung das Boot viel zu schnell dreht, als daß der arme Kerl an der Winsch die Schot dichtkriegen könnte.

So ein Baum ist wie ein Dreschflegel, da hat es schon genug Verletzte und sogar Tote gegeben. Wenn du ausweichen wolltest, hättest du das viel früher machen müssen. Vergiß nicht, ihr seid alle noch Anfänger, auch wenn ihr manchmal glaubt, alles zu wissen und alles zu können. Der Besitz des B-Scheines bedeutet nicht, ‚hier kommt ein alter Seebär', sondern eher, daß der Inhaber, günstige Umstände vorausgesetzt, imstande ist, ein Boot von A nach B zu bringen, ohne dabei Schiff und Besatzung zu verlieren."

Das war für Fritz eine erstaunlich lange Rede, und er hatte natürlich auch recht. Ich hatte noch viel zu lernen, bevor ich mich auf riskante Sachen einlassen konnte. Dazu kam die plötzliche Gewißheit, daß ich in Zukunft derartigen Situationen großräumig ausweichen würde. Weil sich ein Profi eben nicht provozieren läßt.

„Ich würde den Steuermann bei der Hafenbehörde Triest anzeigen!"

Das war Conan, der seine Schönschreibübungen eingestellt hatte, als er bemerkt hatte, daß etwas los war, und schon längere Zeit den Kopf aus dem Niedergang streckte.

„Freilich, und dann zur Zeugenaussage dort einlaufen. Selbst wenn wir alles beweisen könnten, wenn wir Fotos hätten oder besser noch ein Videoband, würden wir zumindest den Rest des Tages verlieren, wahrscheinlich auch morgen wieder hinbestellt werden und zu spät nach Hause kommen. Denk nach, bevor du so was auch nur vorschlägst. In Zukunft steht nämlich niemand hinter dir, um dich vor den Folgen deiner Unüberlegtheit zu bewahren."

Conan zog den Kopf zwischen die Schultern und ging kleinlaut das Logbuch weiter abschreiben.

Die Sonne stand inzwischen weit im Westen und bot uns noch einmal das unglaubliche Spektakel von vielfarbigen Wölkchen, deren scharfe Schlagschatten den Himmel in blaue und goldene Streifen schnitten und brandorangen Dunst über die rotschwarzweiß flammenden See malte. Als die ersten Sterne im mittlerweile samtigen Blau blinkten, waren wir schon weit in der Bucht von Lignano und hielten auf das Feuer der Einfahrt nach Porto Buso zu. Bei schon völliger Finsternis glitten wir unter Maschine durch die Dalbenstraße, vorbei an der Marinewerft, wo sich die gespenstischen Gerippe ausgeschlachteter U-Boote gegen das Licht der Bogenlampe abhoben, Mahnmale der Vergänglichkeit. Nun wäre das Abwracken von Waffen ja ein Grund zur Freude, aber man durfte getrost davon ausgehen, daß irgendwo auch schon ihre noch gefährlicheren Nachfolger auf Kiel lagen oder, wahrscheinlicher noch, bereits ihren Dienst taten. Dann endlich kamen wir zum Yachthafen und legten am gleichen Platz an, wo unsere Fahrt begonnen hatte.

Als wir den Motor zum letzten Mal abstellten, waren alle ziemlich still. Ich seufzte. Es war endgültig zu Ende. Die MIRANDA war heimgekommen. Auch den anderen war offenbar das Herz schwer, bald würden wir auseinandergehen, daran konnten sämtliche Versprechen, man würde sich ja wiedersehen, nichts ändern. Sicher, man würde sich wieder treffen, schon um die Fotos auszutauschen, aber dann würde jeder wieder in seiner eigenen Welt leben. Wir würden zwar die selben Menschen sein, aber nicht mehr die verschworene Gemeinschaft, die wir jetzt waren. Es war vorbei. Im Salon standen schon gepackte Taschen und Seesäcke. Wir waren zwar noch da, aber die Gedanken waren schon zu Hause, beschäftigt mit Dingen, die uns zwei Wochen überhaupt nicht belastet hatten.

Ich war ein bißchen traurig, aber das war verfrüht. Es stand uns noch einiges bevor, ehe wir tatsächlich darangehen mußten, Abschied zu nehmen und uns wieder dem Alltag zu stellen. Vielleicht kicherten die Inselgötter wieder einmal, aber ich war wach, und so konnte ich sie natürlich nicht hören.

Jedenfalls zogen wir uns erst einmal um, weil wir die anderen im Marinarestaurant treffen sollten. Dort sollten die Prüfungsergebnisse feierlich verkündet werden und anschließend ein „Commodores-Dinner“ stattfinden, ein letztes gemeinsames Essen, finanziert freilich aus den Resten der Crewkassen. Bald darauf marschierten wir, bis zur Unkenntlichkeit geschniegelt, in nur leicht zerknitterten Hosen mit respektablen Resten von Bügelfalten, richtigen weißen Hemdkragen unter den dunklen Pullovern und frisch polierten Schuhen, über den schwankenden Schwimmsteg, der Festivität entgegen.

Die Wirtsleute hatten die Tische im Speisesaal u-förmig zusammengestellt, die Sitzordnung glich weitgehend der von der Törnbesprechung. Wohl wegen der späten Jahreszeit waren wir fast allein, nur an der Bar an der Stirnseite des Raumes saßen sechs alte Männer, die eigenartige Vögel zu sein schienen. Sie hatten nämlich eine Art Marineuniform an, komplett mit Kolbenringen an den Ärmeln. Es war nicht anzunehmen, daß sie echt waren, denn der niedrigste vertretene Rang war der eines Vollkapitäns, sonst gab es nur Konteradmiräle und einen Admiral. Sie sprachen deutsch, in der abgehackten Art wie man sie in schlechten Kriegsfilmen hört, knallten ununterbrochen die Hacken zusammen, wenn sie sich zutranken, und benahmen sich überhaupt wie Schmierenkomödianten.

An unseren Tischen ging es hoch her, weil die anfängliche Reserviertheit längst einer kameradschaftlichen Vertrautheit gewichen war, und so redeten alle fröhlich durcheinander. Nur der Commodore und der Zwinkerer waren noch verschnupft und gingen sehr förmlich miteinander um. Bevor wir noch richtig saßen, bekamen wir als Aperitiv eine Art Bowle, wie sie auch die anderen tranken. Walter zierte sich etwas, nahm aber dann doch einen mächtigen Schluck, als wir gemeinsam auf das gute Ende der Fahrt tranken. Das Zeug schmeckte hervorragend, war aber ziemlich stark.

Dann klopfte der Commodore an sein Glas und erhob sich. Mit ihm standen der Zwinkerer und Fritz auf; es wurde still.

„Ich freue mich, sagen zu dürfen, daß wir auf unserem Herbsttörn Bedingungen hatten, die es möglich gemacht haben, den Ausbildungsstand der Kandidaten genau zu beurteilen, darüber hinaus möchte ich mich bei meinen Kollegen und bei euch allen für die nette Atmosphäre bedanken, die unsere Reise ausgezeichnet hat."

Der Zwinkerer verzog den Mund zu einem abfälligen, schiefen Grinsen.

„Das Wetter hat so halbwegs mitgespielt, und wenn es auch nicht unbedingt angenehm war, dürfen wir uns jetzt alle zu dem kleinen Kreis derer zählen, die auf dem Meer mitten in ein Gewitter kamen. Natürlich wird man derartige Situationen nach Möglichkeit meiden, aber ich bin stolz, sagen zu können, daß sich in der Gefahr alle bewährt haben. Wir hatten natürlich auch Glück, aber Glück haben im allgemeinen auch nur die Tüchtigen. Ihr sollt aber auch wissen, daß wir sicher in irgendeinem Hafen gelegen wären, wenn wir nicht an diesem Tag das Pech gehabt hätten, keinen Wetterbericht zu bekommen. Denn nur ein Verrückter wird sich wissentlich einem derartigen Risiko aussetzen. Ihr habt alle erlebt, wie schnell sich so ein Wetter zusammenbraut, und ich kann nur noch einmal auf die Wichtigkeit hinweisen, in jedem Fall und rechtzeitig eine verläßliche Prognose einzuholen. Aber Ende gut, alles gut und Schwamm drüber. Nun zu den Ergebnissen der Prüfung. Leider haben nicht alle bestanden."

Wir waren natürlich nicht übermäßig überrascht, und keiner war jetzt weiß ich wie aufgeregt, denn was nun kam, war völlig klar: Pat, Patachon und Iglo waren durchgefallen. Aber dann schaffte es der Commodore doch, uns zu verblüffen. Patachon und Iglo hatten nämlich bestanden. Patachon, weil er zwar bei den Streichen seines Partners immer beteiligt war, aber nicht als Hauptschuldiger, sondern eher als Opfer, und Iglo, weil er schließlich doch noch bewiesen hatte, daß er imstande war, seine Schwächen zu überwinden. Allerdings würden ihm seine Eigenbauseemeilen nicht anerkannt werden, er würde noch einen Törn unter Aufsicht machen müssen, bevor er um seinen Schein einreichen konnte.

Iglo war begeistert. Damit hatte er nicht gerechnet. Pat allerdings war stinksauer und baute an einer Verschwörungstheorie. Er nahm sogar Patachon übel, daß der durchgekommen war, und fühlte sich im Stich gelassen. Zur Beruhigung sog er heftig an seiner Bowle und ließ sich immer wieder nachschenken. Auch Walter hatte seine kurzfristige Aversion gegen Alkohol scheinbar überwunden und sprach dem Getränk mit besorgniserregender Hingabe zu. Nach dem Commodore sprachen der Zwinkerer und Fritz jeweils ein paar Worte, wobei sich Fritz eigentlich auf einen Toast beschränkte, und wir erhoben uns alle und tranken auf die schöne Zeit, die hinter uns lag, dann noch einmal, auf zukünftige Törns, und schließlich auf die obligate Handbreit Wasser unter dem Kiel. Für mich war es höchste Zeit, etwas Festes in den Magen zu bekommen, denn ich begann, den Alkohol zu spüren. Das Essen war gut und reichlich, so erholte ich mich rasch.

Nachher begannen alle herumzuwandern, die Gläser in der Hand, und es bildeten sich überall Grüppchen von Plaudernden. An der Bar hingen jetzt nicht nur die Mitglieder der Senilenmarine, sondern auch Walter, Pat und Iglo, die eine Art Kondolenztrinken veranstalteten. Sie waren alle drei schon ziemlich hinüber und hockten etwas schief auf ihren Barhockern. Offenbar begannen sie eine Verbrüderung mit den Altersheimadmirälen, denn sie stießen mit ihnen an, Ellenbogen in steiler Rechtsauslage, und die ihrerseits klappten wieder einmal mit den Hacken, allerdings nicht mehr ganz so markig. Birgit und ich schlenderten herum, wechselten hie und da ein paar Worte mit den anderen, hörten ein bißchen bei den verschiedenen Gesprächen zu und landeten schließlich auch bei den Barbesetzern. Die waren vom Leistungs- zum Vernichtungstrinken übergegangen. Als wir ankamen, stierte Walter gerade verblüfft in sein leeres Glas und musterte mißtrauisch den nahezu bewußtlosen Konteradmiral neben sich. Wir stellten uns mit einigem Abstand dazu, um die tiefschürfende Unterhaltung mitzuverfolgen. Der Rangniedrigste, der Kapitän zur See, wandte sich uns zu und versuchte, uns zu fixieren, allerdings mit bescheidenem Erfolg. Dann kam er offenbar zu dem Schluß, daß zwei Birgits sowieso besser waren als nur eine, und seine Augen drifteten wieder auseinander. Scheinbar nahm er an, daß wir der Unterhaltung gefolgt waren, denn er fragte mich mit weinerlicher Stimme, ob ich wüßte, wie schmählich die Deutschen im Krieg von ihren Verbündeten im Stich gelassen worden wären, wobei er sich offensichtlich auf die Italiener bezog. Holla, so einer war das also. Meine ohnehin nicht sehr ausgeprägten Sympathien für die alten Tunichtgute schwanden rapid. Ich öffnete den Mund zu einer scharfen Antwort, fühlte aber Birgits Hand an meinem Arm und ihren warnenden Druck. Recht hatte sie, was sollte ich mich mit dem alten Trottel streiten.

„Da müssen Sie schon Walter fragen“, beschied ich ihm knapp.

„Aber der ist doch auch höchstens vierzig, der hat ja keine Ahnung“, jammerte er.

„Aber seine Leber ist fünfundachtzig, die müßte sich erinnern können.“

In seinem Schädel schwammen die letzten arbeitsfähigen Ganglien verzweifelt um ihr Leben, und er starrte uns verwirrt nach, als wir weitergingen. Ich hörte noch, wie ein Admiral mißbilligend ausrief: „Wohin ist bloß die Ehre gekommen!“ und Walters erschrocken-trunkene Replik: „Ich hab' sie nicht!“ – Wie recht er doch hatte.

Der Commodore erzählte einer hilflosen Zuhörerschar einen ziemlich komplizierten und völlig pointenfreien Schwank aus seinem reichen Erfahrungsschatz, der Zwinkerer schlug vor Linda Räder wie ein Pfau und langweilte damit seine Frau, Peter, Bull und das Krügerl, Fritz, Ernstl und die Hofrätlichen waren schon gegangen; mit einem Wort, die Luft war raus aus diesem Abend, und es drohte, eine unangenehme Nacht zu werden, mit den beiden Krakeelern, die bestimmt kein Ende finden konnten. Außerdem würde ihnen wahrscheinlich schlecht werden, was ich zwar ihnen, aber nicht uns wünschte. Nach einem letzten Blick auf das Treiben in dem verrauchten Lokal gingen wir, obwohl es an der Bar gerade interessant wurde, denn Walter hatte versucht aufzustehen und war dabei gegen seinen Nachbarn gefallen, was einen Dominoeffekt auslöste, und jetzt wand sich die ganze Bande am Boden wie eine uniformierte Laokoongruppe. Wirklich, was war bloß mit der Ehre passiert? Die Vertreter der selbsternannten Herrenrasse wälzten sich in den Zigarettenstummeln und Getränkelachen wie die Schweine.

Die Luft draußen war kalt und sauber. Birgit sah mich an und sagte, sie werde nicht im Boot schlafen, denn da würde es sicher eine sehr turbulente Nacht geben, sie würde sich ein Zimmer nehmen. Ich hatte plötzlich einen ganz trockenen Hals und hörte mich krächzen:

„Ich komme mit, wenn ich darf." Sie lachte und meinte, das käme für sie nicht ganz unerwartet. Wir sagten Fritz Bescheid, schnappten uns die notwendigsten Sachen, und kurz darauf gaben wir unsere Pässe im Marinahotel ab. Das Zimmer war winzig, die Duschkabine für Pygmäen gebaut, und es war ziemlich kühl, weil der Nachtmanager die Heizung erst eingeschaltet hatte, als wir kamen. Aber das Wasser war heiß, und nachher mußten wir eben eng zusammenkriechen, damit wir nicht froren.

Ich wußte wieder einmal nicht, wo ich war. Verwirrt blinzelte ich an die Decke. Als ich zur Seite sah, entdeckte ich den blonden, kurzgeschnittenen Schopf neben mir auf dem Polster. Ein tiefes Glücksgefühl stieg in mir auf, und ich drehte mich zur Seite, dorthin, wo der warme, weiche Frauenkörper die Decken wölbte. Sie schmiegte sich an mich, und wir blieben lange und still so liegen, bis ich auf die Uhr schaute, eher aus Gewohnheit denn aus Neugierde. Es war schon acht Uhr morgens, aber eigenartig dunkel. Das war befremdlich, weil der Wetterbericht ein ausgedehntes Hochdruckgebiet angekündigt hatte. Ich stand rasch auf, zog den Vorhang vom Fenster und pfiff gedehnt durch die Zähne. Ich sah nämlich nichts. Überhaupt nichts. Der Nebel vor dem Fenster war so dicht, daß ich nicht einmal den Boden erkennen konnte. Die Scheiben waren voller Tropfen, dahinter waberte undurchdringliches Weiß. Jetzt stand Birgit neben mir, um sich das auch anzuschauen. Sie lachte:

„Neugierig bin ich, wie die heimfliegen wollen!"

Dann gähnte sie, reckte die Arme über den Kopf und streckte sich wohlig und ausgiebig. Und weil auch sie nackt schläft, war dieser Anblick zuviel für mich.

Eine Stunde später saßen wir in aller Ruhe beim Frühstück, es rannte uns ja nichts davon. Dann suchten wir vorsichtig erst einmal den Weg zu den Bootsstegen, man konnte wirklich kaum zwei Meter weit sehen, und, noch vorsichtiger, das Boot. Naß glänzte der

Schwimmsteg, die Festmacher tropften vor Nässe, von den Booten sah man nur das Heck, nicht einmal bis zu den Masten reichte die Sichtweite. Vorsichtig balancierten wir über das schmale, glitschige Brett an Bord und wurden unter Deck mit Pfiffen und ironischen Bemerkungen von Fritz und Conan empfangen. Birgit wurde tatsächlich rot. Die Hofrätlichen lächelten verständnisvoll, Ernstl zwinkerte uns zu, und Conan sah schlicht und einfach neidisch aus. Walter und Iglo waren bei den Pfiffen und dem lauten Stimmengewirr zusammengezuckt und wirkten blaß und leidend.

Ich sagte: „Guten Morgen“, und, an Walter gewandt, „oder soll ich besser ‚Heil‘ schreien?“ Aber er winkte nur gequält ab.

Das Boot hatte Fritz schon übergeben, wir durften aber an Bord bleiben, bis wir fahren konnten. Das Gepäck hatten sie schon in Ernstls Bus verstaut, auch das unsere, was mir ein bißchen peinlich war, weil ich mich nicht gern bedienen lasse. Aber Fritz winkte ab.

„Die Sachen von den beiden Rauschkugeln haben wir ja auch tragen müssen, sonst wären die womöglich ersoffen am Weg zu den Autos. Der einzige, der wirklich Sorgen haben muß, ist Mike, weil unser Walter heute wieder an Schluckauf leidet, und Mike hat sein Auto gerade erst von den Spuren der Herfahrt befreit.“

Es wurde Mittag, bevor wir aufbrechen konnten, aber auch jetzt konnte man nur ungefähr hundert Meter weit sehen. Die Flieger waren gegroundet, keine Chance auf eine rasche Besserung der Sichtverhältnisse. Eventuell konnten sie in der Nacht starten. Wir quälten uns fast im Schrittempo bis zur Autobahn. Wirklich besser wurde die Sicht erst im Kanaltal, am späten Nachmittag. In Kärnten, auf der Packstrecke, lag Schnee, aber Ernstl, der ja beruflich in ganz Österreich unterwegs ist, hatte schon die Winterreifen aufgezogen, die anderen allerdings taten sich schwerer. In Baden luden wir Iglo aus, der wieder halbwegs auf dem Damm war, dann, schon in Wien, Fritz und die Hofrätlichen. Conan blieb uns bis zum Schluß erhalten. Schließlich langten wir bei mir an. Ich wollte Birgit und Ernstl noch zu einem Kaffee bei mir beschwatzen, doch beide lehnten ab. Ernstl, der diesmal die ganze Strecke gefahren war, war müde und wollte nur mehr dringend nach Hause zu seiner Irma, und Birgit sagte, sie könne nicht schlafen, wenn sie mitten in der Nacht noch Kaffee trinke.

„Aber du kannst mir gerne noch deine Markensammlung zeigen, wenn ich vorher meine Eltern anrufen darf“, schloß sie ihre Ausführungen, und ich, auch schon müde, entgegnete verdattert:

„Ich habe gar keine Markensammlung!“

In das Gelächter von Ernstl mischte sich ein heller Quietscher. Dann verabschiedeten wir uns von ihm, nahmen unsere Seesäcke und liefen über die kalte Straße ins Haus.

Epilog

Ich keuchte. Der Atem wehte in langen weißen Schwaden von meinem Mund. Es war kalt, und hier oben auf den Graten wehte dazu ein schneidender Wind. Mühsam setzte ich einen Fuß vor den anderen. Neben mir stapfte Ernstl mit gleichmäßigen Schritten. Durch die Stämme des lichten Waldes hatten wir einen großartigen Ausblick auf das Alpenvorland. Noch ein paar hundert Meter, und wir würden die Hütte erreicht haben.

Es war die Zeit zwischen Weihnachten und Neujahr, zuviele Feiertage, zuviel zu essen, zuwenig Bewegung. So hatten wir beschlossen, eine ausgedehnte Wanderung zu machen. Das Wetter war herrlich, nur eben windig. Schnee hatten wir keinen, auch in den Zentralalpen konnte man in diesem Jahr kaum skifahren, und so waren wir aus den Niederungen der Völlerei aufgestiegen zu den rauhen, windumtosten Höhen. Reiner Masochismus. Wir hatten uns noch im Finstern auf den Weg gemacht, ziemlich wortlos, und wir waren mit einem herrlichen Sonnenaufgang belohnt worden. Nach dreistündiger Schinderei lockte jetzt die Hütte mit heißem Tee mit Rum und einem ausgiebigen Jägerfrühstück.

Wir sahen uns heute zum ersten Mal seit der Törnnachbesprechung, die auch schon einen Monat her war und, wie erwartet, ein Schuß in den Ofen, weil wir uns inzwischen wieder fremd geworden waren. Zwar hatten wir wie vereinbart die Fotos ausgetauscht und Nachbestellungslisten geschrieben, aber die Vertrautheit der Fahrt war dahin, und als die Verlegenheitspausen immer länger geworden waren, hatten wir uns bald wieder getrennt.

Wir traten durch die niedrige altersschwarze Tür in den dämmrigen Schankraum. Das Pfeifen des Windes blieb draußen, und wir schlüpften ächzend aus den Trageriemen unserer Rucksäcke und zogen die dicken Anoraks aus. Außer uns war niemand da. In der Ecke bullerte ein mächtiger, gußeiserner Kanonenofen, wie man ihn in dieser Gegend noch häufig findet. Hie und da knackte und knallte eines der mächtigen Holzscheite in seinem Inneren. Durch die kleinen Fenster drang nur wenig Licht in den Schankraum. Aber außer drei mächtigen Eichentischen und den dazugehörigen Wandbänken gab es sowieso wenig zu sehen. Einige ungeschlachte Holzstühle ergänzten die Einrichtung. Aus der offenen Küchentür drang der kräftige Geruch nach Erbswurstsuppe. Wir grüßten lautstark, doch erst nach geraumer Zeit duckte sich ein mächtiges Mannsbild durch die niedere Tür zu uns in die Gaststube. Der Riese war in Hemdsärmeln und grünen Schnürlsamthosen, über dem Hemd trug er eine verschossene, ärmellose Weste. Das wettergebeizte Gesicht begann beim Anblick Ernstls zu strahlen:

„Auch wieder im Lande?“ und dann, zu mir gewandt, „I bin da Koarl. Griaß di God!“

Ich stellte mich vor, auch nur mit dem Vornamen, und er zerquetschte mir freundlich die Hand.

„Was wollt's 'n haben?“

Wir bestellten Erbswurstsuppe, Brot und Jägertee. Die Suppe kam dampfend vor Hitze in riesigen Steinguttellern, das Brot war ein richtiger „Reankn“, und kurz darauf kam Karl mit den Teehäferln, in die wohl ein halber Liter gehen mochte. Er setzte sich zu uns und begann, von seinem letzten Segeltörn zu schwärmen. Es stellte sich heraus, daß er Freizeitkapitän einer eingeschworenen Crew von Bauern und Holzarbeitern war. – Wir Österreicher sind schon ein eigenartiges Volk, so weit vom Meer und so süchtig danach. Nachdem er uns mit seinen Erzählungen aus der Karibik den Mund wässrig gemacht hatte, war auch die dicke Suppe so weit abgekühlt, daß man sie vorsichtig löffeln konnte. Und während er uns von Kokosdrinks erzählte, tranken wir seinen Jägertee, eine ziemlich süße und gehaltvolle Sache, die unsere Gesichter zum Glühen brachte. Dann kamen andere Gäste, und er ging, um sie zu bedienen. Sie bestellten wirklich ein Jägerfrühstück, trotz des verlockenden Suppenduftes, und beim Anblick der großen Holzteller mit dem Geselchten, den Essiggurken und dem Kren bedauerte ich wieder einmal, daß der Mensch nur einen Magen hat.

Jetzt erst kamen Ernstl und ich zu einer ordentlichen Unterhaltung, wie ich sie befürchtet hatte. Und da war sie schon, die Frage, der ich gern ausgewichen wäre.

„Wie geht's Birgit?"

Ich seufzte.

„Ich weiß nicht, ich hab' sie schon lange nicht mehr gesehen."

„Wieso, um Gottes willen?"

„Ja, weißt du, das ist so eine Geschichte. Sie hat ein Pantscherl mit einem Arzt, der ist aber verheiratet, und so wollte sie damit aufhören. Seit sie wieder da ist, ruft er sie aber dauernd an, und jetzt weiß sie nicht, was sie tun soll, weil, scheiden läßt sich der nie, das hätte er ja längst tun können, aber sie hängt halt doch noch an ihm. Und ich hab' ihr gesagt, daß ich sie nicht mehr sehen will, solange sie sich nicht sicher ist, weil ich spiel' nicht den Notnagel. Dann haben wir gestritten, und sie hat gesagt, ich soll mich nicht so anstellen, weil vor mir ist sowieso nichts sicher, was einen Rock und zwei Beine hat, außer vielleicht ein Schotte, das hat sie ja am Schiff gesehen, und dann ist sie gegangen. Und seitdem habe ich nichts mehr von ihr gehört. Und ich ruf' sie auch nicht an, weil, mir tut's schon weh, wenn ich ihre Stimme höre, und ich hab' sie immer noch lieb, aber es hat halt keinen Sinn."

Ernstl starrte auf das Flackern in der Luftklappe des Ofens.

„Du hast auch kein Glück mit deinen Frauen. Aber vielleicht renkt's sich ja wieder ein, vielleicht kommt sie irgendwann wieder, dann spiel halt nicht die beleidigte Leberwurst."

„Das glaub' ich nicht. Außerdem, was hat das mit beleidigt zu tun? Sie hat's mir einfach nicht erzählt, bevor sie dann gegangen ist. Und da auch nur, um mir eins auszuwischen. Auch, wenn sie wirklich zurückkäme, für wielang ginge das gut? Ich würde ständig darauf warten, daß sie wieder davonrennt. Hätte sie mir von Anfang an die Wahrheit gesagt, dann wäre das alles kein Problem. Dann würde ich um diese Frau kämpfen. Aber so war es halt nicht. Sie hat keinen Respekt vor meinen Gefühlen. Glück bis auf weiteres, das ist nichts für mich. Dafür habe ich nicht die Nerven."

„Da ist schon was dran. Aber schau: Irgendwo, da draußen, lebt eine, die ist auch allein und wartet nur auf dich." – „Zu ihrem Glück weiß sie das noch nicht", fügte er augenzwinkernd hinzu. „Aber im Ernst, du mußt nur Geduld haben und auf dein Herz hören. Ich hab' ja auch mein halbes Leben gebraucht, bis ich dann endlich Irma kennengelernt habe. Du solltest in Zukunft schon an deine Intuition glauben, außer, du willst dein Abo für Liebeskummer verlängern. Auf wen willst du hören, wenn nicht auf dich selbst? Aber da kann ich dir sowieso nicht helfen, da muß jeder allein durch.

Dafür habe ich was, was dich vielleicht ablenkt. Ich möchte im Februar auf die Kanarischen Inseln. Du warst ja schon einmal dort, und wir hätten gern jemanden mit, der sich ein bißchen auskennt. Fritz ist vielleicht auch dabei, er lernt jedenfalls schon Spanisch. Ich verhandle gerade mit Charterfirmen, wahrscheinlich wird's ein Katamaran werden, da haben wir Platz genug zum Tanzen. Leider kann ich nur vierzehn Tage weg, aber das wird dir ja nichts ausmachen, weil du sowieso nicht gern weiß ich wie lang von deiner Praxis wegbleibst. Überleg's dir, und ruf mich an. Den Karl muß ich auch noch fragen."

Der Karl war ganz aufgeregt und hätte uns am liebsten dabehalten, aber wir mußten weiter.

Als wir, jetzt auf einem anderen, kürzeren, Weg, der dafür furchtbar steil war, zu Tal schlitterten, da dachte ich mir, hol's der Teufel, vielleicht hat er recht. Vielleicht gibt es wirklich eine mit meinem Namen in ihrem Herzen, und vielleicht steht auch in meinem so ein Name, ich brauch' bloß hinzuhören. Aber eines stand für mich schon fest: Der ewige Frühling des Passats wartete auf mich, ganz dicht hinter dem Horizont. Und ich schrie meinen Frust in den heulenden Wind, um mich dann erleichtert der Freude und der Hoffnung hinzugeben.

Was soll das heißen?

Wienerisch/Österreichisch für deutschsprachige Ausländer

Irgend jemand hat einmal gesagt, Österreich unterscheide sich von Deutschland hauptsächlich durch die gemeinsame Sprache. Nun, jedenfalls ist das ein Aspekt, den man nicht übersehen kann: Ein Österreicher, im speziellen ein Wiener, kann mit einem Landsmann ungestört über einen Deutschen lästern, und zwar in dessen Gegenwart. Gewisse Vorsicht ist allerdings am Platz, wenn der Deutsche zufällig Bayer ist.

Für alle anderen ein paar Anmerkungen zu eventuell unerklärlichen Begriffen.

anwanzen (sich)	Den Versuch unternehmen, sich in lästiger Form Liebkind zu machen.
Ausgefressen	Auch *blad.* Ausgestattet mit erheblichem, ernährungsbedingtem Übergewicht. Man könnte sagen: „kohlförmig“.
auslassen	a) Den Griff lösen, b) Fett durch Hitze abschneiden (Grammeln auslassen = Grieben herstellen), c) (hier aktuell) vermeiden. Beispiele: „Er läßt kein Fettnäpfchen aus“.
Besteckladel	Schublade mit dem Eßbesteck. Eßbesteck ist der Überbegriff für die Werkzeuge, mit denen sich ehrgeizige Randgruppen in Österreichs Süden und Deutschlands Norden feiertags verletzen.

bisserl	Wienerisch für „ein wenig“.
Blunzentrumm	Blunze, die: Blutwurst. Trumm, das: großes Stück. Wenn ein Finger aussieht, wie die Kombination beider Begriffe, dann hat der Besitzer *Zores* (ein Problem).
Busserl	Flüchtiger Kuß. Man sagt uns Österreichern nach, daß wir alles verkleinern: Packerl, Henderl, Würsterl usw. Das ist insofern falsch, als diese Tendenz vor wirklich unangenehmen Dingen Halt macht: Wir haben eine Regierung, ein Parlament und so fort. Sie sehen, keinerlei Verkleinerungsformen.
Depp	Idiot. Etwas freundlicher als Trottel.
Eierschwammerln	Pfifferlinge.
Faschiertes	Hackfleisch.
Fetzerl	Verkleinerungsform von „Fetzen“. Ein Fetzen ist ein Stück Tuch, aber unter Umständen auch ein Mordsrausch. Ein Fetzerl ist also ein kleines Stück abgerissenes Textil, aber kein kleiner Rausch.
Fiaker	Wiener Touristenkutsche, zweispännig; auch der Kutscher wird so genannt. Oft richtige Originale, manchmal wird ihnen ein Hang zu Hochprozentigem nachgesagt. Nicht immer Übertreibung.
Fiakergulyas	Ungarische Spezialität. Rindfleisch mit Zwiebel, gedünstet mit Rosenpaprika, dazu Würstchen, saure Gurkerln und Semmelknödel; wenn der Esser wirklich ein Fiaker ist, auch noch ein paar Biere.
Fisolen	Grüne oder Brechbohnen. Wieviel besser ist doch das Wort „Fisole“ –, ihm fehlt jede Assoziation zu Seekrankheit.
Flankerln (Fruchtfleisch-flankerln)	Fasern.
Gaudi(um)	Auch Hetz, Gaude: Spaß.

Gelse	Stechmücke. In dem Zusammenhang frage ich mich immer wieder, wieso es „Gelsenkirchen" heißt. Na, jedenfalls besser als Stechmücken- oder Schnakenkirchen.
Geselchtes	Geräuchertes Pökelfleisch.
Goiserer	Bergschuhe besonderer Machart aus dem schönen Ort Goisern.
Gösser	Steirische Biermarke, inzwischen weit in die Sprache integriert. Der „Gössermuskel" ist ein großer Bauch (siehe *ausgefressen).*
Häferl	a) Keramisches Trinkgefäß für Tee oder Kaffee, größer als eine Tasse b) Verkleinerung von Häfen, ein Kochgefäß, aber auch Gefängnis. (Siehe auch: H. Seeböck: Die große Häfenelegie; wenn Sie Österreichisch lernen wollen, ein unverzichtbares Lehrmittel. Auf Booten haben wir uns stundenlang mit Zitaten daraus unterhalten, wenn eine Wache nicht vorbeigehen wollte. Sie werden sehen, es wird auch Ihnen eine Lehre sein.)
Hatscher	Beschwerlicher Marsch, aber auch in Kombinationen gebräuchlich: „L'amourhatscher:" langsamer, enger Tanz, eine Art Behindertenlambada.
Hend(e)l	Hähnchen, aber auch: mickriger Mann.
Heuriger	Periodisch geöffneter Weinschank für jungen Wein und alte Touristen. Bei manchen Heurigen sitzen auch Einheimische, das sind die, die die Touristen noch nicht gefunden haben.
keppeln	Streitsüchtig lamentieren.
Kren	Meerrettich.
Lackel	Schwarzeneggerverschnitt, meist unterbelichtet.
Leiberl/Leibchen	T-Shirt. „Bei mir hast ka Leiberl" heißt aber: Bei mir hast du keine Chance.
Marille	Aprikosen. Im Lied auch „Mariandl" genannt, Verkleinerungsform von Marianne. „Mariandl

	aus dem Wachauerlandl" (großes Marillenanbaugebiet an der Donau) klingt einfach besser als „Aprikoserl im Bikinihoserl". Sie sehen, gäbe es das Wort „Marille" nicht, man müßte es erfinden.
Massenausspeisung	Eßlokal mit liebloser Küche, oft nicht einmal billig.
narrisch	Verrückt. Nicht identisch mit „närrisch", das ja auch „ausgelassen" bedeuten kann. Jedenfalls hat beides nichts mit Humor zu tun.
Ordination	Praxis.
Packerlbrot	Abgepacktes Schnittbrot.
Pallawatsch	Durcheinander (Böhmisches Lehnwort).
Pantscherl	Flüchtige Liebesbeziehung.
Paradeiser	Entstanden aus dem ursprünglichen Wort „Paradiesapfel". Man denkt unwillkürlich an den Busen junger Mädchen, an knospende Weiblichkeit. Sind aber bloß Tomaten.
patschert	Ungeschickt, auch ungelenk.
Pfefferoni	Schmale, lange, scharfe Paprikaschoten.
Primarii	Klinikvorstände.
Radierer	Aufblasbares Beiboot.
ratschen	Eintönig und rasch (metallisch oder hölzern) schnattern, daher auch die zweite Bedeutung: dümmlich (über Dritte, nicht Anwesende) reden.
Reankn	Riesige Brotschnitte, hauptsächlich vom Rundlaib, seltener auch von normalen Brotlaiben.
Reindl	Kochtopf.
Ringerl drehen	Im Kreis fahren.
Sackerlsuppen	Industriell verpackte Trockenkonzentrate zur Herstellung von Fertigsuppen.
Schiffswelsch	Von mir kreierter Ausdruck für die dem Laien unverständliche Seemannssprache. Angelehnt an Rotwelsch. Ich kann den Ausdruck unmöglich den Österreichern anlasten, das wäre grob ungerecht.

Schlagobers	Süßer Rahm, Schlagsahne.
Schloßen	Große Körner, Brocken.
Schnackerl	Schluckauf.
Schnürlsamthosen	Rippkordhosen.
sekkieren	Belästigen.
Solettibrösel	Soletti sind spaghettidünne Salzstangen, ein österreichisches Knabbergebäck. Auch Bestandteil des Wiener Dialekts: Ein extrem dünner Mann wird ebenfalls als Soletti bezeichnet, quasi das Gegenteil von *ausgefressen.* Brösel, das: Krümel.
taxfrei	Wörtlich: steuerfrei, bedeutet aber: einfach, unkompliziert, ohne Umstände.
Tschapperl	Unverständiges Kleinkind. Gegenüber anderen leichte Ehrenbeleidigung.
untertags	Während des Tages.
waschelnaß	Naß wie ein Waschlappen (Waschel).
watscheneinfach	Ganz leicht zu bewerkstelligen.
websen	Nervös hin- und herrutschen.
zeppeln	Unruhig auf der Stelle treten, kleine, hastige Schritte machen.
zutzeln	Saugen.
Zwetschken	Auch Pfludern, im Bayrischen Zwetschgen, sonst: Pflaumen. Es ist aber grundfalsch, zu jemandem „Sie Zwetschke!“ zu sagen.
Schmähstad	Verlegen um witzige oder auch nur sinnvolle Worte. Kommt im Text gar nicht vor, aber ich mag' jetzt nicht aufhören.

Ausgerüstet mit der Kenntnis dieser paar Eigenheiten des österreichischen Textes sollten Sie imstande sein, meine hehren Gedanken zu verstehen. Alle zwei.

Servus: Tschüß!

Jedes Buch ein Abenteuer

Nur wenige Menschen können sich Monate oder gar Jahre vom Alltag lösen. Und dann das erleben, wovon jeder insgeheim träumt. Was Segler auf langen Törns gewagt und gewonnen haben, erzählen sie in diesen Büchern. Jeder auf seine Art: spannend, nachdenklich, humorvoll: eben keine Logbücher, sondern packende Erlebnisse für alle, die das Abenteuer lockt.

ISBN 3-7688-1021-6

ISBN 3-7688-0970-6

ISBN 3-7688-1034-8

ISBN 3-7688-1022-4

ISBN 3-7688-0956-0

ISBN 3-7688-0522-0

ISBN 3-7688-0828-9

ISBN 3-7688-0927-7

ISBN 3-7688-1020-8

ISBN 3-7688-0772-X

ISBN 3-7688-0862-9

ISBN 3-7688-0782-7

ISBN 3-7688-0876-9

Diese und noch viele andere Bücher der Reihe „Erlebnisberichte" sind im Buch- und Fachhandel erhältlich oder direkt beim Delius Klasing Verlag, Postfach 10 16 71, 33516 Bielefeld.

DELIUS KLASING